D1708743

N&K

Ulrich Knellwolf
AUFTRAG IN TARTU

Roman
Nagel & Kimche

Für Elsbet, die auch dieses Abenteuer mitmachte

Personenverzeichnis siehe S. 362–369

1

Tartu, April 1998

Ungefähr dreißig Kilometer vor Tartu stand an der A 202 das blaue Schild mit dem Wappen und der Aufschrift *Tartumaa*. Sie waren im Bezirk Tartu. Nach fünfzehn Kilometern stieg die Straße, die seit Tallinn gleichförmig eben verlaufen war, zu einer Art Damm an und führte auf einer braunroten Eisenbrücke über einen Fluss.

«Das ist Emajögi. Embach auf Deutsch», sagte Kalle Kannute, der bisher von sich aus kein Wort geredet hatte. Kalle Kannute war der junge Pfarrer der Universitätsgemeinde von Tartu, der Bruderer am Flughafen in Tallinn abgeholt hatte, um ihn mit dem Wagen nach Tartu zu bringen. Bruderer hatte den Dekan der Theologischen Fakultät erwartet, denn der Dekan hatte in den zahlreichen Faxbriefen, die sie in den letzten Wochen gewechselt hatten, immer davon geschrieben, dass er Bruderer am Flughafen treffen werde. Darum war Bruderer erstaunt, als jenseits der Passkontrolle ein so junger Mann auf ihn zutrat. So jung konnte der Dekan nicht sein. «Sie sind gekommen, um mich abzuholen?», fragte Bruderer. «Ja», sagte der junge Mann.
«Sie sind nicht der Dekan», sagte Bruderer.
«Nein.»
«Wie ist Ihr Name?»
«Kalle Kannute.»
«Und Sie sind – sind Sie ein Assistent des Dekans?»
«Ich bin der Pfarrer der Universitätsgemeinde.»

«Der Dekan wird wohl verhindert sein.»

«Er hat gebeten, ich solle Sie abholen», sagte Kalle Kannute.

Es war ein Skoda, eng und mit kaputten Stoßdämpfern. Im Kofferraum lagen zwei Felgen mit aufgezogenen Sommerreifen. Die beiden riesigen Koffer hatten daneben nicht Platz. Sie schoben sie auf die Rücksitze. Kalle Kannute räumte Bücher, Zeitungen und das Mobiltelefon vom Beifahrersitz, Bruderer zwängte sich hinein und gurtete sich an. Er saß wie in einem Hockergrab.

Kalle Kannute fuhr sehr schnell, Bruderer fand, viel zu schnell für den alten Wagen und die nasse Straße. An den Wegrändern lagen noch schmutzige Schneewälle. Bruderer tröstete sich damit, dass Kalle Kannute die Straße kenne und dass es ihm selbst nur recht sein könne, wenn sie rasch in Tartu waren. So bald würde es ohnehin nicht sein. Von Tallinn nach Tartu sind es gut hundertachtzig Kilometer.

«Sie haben es eilig», sagte Bruderer beiläufig.

«Verzeihung», antwortete Kalle Kannute. «Ich habe eine Hochzeit um vier Uhr. Haben Sie Angst?»

«Nein», beteuerte Bruderer.

Kalle Kannute sah aus wie der Heiland auf dem Bild, das über dem Ehebett von Bruderers Großeltern gehangen hatte. Jesus mit seinen Jüngern auf dem Gang durchs Ährenfeld. Bruderer hatte es zum ersten Mal bewusst angeschaut, nachdem die Lehrerin in der ersten Klasse die Geschichte vom Grafen von Froburg erzählt hatte, der auf seinen wilden Jagden den Bauern das reife Korn unter den Hufen seines Pferdes zertrampelt hatte. «Ist das der Graf von Froburg?», hatte er gefragt.

«Wo denkst du hin!», hatte seine Großmutter, die ein wenig bigott war, entrüstet gerufen. «Das ist doch der Heiland.»

«Hat der Heiland auch den Bauern die Ährenfelder kaputtgemacht?»

«Was redest du da? Der Heiland pflückt am Sabbat eine Ähre und gibt seinen Jüngern die Körner zu essen.»

«Darf er das?»

«Weil er der Herr über den Sabbat ist, darf er den Jüngern am Sabbat zu essen geben.»

«Aber Ähren auszureißen, ist verboten. Als ich in Barrers Garten eine Birne –.»

«Du bist nicht der Heiland, Bürschchen!», rief die Großmutter.

Kalle Kannute war so schmal und blond wie der Heiland auf dem Bild mit dem Ährenfeld. Er hatte ebenso schulterlanges, gerades Haar und einen kurzen, dünnen Bart. Nur hatte der Heiland, so weit Bruderer sich erinnern konnte, keine feuchten Augen gehabt. Kalle Kannute hatte feuchte, leicht gerötete Augen, als hätte er soeben geweint. Vielleicht chronische Bindehautentzündung, dachte Bruderer. Womöglich hing es mit der schlechten Luft zusammen. Er hatte gelesen, dass in manchen Gegenden Estlands Luft und Gewässer sehr stark verschmutzt seien.

Das Land war flach und grau. Im Hintergrund standen Birkenwälder. Halb versteckt in die Landschaft geduckt lagen kleine Häuschen, fast wie Schrebergartenhäuschen. Sie waren entweder grün oder gelb oder blau gestrichen. Es mussten Bauernhäuser sein. Bei manchen standen niedrige Ställe und Scheunen. Eine riesige Lagerhalle mitten im Brachland war nie fertig geworden und schon wieder am Verfallen.

«Eine Fabrik?», fragte Bruderer.

«Eine Kolchose. Landwirtschaftliche Produktionsgemeinschaft», antwortete Kalle Kannute.

«Sie ist nicht mehr in Betrieb?»

«Die meisten sind nicht mehr in Betrieb.»

«Ich habe gelesen, es gehe den estnischen Bauern schlecht.»

«Sehr schlecht.»

«Die Preise zerfallen.»

«Ja.»

Weitab von der Straße stand eine andere Ruine.

«War das eine Windmühle?»

«Ja.»

«Es gibt Windmühlen in Estland?»

«Ziemlich viele.»

«Ich meinte, Windmühlen gebe es nur in den Niederlanden.»

«Nein.»

«Aber sie ist zerfallen.»

«Sie werden schon lange nicht mehr gebraucht.»

Nach einer Weile stand eine Windmühle gleich an der Straße. Sie war zu einem Restaurant umgebaut. An den Flügeln waren Leuchtreklamen angebracht.

«Aha», sagte Bruderer. «Eine neue Verwendung für die Windmühlen!»

«Gutes Restaurant. Aber teuer. Nichts für Esten», sagte Kalle Kannute.

«Oder nur für Leute von der Mafia», sagte Bruderer, der über die Ausbreitung der Mafia in Estland gelesen hatte.

10

«Stimmt es, dass die Mafia viel Einfluss hat?»
«Schon Einfluss.»
«Und sogar morden lässt?»
«Manchmal.»
«Auch in Tartu?»
«Auch.»

Sie fuhren an einer Tankstelle vorbei, die noch im Bau war, und über eine Kreuzung, an der hinter kahlem Birkengeäst eine Kirche stand. Dann kam wieder das leere Land.
«Was war das?»
«Paide. Größter Ort zwischen Tallinn und Tartu», sagte Kalle Kannute. Er nahm das Mobiltelefon in die Hand, drückte Knöpfe und redete in einer Sprache, von der Bruderer kein Wort verstand.
Als er fertig war, sagte Bruderer: «Sie besitzen ein Handy.»
«Ja. Ich habe meiner Frau gesagt, dass wir rechtzeitig in Tartu sein werden.»
«Sind wir auf eine bestimmte Zeit verabredet?»
«Nur ich. Wegen der Hochzeit.»

Bald darauf kam die leichte Steigung zur Brücke über den Fluss.
«Das ist Emajögi. Embach auf Deutsch», sagte Kalle Kannute. Bruderer hatte nicht gefragt. Als sie mitten auf der Eisenbrücke waren, zerbrach ohne Warnung und lautlos der Spiegel.
Bruderer merkte es sofort. Es begann jedes Mal gleich. Als hätte er in zu grelles Licht geblickt und wäre geblendet. Aber die Blendung ging nicht weg. Die Risse im Bild wurden breiter, die graue Unterfütterung der sichtbaren

11

Welt kam zum Vorschein. Die Bruchstücke des Spiegels verzerrten die Dinge, zerstückelten sie und warfen die Teile durcheinander.

Er wusste aus Erfahrung, wie es weitergehen würde. Die Sehstörung hielt eine halbe bis eine ganze Stunde an. Langsam wie der Vollmond stieg der Kopfschmerz auf, wurde immer bohrender, und je bohrender er wurde, desto mehr verlor sich die Sehstörung. Wenn er wieder alles richtig sah, war der Kopfschmerz im mörderischen Zenith. Dort blieb er, und erst wenn Bruderer sich erbrechen musste, einmal, zweimal, dreimal, ging der Schmerz langsam zurück.

Bruderer klaubte seine Geldbörse aus der Gesäßtasche und suchte nach dem weißen Briefchen mit dem bitteren Pulver, das er immer bei sich trug. Entweder war es ihm herausgerutscht, oder er hatte es nach dem letzten Anfall nicht ersetzt. Jedenfalls war es nicht da.

Er sah die Stadt wie eine zerrissene Fotografie. Die weißen Säulen vor dem gelben Universitätsgebäude waren zerborsten, und ein dummer Riese hatte sie schief wieder aufeinander gestellt.

«Wo ist meine Unterkunft?», fragte Bruderer.

«Nicht mehr weit.»

«Ist sie gut?»

«Sehr gut. Ganz neu. Von einem Amerikaner gestiftet. Vor fünf Jahren gebaut. Das Beste, was man in Tartu finden kann», sagte Kalle Kannute.

2

Zürich, April 1998

Seine Feinde – sie fanden sich nicht nur in seiner ersten Konfession, sondern auch in der zweiten und sogar in der dritten; er war ein Meister im Sich-Feinde-Machen – nannten ihn einen Wichtigtuer, in den Augen seiner Freunde war er ein bedeutender Mann. Allerdings stimmten Feinde und Freunde in einem überein: Dass seine Leistung erst beurteilt werden könne, wenn endlich die über ganz Europa ausgedehnte Korrespondenz in einer verlässlichen Edition vorlag. Bruderer wollte in diesem Streit nicht Richter sein, außer vielleicht an Sommerabenden, wenn es in seiner winzigen Kartäuserklause immer noch achtundzwanzig Grad heiß war und er den Mann nach dem stundenlangen Bildschirmstarren satt hatte. Aber selbst dann war er ihm noch dankbar, dass er so viele Briefe geschrieben hatte. Denn Bruderer stellte im Auftrag der internationalen *Pier-Paolo-Vergerio-Gesellschaft* eine wissenschaftliche Ausgabe der Briefe zusammen. Wenn er sorgfältig und dosiert damit umging, war Material genug vorhanden, dass er bis zu seiner Pensionierung beschäftigt war.

Bruderer hatte zur Überraschung seiner Familie und seiner Freunde Theologie studiert. Dass er nicht Pfarrer werden wollte, war ihm von Anfang an klar, und dabei blieb es. Er nannte die Pfarrer in mitfühlendem Spott gern Propheten mit Pensionsberechtigung.

Wenn nicht Pfarrer, dann gab es eigentlich bloß noch die Wissenschaft. Bruderer ging also in die Wissenschaft. Nur, dass ihn Randfiguren stärker interessierten als die Matadore der Zunft. In seinen Augen war der Dekan von St. Patrick in Dublin und Autor von *Gullivers Reisen*, Jonathan Swift, ein brandaktueller Theologe. Und er sagte unvorsichtig laut, dass er ohne Skrupel ein Dutzend Dogmatiken von Lehrstuhlinhabern des 19. und des 20. Jahrhunderts für sechs oder sieben Kalendergeschichten des badischen Prälaten Johann Peter Hebel hergebe. Damit erregte er den Ärger der Pfründenbesitzer und wurde selbst eine Randfigur. Er musste froh sein, dass man ihm die Herausgabe von Pier Paolo Vergerios Briefen anvertraute, und er war, solange kein Wunder geschah, hartnäckig entschlossen, daraus eine Lebensstelle zu machen.

Der Mann gefiel ihm. Er erinnerte ihn an einen seiner allerersten Favoriten aus der Theologiegeschichte, der Paulus von Samosata hieß und ums Jahr 260 Patriarch von Antiochia wurde. Dass er daneben das Finanzministerium im Oasenstaat der Königin Zenobia von Palmyra innehatte und noch eine eigene Finanzberatungsfirma betrieb, erzürnte seine Kollegen, denen das für einen Geistlichen viel zu weltlich war. Sie setzten Gerüchte über ihn in die Welt. Das eine besagte, er habe mit seiner heidnischen, jedoch judenfreundlichen Königin ein Verhältnis, das andere, er verbreite Irrlehren über Jesus Christus. Sie sagten das Letztere und meinten das Erstere, und vor allem neideten sie ihm den öffentlichen Einfluss. Sie stellten einen Spitzel an, einen Presbyter mit Namen Malchion (Schande über sein Haupt!), der ihn der Ketzerei bezichtigte. Worauf die Brüder auf den Bischofsstühlen wie aufgeregte Krähen zu einer Synode herbeigeflattert kamen und den Stab über ihn brachen, zweimal sogar. Das erschütterte den Mann vom Oberlauf des Euphrat weiter nicht, der als Knabe Ziegen gehütet hatte und sich beim sitzenden Predigen zur Indignation der rhetorisch Geschulten mit den Händen auf die Schenkel schlug. Aber als Palmyra 272 erobert und Königin Zenobia in römische Gefangenschaft geführt wurde, war auch Paulus von Samosata erledigt. Sie verbrannten seine Bücher, machten ihn zitierend zum schlechten Beispiel; über ihn selbst war fast nichts überliefert. Doch Bruderer glaubte, dass er nicht weniger gewesen war als der letzte Vertreter einer Geschichten erzählenden Lehre, bevor die Theologie in die Zwangsjacke der griechischen Philosophie gesteckt wurde. Dazu musste er ein Grandseigneur und kein Niedrigkeitsheuchler gewesen sein, also kein Pfaffe.

Das war auch Vergerio nicht gewesen. Bruderer hätte in der Not mit dem Teufel Fliegen gefressen und sich halt mit einem akademischen Kleinkrämer bescheidet; von etwas musste er leben. Aber Vergerio gefiel ihm, und er leugnete auch nicht, dass es ihm in den hohen Renaissanceräumen des Vescovo von Capodistria wohler war als unter den gemütskrank machenden Kassettendecken schweizerischer und deutscher Studierstuben des 16. Jahrhunderts.

Bruderer, der nur mit Grund gern reiste, fuhr in den Ferien nach Koper ins damals noch ungeteilte Jugoslawien, früher Capodistria, wo Vergerio 1497 oder 1498 geboren worden war und dessen Bischof er später wurde. Auch in Padua dachte er an seinen Briefhelden. Hier hatte Vergerio die beiden Rechte studiert und so gute Verse gemacht, dass sie ihm den goldenen Dichterkranz aufs Haupt setzten. Den vertauschte er bald mit der Bischofsmitra, nachdem der Papst den jungen Kirchendiplomaten als Nuntius zu König Ferdinand nach Deutschland geschickt hatte, wobei er im November 1535 auch Luther in Wittenberg traf.

Pier Paolo Vergerio wird Bischof von Modrus in Kroatien, dann im bedeutenderen und vertrauten Capodistria. Liest reformatorische Schriften, entfremdet sich dem Papsttum. Denunziert (jeder hat seinen Malchion), Prozess am Hals, verurteilt, abgesetzt, exkommuniziert. Flieht neunundvierzig nach Graubünden. 1550 ist er reformierter Pfarrer von Vicosoprano im Bergell. 1553, da doch lieber Lutheraner, Rat des Herzogs von Württemberg in Tübingen. Reist häufig, unter anderem nach Polen, schreibt viele Briefe (Gott sei Dank, so hat Bruderer zu leben) und anderes (beruhigende Aussicht für den Fall, dass die Briefe sich wider Erwarten vorzeitig erschöpfen sollten). Stirbt 1565 in Tübingen. Man traut ihm nicht recht, dem zweimal Konvertierten, erst vom Katholizismus zum Calvinismus, dann vom Calvinismus zur lutherischen Confessio Augustana. Vor allem trauen ihm begreiflicherweise die Calvinisten nicht. Die Katholiken hassen ihn. In Wahrheit traut ihm niemand. Ein Bischof als Konvertit scheint die Zürcher Theologen und Tübinger Professoren zu erschrecken. Das ist, als ob der Teufel ein Engel würde. Welche Verlegenheit erst, wenn selbst der Papst konvertiert hätte, wie sie es doch hoffen mussten.

Vergerios Briefe waren, abgesehen von den sporadisch wechselnden Frauenbekanntschaften, Bruderers Lebensbegleiter.

3

Zürich, November 1997

Das Wunder passierte. Gottvater rief an, am Montag-
morgen, punkt acht Uhr. Bruderer lag noch im Bett.
«Bruderer, du kannst mir einen Dienst erweisen.»
Kein Gruß, keine Frage «Wie gehts?», keine Erklärung,
nicht einmal eine Bitte, sondern stracks vertikal von oben
durch das Dach ins Haus. Vermutlich kam von daher
sein Name. Alle, die ihn näher kannten, nannten ihn
Gottvater.
«Du hast doch in Theologiegeschichte promoviert?»
Was für eine Frage! Er selbst hatte das Thema gestellt
und war der Doktorvater gewesen. Aber unter seinen un-
zähligen Doktoranden konnte schon der eine und andere
vergessen gehen.
«Und jetzt arbeitest du an diesem Vergerio. Der reiste ja
viel herum. War er nicht auch einmal in Livland?»
«Er war in Polen, Walter.»
«Livland oder Polen, das kam damals fast auf dasselbe
heraus. Du kannst mir, wie gesagt, einen Dienst erweisen.»
Bruderer schluckte dreimal leer. «Walter», sagte er leise
und gedehnt, «ich dachte, diese Zeiten seien endgültig
vorbei zwischen uns.»
Gottvater hatte ihn promoviert, hatte ihm das Blaue vom
Himmel herab versprochen und hatte ihn dann im ent-
scheidenden Augenblick der Fakultätspolitik geopfert.
Sie blieben befreundet, aber ohne noch etwas voneinan-
der zu erwarten.

«Wie du siehst, hast du dich geirrt», sagte Gottvater.

«Das letzte Mal lief es nicht gut.»

«Ich bin bekanntlich nicht nachtragend.»

«So habe ich es nicht gemeint», sagte Bruderer.

«Dann verstehen wir uns ja. Komm morgen um elf zu mir. Du wirst noch wissen, wo es ist.»

Er war nie mehr dort gewesen, seit Gottvater ihm unter Verlegenheitsverrenkungen mitgeteilt hatte, dass es anders herausgekommen war, als von ihnen geplant. Da war Bruderer aus Gottvaters engstem Schüler- und Freundeskreis ausgetreten.

«Ich denke schon», brummte Bruderer.

Er war zerrieben zwischen Ärger und Neugier. Er hätte sich rar machen sollen, sagte er sich, aber er war gespannt, worum es ging.

Am Mittag, in der Kantine, fragte ein Kollege, ob ihm etwas über die Leber gekrochen sei.

«Gottvater hat mich angerufen.»

«Gottvater? Hört, hört! Bis der zum Telefon greift. Welch eine Gnade! Du weißt, dass er einen Schlaganfall hatte?»

Man fuhr eine halbe Stunde aus der Stadt hinaus und war doch nicht draußen. In einem verstädterten Dorf bog man von der Hauptstraße ab, um zwei oder drei Hausecken herum und staunte, dass man unvermittelt auf dem Land ankam, wo Obstbäume in den Wiesen standen. Der Weg führte den Hügel hinauf, hohe Buchen zeichneten ein Gewölbe an den novembergrauen Himmel. Bruderer sah das Gehege wieder, in dem Gottvater früher Esel gehalten hatte. Er hatte sie selbst gezüchtet, daneben Hunde und Katzen und Tauben und sogar Papageien. Jetzt war das Gehege leer.

Früher war es ein Bauernhaus gewesen. Seine Vorväter hätten seit Menschengedenken an diesem Hügel Wein angebaut, erzählte Gottvater oft und gern. Nun rückten die Villenkopien der Tüchtigen und Erfolgreichen durch die aufgegebenen Weinberge hinauf dem Fachwerkbau bedrohlich nahe.

Neunundvierzig legendäre Treppenstufen waren es von der Straße bis zum Haus. Manche und mancher war hier mutig hinauf- und zerschlagen wieder herabgestiegen, oder zitternd hinauf und triumphgebläht herunter. Es war immer noch ein sehr bäuerisch aussehendes Haus.

Was, wenn Gottvater ihn mit ausgebreiteten Armen unter der Haustür empfing? Bruderer hatte sich fest vorgenommen, dem Alten nicht in die Falle zu gehen und sich nicht zum reumütig heimkehrenden Sohn machen zu lassen. Nicht er hatte um Audienz ersucht; Gottvater hatte ihn hergebeten.

Gottvater stand nicht da. Bruderer zog am Messinggriff. Drinnen schepperte eine Glocke. Im Warten beobachtete er sein verschwimmendes Spiegelbild in der glänzenden Ochsenblutfarbe der Haustür.

Beinahe wäre er ins Leere gerannt; als die Tür aufging, war es nicht Gottvater, sondern ein kleiner Knirps. «Heißt du Bruderer?»

Das war der Kleine, das Kind des blonden Gifts. Das blonde Gift nannten alle scheel die Junge, die Gottvater im Alter geheiratet hatte. Man erzählte die bösesten Geschichten über sie. Dass sie ihn ausnehme, um auf großem Fuß zu leben, sie, die selbst niemand und nichts gewesen sei. Und dass sie ihn mit dem Kind hereingelegt habe, damit er ihr nicht mehr entwische. Wie sie im

Haus dieses souveränen Mannes den Tagesbefehl diktiere und hinter seinem Rücken Bilder aus seiner Sammlung verhökere, um ihre teuren Fähnchen zu kaufen.

«Papa sagt, du sollst hereinkommen. Er kann nicht mehr gehen, weißt du. Mach die Tür hinter dir zu. Mama ist in die Stadt gefahren.»

Der Dreikäsehoch führte ihn durch den finstern Schlauch von Korridor. Der Türsturz zu Gottvaters Heiligtum war ein Joch. Gebückt musste man darunter hindurch. Der kleine Begleiter blieb zurück.

Man richtete sich auf und kam sich vor wie im Himmel. Man war im alten Torkel, wo früher die Weinpresse aus Eichenstämmen gestanden und gierend wie ein gefräßiger Götze auf die Opfergaben gewartet hatte. Das hölzerne Untier war entfernt. Nun saß Gottvater hier, hinter einem Refektoriumstisch, an dem gut und gern ein Dutzend feister Mönche Platz gefunden hätte. Er saß in einem Ohrensessel. Die Wand hinter ihm war zwei Stockwerke hoch mit Büchern vollgestellt. Die Leiter stand wie ein gelehrtes Insekt in der Ecke.

«Setz dich.»

Mit der linken Hand holte er aus der Kiste mit dem goldenen Schloss eine seiner rabenschwarzen Brasilzigarren, und während Bruderer sich setzte, biss Gottvater wie der Kindchenfresser der Zigarre den Kopf ab.

«Gib mir Feuer!»

Er war rechts gelähmt. Er hatte auch die Sprache verloren gehabt. Die Sprache war bis auf kleine Verschliffenheiten wieder gekommen, die Kraft in Arm und Bein nicht mehr. Seine rechte Hand lag wie ein fremdes Ding unbeweglich auf dem Tischblatt.

«Du hast einen guten Laufburschen», sagte Bruderer.
«Nicht wahr. Trinkst du einen Schluck Wein?»
Gottvaters Weinkeller war immer mindestens so berühmt
gewesen wie seine wenigen Zeitschriftenartikel. Und er
hatte es nie geschätzt, wenn man nicht mit ihm trank.
«Gern.»
«Dort drüben steht die Flasche.»
Sie war schon entkorkt. Ein hellroter Landwein und zwei
Gläser.
«Bring das Zeug her.»
Der Alte schenkte das eine Glas voll und reichte es Bru-
derer über den Tisch. Bruderer, den Wein in der Hand,
wartete.
«Prost. Trink!»
«Und du?»
«Ich trinke keinen Wein mehr. Der Arzt hat es verboten.»
«Aber Zigarren rauchst du noch.»
«Ein bisschen Nimbus muss man doch behalten.»
Bruderer trank, und kaum hatte er das Glas abgestellt,
goss Gottvater nach.
«Er reut mich nicht. Wo der lag, liegt noch mehr. Und
Besseres. Muss endlich heraufgeholt werden. Und nun zu
dir. Hast du viel vor in nächster Zeit?»
«Es geht.»
«Könntest du etwas für mich übernehmen?»
«Kommt drauf an.»
«Worauf?»
«Auf Termine, Zeit, Geld und so weiter.»
«Weißt du, wo Tartu liegt?»
«Tartu?»
«Das alte Dorpat. Bekam von dem großen Gustav Adolf
von Schweden einst eine Universität geschenkt. Diese

hatte selbstverständlich eine Theologische Fakultät, eine evangelische, präziser eine evangelisch-lutherische.»

«Als die Sowjets das Baltikum schluckten, schlossen sie sofort die Theologische Fakultät von Dorpat. Und kaum waren die Russen 1991 gegangen, machten die Esten die Theologische Fakultät von Dorpat, das nun Tartu heißt, wieder auf.»

«Schau einer an, du liest ja hie und da die Zeitung!»

«Was ist mit der Theologischen Fakultät von Tartu?»

«Du sollst dort Vorlesungen halten. Drei Wochen lang. Schweizerische Kirchen- und Theologiegeschichte. Sie haben mich gefragt, aber ich kann ja nicht. Also habe ich an dich gedacht.»

«Wann?»

«Im April.»

«Das ist sehr bald.»

«Du wirst dich doch nicht zieren wollen!»

Selbstverständlich zierte Bruderer sich nicht.

4

Berlin, Oktober 1806

Es ist der 14. Oktober, und es könnte ein schöner Herbstabend sein. Man führe ein wenig aus der Stadt hinaus, erginge sich eine Weile in märkischem Sand unter hohen Bäumen, tränke einen Schluck in einem Krug und ließe sich zurückkutschieren, um noch ein Stündchen oder zwei am neuen Lustspiel zu schreiben. Aber die Nachrichten, die schon den ganzen Nachmittag über in Berlin eintreffen, sind nicht danach. Und als es Nacht wird, vernimmt August von Kotzebue als sicher, dass Preußen verloren ist. In Jena Fürst Hohenlohe besiegt von dem korsischen Parvenu, in Auerstedt Herzog Karl von Braunschweig von Marschall Davout geschlagen. Die Katastrophe ist komplett. Es heißt, der preußische Hof sei bereits nach Osten aufgebrochen.

August von Kotzebue läutet nach seinem Diener, der zugleich sein Kutscher ist. Er hat schon am Mittag ein halbes Dutzend vorsorglich gepackter Reisekoffer in seinem leichten Wagen verstauen lassen und dem Diener befohlen, sich bereitzuhalten. Er wartet nicht, bis der Diener unter der Tür erscheint. Er eilt die Treppe hinunter und ruft: «Wir fahren!» Er erwartet, dass schon bald die ersten Franzosen hier sein werden.

Er weiß, was ihn erwartet, wenn sie kommen. Vor drei Jahren war er zum letzten Mal in Paris. Da hat er gesehen, was aus der Revolution geworden ist, die er beim ersten Besuch anno 1790 sozusagen taufrisch kennen gelernt hatte. Napoleon Konsul auf Lebenszeit und auf dem besten Weg zum selbst ernannten Kaiser, das ist das Resultat von neunundachtzig: Schmierenkaisertum und Volksbetrug. Wozu Umstürze, Vertreibungen, Guillotine, wenn am Ende alles so ist wie vorher, nur fadenscheiniger und hochstaplerischer? Da kann man gleich die alten Potentaten auf den Thronen belassen. Selbst, wenn sie verrückt sind wie Zar Paul I. von Russland. Der argwöhnte seinerzeit, Kotzebue, aus Paris in Petersburg zurück, sei Jakobiner geworden, ließ ihn auf der Stelle verhaften und nach Sibirien deportieren. Jedoch sah der Zar bei aller Verrücktheit seinen Irrtum vier Monate später ein und holte Kotzebue zurück, um ihn zum Direktor des Deutschen Theaters in Petersburg zu machen. Und dann brachten General Bennigsen und andere den Zaren um, und weil man wusste, dass der neue Zar, Alexander I., den der Vater links hatte liegen lassen, alles anders machen würde als der alte, hatte Herr von Kotzebue seine Reisekoffer gepackt und sich eilig nach Weimar abgesetzt, wo er geboren worden war und von wo er wenig später nach Berlin übersiedelte.

Nein, Kotzebue verschweigt nicht, dass er die Revolution und die, welche sie hochgespült hat, von Herzen hasst. Das hat man in Paris zur Kenntnis genommen, wo man empfindlicher auf die Reaktion des Publikums achtet als ein Theaterdirektor. Und darum wird August von Kotzebue nichts Freundliches blühen, wenn Napoleon in Berlin einzieht. Also besser verschwinden, solang noch Zeit dafür ist.

Wohin, ist ebenfalls klar. Westen versperrt, Süden auch, Norden ebenso. Bleibt nur der Osten. Königsberg vorerst, aber wie man den Empereur kennt, wird er nicht in Berlin stehen bleiben. Er geht immer bis an die Grenze, und die ist, östlich von Königsberg, die Memel, russisch Njemen. Herr von Kotzebue, zwanzig Lustspiele im Gepäck, fünf davon noch unfertig, und vor allem die Notizen zu einem Buch über *Preußens ältere Geschichte*, wird es, je nach Lage der Dinge, wagen, den Njemen zu überschreiten und sich in die Gewalt des Zaren aller Reußen zu begeben. Er kann nur hoffen, die Animosität des gegenwärtigen Alleinherrschers gegen alles, was sein Vater protegierte, sei geschwunden, und stramm antinapoleonisch zu sein, zähle als Visum.

Die Reise bringt viele Unzuträglichkeiten. Überfüllte Straßen, überbelegte Gasthäuser, sogar einen Mitfahrer. Hinter Danzig begehrt ein jüngerer Mann, mitgenommen zu werden. Als Herr von Kotzebue zögert, sagt er: «Ich befehle es Ihnen im Namen Seiner Majestät des Königs!» Da muss er ihm wohl oder übel den Wagenschlag öffnen. Der Mann spricht ein fehlerloses Deutsch, jedoch mit nicht zu überhörendem Akzent. Ein Spion? Herr von Kotzebue ist auf der Hut. Jedoch handelt es sich, wie sich während der Weiterreise zeigt, um einen Offizier aus Berlin in Zivil, ehemaligen Pagen der frühern Königin. Nun soll er nach Königsberg vorausreisen, um für die Majestäten Quartier zu machen. Sein Pferd ist so durchgeritten, dass er es in einem Gasthaus hat stehen lassen müssen. «Leutnant von Chamisso», stellt der Mann sich vor. «*Musenalmanach*?», fragt Kotzebue. Er sieht plötzlich aus, als friere ihn.

«Ja», kommt die Antwort, und: «Sie sind –.»

«Kotzebue.» Er sieht, wie sein Gegenüber die Stirn in Falten zieht. Der Mann der so genannten neuen Schule wird doch nicht wieder aussteigen wollen! Auch einer von denen, die meinen, Lustspiele zu schreiben, sei in diesen Zeiten Hochverrat am Geist. Herr von Kotzebue muss beinahe lachen. Er könnte spucken auf den selbst ernannten Olympier in Weimar und auf die aufgeregten Kleinbürger, Schlegel und wie sie alle heißen. Er hat ihnen im *Freimüthigen*, seiner Zeitschrift, heimgeleuchtet, dem Dichterfürsten, weil er sich über jede Ordnung erhaben fühlt, und den andern, die meinen, groß zu sein, wenn sie jede Ordnung verachten.

«Sie sind aus Berlin geflohen?», fragt wie ein Inquisitor der Fahrgast.

«Nicht geflohen», lügt Herr von Kotzebue. «Ich fahre nach Königsberg um eines Buches willen, das ich schreibe. *Preußens ältere Geschichte* wird es heißen, und ich brauche dazu die Königsberger Archive.»

«*Preußens ältere Geschichte*?», staunt Leutnant von Chamisso, und die Misstrauensfalten auf seiner Stirn glätten sich.

«Ich darf mich wohl einen preußischen Patrioten nennen, Herr Leutnant, auch wenn ich kein gebürtiger Preuße bin. Preußen und sein König sind mir heilig. Beachten Sie: Preußen und sein König. Und widerlich sind mir alle, die diese gottgegebene Konjunktion auflösen – in Gedanken, Worten und Werken, nach der einen oder nach der anderen Seite.»

«Nach der einen oder der anderen Seite – was heißt das?»

«Napoleon will keine Konjunktion, und der Deutschritterorden in Kurland, Livland und Estland wollte auch kei-

26

ne. Die Revolution macht alles weltlich. Der Deutsche Orden machte alles geistlich. Und das Ergebnis? Beide Male die blanke Menschenverachtung. In der Konjunktion jedoch, Herr Leutnant, liegt Spannung, liegt Spiel, fast hätte ich gesagt, liegt die Komödie.»

Herr von Kotzebue schaut den jungen Mann an.

«Wie alt sind Sie, Herr Leutnant?»

«1781 geboren.»

«Mein Sohn Otto ist 1787 geboren; ich habe ihn nicht mehr gesehen, seit er drei Jahre alt war. Und jetzt ist er auf hoher See.»

«Auf hoher See?»

«Seit drei Jahren. Weltumsegelung. Mit meinem Schwager Krusenstern, im Auftrag Seiner Majestät des Zaren. Die erste russische Weltumsegelung.»

«Oh, Krusenstern ist Ihr Schwager? Ich habe von dem Unternehmen gehört. Faszinierend, großartig!» Jetzt wird der Leutnant ein kleiner Knabe, der Augen, Mund und Nasenlöcher aufsperrt, während Herr von Kotzebue erzählt.

Er nimmt den Leutnant mit bis Königsberg. Auch Adelbert von Chamisso ist der Meinung, dass Napoleon nicht in Berlin stehen bleiben wird. Es spricht vieles dafür, hinter den Njemen zu gehen.

In Königsberg angekommen, spricht noch mehr dafür, schnell weiterzureisen. Die Stadt ist hässlich, kleinkariert und teuer. Und jetzt schon überfüllt; wie soll es erst werden, wenn hier all die hereindrängen, die noch unterwegs sind? Wenn man nur der Laune des reußischen Alleinherrschers sicher sein könnte. Und wenn nicht die geschiedenen Frauen – es sind drei – mit den Kindern in

Reval und Umgebung auf einen lauerten. Es wird kein gemütliches Heimkommen sein. Aber wo ist Herr von Kotzebue überhaupt daheim?

Er beschließt nach der ersten, unruhigen Nacht in Königsberg, schon frühmorgens weiterzureisen. Und Leutnant von Chamisso ist erstaunt, dass Herr von Kotzebue abgereist ist, als er gegen Mittag im Gasthaus vorspricht, um sich für die Fahrgelegenheit gebührend zu bedanken. «Er wollte doch die Archive durchsehen. Er schreibt an einer Geschichte Preußens», sagt er zum Wirt.

5

Tilsit, Juni 1807

Alle sind dagegen, sogar der forsche Bagration, nur General Barclay ist dafür. Wer könnte tatenlos zuschauen, wie sein Hab und Gut verwüstet wird. Mehr noch, wer könnte es mit eigener Hand verwüsten, es sei denn, er wäre von Sinnen!

Sie begreifen nicht, warum Barclay es vorschlägt. Es erinnert peinlich an das, was Marschall Kutusow vor der Schlacht von Austerlitz tat, bevor er bei Seiner Majestät in Ungnade fiel und nach Austerlitz in der Versenkung verschwand. Obwohl Austerlitz Michail Ilarionowitsch Kutusow gegen seinen Kaiser Recht gegeben hat, wie sie alle wissen, jedoch nicht aussprechen. Seither ist Rückzug verpönt, Vorstoß die einzige einem Zaren anstehende Strategie, auch wenn sie geradewegs in die Niederlage führt. Siehe Schlacht bei Austerlitz, die Kutusow nicht wollte, Alexander aber durchsetzte.

Doch das ist nur ein Grund ihres Befremdens über Barclay. Michail Bogdanowitsch Barclay de Tolly ist doch selbst Gutsbesitzer. Unter anderem gehört ihm Jögeveste am Kleinen Embach südlich des Võrts-Sees.

Ist das deutsche Unerbittlichkeit gegen sich selbst? Denn die Barclay sind Deutsche. Deutschbalten aus Riga. Manche sagen, ursprünglich seien sie Schotten gewesen. Barclay de Tolly klingt nicht deutsch, aber noch weniger russisch. Wer weiß, woher die Familie in Wahrheit stammt.

Jedenfalls Ausländer. Und Ausländer haben kein Herz für das Land. Sie denken losgelöst von russischer Erde, auch wenn ihnen ein Stück davon gehört. Sie denken in abstrakten Strategien und haben keine Bilder vor dem innern Auge. Bilder von verwüsteten Feldern, von niedergebrannten Häusern. Bilder von Menschen, die auf Planwagen neben ihren eilig zusammengetragenen Siebensachen sitzen und ostwärts aufbrechen, ohne zu wissen, wohin.

Ein Stück weit bewundern sie Barclay. Denn sie wissen, dass, was er vorschlägt, die richtige Strategie wäre. Aber zugleich verachten sie ihn für seine Ungebundenheit. Was ist das für ein Mensch, der einen solchen Vorschlag macht? Er muss einen Stein an der Stelle des Herzens haben.
Plötzlich geht ein wissendes Grinsen über Bagrations Gesicht und springt auf andere Gesichter über. Barclay, natürlich! Dass man nicht früher daran gedacht hat! Der Deutschbalte Barclay hat seine Güter im Norden. Napoleon aber wird, wenn man nicht Frieden mit ihm schließt, viel eher den Njemen aufwärts Richtung Moskau marschieren als der Küste entlang durch Livland und Estland nach Petersburg. Was hat er, wenn er Petersburg hat? Eine schöne Stadt. Russland hat er nur, wenn er Moskau hat. Und vom Njemen aus gesehen, liegen Barclays Güter hoch im Norden. Er würde sie nicht eigenhändig niederbrennen müssen. Sie würden stehen bleiben, während zwischen Königsberg und Moskau nur verbrannte Erde bliebe, wenn es nach seinen Vorschlägen ginge. Gewiss, Napoleon wäre erledigt, bevor er nach Moskau käme. Aber wie viele Güter, wie viele Adelsfamilien und Bauern wären auch erledigt?

Barclay steht auf verlorenem Posten. Der Kriegsrat beschließt – mit Ausnahme von Barclay – einstimmig, es müsse mit Napoleon verhandelt werden. Barclays Vorschlag, den Krieg fortzusetzen und dabei die Taktik der verbrannten Erde anzuwenden, wird verworfen. Der Entscheid fällt den Mitgliedern des Kriegsrates umso leichter, als kein Zweifel über die Meinung des Zaren besteht: «Ich werde mit ihm zusammenkommen», sagt Alexander mit aufeinander gebissenen Zähnen.

General Bennigsen, der Verlierer von Preußisch Eylau und Friedland, schaut Barclay an und weiß, was Barclay denkt. Wenn das mal gut geht!, denkt Barclay. Er kennt den Zaren, der da oben am Tisch auf dem hochlehnigen Sessel sitzt. Und er hat eine ziemlich genaue Vorstellung von Napoleon. Wenn ihn nicht alles täuscht, wird der kleine Komödiant die lange Stange um den Finger wickeln. Wenn er ihm nur schön genug tut, wird dieses eitle, leicht zu begeisternde große Kind dem Franzosen bald aus der Hand fressen. Und das wird den größern Schaden anrichten als die verbrannte Erde.

Weiter unten am Tisch sitzt Graf Toll, der mit Suworow in Italien und in der Schweiz war. Acht Jahre ist es her. Fürst Suworow, der Generalissimus, ist seit sieben Jahren tot. Seit sechs Jahren ist Alexander Zar. Bennigsen hat mitgeholfen, Alexanders Vater, den verrückten Zar Paul, zu ermorden. Als eine russische Armee bis in die Alpen vorstieß und über die Pässe marschierte, war Toll ein junger Leutnant. Inzwischen ist er dreißig, wie der Zar. Und die russische Armee, Bennigsens Armee, musste sich vor einer Woche geschlagen über den Njemen zurückziehen.

Es ist heiß im Saal. Karl Wilhelm Toll ist in den letzten Nächten wenig im Bett gewesen. Er kämpft gegen den Schlaf und gegen die Traumbilder, die ihm vor den Augen flimmern. Anneli aus dem Muotathal läuft vorüber, barfuß, obwohl es Herbst ist und am Morgen schon weißer Reif auf den Wiesen liegt. Sie läuft einer Ziege nach, und Leutnant Toll läuft ihr nach. Sie lässt sich lieber von dem Leutnant fangen als die Ziege von Anneli. Er nimmt sie bei der Hand. Sie schlüpfen in die große dunkle Scheune des Frauenklosters. Die Ziege gehört den Nonnen, und Anneli ist bei den Nonnen in Dienst. Wüsste die Mutter Oberin, die auf strikte Ordnung hält, was Karl Wilhelm und Anneli in der Scheune treiben, setzte es ein Donnerwetter ab. Der General wohnt unter ihrem Dach, aber sie lässt keinen Zweifel, wer hier das Regiment führt. Den Franzosen, die ihr einen Ochsen aus dem Stall gestohlen haben, hat sie eine Rechnung nachgeschickt. Betrunkene russische Soldaten duldet sie nicht in ihren Mauern. Suworow sieht sich gezwungen, strenge Kontrollen über die eigenen Leute einzuführen. Als er sich selbst zurückziehen und über einen dieser verfluchten Pässe davonmachen muss, küsst er der Mutter Oberin die Hand und sagt: «Madame, Sie sollten einen großen Staat regieren, kein kleines Kloster.» Wenn sie es nicht hörte, nannte er sie Katharina die Dritte.

Was, denkt Toll, wenn Anneli einen Sohn geboren hat? Oder vielleicht ein Mädchen. Toll hat inzwischen selbst Kinder. Aber er sähe gern sein Kind im Muotathal, sein Kind und die Mutter.

«Wie ist der Name?», ruft Bennigsen.

«Gwerder», antwortet, aus dem Halbschlaf erwachend, Graf Toll.

Alle rund um den Tisch schauen ihn an und lächeln schadenfroh, ähnlich wie vorhin bei Barclay. Nur dem Zaren ist es nicht ums Lachen.

«Wie bitte?» Er will den Namen des französischen Emissärs wissen. Toll hat ihn vergessen.

Bennigsen lehnt sich in seinem Sessel zurück, als gehe ihn die ganze Sache nichts an. Mit solchen Leuten hätte man siegen sollen!, steht ihm im Gesicht geschrieben. Die Sache geht ihn tatsächlich nichts mehr an. Sowie seine Soldaten über den Njemen zurückgeschafft waren, hat er seinen Rücktritt eingereicht. Inzwischen ist das offizielle Demissionsschreiben abgefasst und gesiegelt. Es schaut Leonti Leontjewitsch aus dem Uniformrock; Toll kann es sehen. Eigentlich heißt Bennigsen mit Vornamen Levin. Levin August Gottlieb.

Wer weiß, vielleicht hat Anneli tatsächlich ein Kind zur Welt gebracht, denkt Toll.

«Ich werde ihn treffen», sagt der Zar.

«Er schlägt vor, dass man auf der Grenzlinie zusammenkommt. In der Mitte des Flusses», sagt Bagration, der kein Hehl aus seiner Meinung macht, Bennigsen habe sich zu schnell zurückgezogen und nicht das Letzte gegeben. Dieser Armenier, dessen Vorfahren vor neunhundertfünfzig Jahren ihr Land von den Arabern befreiten, will immer mit dem Kopf durch die Wand.

«Meinetwegen», antwortet der Zar und erhebt sich. Die Sitzung ist beendet. Alles fährt auf und klappt grüßend zusammen. Bisher sah der Zar immer ein wenig wie ein aufgeplusterter Gockel aus. Jetzt ist alle Luft aus dem Gefieder.

«Verdammt noch mal, Toll, Sie müssen sich besser konzentrieren. In Gegenwart Seiner Majestät schlafen, was

33

soll denn das!», schimpft Bennigsen. Aber er meint es nicht ernst. Sein Engagement ist beendet. Barclay wird an seine Stelle treten. Obwohl Barclay heute unterlegen ist.

6

Olten, Dezember 1375

Wenn er ihn überlebte, würde Henzmann von Arx den 8. Dezember 1375 sein Leben lang nicht vergessen. Aber Henzmann von Arx überlebt den 8. Dezember 1375 nicht.

Henzmann von Arx, genannt Henzli, ist Händler in Wein, Salz nebst vielerlei anderem und Wirt zum *Halbmond* in Olten. Und er ist in erster Linie ein Equilibrist, Seiltänzer und Jongleur von hohem politischem Talent. Denn er versteht es, sich mit allen gutzustellen.

Bis vor zehn Jahren war Henzli von Arx Vertrauensmann des Grafen von Froburg, dem das Städtchen Olten gehörte. Dann fiel Olten samt Henzli von Arx an den Bischof von Basel, der Henzli von Arx ebenfalls zu schätzen wusste. Nach dem Bischof von Basel ist nun Graf Rudolf von Nidau Besitzer der kleinen Stadt. Und Henzli von Arx besitzt auch dessen Vertrauen.

Vielleicht hängt es am Namen, der lateinisch ist und mit dem ‹von› adelig klingt. Wahrscheinlicher hängt es am Geld. Henzli ist ein Schlaumeier, seine Mitbürger nennen ihn einen Heimlichfeißen. Er tut bescheiden und zieht vor jedem Herrn die Kappe. Dabei sitzt mancher, vor dem er die Kappe zieht, bei ihm in der Kreide wie der Hund in den Flöhen. Man munkelt, der letzte Graf von Froburg sei bei Henzli von Arx derart verschuldet gewesen, dass nach dessen Tod die Froburg an ihn gefallen wäre, wenn sie nicht mit dem letzten Froburger untergegangen wäre. Das spielte sich nämlich so ab: Es war Hochsommer, das Getreide war reif. Wie er zu tun pflegte, wenn er nicht gerade im Krieg lag, frönte der Graf von Froburg zwischen Aarburg und Olten der Jagd, ohne Rücksicht auf das reife Korn der Bauern, was denen schwer auflag.

Er hatte nichts getroffen, war schlechter Laune und wollte vor dem aufziehenden Gewitter sein festes Haus in Olten erreichen. Darum ritt er in gestrecktem Galopp durch die Getreidefelder auf die Aarebrücke von Olten zu, unter deren Dach hervor man hoch über den Jurawäldern die Froburg sah.

Kaum war er auf der Brücke, als es blitzte, donnerte, jedoch kaum zu regnen begann. Der Graf hielt sein Pferd an, um zu verschnaufen, da trat ein altes Weib vor ihn hin und sagte, es sei nicht recht, dass er die Bauern mit harter Fron drücke und ihnen das Korn zu Boden reite. Der Graf lachte über das Gejammer, worauf es einen Knall tat, und das alte Weib rief: «Schau dort, Graf, dein Schloss!» Aus der Froburg stieg Rauch. Da schrie der Graf von Froburg: «Es wird kein Pflug pflügen, kein Mann säen, bis die Froburg wieder steht!», und er ritt über die Frau hinweg in die Stadt hinein. Wie er aber unter dem Brückendach hervorritt, gabs einen gewaltigen Blitz. Der traf den Grafen von Froburg vom Kopf bis zu den Füßen und schlug ihn tot mitsamt seinem Ross.

So kam Henzli von Arx zwar nicht in den Besitz der Froburg, aber immerhin in den des froburgischen Stadthauses. Und das war für den Bischof von Basel wie für den Grafen von Nidau Zeichen genug, dass dieser Negoziant nicht zu unterschätzen sei und er einem eines Tages vielleicht noch nützen könne. Henzli von Arx wurde alsbald Mitglied des Buchsgauer Landgerichts und sogar für ein Jahr Vogt des Städtchens Fridau an der Aare, das dem Grafen von Nidau gehörte und auch eine Brücke besaß. Dann machte der Graf ihn zum Amtmann von Olten.

Bisher hat Henzli von Arx immer Glück gehabt. Auch darin, dass er es trotz seiner adeligen Beziehungen mit seinen Mitbürgern nicht verdorben hat. Von denen lässt der eine und andere ebenfalls bei Henzli von Arx anschreiben und ist froh, wenn dieser nicht zu streng an der Daumenschraube dreht.

Doch bei all seinem Glück hatte Henzli von Arx die Furcht nie verlassen, dass es eines Tages anders kommen und das Blatt sich zum Bösen wenden werde. Als er vernahm, Ingelram von Coucy und Jevan von Eynion mit ihren Mörderbuben, Brandschatzerhorden, Kirchenschänderbanden der Gugler, von denen seit Monaten das Gerücht ging, seien aus dem Elsass aufgebrochen, an Basel vorbeigezogen und im Begriff, über den Jura zu kommen, wusste er, jetzt war das Unglück da.

Er verflucht den Bischof von Basel, seinen früheren Herrn, den feigen welschen Sack, der die Engländer und Franzosen durchgelassen hat. Es heißt, der Bischof habe den Räubern sogar Geld bezahlt, damit sie ihn und seine Stadt in Ruhe ließen und gegen das Mittelland zögen.

Henzli von Arx, misstrauisch, ob der es nicht auch wie der Bischof mit den Stärkeren halte, weiht dem heiligen Martin in der Stadtkirche eine Kerze und hofft, dass ihm am Ende dieser bösen Geschichte wenigstens noch ein halber Mantel bleibt. Er beugt gespaltenen Herzens das Knie und denkt im Hinausgehen schon, was statt Beten gescheiter vorzukehren sei. Maurer und Zimmermann lässt er zu sich rufen. Die Häuser des Städtchens, die ihre eigne Stadtmauer sind, brauchen Verstärkung. Die Gugler werden über die Brücke wollen, und um über die Brücke zu kommen, müssen sie zuerst das Städtchen Olten haben. Also ruft der Amtmann Henzli von Arx, ohne Befehle von oben abzuwarten, die wehrfähige Mannschaft zu den Waffen.

Am 8. Dezember, zwei Tage nach St. Niklaustag, sieht er sie vom Hauenstein her über Trimbach kommen. Voran dreißig Ritter zu Pferd, in den Rüstungen glänzend wie die Erzengel. Dahinter allerhand Fußvolk, wirr durcheinander in schlechtem Schuhwerk und durchnässter Kleidung, das Karren zieht und Belagerungswerkzeug schleppt. Wäre das ein Geschäft, denkt in Henzli von Arx seine Krämerseele, sie mit warmem Essen zu bewirten und ihnen neues Gewand zu verkaufen! Doch muss er sich sagen, dass die Gugler statt zu kaufen nehmen, ohne zu zahlen.

Sie kommen gegen das obere Tor, wo Henzli von Arx vorsichtig aus einer Schießscharte luchst. Hundert Meter davor halten sie an und schicken einen herüber, der weder Rüstung noch Waffe trägt, barfuß ist und im bloßen Hemd. Als er nah genug ist, erkennt ihn Henzli von Arx. Es ist der Amtmann von Trimbach, den die Marodeure als Emissär schicken. Dem schlottern die Knie, sieht Henzli von Arx aus seiner Schießscharte.

«Henzli!», ruft der Amtmann von Trimbach.

«Ich höre», ruft Henzli.

«Du sollst das Tor öffnen. Dann geschieht euch nichts.»

«Das muss mir der dort schon selbst sagen. Wer ist er?»

«Hans von Weißnichtwas, ein Deutschordensritter.»
«Dann geh und sag ihm, sei er ein Christenmensch, so
seien wir auch Christenmenschen. Und er soll an uns
tun, wie ein Christenmensch an Christenmenschen tut.»

Was Henzli von Arx aus der Schießscharte nicht sieht, ist
die zweite Abteilung der Belagerer. Die ist der Aare entlang nahe an die Mauer gekommen, hat Leitern mit sich
geführt, die Leitern angestellt, ohne dass die Wachen etwas merkten. Und während Henzli am oberen Tor noch
Worte wechselt mit dem Emissär der Ritter, ist der Feind
neben dem unteren Tor schon in der Stadt. Rumor entsteht. Henzli von Arx sieht sich eingeklemmt. Vor sich
die Ritter am Tor, hinter sich die Ritter, die die Haupt-
gasse herauftürmen und verschrecktes Volk vor sich her-
treiben. Und dann muss Henzli von Arx zuschauen, wie
unter ihm das Tor geöffnet wird und der Feind in scharfem Trab in die Stadt einreitet.

Die Jagd beginnt. Henzli von Arx weiß, dass sie ihn vor
allen andern suchen. Also macht er, dass er wegkommt.
Es sind tatsächlich Ordensritter, er erkennt sie nun am
Mantel. Das Heilige werden sie achten. Also flieht Henzli
von Arx in die Kirche zum heiligen Martin. Doch kaum
ist er drin, springt die große Tür auf und ein eisengerüs-
teter, weiß bemäntelter Reiter sprengt herein.
«Seht den Schurken an!», ruft er.
«Herr, ich bin ein Christenmensch wie ihr!», ruft Henzli
von Arx.
«Da hast du deinen Christenmenschen, Bauernlümmel!»,
bellt der Ritter, und sein Schwert zerschneidet Henzlis
Kehle.

Am selben 8. Dezember wollen die Gugler neben Olten auch in Aarburg, Fridau, Aarwangen, Solothurn und Büren über die Aare. In Büren steht Ingelram von Coucy selbst vor der Stadt, Graf Rudolf von Nidau in der Stadt. Erfolgreich wehrt Nidau den Coucy ab, doch kommt er dabei um. Aus einem Fenster hält er nach Coucy Ausschau, will ihm durch einen seiner Armbruster einen Gruß schicken lassen. Da glaubt er, weiße Mäntel zu erblicken. Deutschritter unter diesem Räuberpack? Er war selbst mit ihnen auf Kreuzzug gegen die Heiden in Livland. Nun sie gegen ihn? Er kann es nicht glauben und hebt das Visier seines Helms, um besser zu sehen. Das merkt einer der Armbruster im Rücken der Deutschritter, legt an und zielt. Und trifft den Grafen von Nidau mitten in den Kopf.

Als sie die Stadt zu stürmen versuchen, ist der Zorn der Belagerten so groß und schlägt so heftig zurück, dass die Deutschritter mit den Guglern und ihrem Ingelram von Coucy verzweifeln und Büren rechts liegen lassen. Fridau aber, wo Henzli von Arx Vogt war, wird an diesem Tag genommen, dem Boden gleichgemacht und nie mehr aufgebaut. Ingelram von Coucy schlägt sein Hauptquartier im Kloster St. Urban auf und Jevan von Eynion seines im Kloster Fraubrunnen. Um die Weihnacht verlieren beide eine Schlacht, und im Januar ziehen sie nordwärts über den Jura zurück.

7

Konstanz, November 1414

Gleich hinter dem Tor zum großen neuen Konzilshaus tritt der junge Spund im Klerikergewand auf den gesetzten Herrn im Bischofsornat zu. «Ehrwürdiger Vater», sagt er, «ich darf Sie bitten, mir zu folgen.»

Der gesetzte Herr schaut ihn erstaunt an. «Was willst du von mir?»

«Ich habe Befehl, ehrwürdiger Vater, zu prüfen, wer Sie sind.»

«Prüfen, wer ich bin? Was fällt dir ein! Was gibt es an mir zu prüfen? Weißt du nicht, wer ich bin? Ich bin Erzbischof Johann von Riga.»

«Das zu prüfen, bin ich hier», sagt der junge Mann.

«Wer bist du?»

«Johann, wie Sie, ehrwürdiger Vater. Mit Beinamen Ambundii. Ich bin auf dem Konzil als Stellvertreter meines Herrn, des Bischofs von Eichstätt.»

«Dann vertritt den gefälligst und lass mich in Ruhe!»

«Das, leider, geht nicht. Ein Befehl des Kaisers, ehrwürdiger Vater.»

«Seit wann befiehlt der Kaiser, was auf einem Konzil gilt und was nicht?»

«Ach, das wollen wir nicht zu streng erforschen. Schon oft haben die Kaiser – jedoch lassen wir es. Auch die Konzilsleitung will wissen, wer im Plenarsaal sitzt. Deshalb noch einmal meine Bitte, ehrwürdiger Vater, folgen Sie mir, oder ich müsste –.»

Er schiebt den Erzbischof sanft vor sich her in einen kleinen Raum.

«Hier sind wir ungestört. Haben Sie, ehrwürdiger Vater, ein Beglaubigungsschreiben bei sich?»

«Was für ein Beglaubigungsschreiben?»

«Zum Beispiel einen Brief Ihres Domkapitels.»

«Beglaubigt das Domkapitel den Bischof, junger Mann? Abgesehen davon, dass es in meinem Fall unmöglich wäre. Ich bin seit – ja, seit genau zehn Jahren nicht mehr in Riga gewesen.»

«Sie sind seit zehn Jahren aus Ihrer Erzdiözese weg?»

«Ich habe die Verwaltung verpachtet. An den Ordensmeister, der in jenen Landen ohnehin das Sagen hat.»

«Und sind weg?»

«Und bin weg, jawohl. Glaub mir, es ist besser –.»

«Es sei besser, wenn der Hirt seine Herde im Stich lasse, wollen Sie sagen? Korrigieren Sie unseren Herrn, mein Herr? Unser Herr redete vom Wolf, der kommt, und vom Hirt, der nicht zulässt, dass der Wolf die Lämmer reißt. Sie aber wollen sagen, es sei besser, wenn man die Lämmer dem Wolf überlasse?»

«Wer redet hier vom Wolf? Ist der Großmeister des Deutschen Ordens ein Wolf?»

«Das kann man nie wissen. Eben haben Sie noch von ihm wie von einem Wolf geredet. Wenn der rechtmäßige Hirt weg ist, wird jeder ein Wolf, der die Herde an sich reißt. Und Sie werden nicht behaupten wollen, die Ordensritter seien da eine Ausnahme. Eher die Regel, denke ich, als die Ausnahme. Doch vergesse ich, dass Sie selbst einer sind.»

«Nicht mehr. Und auch als ich noch einer war, waren der Ordensmeister und ich einander wie Hund und Katze. Er wollte mich unter seiner Knute, ich wollte mich nicht unter seiner Knute. So liegen die Dinge.»

«Streit also unter Hirten. Und was ist mit den Schafen?»

«Um die Schafe geht es dabei überhaupt nicht.» Der Erzbischof merkt, dass er einen Fehler gemacht hat. Er fürchtet, dass der junge Mann einhaken und den Fisch endgültig an Land ziehen wird. Aber es kommt noch schlimmer. Der junge Mann lächelt. Sagt kein Wort, lächelt nur. Sagt nicht einmal: Da haben wir es. Nichts sagt er. So lange nichts, bis der Erzbischof es nicht mehr aushält und seinerseits sagt: «Ich werde nicht mehr nach Riga gehen, das schwöre ich dir. Ich werde mich aus dem Amt zurückziehen. Sogleich.»

«Wenn Sie nicht mehr Erzbischof sind, haben Sie auf dieser Versammlung auch nichts zu suchen», sagt der junge Kleriker. «Ich kann Sie nicht eintreten lassen, Ehrw… mein Herr.»

Er winkt den Knechten, die am Tor stehen. Die Knechte nehmen Augenmaß an dem Mann, nicken. An ihnen wird er nicht vorbeikommen.

«Ich gehe ja schon», sagt Johann von Wallenrode. Er geht an den beiden Kriegsknechten vorbei hinaus. Draußen pfeift er seinem Diener. Der bringt ihm das Pferd und hilft ihm hinauf. Den Kopf sehr hoch erhoben, reitet der Erzbischof davon. Selbstverständlich denkt er nicht daran, den Rücktrittsbrief an das Domkapitel in Riga oder an irgendjemand sonst zu schreiben. Solang ihm der Ordensmeister jährlich viertausend Gulden dafür bezahlt, dass er das Erzstift verwalten darf, tritt Erzbischof Johann nicht zurück. Für zwölf Jahre ist der Kontrakt abgeschlossen. Jetzt haben wir 1414, bis 1417 dauert die Pacht. Er wird rechtzeitig für eine andere Einnahmequelle besorgt sein, zum Beispiel eine fette Diözese in der Mitte Europas. Von den Rändern hat er genug, endgültig. Er schwört sich, dass ihn keine zehn Pferde mehr dorthin bringen werden, wo jede Stadt von sich behauptet, mit ihr höre die Kultur auf und in der nächstöstlichen beginne die Barbarei.

Der junge Eichstätter Kleriker schaut dem alten Pfründenjäger nach. Was für eine Lotterwirtschaft, denkt er. Da ist einer Erzbischof von Riga und war seit zehn Jahren nicht mehr in seiner Stadt.

Apropos Lotterwirtschaft. Drei Jahre nach dem Wächterauftrag am Konstanzer Konzil wird Johann mit Beinamen Abundi oder Ambundii oder Habun, der Mann aus Eichstätt, zweifacher Doktor, einmal der Theologie, zum Zweiten beider Rechte, vom Churer Domkapitel zum Bischof gewählt. Da kein Papst vorhanden ist, weil es vorher zu viele aufs Mal gab, lässt die römische Bestätigung auf sich warten. Dafür beglaubigt der Erzbischof von Mainz den Akt, und König Sigismund unterstützt ihn kräftig. Am 6. Juni 1417 zieht Johannes III. feierlich in seine Kathedralkirche ein.
In Chur herrscht die gleiche Lotterwirtschaft wie in Riga. Das weiß der Neue im Voraus und sieht es, sobald er ankommt. Keine Deutschritter zwar weit und breit, aber trotzdem das Bistum ausgeplündert, die Strukturen kaputt, die Leute korrupt. Johann Abundi muss für Ordnung sorgen. Und zwar sofort und mit eisernem Besen.

Ein halbes Jahr später wählt das Konklave auf dem Konstanzer Konzil Odo Colonna zum Papst. Er nennt sich

Martin und ist dieses Namens der Fünfte, und wenn er den neuen Churer Bischof noch nicht von Konstanz her kennt – vielleicht hat er sich auch ausweisen müssen vor dem jungen Mann gleich hinter dem Tor, war aber erfolgreicher dabei als der Fernbischof aus Riga –, dann wird er jetzt auf ihn aufmerksam. Nach seiner Wahl und der ausgedehnten Reise durch die Schweiz endlich in Rom angekommen, bestätigt er alsbald und nachträglich Johannes III. von Chur und hat gleichzeitig einen neuen Posten für ihn. Es gibt noch mehr auszumisten. In Riga nämlich, wo die Pacht abgelaufen und wohin der Wallenrode tatsächlich nie zurückgekehrt ist. Dem gibt man die reiche Pfründe Lüttich; da ist er unter Kontrolle und kann nicht viel verderben. Und schickt statt seiner den Abundi nach Riga. Hat er in Chur aufgeräumt, besteht Hoffnung, dass er auch den Deutschrittern den Meister zeigen wird. Denn ‹Abundi› kommt möglicherweise vom lateinischen ‹abundo›, was ‹überfließen›, ‹im Überfluss vorhanden sein› heißt. Der Mann wird seine Gaben brauchen.

8

Tilsit, August 1736

Bis Tilsit geht die Postkutsche. In Tilsit heißt es aussteigen; wer weiter will, ist auf sich selbst angewiesen. Ab da ist auf nichts mehr Verlass, und jenseits der Memel, die hier Grenze ist, werden die Straßen schlecht, noch schlechter als in Preußen. Denn jenseits der Memel ist Russland. Postkutschen gibt es nicht, und gäbe es welche, kämen sie hier nicht vorbei. Es gälte, eigene Pferde und eine eigene Kutsche zu mieten. Das kostet Geld. Und Geld hat der Graf momentan nicht im Überfluss. Genauer gesagt, er hat so gut wie keines mehr.

Darum ist Tilsit Endstation, wenigstens für die ordentliche Postkutsche. Nicht für die Füße. Auch ein Graf hat Füße, und wenn er sich dazu nicht zu schade ist, kann er sie auch gebrauchen. Dieser Graf ist sich dafür nicht zu schade. Wie er sich nicht zu schade war, unter dem Gelächter seiner Standesgenossen einen Pfaffentalar anzuziehen und auf die Kanzel zu steigen. So was tut ein Graf nicht, schon gar nicht ein Reichsgraf. Das überlässt man denen, die ein wenig Grütze im Kopf, aber kein Geld im Beutel und, noch wichtiger, keine Äste am Stammbaum haben. Die können Pfarrer werden und froh sein, wenn sie beim Grafen zum Tee geladen sind. In Kurland und Livland übrigens sind sie sogar den Baronen gleichgestellt, was freilich nach dem jüngst vergangnen Krieg nicht viel besagt. Denn die Barone haben auch nichts mehr, und mancher Baron hat weniger in seinem Schloss als sein Pastor in seinem Pfarrhof. Deutsche, nota bene, sind beide.

Doch obwohl die kur- und livländischen Barone nichts mehr haben, käme es auch von ihnen keinem in den Sinn, den Predigertalar anzuziehen. Zwar wissen sie alle, was es heißt, kein Geld zu haben. Demonstrieren würden sie es freilich nicht so wie der Graf.

Der aber steigt fröhlich aus der Postkutsche, trinkt von der Röhre eines öffentlichen Brunnens und geht über die Brücke, über die später Barclay de Tolly mit der russischen Armee zurückgehen wird. Und wie er am andern Ende, dem russischen, der Brücke angekommen ist, setzt er sich auf einen Grenzstein, zieht die Schuhe aus, bindet sie sich an einer Schnur um den Hals, zieht die Kniestrümpfe aus, stopft sie zum Schnupftuch in die Hosentaschen und läuft barfuß weiter.

Was er sonst noch am Leib trägt, der Graf, weist ihn zwar weniger als einen Bauern und eher als einen Grafen aus, aber als einen heruntergekommenen. Rock zerknittert, Weste bekleckert, Jabot lang nicht gewaschen und zerrissen.

Das Ziel ist Riga, und bis Riga ist es weit. Sechzig Meilen gleich sechzig mal zehntausend Schritt gleich sechzig mal 7532,50 Meter, macht total gute vierhundertfünfzig Kilometer. Rechne: ein Durchschnittsmensch geht, wenn er tüchtig marschiert, fünf Kilometer in der Stunde. Nun ist ein Graf kein Durchschnittsmensch, schon gar nicht dieser Graf, jedoch geht er barfuß, was dem Fortkommen minder förderlich ist. Also wird es bei fünfen etwa bleiben. Fazit: Nikolaus Ludwig Reichsgraf von Zinzendorf

und Pottendorf benötigt für die Strecke von der Memel-
brücke bei Tilsit bis Riga zu Fuß und ohne Schuhe und
Strümpfe gut und gern neunzig Stunden. Sind knapp
vier Tage und Nächte, ohne Rast und Schlaf gerechnet,
was völlig irreal ist. Der barfüßige Graf ist also mindestens elf Tage unterwegs.

Da lernt man das Volk kennen und das Volk einen, und
bald hinter Tilsit haben das Volk und der Graf Gelegenheit dazu. Denn es ist heiß und staubig, und beides
macht Durst. Wie der Graf in das erste Dorf kommt und
keinen öffentlichen Brunnen findet, geht er aufs nächste
Haus zu und klopft an die Tür. Schlägt nicht mit der
Gerte daran, tritt nicht mit dem Fuß dagegen, brüllt
nicht «Aufgemacht!», sondern klopft höflich, was ihn als
einen verrät, der von Hofe ist, aber anders als hier gewohnt. Und als die verdutzte Bäuerin endlich unter der
Tür erscheint, herrscht er sie nicht an; er bittet sie
freundlich und demütig um einen Schluck Wasser, erst
fließend auf Deutsch, dann stockend auf Russisch. Sie
versteht beides, wenn ihr der Ton auch ungewohnt ist.
Will dem Herrn, der er nach seiner zwar abgerissenen
Kleidung doch sein muss, erst die Hände, dann den
Rocksaum küssen, was er verlegen abwehrt, redet wie ein
Sprudelbrunnen lettisch, was er nicht versteht, und sagt
dann in zögerndem Deutsch: «Ich bringen dir trinken,
Väterchen.»
Der Graf setzt sich auf einen Holzbock neben der Tür,
bekommt eine Schüssel mit wunderbar kühler Milch,
und noch bevor er sie ausgetrunken hat, steht erst ein
Tschuppel Kinder um ihn herum und gafft ihn an und
kommentiert lachend und lettisch die fehlenden Knöpfe

an seinem Rock und den Zipfel der Perücke, der aus seiner Hosentasche schaut, und kurz darauf kommen Erwachsene gelaufen, allesamt barfuß wie er. Ein Herr ohne Schuhe, ein Herr zu Fuß, das spricht sich herum, den
muss man sehen. Und dann tut er den Mund auf, und sie
hören zu.

9

Weißenstein, April 1343

Hans von Stoffeln stammt aus der Gegend nördlich des Bodensees, Hegau heißt sie. Er ist ein zweiter Sohn, darum eigentlich fürs Kloster bestimmt. St. Gallen käme in Frage oder das Kloster Reichenau, keinesfalls einer der hungerleiderischen Bettelorden. Da Hans von Stoffeln jedoch alles andere als ein klösterlicher Charakter ist, befindet der Vater, der Sohn trete am besten dem Deutschritterorden bei. Die leben wie Edelleute, bleiben freilich unverheiratet und fallen deshalb für die Familie, das heißt die Erbteilung, nicht ins Gewicht.

Hans von Stoffeln tritt in den Orden ein und geht um das Jahr 1340 ins Baltikum. 1343, in der Nacht auf den 23. April, den St. Georgstag, einem wichtigen Tag im bäuerlichen Kalender, erheben sich die geschundenen estnischen Bauern der Landschaft Harjumaa, deutsch Harrien, denen man wie im ganzen Baltikum und in Ostpreußen mit dem Schwert vom ritterlichen Pferd herab Leibeigenschaft und Steuern als Inbegriff des Christentums aufmissioniert hat. Jetzt wollen sie endlich ihre eigenen Herren sein. Folglich tun sie wie Herren, erschlagen Mönche und Ritter, das ganze geistliche Pack, das sich auf ihre Kosten den Wanst füllt, erbrechen Schlösser, plündern Kirchen. Vier Könige wählen sie an ihre Spitze, geben sich selbst ein Regiment, indem sie nach den Königen Fürsten ernennen und Leibeigene zu Rittern schlagen. Dann ziehen sie zu Tausenden vor Reval und belagern die Stadt. Den schwedischen Statthalter in Finnland lassen sie wissen, dass sie sich ihm unterwerfen und ihm die Stadt Reval überantworten wollen, wenn sie nur das unerträgliche Regiment des Ritterordens damit los sind. Der Ordensmeister heißt damals Burchard von Dreileben und sitzt gerade in Pleskau, südöstlich des Peipus-Sees, wo am 15. März 1915 Zar Nikolaus II. seine Abdankung unterschreiben wird. Dreileben müsste nicht heißen, wie er heißt, wenn er in aussichtsloser Lage klein beigäbe. «Kreuzzug!, Kreuzzug!», lässt er austrompeten, dass es in ganz Europa gehört wird, und begibt sich schleunigst nach Paide, damals Deutsch Weißenstein, in die Burg aus weißem Stein, die eine der mächtigsten des Ordens ist. Dahin bestellt er die estnischen Anführer. Am 4. Mai 1343 erscheinen die vier Könige mit drei Begleitern vor ihm. Neben dem Ordensmeister steht der verhassteste Mann der Gegend, der Vogt von Järvamaa wie die Esten, Jerwen wie die Deutschen sagen. Und als der Ordensmeister und er den Esten zusetzen mit Drohung, Spott und Hohn, brennt es mit einem der estnischen Könige durch. Er schleudert seinen Dolch gegen den Vogt und trifft dessen Sohn. Daraufhin sind freies Geleit und die übrigen Zusagen des Ordensmeisters verwirkt. Wider gegebenes Wort lässt er alle sieben Gesandten erschlagen, sammelt das Heer der Ritter unter dem Zeichen des Kreuzes, lässt Messen lesen und Gebete singen und zieht derart gerüstet gegen Reval, das immer noch von der Hauptmacht der Esten belagert wird.

Inzwischen ist aus dem christlichen Westen Zuzug gekommen. Unter andern der berühmte Herzog Heinrich von Lancaster, der, weil es in England und Frankreich gerade keinen zu bekriegen gibt, gern ein wenig gegen die aufrührerischen Heiden auf Kreuzzug geht. Freilich sollte schon etwas dabei herausspringen. Dafür muss der Ordensmeister sorgen, denn bei Bauern ist nichts zu holen, und keiner zahlt Lösegeld für sie.

Südlich von Reval trifft die Vorhut der Ritter auf die Vorhut der Esten und schlägt sie jämmerlich zusammen. Die Bauernfürsten bieten Unterwerfung an. Doch die Ritter wollen mit den Mördern ihrer Freunde und Verwandten nichts zu tun haben. So greifen sie an und überrennen die Bauern und schlachten sie ab wie Vieh. Viele Esten fliehen in die Moore und kommen darin um.

Harjumaa, Harrien, wie die Deutschen sagen, wird vom Orden verwüstet. Terror durch verbrannte Erde, das hat Lancaster im Krieg gegen die Franzosen gelernt.

Hans von Stoffeln aus dem Hegau nördlich des Bodensees hat sich im Bauernschlachten hervorgetan und tut sich im Bauerndrücken weiter hervor. Bauernjäger kann der Ordensmeister auch in den folgenden Jahren gut gebrauchen, denn die Leute von Harjumaa stehen noch einmal auf. Aber Stoffeln und Konsorten sorgen dafür, dass es das letzte Mal ist. Stoffeln macht Karriere und erhält bald eine Komturei.

1347 jedoch bringen zwei genuesische Schiffe die Pest von der Krim nach Messina. Sie frisst sich durch ganz Europa und verschont auch Livland nicht. In den Städten sterben die Menschen an den schwarzen Beulen wie die Fliegen. Die Pestjungfrau geht um. Als blaue Flamme steigt sie aus dem Mund der Toten und dringt in die nächsten Häuser ein, hängt rote Tücher aus Fenstern und

Türen und zeigt damit der Seuche den Weg. Sie ist die böse Schwester der Hure von Jericho, die die israelitischen Kundschafter versteckte und ein rotes Seil aus dem Fenster hängte, zum Zeichen, dass ihr Haus bei der Eroberung nicht zerstört werden sollte.

Hans von Stoffeln kümmert es so wenig wie die Bauern, dass die Verwandtschaft der Pestjungfrau mit der biblischen Hure unbewiesen ist. Die Juden sind die Pest, heißt es. Rottet die Juden aus. Und obwohl die Pest die Juden so wenig verschont wie die andern, werden die, welche sie leben lässt, von Rittern und Bauern einmütig totgeschlagen.

Hans von Stoffeln ist inzwischen Kommandant der weißen Festung von Paide und einer von denen, die dem Ordensmeister am nächsten stehen – nicht mehr Dreileben, der trotz seines Namens keine drei Leben hatte. Hans von Stoffeln hat die Pest nicht erwischt. Und da er keine schwarzen Beulen bekommen will, sorgt er dafür, dass er Heimaturlaub bekommt, um sich von der Heiden- und Bauernhatz auszuruhen. Er wird Komtur von Sumiswald, das im Emmental liegt, von Livland aus betrachtet nahe bei Bern. Er reist der Kette der Hansestädte entlang und dann durchs Reich. Überall sind die von den Toten bewohnten Orte größer als die, in denen die Lebenden hausen. Hans von Stoffeln reitet durch wüstes Land.

Als er in Sumiswald ankommt, merkt er, dass die Bauern hier noch störrischer an ihrer Freiheit hängen als die Sklaverei gewohnten Esten. Ein Exempel gehört statuiert. Doch wer dann ein Exempel an Hans von Stoffeln statuiert, ist der schwarze Tod. Der Rest steht bei Gotthelf.

10

Riga, August 1736

Nach dem ersten Tag hat der Graf wunde Füße. Nach
dem zweiten Tag sind seine Füße blutig. Auf halbem Weg
zwischen Tilsit und Riga sind die Füße verheilt. Vor Riga
hat der Graf Füße wie ein Bauer mit einer dicken Sohle
aus Hornhaut. Eine Wegstunde vor dem Tor von Riga
will der Graf Strümpfe und Schuhe anziehen. Aber seine
Bauernfüße passen nicht mehr in die Grafenschuhe.
«Das ist ein Zeichen», deutet der Graf, für den alles Los
und Zeichen ist. «Ich soll als Bauer, nicht als Graf in die
Stadt Riga kommen.»
Dazu passt aber seine gräfliche Kleidung nicht, auch wenn
der Rock verschwitzt und das Jabot noch schmutziger geworden ist. Der Graf macht im letzten Dorf vor Riga Halt
und fragt nach einem Bauernkittel. Er würde ihn kaufen,
wenn er genug Geld hätte. Aber wenn er jetzt den Bauernkittel bezahlen muss, hat er in Riga nichts mehr, womit er
etwas zu essen kaufen kann. Dann müsste er sich einladen
lassen, und dazu müsste er sich verraten. «Laden die armen
Leute keinen armen Pilger an den Tisch?», widerspricht er
sich selbst. «Jesus wäre ohne Geld nach Riga hineingegan-
gen. Hatte Jona genug Geld in der Tasche, als er Ninive betrat?» Der Graf nennt sich einen ungläubigen Kerl.
Trotzdem kauft er den Bauernkittel nicht. Er will ihn gegen
die Grafenkleidung eintauschen. Die Erste, mit der er ins
Geschäft zu kommen hofft, ist eine fette Bäuerin. Sie schaut
des Grafen Rock und Hose an, sie prüft zwischen Daumen

und Zeigefinger den Stoff. Dann schüttelt sie den Kopf. «Nix für mein Mann», sagt sie. Doch bei ihrem Nachbarn sieht der Graf Gier in den Augen glänzen. Sie spiegeln das Stickmuster seiner gräflichen Weste. Der Bauer lässt sich herbei und tauscht. Bauernhose und Bauernkittel gegen Grafenhose und Grafenrock. Einen Hut auf den Kopf und einen Knotenstock in die Hand, und fertig ist der Bauer.

So kommt der Graf nach Riga. Niemand erkennt ihn. Hinter dem Tor kauft er Brot und ein Stück Käse. Dann läuft er auf seinen Bauernfüßen und in seiner Bauernkleidung durch die Stadt bis zum Dom. «Mit weniger als dem Dom lässt es ein Reichsgraf nicht bewenden, auch wenn er inkognito reist», sagt er sich und schilt sich sofort einen eitlen Narren. Darum geht er nicht in den Dom hinein, sondern am Dom vorbei bis zur Jakobikirche. Hier setzt er sich in eine Bank, packt den Käse und das Brot aus und isst. Kaum hat er damit begonnen, kommt einer. Er trägt einen schwarzen Rock; auf dem Kragen sind weiße Kreuze aufgenäht. Es muss der St. Jakobi-Küster sein. «Was tust du da, du Rüpel von einem Bauern? Du frisst? Das tut kein guter Christenmensch in der Kirche. Bei dir zu Hause vielleicht, aber nicht hier in St. Jakobi zu Riga. Marsch, pack dich!» Er macht Anstalten, den Grafen am Kragen zu packen. Aber der Graf steht auf, und da er viel größer ist als der Küster, lässt der Küster es bleiben. «Ich geh ja schon», brummt der Graf. Er muss Acht geben, dass ihn seine Sprache nicht verrät.

Er rechnet aus, dass er zu Fuß zehn Tage bis Reval braucht. Immer steil nach Norden. Wenn er Glück hat, nimmt ihn ein Fuhrwerk mit. Er hat Glück. Ein Bauer hält an und gibt ihm einen Platz auf seinem Leiterwagen. Doch als der Bauer mit dem Bauern, den er aufgeladen hat, einen Schwatz beginnen will, damit die Zeit vergeht, kann der andere seine Sprache nicht.

«Deutsche Sprache?», fragt der Bauer.

«Deutsche Sprache», sagt der Fahrgast. Er merkt das Misstrauen, mit dem der Bauer ihn von der Seite anschaut. Sie schweigen. An einer Wegkreuzung sagt der Bauer: «Du willst nach Wolmar?»

«Ja», sagt der Gast.

«Geradeaus. Ich will hier rechts.»

Drei Stunden vor Wolmar wird der Graf von einer Kutsche überholt. «Vierspännig», denkt er, «das wäre nicht schlecht.» Kaum gedacht, was für ein Wunder!, hält die Kutsche an. Eine weiß gepuderte Perücke neigt sich aus dem Fenster. Das Gesicht darunter gehört einer Dame Mitte fünfzig. Wie die Dame den Mund aufmacht, erkennt der Graf sie wieder.

«Zinzendorf!», ruft die Dame, «was machen Sie denn hier?»

«Frau von Hallart! Sie haben mich erkannt?»

«Von weitem schon. Wenn dieser Bauer da vorn ein richtiger Bauer ist, dann bin ich eine Bäuerin, sagte ich zu Hochwürden. Kommen Sie, steigen Sie ein und erzählen Sie! Johann!»

Johann steht hinten auf dem Trittbrett. Johann ist ein leibeigener Diener der Frau von Hallart. Er springt ab, öffnet den Schlag und klappt für den Grafen das Treppchen herunter.

Der Graf muss sich neben Frau von Hallart setzen. Ihr gegenüber sitzt ein Herr im Klerikergewand. «General-

superintendent Hartknoch aus Riga. Graf Zinzendorf»,
stellt Frau von Hallart die Herren einander vor.

«Zinzendorf?», stammelt überrascht der Generalsuperintendent von Livland.

«Aber sagen Sie, was tun Sie in Livland, dazu in dieser
Verkleidung?», fragt Frau von Hallart. Sie ist unterwegs
zu ihrem Gut Wolmarshof. Von da will sie weiter nach
Reval und dann nach St. Petersburg. Ihr Mann war kur-
sächsischer General und ist nun in russischen Diensten.
Die Fahrt ist lang, heiß, holperig und staubig. Aber sie wird
kurz, weil man sich viel zu erzählen hat. Zuerst erzählt Frau
von Hallart an die Adresse des Generalsuperintendenten,
wie sie, als sie 1721 dem Gemahl nach Russland folgte,
ihren Bibellesekreis in Dresden dem Grafen anvertraute.
Dann erzählt der Graf von Herrnhut und dass er, von der
Regierung in Dresden ausgewiesen, auf die Ronneburg in
der Wetterau umgezogen ist. Und der Generalsuperintendent Hartknoch klagt darüber, dass viele Livländer nicht
einmal das Vaterunser und die Zehn Gebote auswendig
hersagen können, von den Esten vollends zu schweigen,
die ein unverbesserlich abergläubisches Volk seien.

Bei der Ankunft gegen Abend lässt Frau von Hallart für den
Grafen ein Zimmer herrichten und ein Bad bereiten. «Wir
essen um sieben», sagt sie. Als der Graf aus dem Bad in sein
Zimmer kommt, liegt auf seinem Bett standesgemäße Klei-
dung zur Auswahl. Er versteht den Wink. Er soll nicht als
Bauer am Tisch der Frau von Hallart erscheinen.

«So gefallen Sie mir besser», sagt sie. «Ein richtiger Bauer würde sowieso nie aus Ihnen. Zum Wohl, meine Herren. Hochwürden, würden Sie die Güte haben, das
Tischgebet zu sprechen?»

Nachdem der Generalsuperintendent «Amen» gesagt hat und Frau von Hallart und der Graf das Amen wiederholt haben, klatscht Frau von Hallart in die Hände. Von zwei Seiten tänzeln die Mädchen herein und tragen auf. Der Leibeigene, der hinten auf der Kutsche stand, hat eine andere Livree angezogen und dient jetzt als Mundschenk. Es gibt einen wunderbaren Rotwein. Der Generalsuperintendent trinkt ein wenig zu viel davon und schläft ein, als man am Feuer sitzt. Bei Tisch hat er erzählt, er reise nach Reval, weil der Generalsuperintendent von Estland gestorben und ein neuer zu wählen und einzusegnen sei.

Generalmajor von Campenhausen ist Besitzer von Orellen, das nahe bei Wolmarshof liegt. Er lädt den Grafen mit Frau von Hallart und dem Generalsuperintendenten zu sich ein. Wer von den Baronen etwas auf sich hält, ist gekommen, um den Grafen zu sehen. Der Generalmajor kann sich mit Huldigung nicht genug tun. «Wie sind Sie in Riga begrüßt worden?», fragt er beim Essen.
Der Graf gibt die Geschichte vom Küster in St. Jakobi zum Besten. Der Generalmajor schaut tadelnd den livländischen Generalsuperintendenten an, als sei der schuld daran, und der Generalsuperintendent verkriecht sich vor Scham beinahe unter dem Tisch.

Die Reise nach Reval dauert lang. Überall werden sie aufgehalten. Jeder Baron will sie in seinem Haus haben. Oft stehen Leute an der Straße und rufen und winken.
In Reval gibt es einen großen Empfang vor dem Dom. Frau von Hallart hat Botschaft vorausgeschickt und den Grafen angekündigt. Die Glocken läuten. Das Konsistorium in seinen schwarzen Talaren und feierlich farbigen

Umhängen ist vollzählig versammelt. Die Orgel spielt. Der Graf wird in die Kirche geleitet. Er soll auf die Kanzel und eine Predigt halten.

Am nächsten Tag hält er wieder eine, in der St. Olaikirche. Sie ist so voll, dass sich die Leute um die Plätze prügeln. Der Graf ist das Stadtgespräch. Alle wollen ihn sehen und hören. «Wie schön er spricht!», sagen sie nach der Predigt.

Im Haus der Frau von Hallart gibt es täglich Empfänge zu Ehren des Grafen. Und täglich ist Zinzendorf in andere Häuser eingeladen, wird wie ein Schmuckstück herumgereicht. «Was lässt man sich nicht alles gefallen», sagt er zum Dompastor Mikwitz, «wenn es der Verbreitung des Namens unseres Herrn Jesus Christus dient.»
«Vor allem den Nationalen machen Sie großen Eindruck», sagt der Dompastor.
«Wer sind die Nationalen?»
«So nennen wir hier in Reval die Esten und in Riga die Letten.»

Der Graf ist eine Woche in Reval, da kommt eine Abordnung des Konsistoriums zu ihm. Es tagt immer noch und berät über die Nachfolge des verstorbenen Generalsuperintendenten.
«Wir tragen Ihnen, Erlaucht», sagt einer der Superintendenten, «das Amt des Generalsuperintendenten von Estland an.»
Der Graf lacht. «Meine Berufung geht anderswohin», sagt er. «Nämlich in die Wetterau zurück und zu meinem Werk. Dort werde ich gebraucht.»
«Gestatten, Erlaucht, hier würden Sie auch gebraucht. Ist unser Ruf nicht auch eine Berufung?»

Nach ein paar Tagen schon fährt er zurück. Frau von Hallart stellt ihm eine Kutsche zur Verfügung. Er wird in Riga erwartet. Dort steigt er auf die Kanzel von St. Jakobi und predigt mit allergrößtem Erfolg. Der Küster erkennt in dem Grafen den barfüßigen Bauern nicht.

11

Zürich, Januar 1998

«Sei ja nicht zu akademisch», hatte Gottvater geraten. «Vergiss nicht, dass sie wenig wissen. Wie sollen sie auch. In ihrer Sprache gibt es fast keine theologische Literatur, die ausländische ist zu teuer, und Schweizer Kirchengeschichte ist wohl nicht gerade spannend für sie. Du musst ihr Interesse wecken. Setz nichts voraus. Erzähl ihnen Geschichten. Mit Geschichten fängt man die Leute wie die Mäuse mit dem Speck.»

Bruderers Ordner waren voll von Geschichten, als er Gottvater an einem frühlingshaften Januarnachmittag mit dem blonden Gift vor der Zentralbibliothek traf. Der Kleine war nicht dabei. Gottvater saß mit einer Wolldecke über den Knien im Rollstuhl, und das blonde Gift schob ihn.
«Schau da, Bruderer!», rief Gottvater. «Wo steckst du die ganze Zeit?»
«In den Vorbereitungen für Tartu.»
«Kommst du voran?»
«Ganz ordentlich. Aber es ist viel Arbeit.»
«Sagte ich dir ja von Anfang an. Sehr viel Arbeit, wenn man es recht machen will.»
«Ich versuchs.»
«Und um keinen Preis im Niveau nachgeben, hörst du! Nur ja nicht daherkommen und ihnen Geschichten erzählen. Dagegen sind sie allergisch, gerade weil sie noch

keinen sehr hohen akademischen Standard erreicht haben. Wenn du ihnen Geschichten erzählst, haben sie sofort den Verdacht, du nehmest sie nicht ernst und wollest sie für dumm verkaufen. Dann hast du es ein für alle Mal mit ihnen verspielt.»

«Ich wills mir merken», sagte Bruderer.

«Man könnte meinen, du verstecktest dich vor mir», sagte Gottvater. «Ich dachte, ich könnte dir beim einen oder andern behilflich sein. Aber du meldest dich nicht.»

«Ich wollte dich nicht belasten», sagte Bruderer.

«Er möchte ohne dich groß herauskommen. Hab ich es dir nicht gesagt?», sagte das blonde Gift von hinten zu Gottvater. Und zu Bruderer halblaut: «Er hat auf Sie gewartet. Und hätte es geschätzt, wenn Sie ihn gefragt hätten.»

«Was sagst du, Schatz?», fragte Gottvater.

«Ich sagte, dass Bruderer jederzeit bei uns willkommen gewesen wäre, wenn er gewollt hätte.»

«Sie ist rührend um mich besorgt», sagte Gottvater zu Bruderer. Er tätschelte die reich beringte Hand mit den blutroten Fingernägeln, die auf seiner rechten Schulter lag. «Wahrhaft rührend. Dann leb also wohl, Bruderer. Viel Erfolg in Tartu, und wie gesagt: Wissenschaft, keine Belletristik. Mach uns nicht lächerlich!»

In derselben Woche erhielt Bruderer drei Briefe. Der erste kam aus Tartu, vom Dekanat der Theologischen Fakultät. In offiziellem Ton gehalten und blau gestempelt, erklärte er, die Theologische Fakultät der Universität Tartu erachte es als sehr wertvoll, dass der Doktor der Theologie Felix Bruderer vom soundsovielten April 1998 bis zum soundsovielten April 1998 in Tartu weilen und für die Studierenden der Theologischen Fakultät Vorlesungen über Kirchen- und Theologiegeschichte der Schweiz halten werde. Die Theologische Fakultät der Universität Tartu garantiere für die Unterkunft des Dozenten während dieser Zeit. Unterschrieben vom Dekan, dessen weit ausholende Unterschrift aussah, als hätte sie sich eben erst von der kyrillischen Diktatur befreit.

Der zweite Brief war ebenfalls aus Tartu, wiederum vom Dekan der Theologischen Fakultät, aber persönlicher gehalten als der erste. Er teilte dem lieben Bruder Bruderer («Den Bruder haben sie von den Deutschen», dachte Bruderer) mit, dass der erste Brief für die staatlichen Stellen zur Erlangung des Visums bestimmt sei und dass man sich wirklich freue, ihn in Tartu zu begrüßen.

Bruderer meinte, in der Zeitung gelesen zu haben, es brauche für Estland seit kurzem kein Visum mehr. Da er nicht sicher war, rief er den Einzigen an, der es mit Bestimmtheit wusste, Leinenweber. Leinenwebers Auskünfte über das Baltikum und alles, was einst der Eiserne Vorhang verdeckt hatte, waren so zuverlässig, dass man seinen Kopf darauf verwetten konnte. Leinenweber war selbst Deutschbalte, in Riga geboren. Vorfahren Ende des 18. Jahrhunderts als Herrnhuter aus dem Schwäbischen nach St. Petersburg ausgewandert, wo der Großvater Schneidermeister gewesen war – «ein Berufskollege des Vaters des alten Harnack. Kennen Sie den alten Harnack, den ungeadelten Vater des Adolf von, der auf den wunderbaren Namen Theodosius hörte? Müssen Sie lesen», sagte Leinenweber, der Historiker und nicht Theologe war, jedoch kundig auch in Theologie, soweit sie von östlich der Oder-Neiße-Linie kam. «Sein Buch über Luther, das einzig lesenswerte aus dem ganzen 19. Jahrhundert, und seine Schriften über die Freie lutherische Volkskirche, eine Pioniertat, wenn man die Zeit bedenkt.»

Leinenweber redete wie ein alter Kavallerist und sah mit seinem Gardemaß und dem Ulanenschnurrbart auch so aus. Ein deutscher Reitergeneral in russischen Diensten, zaristischer Vorgänger des sagenhaften Budjonnyj. Seine Mutter hatte sich mit dem Einjährigen Ende 1939 aus Riga «heim ins Reich führen» lassen, nach Schlesien, das sie vorher nie gesehen hatte. Sie kannte nur Lettland, ein wenig Ostpreußen mit Königsberg und nach Osten Estland bis Reval. Der Vater wollte seinen kleinen Pelzhandel nicht Knall auf Fall im Stich lassen und blieb vorläufig, bis man sehen würde, was wurde. Sie hörten nie mehr etwas von ihm. Vermutlich hatten ihn die Russen deportiert.

Der Reitergeneral war in Breslau herangewachsen, gegen Kriegsende floh die Mutter mit ihm nach Westfalen, in die Nähe von Münster. Hier studierte Leinenweber Slawistik. Besonders hatte es ihm, dem dezidierten Lutheraner mit baltisch-herrnhutischer Einfärbung, der montenegrinische Fürstbischof Petar II. Petrovic Njegos, Vladika von Cetinje, angetan, der Dichter des *Bergkranz*, der auf dem Bild vorn im Buch wie ein Räuberhäuptling aussah. Bruderer erinnerte sich an die Bildbiographie Winston Churchills, die im Büchergestell seines Großvaters gestanden hatte. Darin war König Nikola I. von Montenegro abgebildet gewesen, der aus derselben Familie wie Petar stammen musste und ihm ähnlich sah. Er hatte dem kleinen Bruderer, großem Karl-May-Leser, gewaltig Eindruck gemacht.

Leinenweber wusste es genau. Man brauchte von der Schweiz nach Estland kein Visum mehr. «Der Herr Dekan ist nicht ganz auf dem Laufenden. Aber was haben Sie in dem alten Dorpat zu schaffen? Gastdozent! Ach, das gute Dorpat! Einst eine lutherische Hochburg. Der Zar legte Wert darauf, dass die Fakultät sich mit den besten in Deutschland messen konnte. Sie bildete ja seine lutherischen Pastoren aus, und er wollte nicht, dass sie weiter westlich studierten und sich mit dem demokratischen Bazillus ansteckten. Lassen Sie es mich wissen, wenn Sie weitere Auskünfte brauchen.»

Der dritte Brief erreichte Bruderer aus Helsinki. Der Botschaftsrat der Schweizer Botschaft schrieb, er habe, bei einem Glas Champagner auf einem Empfang zur Einweihung des Schweizer Lesesaals in der Estnischen Nationalbibliothek in Tallinn, gemeinsam mit dem Dekan aus Tartu den Plan einer Schweizer Gastdozentur ausgeheckt. Es freue ihn, dass Herr Bruderer bereit sei, für drei Wochen nach Tartu zu gehen, und wenn er, der verehrte Herr Bruderer, vorher für ein paar Tage nach Helsinki komme – ohnehin sei der Flug über Helsinki zu empfehlen –, würde er gern einige Termine für ihn vereinbaren. Mit der Bitte um baldige Antwort –.

Ende Januar saß Bruderer in der Falle. Es war eine dieser für Außenstehende – und im Grunde auch für seine Vorlesung – absolut nebensächlichen Fragen, die, solange sie nicht beantwortet war, jegliche Weiterarbeit blockierte.

Ein Name, ein einziger Name, zu dem er in seinen Hilfsmitteln auch nicht einen einzigen Hinweis finden konnte: Leonhard Blumer. Afrikanist. Lebte in der Gegend von Reval. Erfand ein eigenes Alphabet, um die Sprache der Massai schreiben zu können. Bruderer ging auf die Suche. Blumer sind Glarner. Bruderer stieß auf einen kaiserlichen Kommerzienrat Blumer in St. Petersburg und auf den russischen General Caspar von Blumer, 1857–1941. Beim Zusammenbruch des Zarenreiches ist der General in Jalta auf der Krim. Aus Rücksicht auf sein Alter und weil er bereits außer Diensten ist, wird er nicht umgebracht. Als die Deutschen, 1918, die Krim besetzen, entkommt er mit ihrer Hilfe nach Berlin. Im Oktober 1919 schifft er sich mit vierhundertfünfzig anderen russischen Offizieren in London nach Wladiwostok ein, um der Weißen Armee zu Hilfe zu eilen. Sie erreichen Japan, als die Weißen schon aufgegeben haben. General von Blumer lebt dann in Paris und hält sich mit Übersetzungsarbeiten für eine Bank – er spricht Russisch, Französisch, Englisch, Italienisch und Spanisch – über Wasser. Die Bank wird liquidiert. Worauf Blumer, inzwischen siebzig, von Sprachstunden lebt, bis er sie wegen Taubheit und Erblindung aufgeben muss. Er stirbt vierundachtzigjährig.

Kommerzienrat Blumer, General von Blumer, aber kein Afrikanist Leonhard Blumer. Bruderer irrte tagelang in Büchern herum. Selbst Leinenweber wusste nicht weiter. Da beschloss Bruderer, über seinen Schatten zu springen und Gottvater anzurufen. Er war sicher, dass der Leonhard Blumer kannte.
Das blonde Gift war am Apparat.

«Ich muss Ihren Mann sprechen.»

«Mein Mann ist nicht wohlauf. Er kann keine Anrufe entgegennehmen.»

«Wäre es möglich, dass ich vorbeikäme?»

«Völlig unmöglich. Sie hätten sich früher seiner erinnern sollen, Herr Bruderer. Gute Reise nach Estland!»

12

Zürich, November 1918

Die Grippe breitet sich aus. Aus Oberleutnant Leimgrubers Zug liegen drei Soldaten und ein Unteroffizier im Krankenzimmer. Aus der ganzen Schwadron sind es über zwanzig. Zwei Soldaten sind schon gestorben, einer davon die Offiziersordonnanz, ein kleiner Appenzeller, der in Zürich wohnte. Gelernter Bäcker, hat er sich als Limonadefabrikant selbständig gemacht, doch der Krieg hat ihn in den Konkurs getrieben. Wenn er nicht im Militär war, besuchte er Kurse, wollte Masseur werden. «Das ist konjunkturunabhängig», sagte er oft. Hatte zu Hause Frau und vier Kinder, das älteste zwölf, das jüngste drei. Jetzt ist er tot. Der Bataillonsarzt zuckt mit den Schultern. «Was sollen wir tun?»

«Passt nur auf, dass es euch nicht auch erwischt», sagt der Kommandant zu seinen Zugführern. Am Tag darauf friert Oberleutnant Leimgruber. Er hat Kopfschmerzen, und alle Glieder tun ihm weh. Einen Tag lang will er es nicht wahrhaben. Nur nicht darauf achten, dann geht es von selbst vorüber. Aber es geht nicht vorüber, sondern wird ärger. Er kann sich kaum mehr im Sattel halten, und ihm klappern die Zähne. «Du gehörst ins Bett», sagt sein Feldweibel. Aber erst als er sagt: «Du steckst mir meine Leute an», gibt Leimgruber nach.

Im Krankenzimmer für Offiziere liegen jetzt mit Leimgruber ihrer vier.

Was der militärische Kodex nicht erlaubt, schafft die

Grippe. Man kommt mit den pflegenden Sanitätssoldaten ins Gespräch.

«Woher kommt Ihr?», fragt Leimgruber.

«Aus Solothurn, Herr Oberleutnant.»

«Lasst den Oberleutnant beiseite. Wir sind hier ja nicht auf dem Kasernenplatz, und der General wird auch nicht gleich zur Tür hereinkommen.»

«Zu Befehl, Herr Oberleutnant.»

«Nein, eben nicht.»

«Entschuldigung.»

«Also aus Solothurn seid Ihr. Eigentlich hätte ich es an der Sprache merken müssen.»

«Und Ihr, wo seid Ihr zu Hause?», fragt Leimgruber am Tag darauf den zweiten Sanitätssoldaten.

«In der Gegend von Reval.»

«Reval? In Russland?»

«Nicht mehr Russland. Estland. Als ich einrückte, gehörte es noch zu Russland. Aber jetzt sind wir ein freier Staat.»

«Und was macht Ihr dort?»

«Ich bin Obermelker auf einem großen Gut. Es gehört einem Deutschen, einem Herrn von Kotzebue.»

«Und wo seid Ihr aufgewachsen?»

«Geboren in Uster, Kanton Zürich. Als ich vier war, wanderten wir aus. Schon mein Vater arbeitete bei Herrn von Kotzebue, wie ich jetzt auch.»

«Eine gute Stelle?»

«Es gibt überall etwas», sagt der Sanitätssoldat, «aber im großen Ganzen können wir zufrieden sein. Hier fänden wir kaum Arbeit. Sicher nicht als Bauern. Wenn man halt kein Land besitzt –.»

«Ihr wollt also zurückgehen, wenn das hier vorbei ist.»

«Natürlich will ich zurückgehen. Jetzt, wo Estland ein unabhängiger Staat ist, erst recht.»

Seither reden sie oft über Estland und das Landgut des Herrn von Kotzebue in der Nähe von Reval. Oberleutnant Leimgruber kommt immer wieder darauf zurück.
Von den vieren, die bei seinem Eintritt im Krankenzimmer gelegen haben, sterben zwei. Aus der Schwadron sind inzwischen elf gestorben. Leimgruber kommt davon. Eines Tages ist das Fieber weg, und er erholt sich schnell. «Robuste, bäuerliche Konstitution», sagt der Bataillonsarzt auf der Visite. Leimgruber wird aus dem Krankenzimmer entlassen. Er kehrt nicht gleich zu seiner Schwadron zurück; der Dienst dort wäre noch zu anstrengend für ihn. Deshalb wird er vorübergehend im Kommandoposten des Regiments beschäftigt.
Bevor er seine Siebensachen wegbringen lässt, fragt er den Sanitätssoldaten aus Estland nach seiner Adresse. Der schreibt sie ihm auf einen Zettel, den Leimgruber vorsichtig hinten ins Dienstbüchlein legt.

Er ist erst ein paar Tage im Kommandoposten des Regiments, als von oben ein Befehl kommt. Das Kavallerieregiment hat im Hinblick auf die Besetzung der Stadt Zürich wegen des drohenden Generalstreiks dem Kommando der Besatzungstruppen einen Subalternoffizier zu stellen. Es ist klar, dass man den zuletzt Hinzugekommenen schickt.
Das Kommando sitzt in Zürich. Kommandant ist Oberstdivisionär Emil Sonderegger, ein Stickereifabrikant aus Heiden im Appenzellerland. Man sagt ihm eine große militärische Zukunft voraus. Sondereggers Ostschweizer-

sprache ist so spitz wie die Nadeln in seinen Stickma-
schinen.

Im Kommandoposten trifft Leimgruber den vierten Kameraden aus dem Offizierskrankenzimmer. Auch er hat
die Grippe überstanden. Leimgruber fragt nach dem Sanitätssoldaten aus Reval.

«Krank geworden und nach einer Woche gestorben.»

«Auch an der Grippe?»

«An der Grippe. Im Krankenzimmer angesteckt. Man
kann nichts dagegen tun.»

Oberstdivisionär Sonderegger ist geschäftlich weit he-
rumgekommen, in Europa wie in Übersee. Wenn man
abends im Offizierskreis noch ein Bier trinkt, beginnt er
manchmal zu erzählen. Und er fragt seine Leute, was sie
nach dem Krieg vorhaben. Gibt es den Krieg eigentlich
noch? Hier in Zürich haben sie nur die sozialen Unruhen
im Kopf und sehen kaum mehr über die Grenze hinaus.

Als am 11. November in einem Eisenbahnwagen in
Compiègne in Frankreich der Waffenstillstand unter-
zeichnet wird und der Krieg damit zu Ende ist, beschließt
der Oberleutnant Leimgruber, Herrn von Kotzebue auf
dem Gut bei Reval in Estland einen Brief zu schreiben;
die Adresse hat er ja. Er wird ihm den Tod seines Ange-
stellten mitteilen und fragen, ob er vielleicht eine Stelle
für einen Schweizer habe.

13

Zürich, November 1918

Es ist beißend kalt. An der Nase des kleinen alten Generals hängt ein Tropfen. Wenn sich das Pferd bewegt, auf dem der General sitzt, schaukelt der Tropfen hin und her. Das fahle Licht bricht sich in dem Tropfen, der jeden Augenblick auf den Schnurrbart des Generals hinunterfallen kann. Das Pferd ist unruhig.

Das andere Pferd steht versammelt und ganz still links neben dem des Generals. Es weiß, was es muss. Oberstdivisionär Sonderegger greift hie und da an die Spitzen seines aufgezwirbelten Schnurrbarts, das einzige Zeichen von Nervosität, das er sich gestattet. Wilhelm II. hat abgedankt, aber noch nicht sein Schnurrbart. Sicher trägt der Oberstdivisionär nachts eine so genannte Schnauzbinde, deren Bändel man im Genick knotet. Die Schnurrbartspitzen des Generals hängen traurig links und rechts der Mundwinkel nach unten.

Der Oberstdivisionär trägt den neu eingeführten Stahlhelm, der den Kopf des Soldaten vor Schüssen schützt. Der General trägt die steife Mütze. Sie hat vorn über dem Schirm und dem Lorbeerkranz eine Eindruckstelle. Diese Eindruckstelle, zusammen mit den herabhängenden Schnurrbartspitzen, machen dem General ein missmutiges Gesicht. Man weiß, dass der General oft schlechte Laune hat, seit der Krieg so gut wie vorbei ist. Der Ordnungsdienst gegen die streikenden Arbeiter ist ihm zuwider gewesen. Noch mehr zuwider ist ihm die heutige

Siegesparade zum Ende des Generalstreiks. Der General hat keine Sympathien für die Streikenden; er misstraut ihnen. Noch mehr misstraut er dem Mann, der neben ihm zu Pferd sitzt. Er weiß, Sonderegger ist tüchtig, sehr tüchtig. Er ist zu tüchtig. Und dieser blödsinnig aufgezwirbelte Schnurrbart. Der General hielt Kaiser Wilhelm für einen Dummkopf. Der deutsche Generalstab, ja, der war gut. Aber der Kaiser war ein Dummkopf.

Oberleutnant Leimgruber beobachtet den Tropfen unter der Nase des Generals. Er schließt eine Wette mit sich selbst ab, wann der Tropfen fallen wird. Ob der General weiß, dass ein Tropfen an seiner Nase hängt, und ob er ihn aus lauter Disziplin nicht wegwischt? Das wäre Sonderegger zuzutrauen, aber nicht dem General. Der General hat auch schon mit dem Stumpen im Mund Defilees abgenommen. Oberleutnant Leimgruber mag den General besser als den Oberstdivisionär Sonderegger. Aber er gehört zu Sondereggers Stab und kann es sich nicht aussuchen. Oberleutnant Leimgruber ist im Zivilleben Bauer. In Sondereggers Stab ist er für die Unterbringung der Pferde verantwortlich.

«Was haben Sie vor, wenn das hier zu Ende ist, Leimgruber?», hat ihn gestern der Oberstdivisionär gefragt.
«Nicht viel, Herr Oberst», hat Leimgruber geantwortet.
«Lebt Ihr Vater noch?»
«Ja.»
«Haben Sie Brüder?»
«Einen.»
«Älter oder jünger?»
«Jünger.»

«Dann übernimmt er den Hof, nach bernischem Erbrecht?»

«So ist es.»

«Und Sie?»

«Ich weiß nicht.»

«Heiraten Sie in einen schönen Hof ein!»

«Wenn das so einfach wäre», hat Leimgruber geantwortet. Er weiß, dass der Oberstdivisionär die Antwort missversteht. Es gäbe schon Mädchen mit Aussicht auf einen schönen Hof. Und darunter sogar solche, die ihn nähmen. Aber er will sie nicht. Nicht mehr, seit er Anna kennt. Anna kennt er seit vierzehn Tagen. Er hat sein Zimmer über den Stallungen der Brauerei Hürlimann. Und Anna ist Dienstmädchen bei der Familie Hürlimann. Sie ist aus Seewen im Kanton Schwyz. Wer aus dem Kanton Schwyz stammt, ist katholisch. Christian Leimgruber ist aus dem Emmental. Wer aus dem Emmental stammt, ist reformiert.

Sie lassen sich davon nicht stören, weder Anna noch Leimgruber. Vorläufig wenigstens spielt es ja auch keine Rolle. Aber wenn er nun entlassen würde, spielte es eine Rolle.

«Sie haben es also nicht eilig, nach Hause zu kommen», hat der Oberstdivisionär gesagt.

«Nein, Herr Oberst», hat Oberleutnant Leimgruber geantwortet.

«Ich würde Sie vorläufig gern hier behalten.»

«Ist es denn nicht vorbei?»

«Noch lange nicht, glauben Sie mir. Wir werden mindestens noch ein paar Monate in Zürich bleiben.»

«Mir ist es recht.»

Der Tropfen hängt immer noch an der Nase des Generals. Leimgruber sitzt hinter dem General und dem Oberstdivisionär, etwas abseits, auf seinem Eidgenoss. Das ist sein Pferd, ein Irländer, den er zu Anfang der Rekrutenschule ersteigert hat. Die Hälfte hat sein Vater bezahlt, die andere Hälfte der Staat. Das Pferd heißt Hektor. Es gehört Leimgruber; er muss es mitbringen, wenn er zum Militärdienst aufgeboten wird.

Nun kommt die Truppe. Der alte General sieht sie aus blutunterlaufenen Augen an und grüßt traurig. Er weiß, dass seine Zeit vorbei ist. Schon mit dem hier hat er eigentlich nichts mehr zu tun. Das ist nichts für einen alten Soldaten. Ordnungsdienst nennen sie es. Aber der General weiß, dass es Wirtschaftspolitik mit Hilfe des Militärs ist. Das ist Sache des Stickereifabrikanten, der auf dem andern Pferd sitzt. Wenn die Stickereifabrikanten das Militär übernehmen, kommt es so heraus. Der General fühlt sich hineingeritten. Und man hat immer noch nicht herausgefunden, wer den Soldaten am Sonntag, dem 10. November, erschossen hat, als sich siebentausend Leute auf dem Münsterplatz versammelten, obwohl Sonderegger es verboten hatte. Der Scharfmacher ließ schießen. Zwar über die Köpfe hinweg, trotzdem traf es einen. Keinen von diesen roten Zivilisten; einen Soldaten.

Der General denkt an den Chef seines Generalstabs, den langen, dürren, frommen Oberstkorpskommandanten Theophil Sprecher von Bernegg, Schlossherr und Gutsbesitzer in Maienfeld. Seltsam, Sprecher stammt aus Maienfeld und er selbst, der General, aus Mariafeld. So heißt das Landgut in Feldmeilen, das sein Vater gekauft hat. Als der Bundesrat eine dringliche Sitzung auf einen

Sonntagvormittag, neun Uhr, einberief, ließ von Sprecher ausrichten, am Sonntagvormittag um neun Uhr sei er in der Kirche. Der General geht nicht in die Kirche, wenn es sich vermeiden lässt. Der neben ihm geht auch nicht in die Kirche. Aber der General hat als Generalstabschef lieber einen Gutsbesitzer, der sonntags in der Kirche ist, als einen Stickereifabrikanten, der unbedenklich am Sonntagvormittag um neun Uhr zu dringlichen Sitzungen geht.

Er nimmt an, dass der Stickereifabrikant Nachfolger des Gutsbesitzers wird. Das wird alles verändern. Aber es geht ihn nichts mehr an. Er wird noch vor Weihnachten zurücktreten, und er ist froh darüber. Es ist kein Generalsein mehr, wenn es gegen die eigenen Landsleute geht, auch wenn es rotes Pack ist. Dem neben ihm macht es Freude. Am liebsten hätte der am 10. November in die Menge geschossen. Aber dazu war er denn doch nicht Manns genug.

Es ist zum Heulen, denkt der General. In diesem Augenblick sieht Oberleutnant Leimgruber, dass der Tropfen von der Nase des Generals auf den Schnurrbart hinunterfällt. Es sieht fast aus, als wäre es eine Träne gewesen, denkt Leimgruber.

Der Oberstdivisionär merkt nichts davon. Er hat nur Augen für seine Soldaten oder für sein Spiegelbild, das ihm von den Soldaten zurückgeworfen wird. Er reckt sich im Sattel. Und als der Zug vorbei ist, lenkt er sein Pferd in einem Halbkreis so, dass er dem General gegenübersteht. «Herr General, das Defilee ist beendet!», ruft er, die rechte Hand am Helmrand.

«Jaja», brummt der General, schlampig grüßend, wendet das Pferd und reitet davon. Der Oberstdivisionär reitet ihm nach. Noch bevor Oberleutnant Leimgruber seinem Pferd die Sporen gibt, kommt ein kleiner schmutziger Kerl mit einer Schaufel gerannt und kratzt sorgfältig zusammen, was das Pferd des Generals und das Pferd des Oberstdivisionärs haben fallen lassen.

Der Brief kostet Leimgruber Mühe. Als er damit fertig ist, meldet er sich bei Sonderegger.
«Ich werde vielleicht nach Estland auswandern», sagt er, «da habe ich gedacht –. Sie erzählten doch neulich von St. Petersburg und Riga und Reval.»
«Vor dem Krieg war ich mehrmals dort. Brauchen Sie eine Empfehlung von mir, Leimgruber?»
«Wenn es möglich wäre, Herr Oberst.»
«Und an wen?»
«An einen Herrn von Kotzebue.»
«Kotzebue? Einen Kotzebue traf ich, als ich das letzte Mal geschäftlich in St. Petersburg war. Interessante Familie. Ein Vorfahr Stückeschreiber, ein anderer Weltumsegler. Wissen Sie, dass es in Alaska einen Kotzebue-Sund gibt und dass der Sohn des Stückeschreibers das Bikiniatoll entdeckt hat, Leimgruber?»

14

Kopenhagen, August 1815

Am 7. März 1808 erreicht der portugiesische Königshof auf der Flucht vor Napoleon Rio de Janeiro.

Im Februar 1810 kommt Adelbert von Chamisso in Paris an, um die ihm angetragene Professur am Lyzeum in Napoléonville zu übernehmen, und erfährt, dass die Stelle aufgehoben ist. In der Champagne besucht er Boncourt, wo das Schloss seiner Vorfahren stand, in dem er die ersten Lebensjahre verbracht hat. Das Schloss ist dem Erdboden gleichgemacht.

Im Frühling 1811 folgt Adelbert von Chamisso Madame de Staël, die von Napoleon aus Frankreich verbannt ist, nach Genf und Coppet.

Am 17. Oktober 1812 immatrikuliert sich Chamisso einunddreißigjährig als Studiosus medicinae an der 1810 gegründeten Universität Berlin.

Im Sommer 1813 schreibt er in Berlin, um sich und die Kinder eines Freundes zu ergötzen, die wundersame Geschichte von Peter Schlemihl nieder, der dem Grauen seinen Schatten verkauft.

Am 19. Oktober 1813 ist Napoleon nach der Völkerschlacht bei Leipzig vollständig geschlagen.

Zu Neujahr 1814 überschreiten die verbündeten Gegner Napoleons den Rhein.

Am 30. März 1814 marschiert Marschall Michail Bogdanowitsch Barclay de Tolly an der Spitze der russischen Armee in Paris ein.

Am 6. April 1814 dankt Napoleon ab und wird nach Elba verbannt.

Am 1. März 1815 landet Napoleon, von Elba kommend, in Frankreich.

Adelbert von Chamisso empfindet es als «aufreibend … bei solcher waffenfreudigen Volksbewegung müßiger Zuschauer bleiben zu müssen».

In eben dieser Zeit tritt Prinz Maximilian von Wied-Neuwied eine Reise nach Brasilien an. Adelbert von Chamisso kann trotz größtem Interesse daran nicht teilnehmen.

Am 22. Mai 1815 sieht er bei seinem Freund Julius Eduard Hitzig in Berlin einen Zeitungsartikel, der besagt, dass die Russen unter dem Kommando des Kapitäns Otto von Kotzebue eine Entdeckungsexpedition zum Nordpol unternehmen wollen. Chamisso stampft mit dem Fuß auf den Boden und ruft: «Ich wollte, ich wäre mit diesen Russen am Nordpol!» Worauf Hitzig ihm sagt, dass er mit dem Vater des Kapitäns, dem Staatsrat und Schriftsteller August von Kotzebue, in freundschaftlicher Verbindung stehe, und Adelbert von Chamisso sich seiner Begegnung mit August von Kotzebue in der Kutsche zwischen Danzig und Königsberg im Jahr 1806 erinnert. Tatsächlich soll die Expedition nicht zum Nordpol, sondern in die Südsee und rund um die Welt führen. Am 12. Juni 1815 schreibt August von Kotzebues Schwager, der Kapitän der kaiserlich russischen Marine von Krusenstern, der die Expedition im Auftrag des Grafen Rumjanzew ausrüstet, aus Reval, dass Herr Adelbert von Chamisso anstelle des erkrankten Professors Ledebour zum Titulargelehrten und Naturforscher auf der geplanten Entdeckungsreise ernannt sei.

In diesen Tagen erreicht Adelbert von Chamisso ein mit «Paris, den 15. Mai 1815» datierter, durch die kriegsbedingten Umwege verspäteter Brief von Auguste de Staël, dem Sohn der Madame de Staël, der der alten Welt den Rücken kehren und «in den Urwäldern, die meine Mutter am St. Laurenzfluss besitzt, Neckerstown» gründen will. Der Schreiber schlägt vor, dass Adelbert von Chamisso im Frühling in New York zu ihm stoßen und angeworbene Arbeiter mitbringen solle. Chamisso bedauert, sich auf den Plan, welcher übrigens nicht zur Ausführung kommt, nicht einlassen zu können, da er bereits seine Teilnahme an einer anderen Reise zugesagt habe.

Am 18. Juni 1815 wird Napoleon bei Waterloo oder, wie es Blücher nennt, La Belle Alliance, geschlagen. Am 22. Juni 1815 dankt er ab und wird nach St. Helena verbannt.

Am 15. Juli fährt Adelbert von Chamisso, der eigentlich Louis Charles Adélaïde Chamisso de Boncourt heißt, Franzose ist, von der Revolution aus Frankreich vertrieben wurde, als preußischer Offizier gegen Napoleon kämpfte, an der neuen, nach den Plänen Wilhelms von Humboldt eingerichteten Universität von Berlin die Naturwissenschaften studiert und nach eigenen Worten keine Heimat mehr hat, mit der ordinären Post von Berlin ab.

Am 22. Juli ist er in Kiel.

Am 24. Juli, vor Tagesanbruch, wird er an Bord des Paketbootes nach Kopenhagen gerufen.

Am 26. Juli, mittags, geht er im Hafen von Kopenhagen von Bord.

Gleichentags sucht der Lieutenant Wormskjold, der schon mit einer Expedition in Grönland war, Adelbert von Chamisso auf und interessiert sich dafür, die Reise in die Südsee als freiwilliger Naturforscher zu begleiten.

Am 9. August, am frühen Morgen, erscheint ein Unteroffizier der Admiralität bei Herrn Adelbert von Chamisso und teilt ihm mit, dass eine russische Brigg einlaufe. Chamisso legt eilig die Halsbinde um, schlüpft in seinen grauen Rock, fährt mit gespreizten Fingern durch das schulterlange, gelockte Haar und eilt dem Unteroffizier nach. «Ich war», sagt er selbst, «wie die Braut, die, den Myrthenkranz im Haare, dem Heißersehnten entgegensieht.»

Nun steht Herr Adelbert von Chamisso im grauen Rock auf der Reede von Kopenhagen, tritt von einem Fuß auf den andern und schaut aufs Meer hinaus, ob das russische Schiff sichtbar werde. Endlich erblickt er es. Die *Rurik* fährt auf besonderen Befehl Seiner Majestät des Zaren unter russischer Kriegsflagge. Es handelt sich um «eine sehr kleine Brigg, ein(en) Zweimaster von 180 Tonnen». Sie «führt acht kleine Kanonen auf dem Verdeck». Chamisso denkt im ungeduldigen Warten: «Das Ziel der weiten Reise möchte sein, in das fremde Land zu gelangen; das ist aber schwer, schwerer als es Einer denkt. Überall ist für Einen das Schiff, das ihn hält, das alte Europa, dem er zu entkommen vergeblich strebt, wo die alten Gesichter die alte Sprache sprechen, wo Thee und Kaffee nach hergebrachter Weise zu bestimmten Stunden getrunken werden, und wo das ganze Elend einer durch Nichts verschönerten Häuslichkeit ihn fest hält.»

Auf der *Rurik* werden sein: «Der Kapitän Otto Astanowitsch von Kotzebue. – Erster Leutnant Gleb Simonowitsch Schischmareff, ein Freund des Kapitäns, älterer

Offizier als er, nur russisch redend; ein heiter strahlendes Vollmondgesicht, in das man gern schaut; eine kräftige gesunde Natur; Einer, der das Lachen nicht verlernt hat. – Zweiter Lieutenant Iwan Jacowlewitsch Sacharin, kränklich, reizbar, jedoch gutmüthig; versteht etwas Französisch und Italienisch. – Der Schiffsarzt, Naturforscher und Entomolog Iwan Iwanowitsch Eschscholtz, ein junger Doctor aus Dorpat, fast zurückhaltend, aber treu und edel wie Gold. – Der Naturforscher, ich selbst, Adelbert Loginowitsch. – Der Maler Login Andrewitsch Choris, der Herkunft nach ein Deutscher, der, jetzt noch sehr jung, bereits als Zeichner Marschall von Bieberstein auf einer Reise nach dem Kaukasus begleitet hatte. – Freiwilliger Naturforscher Martin Petrowitsch Wormskjold. – Drei Untersteuerleute: Chramtschenko, ein sehr gutmüthiger, fleißiger Jüngling; Petroff, ein kleiner, launig-lustiger Bursche; der dritte, Konieff, uns ferner stehend. – Zwei Unteroffiziere und zwanzig Matrosen.»

Als die Brigg schon so nahe ist, dass man die Gesichter der Leute an Bord erkennen kann, kommt Leutnant Wormskjold gelaufen und stellt sich neben Chamisso. «Was für ein schönes Schiff!», ruft er begeistert. Da legt die *Rurik* an.
Herr von Chamisso zuerst und hinter ihm Leutnant Wormskjold betreten das Schiff. Da steht ein junger Mann mit Kapitänsabzeichen. Es ist Otto von Kotzebue, der die zwei Zivilisten erwartet. Als er Chamisso die Hand drückt, blickt er hinter ihn zu Boden und sagt: «Als Sie dort drüben standen, glaubte ich zu sehen, dass Sie keinen Schatten haben.» Er sagt es ohne Lachen und so, als meine er es ernst. Dann befiehlt er Adelbert von Cha-

misso und Leutnant Wormskjold, binnen drei Tagen mit ihrer Habe an Bord zu sein.

Am 13. August besuchen Gesandte mehrerer Höfe das Schiff.
Am 17. August 1815 läuft die *Rurik* aus dem Hafen von Kopenhagen aus. Als er vom Schiff auf die Stadt zurückschaut, fällt Chamisso ein, dass er nicht schwimmen kann. In der folgenden Nacht wird er seekrank.

15

Helsinki, April 1998

Bruderer trank einen Cognac und fühlte sich auf seinem Fensterplatz wie in Marien Schoß. Er ließ die *FAZ* in Frankfurt und Jelzin an seinen Moskowiter Problemen versauern und blinzelte in die besonnte Pfulmenlandschaft. Sie erinnerte ihn an die Ultraschallbilder, die der Arzt vor der Gallensteinoperation vom Innern seines Rumpfes aufgenommen hatte.

Die Economyclass war nur spärlich besetzt. Das Personal hatte Zeit. Nach dem Essen, etwa über Danzig, kaufte Bruderer eine Seidenkrawatte, blau mit Vergissmeinnicht.

«Sie wird Ihnen Freude machen», sagte die Hostess.

«Ich werde sie schon heute Abend tragen. Bei einem Empfang in Helsinki.»

«Kennen Sie Helsinki?»

«Ich war erst einmal dort, und nur sehr kurz.»

«Es ist wunderschön in dieser Jahreszeit, bei solchem Wetter.»

«Ich bleibe bloß eine Woche. Dann gehts weiter, über die Ostsee ins Baltikum.»

«Ach ja?»

«Ich fliege nach Tallinn. Da werde ich mit dem Wagen abgeholt und nach Tartu gefahren. Das liegt hundertachtzig Kilometer südlich und hieß früher Dorpat. Dort bin ich für drei Wochen Gastdozent an der Universität.»

Wie das klang: Gastdozent!

Die Antwort war respektvoll: «Sie haben Mut.»

«Glauben Sie, dass es den braucht?»

«Es soll dort ziemlich drunter und drüber gehen.»

«Umso dringender, dass wir nach dem Rechten sehen», sagte er lachend. Es klang, als reite ein Kreuzritter mit nichts als seinem Mut, seinem Gaul und seinem Schwert allein durchs Muselmanenland, um das Heilige Grab zu erobern.

Bruderer zog die letzten Faxmitteilungen des Botschaftsrates aus der Jackentasche. Am Dienstagnachmittag Vorlesung an der Philosophischen Fakultät in Helsinki über *Alexandre Vinet als Literat und Theologe*. Mittwochmorgen Reise mit dem Zug nach Turku. Wiederholung des Vortrags vor Germanisten und Romanisten an der Universität Turku. Am späten Nachmittag Rückreise. Freitag, zwanzig Uhr, Vortrag in der Deutschen Bibliothek in Helsinki, Thema: *Das ironische Bibelzitat bei Hebel und Gotthelf.* Unterkunft während der ganzen Woche im Gästehaus des Finnischen Schriftstellerverbandes an der Linnunlauluntie. Sonntagvormittag Flug von Helsinki nach Tallinn. Und heute Abend freuten sich Botschaftsrat Dr. Helmut Basler und Frau Dr. Franziska Basler-Freiburghaus, Herrn Dr. Felix Bruderer zu einem Abendessen in kleinem Kreis um neunzehn Uhr bei sich zu Hause zu empfangen. Straßenanzug.

Man hatte ihm den Botschaftswagen geschickt. Der Fahrer begrüßte ihn wie einen alten Bekannten, nahm ihm die Koffer ab, wies ihm den Weg zum Diplomatenparkplatz, hielt ihm die Tür auf, bestand höflich darauf, dass er sich in den Fond setzte, verstaute die Koffer im Kofferraum, schob sich hinters Steuer und startete. Bruderer schaute interessiert aus dem Fenster. Er fühlte sich angekommen und doch auf angenehme Weise exemt. Viele kleine Häuschen, bunt gestrichen, Tankstellen, Lagerhallen, dann Wohnquartiere im Jugendstil. Über den gedrängter stehenden Häusern war die finnisch-blaue Domkuppel zu sehen. Weit vorn ragte ein Schiffsschornstein in die Luft.

Abbiegung nach rechts, und alles wurde hellstes Weiß. Sie fuhren einem zugefrorenen See entlang. Auf der andern Seite ein kleiner Hügel. Darauf stand, hinter dem Vorhang aus Birkengeäst wie aquarelliert, eine weiße Villa aus Holz.

«Das dort drüben ist Villa Kivi, das Schriftstellerhaus», rief der Fahrer, der, für Bruderer unfinnisch, Svensson hieß. Am Ende des Sees bogen sie noch einmal nach rechts ab und fuhren den Hügel hinauf. «Linnunlauluntie», sang der Fahrer, «Vogelsangstraße.»

Bruderers Unterkunft war nicht im großen Haus, sondern im kleinen daneben. Hier wohnten die Kurzzeitgäste, drüben die Langzeitarbeiter, die an ihren Werken schrieben. Die Hauswartin war blond und kugelrund, fünfzehn Jahre älter als Bruderer und steckte in einem Jogginganzug. Sie lachte. Sie sprach nur Finnisch, kein Deutsch, kein Englisch, nichts außer Finnisch. Bruderer sprach kein Wort Finnisch. Trotzdem erklärte sie ihm die Hausordnung und begriff nicht, dass er nichts begriff. Sie schüttelte lachend den Kopf und war doppelt freundlich zu dem armen sprachlosen Fremdling. Bruderer nannte sie für sich Finlandia.

Das Zimmer war so weiß wie das Haus und die Landschaft vor den Fenstern. Svensson stellte die Koffer hinein. «Ich werde Sie um halb sieben abholen», sagte Svensson und ging.

«Sa-una?», fragte Finlandia.

Bruderer wollte ihr endlich eine Freundlichkeit erweisen und nickte heftig. Es folgte ein Wortschwall wie ein Wasserguss, und weg war sie.

Als Finlandia an die Tür klopfte, war Bruderer auf dem Bett eingenickt. «Ich komme!», rief er. Sie lachte und rief «Kivi». «Kivi, kivi», wie ein lockender Vogelruf. Dann hüpfte sie aus dem Haus und sang in einem fort: «Kivi, kivi.»

Die Koffer lagen wie zwei gestrandete Wale auf dem Teppich, der nicht anders als weiß sein konnte. Sie platzten auf, als habe ein Eskimo mit scharfem Messer die Walhaut geritzt. Bruderer grub und suchte unter den beiden Ordnern mit Geschichten nach seinem Sportdress. Er wollte die Kivi-Sängerin nicht warten lassen. Unterhose runter, Unterhemd über den Kopf gezogen und in den Dress gefahren, der noch voll himmlischer Kälte war.

Er musste ums Haus herumgehen. An der Schwelle zum Kellergeschoss lag ein Stein und hielt die Tür offen. «Kivi», sang Finlandia und deutete auf den Stein.

Er legte sich auf den Rost und ließ sich braten wie der heilige Leodegar. War das nun eine Wohltat oder Selbstquälerei? Etwas Perverses ist dabei, sagte er sich, und das macht den größten Teil des Reizes aus. Nachdem er sich zweimal draußen unters kalte Wasser gestellt und drinnen Wasser über die glühenden Steine gegossen hatte, kam er zur Erkenntnis, dass das Perverseste war, allein in der Röstkabine zu liegen.

Im Ruheraum mit den geblümten Rüschenvorhängen gab es Bier. Er merkte, wie es ihm aus dem Magen in den Kopf stieg und ihn wolkig machte. Schnell zog er sich an und ging in sein weißes Zimmer zurück. Finlandia ließ sich nicht blicken. Später, als er bei einbrechender Dämmerung vor dem Spiegelbild der Fensterscheibe die Vergissmeinnicht-Krawatte band, sah er sie Hand in Hand mit einem alten Mann von einem Spaziergang zurückkommen.

16

Eggiwil, Juni 1919

Hektor, der Eidgenoss, der ein Irländer ist, spürt die Nähe des Stalls. Leimgruber muss ihn zurückhalten; er will nicht im gestreckten Galopp ankommen. Es ist Ende Juni 1919. Seit mehr als einem Jahr ist er nicht mehr daheim gewesen. Geschrieben hat er auch nicht oft, und die von zu Hause ihm noch weniger. Hie und da ein Paket und auf einem Zettel kurze Grüße. «Wie geht es dir? Uns geht es gut.» Solange man nichts hört, ist alles in Ordnung.

Als er in Burgdorf das Pferd auslud, spotteten die Bähnler: «Soso, ist der Krieg für Euch auch schon vorbei.» Dann fragten sie, woher er komme. «Aus Zürich», sagte er. «Aus Zürich?», fragten sie zurück und schauten ihn schräg an. Er wusste, was sie dachten. Einer von denen, die auf unsereins geschossen haben, dachten sie. Die Bähnler in Burgdorf sind Söhne von Bauern, Brüder von Bauern, Enkel von Bauern. Aber seit November 1918 wissen sie, dass sie selbst keine Bauern mehr sind. Es nützt nichts, dass sie im Männerchor Bauernlieder singen. Sie sind Bähnler, keine Bauern. Im November haben die Bähnler auf der einen Seite und die Bauern auf der andern Seite gestanden. Die Bauern zu Pferd, mit Helm und Gewehr, die Bähnler unbewaffnet und zu Fuß.
Auf dem Zürcher Bahnhof war es noch stärker zu spüren gewesen. Dort machten die Bahnarbeiter die Faust im

Sack. Nicht bei den Soldaten, denen sie die Pferde verladen halfen. Noch nicht einmal bei den Unteroffizieren. Aber Oberleutnant Leimgruber ist Offizier. Einer in Stiefeln, in Reithosen, die wie Schmetterlingsflügel aussehen, mit zwei Sternen am Stehkragen. Einer von denen, die auf dem Münsterhof den Befehl zum Schießen gegeben haben.

«Wollen Sie nicht beim Militär bleiben, Leimgruber?», hatte Sonderegger gefragt und durchblicken lassen, dass er wohl, wenn Sprecher endlich gehe, Generalstabschef werde und Leimgruber dann höchste Protektion genieße. «Wir brauchen Leute wie Sie. Wir werden viel zu tun haben, nach diesem Ende des Krieges, glauben Sie mir. Es wird interessant werden. Es liegen gewaltige Konflikte in der Luft.»
Leimgruber hatte an die beiden Reiter gedacht, die in Zürich die Siegesparade abgenommen hatten. Den kleinen alten, traurigen General durchschaute er nicht, aber er war ihm doch lieber als der zukünftige Generalstabschef. Er hatte den Kopf geschüttelt. «Nein, danke, Herr Oberst», hatte er gesagt.
«Überlegen Sie es sich.»

Er brauchte nicht zu überlegen. Er wollte nicht. Er wollte endlich heim. Nicht, um zu bleiben. Er würde nicht bleiben. Er würde seine Zelte abbrechen und gehen. Vor einem Monat hatte er Antwort aus Estland bekommen. Er kannte die daheim. Sie würden es nicht schlucken, dass er ein Dienstmädchen heiratete, das dazu noch katholisch war. Sie würden es ihm ausreden wollen. Doch es gab nichts mehr auszureden. Anna hatte ihm vor ei-

90

nem Monat gesagt, dass sie ein Kind bekomme. Also musste geheiratet werden, und zwar schnell. Christian Leimgruber war das nur recht. Aber seinen Leuten daheim würde es gar nicht recht sein.

Darum lässt er sich Zeit. Aber Hektor strebt vorwärts, und einmal ist der längste Weg zu Ende. Hier auf dem Land macht man keine großen Geschichten, wenn einer mehr als ein Jahr von daheim fort war. Alles ist bereit, seine Kammer, seine Kleidung, sein Bett. Und die Mutter stellt einen Teller mehr auf den Tisch. «Soso, bist wieder da», sagen Vater und Bruder, melkend unter Kuhbäuchen hervor.
«Und, wie stehts?», fragt die Mutter beim Essen. Er weiß, was das bedeutet. Hast du immer noch keine gefunden?, bedeutet es. Die Eltern möchten, dass er endlich heiratet. Der Erstgeborene, der ledig daheim herumsteht, ist wie ein lebendiger Vorwurf. Gegen wen? Gegen das bäuerliche Erbrecht, das doch von den Gelehrten als so klug gelobt wird. Solange er im Militärdienst war, eilte es damit nicht. Und er konnte ja dort jeden Tag eine finden, hoffentlich eine, die zu ihnen passte, und keine aufgedonnerte Städterin. Aber jetzt ist er wieder hier.
«Lasst mich doch erst einmal richtig heimkommen», sagt Christian. Er hat sich vorgenommen, am ersten Tag noch nichts zu sagen. Er möchte nicht gleich alles verderben.

Aber die Mutter! «Dich bedrückt doch etwas!», sagt sie nach zwei Tagen. «Ist es eine Geschichte mit einer Frau? Hast du eine?»
«Ja.»
«Und was ist sie für eine?»

«Eine aus der Innerschweiz.»

«Katholisch?»

«Ja.»

«Mit einem Hof daheim?»

«Nein. Der Vater ist Schuhmacher, und sie ist Dienstmädchen.»

«Ein Dienstmädchen? Und katholisch? Das wird dein Vater nicht gern sehen.»

«Es gibt nichts gern oder ungern zu sehen.»

«Bekommt sie schon ein Kind?»

«Ja.»

«Du meine Güte!»

Der Vater sagt, dass er jedenfalls nicht zur Hochzeit komme und hoffe, dass sie nicht hier in der Gegend Hochzeit halten. Er wolle sich nicht in Grund und Boden schämen. Die Mutter ist auf Vaters Seite. Und der Jüngste muss es wohl oder übel auch sein, obgleich er dem Erstgeborenen gegenüber immer ein bisschen ein schlechtes Gewissen hat.

«Ist sie hübsch?», fragt er im Stall.

«Mir gefällt sie.»

Seit er heimgekommen ist, schaut Christian Leimgruber das Haus nicht mehr wie sein Haus, die Kühe nicht mehr wie seine Kühe, den Boden nicht mehr wie seinen Boden an.

Er fährt bald wieder nach Zürich. Er brauche das Mensch nicht heimzubringen, hat der Vater ihm nachgerufen, er sei nicht scharf darauf, es zu sehen.

In Zürich gehen Anna und Christian aufs Standesamt. Nun wird auch in der Heimatgemeinde im Emmental die Anzeige bald im Kasten hängen. Und in dem Innerschweizer Dorf auch, wo Anna herkommt. Dort hat es der Schuhmacher nicht eilig, den künftigen Schwiegersohn kennen zu lernen.

Die Trauung, beschließen sie, wird eben in Zürich sein. Da gibt es am wenigsten Aufsehen. Jetzt brauchen sie nur noch einen Pfarrer.

Anna sagt: «Mir macht es nichts aus, wenn er reformiert ist.»

Christian sagt: «Mir macht es auch nichts aus, wenn er katholisch ist.»

Zuerst gehen sie zum katholischen von St. Peter und Paul. Der hat einen runden weißen Kragen um den Hals und redet von Konversion. Und nachdem er erklärt hat, was das ist, und Christian Leimgruber gesagt hat, dass er das nicht will, schaut der Pfarrer Anna an und redet von Exkommunikation. Christian merkt, wie es seiner Braut kalt über den Rücken läuft. Sie wollen es sich überlegen und werden Bescheid geben, sagen sie und gehen wie begossene Pudel hinaus.

«Wir nehmen doch lieber einen reformierten Pfarrer. Die sind freier», sagt Anna. Sie gehen zu dem vom St. Peter, weil der dicke Kirchturm Anna so gut gefällt. «Zu welcher Kirchgemeinde gehört ihr», fragt sie der Pfarrer von St. Peter schon unter der Haustür. Sie wissen es nicht. Anna ist katholisch und wohnt in der Enge. Christian ist reformiert und wohnt im Emmental. «Dann betrifft es mich nicht. Ihr müsst» – er schaut Christian an – «zu dem in eurer Heimatgemeinde gehen. Und überhaupt halte ich nichts von Mischehen. Man hat nur Schwierigkeiten damit.»

So begnügen sich Anna und Christian mit dem Standesamt. Dann fahren sie zuerst nach Seewen im Kanton Schwyz und anschließend nach Eggiwil im Emmental. An beiden Orten werden sie kühl begrüßt. An beiden Orten sagen sie, dass sie nach Estland auswandern, weil sie dort Arbeit haben. Sie merken, dass man nicht unglücklich ist, wenn sie weit weg sind.

In Herrn von Kotzebue auf dem Gut Triigi bei dem Dorf Ardu an der Hauptstraße von Reval nach Weißenstein oder, wie es später heißt, von Tallinn nach Paide, finden sie einen guten Arbeitgeber. Drei Monate nachdem sie angekommen sind, wird ihr erster Sohn geboren. Sie sind nicht lutherisch, sie wissen nicht, sind sie reformiert oder katholisch, deshalb gehen sie zur Brüdergemeine, zu den Herrnhutern. Die meisten Esten sind bei den Herrnhutern, auch wenn sie auf dem Papier zur lutherischen Kirche gehören. Taufen lassen sie ihren Sohn Alfred freilich in der lutherischen Kirche.

17

Helsinki, April 1998

Wieder holte ihn der schwedischnamige Botschaftsfahrer ab.

«Sie sind Schwede?», fragte Bruderer auf der Fahrt durch die vereiste Stadt.

«Nein, ich bin Finne. Ein schwedisch sprechender Finne. In Südfinnland gibt es viele schwedisch sprechende Finnen.»

«Die im Grunde Schweden sind.»

«Wer ist Finne, wer Schwede? Ist nur ein Finne, wer finnisch spricht? In meiner Familie bin ich der erste finnische Schwede oder schwedische Finne, der mit einer finnischen Finnin verheiratet ist. Einige meiner alten Tanten hat es sehr gestört.»

«Warum?»

«Weil sie glauben, sie seien besser als die finnischen Finnen.»

«Überlegenheitsgefühle trifft man oft bei Minderheiten. Wie fühlt man sich als Angehöriger einer Minderheit?»

«Ach, wissen Sie, wir waren während Jahrhunderten politisch, wirtschaftlich, kulturell die Mächtigen. Davon zehren meine alten Tanten noch. Nur was schwedisch war, zählte. Die finnische Sprache galt nicht einmal als schreibwürdig. Bis im letzten Jahrhundert Opposition gegen die Übermacht des Schwedischen entstand.»

«Wie sprechen Sie mit Ihren Kindern?»

«Wir haben noch keine», sagte Svensson. «Aber wir werden finnisch mit ihnen sprechen, wie ich mit meiner Frau finnisch spreche. Und wir werden darauf achten, dass sie auch schwedisch lernen.»

Sie waren da. Svensson sagte: «Bitte warten Sie, ich komme auf Ihre Seite. Es ist sehr eisig.»
Es war wie auf einer Schlittschuhbahn, und Bruderer hatte seine feinsten Schuhe angezogen, die mit den Ledersohlen. Svensson musste ihn wie einen Betrunkenen stützen.

Neben Bruderer hatten der Botschaftsrat und seine Frau eine Schweizerin eingeladen und ein Verlegerehepaar aus Tampere. Er sah aus wie ein Lappe, der sich nach Süden verirrt, sie wie eine Italienerin, die es nach Norden verschlagen hatte. Finnen waren beide, und sie veröffentlichten, was Bruderer fast nicht glauben wollte, regelmäßig Übersetzungen von Werken deutschschweizerischer Autoren.
Die Schweizerin hieß Géraldine Lalumière, stammte aus Lausanne, war um die dreißig, hoch, schlank, sehr elegant, sehr selbstbewusst und unterrichtete französische Sprache und Literatur an der Universität Helsinki.
Das Verlegerehepaar erzählte beim Aperitif, dass es sich vor vier Jahren selbständig gemacht und einen von allen Kirchen unabhängigen christlichen Verlag gegründet hatte, in der Absicht, Bücher christlichen Inhalts zu veröffentlichen. Es hatte jedoch schnell gelernt, dass das aus finanziellen Gründen äußerst schwierig war, und vor der Wahl gestanden, sich entweder an eine Kirche zu binden und abgesichert zu sein oder selbständig zu bleiben, was einem Kamikazeunternehmen gleichkam.

96

«Und welche Wahl haben Sie getroffen?», fragte die Lalumière.

«Wir haben uns für die Selbständigkeit entschieden», sagte der Lappe. «Aber wir konnten nicht bei ausschließlich christlichen Büchern bleiben. Der Markt ist zu klein.»

«Sie bräuchten einen finnischen Hans Küng», sagte die Frau des Botschaftsrates, die Literaturwissenschafterin war und mehrmals im Jahr mit der Fähre nach Tallinn fuhr, um an der Pädagogischen Universität Kurse über neuere deutsche Literatur zu halten.

«Jedenfalls gibt es für die Art von theologischer Literatur, die uns vorschwebte, hier zu Lande keinen ausreichenden Markt», sagte die Verlegerin. «Weshalb wir uns zu einer Mischung entschlossen haben. Wir publizieren weiterhin Theologisches, aber zugleich auch Unterhaltungsliteratur. Kriminalromane, Liebesromane, Kolportagegeschichten.»

«Trivialliteratur», sagte die Lalumière.

«Ja, Trivialliteratur. Damit finanzieren wir die Theologie.»

«Dann tun Sie etwas Ähnliches wie Jesus. Der soll ja auch vorzugsweise in Trivialgeschichten geredet haben», sagte Bruderer. «Aber er redete nicht mit zwei Zungen, einer theologischen und einer unterhaltenden. Seine Gleichnisse sind beides in einem.»

«Wenn er damit nachhaltig Erfolg gehabt hätte, wäre er wohl nicht gekreuzigt worden», sagte der Botschaftsrat. Seine Frau schaute die Verleger an: «Eben das dürfte die tödliche Mischung sein. Theologie und Trivialliteratur. Seien Sie auf der Hut. Damit wird man nicht nur arm, man kommt dafür ans Kreuz.» Sie stand auf und bat zu Tisch.

Als alle schön nach Protokoll saßen, ging die Küchentür auf, eine junge Frau kam herein und trug die Vorspeise auf.

«Unser Au-pair», sagte die Frau des Botschaftsrats. «Sie ist Estin und kommt aus Paide, dem größten Ort zwischen Tallinn und Tartu.»

«Sprechen Sie schon Schweizerdeutsch?», fragte Bruderer. Da er auf Hochdeutsch fragte, verstand die Estin und schüttelte den Kopf. «Ich erst lernen», sagte sie und verschwand wieder in der Küche.

«Sie ist noch nicht lange bei uns. Ein sehr intelligentes Mädchen, das später Pädagogik studieren möchte», sagte die Frau des Botschaftsrates.

«Aber sehr schweigsam», sagte der Botschaftsrat.

«Alle Esten, die ich kenne, sind sehr schweigsam», sagte Madame Lalumière. «Das muss mit dem Nationalcharakter zusammenhängen.»

«Und mit der Geschichte. Fünfzig Jahre Sowjetherrschaft haben dieses Volk geprägt. Man sagte nichts, weil man sich und seine Leute nicht gefährden wollte. Ein unvorsichtiger Satz, und morgen holte der KGB einen Freund von dir ab.»

«Wenn sie bloß etwas mehr Dankbarkeit zeigen könnten», sagte die Lalumière. «Du setzt dich für sie ein, du vermittelst ihnen Dozenten, sie nehmen sie, aber sie öffnen nicht den Mund für ein einziges Wort des Dankes. Sie werden in dieser Hinsicht nicht viel erwarten dürfen», wandte sie sich an Bruderer. «Seien Sie nicht enttäuscht.»

18

Helsinki, April 1998

«Ein unglaubliches Land, dieses Estland, mit unglaub-
lichen Geschichten», sagte die Frau des Botschaftsrats
beim Kaffee, zu dem Süßigkeiten aus Zürich und Kirsch
aus Zug gereicht wurden. «Wenn ich nur an die der Familie unseres Au-pair-Mädchens denke. Der Bruder des
Großvaters geht zur estnischen Legion, die auf Seiten der
Deutschen gegen die Russen kämpft. Der Großvater
selbst, überzeugter Sozialist, tritt in die Sowjetarmee ein.
Der Bruder des Großvaters gerät in sowjetische Gefangenschaft und wird wegen Zusammenarbeit mit den Nazis nach Sibirien deportiert. Der Großvater kommt de-
koriert aus dem Krieg nach Estland zurück. Hier wehrt
er sich aber gegen die Kollektivierung der Landwirtschaft. Also wird auch er nach Sibirien verschickt. Unser
Mädchen denkt sich aus, sie hätten sich im selben Lager
in Sibirien wieder gesehen. Zurückgekommen ist keiner
von beiden.»

«Es stimmt», sagte der Botschaftsrat. «Wer immer mit
diesem Land zu tun bekam, musste gewärtigen, in eine
unglaubliche Geschichte verwickelt zu werden. Kennen
Sie die des Afrikanisten Leonhard Blumer? Ein Schweizer aus Schwanden im Kanton Glarus, jedoch in Russland aufgewachsen. Besaß ein Gut in Harjumaa, der
Landschaft hinter Tallinn. Seine Vorfahren waren aus der
Schweiz nach Petersburg ausgewandert. Einer ging von

Petersburg nach Estland, das damals zu Russland gehörte. Doch dem Nachkommen ist es nicht abenteuerlich genug, zu der dünnen Kolonisten- und Oberschicht dieses Landes zu gehören. Er vergräbt sich in die Welt Afrikas. Wählt die Massai, die gefürchtetsten Feinde der Kolonialmächte, zu seinem Forschungsgegenstand, fährt nach Kenia und Tanganjika, lebt mit diesen Hirtennomaden und erfindet ein Alphabet für sie, damit sie in ihrer Sprache schreiben können.

Ganz zu schweigen von den Leuten, die nie in ein Lexikon gelangen. In unserem Archiv lagern die Akten einer Familie mit der verrücktesten Geschichte, die ich je gehört habe. Da wandert nach dem Ersten Weltkrieg ein junger Bauer aus dem Emmental mit seiner Frau nach Estland aus. Wird Verwalter auf dem Gut eines deutschen Barons. Später kaufen er und seine Frau selbst einen Hof. Sie haben zwei Söhne, beide in Estland geboren. Beide werden wieder Landwirte. Aber da sie dasselbe Mädchen lieben, zieht der Ältere nach Tallinn. Dort freundet er sich mit dem deutschen Schriftsteller Edzard Schaper an, der eine Deutschbaltin zur Frau hat und ihretwegen nach Estland gekommen ist. Im Spätherbst 1939, nachdem Deutschland und die Sowjetunion den Nichtangriffspakt abschließen und Gerüchte über ein geheimes Zusatzprotokoll auftauchen, das den Russen die Verfügungsgewalt über das Baltikum einräume, verlässt der ältere der beiden Brüder Estland, kehrt vorübergehend in die Schweiz zurück, wandert bald nach Amerika aus und lässt sich schließlich in Hawaii nieder. Von dort schickt er jahrelang Pakete mit Kleidung und Esswaren an seinen Bruder und dessen Familie. Denn der jüngere Bruder hat das estnische Mädchen geheiratet und ist in Estland geblieben. Der Vater der beiden wurde deportiert, als die Russen Estland zum zweiten Mal besetzten und wieder eine Sowjetrepublik daraus machten. Er ist nie zurückgekommen. Die Mutter starb vor Kummer. Nachdem der Vater verschleppt worden war, ging sein jüngerer Sohn in den Untergrund und kämpfte gegen die sowjetische Fremdherrschaft. Er wurde ein Waldbruder, so hießen die Widerstandskämpfer. Sie hofften immer auf Hilfe aus dem Westen. Sie wussten, dass sie ohne solche Hilfe verloren waren. Als die Russen 1956 den ungarischen Aufstand niederschlugen und der Westen die Ungarn im Stich ließ, wussten die Waldbrüder endgültig, dass auch sie nicht mit Unterstützung rechnen konnten. Der Westen hatte das Baltikum vergessen. Einer der wenigen Fürsprecher, die es in der Welt hatte, war Edzard Schaper. Die Waldbrüder, enttäuscht und hoffnungslos, beschlossen, aufzugeben. Nur einige wenige wollten weitermachen, unter ihnen auch der Mann, von dem ich rede. Er lebte weiterhin in den Wäldern. Größere Aktionen konnte er allein nicht mehr unternehmen. Aber er war durch sein bloßes Dasein für viele ein Zeichen, dass die Hoffnung auf Freiheit noch nicht ganz ausgelöscht war. Anfang der sechziger Jahre ist ihm der KGB auf die Spur gekommen. Zwei Spitzel observierten ihn und stellten ihn am Peipus-See. Er konnte sich der Verhaftung nur durch einen Sprung ins Wasser entziehen. Dabei muss er ertrunken sein. Man hat nie mehr etwas von ihm gehört.»

«Und seine Familie?»

«So viel wir wissen, lebt seine Frau nicht mehr. Aber es gibt noch eine Tochter.»

«Und man hat für diese Menschen nichts getan, ich meine von der Schweiz aus?», fragte Bruderer.

Der Botschaftsrat schüttelte den Kopf. «Was hätte man tun sollen? Unsere Möglichkeiten sind beschränkt. Sehr beschränkt.»

«Was sage ich immer?», brauste die Lalumière auf. «Sie wollen in der Schweiz nur eines nicht, nämlich dass man zurückkommt. Im Pass heißt es doch, der Inhaber könne jederzeit in die Schweiz einreisen. Müsste das drinstehen, wenn es selbstverständlich wäre? Es steht da, weil es nicht erwünscht ist. Das Land ist klein. Da ist man froh um alle, die man nicht ernähren muss.»

Svensson hatte Feierabend; der Botschaftsrat bestellte ein Taxi für Madame Lalumière und Bruderer. Sie hielten einander fest, als sie auf dem Eis zum Wagen schlitterten. Um ein Haar wären sie miteinander gestürzt.

«Wir fahren zuerst zu Ihnen», sagte Bruderer.

«Ich wohne nicht weit von der Villa Kivi entfernt», sagte Lalumière. Er roch zum ersten Mal an diesem Abend ihr Parfum. Als sie da waren, sagte sie: «Ich begleite Sie noch bis zur Villa. Hole nur schnell bessere Schuhe.»

Sie lief auf Seidenstrümpfen über den Schnee und kam sofort und in Schneestiefeln zurück.

Schon als sie die Straße zur Villa Kivi entlangfuhren, stieg ihnen der Rauch von Birkenholz in die Nase. Im Kellergeschoss unter Bruderers Zimmer war Licht.

«Da sitzt noch jemand in der Sauna», sagte Bruderer.

«Ach, täte eine Sauna jetzt gut», seufzte Madame Lalumière.

«Was hindert uns, hineinzugehen?»

Bruderer bezahlte das Taxi, und als er ausstieg, saß er auch schon auf dem Eis. Jetzt musste er die Schuhe ausziehen und sich an der Lalumière festhalten. Sie waren zehn Schritte vom Haus entfernt, als wie bei einer Kuckucksuhr die Tür aufsprang und Finlandia erschien. «Sa-una?», fragte sie. «Sa-una», nickte Lalumière. «Sauna!», jauchzte Finlandia und lief voraus. Vor der Schwelle zum Kellergeschoss zeigte sie auf den hingelegten Stein und sang wie ein Zeisig: «Kivi, kivi.» Sie holte ihnen weiße Tücher aus dem Schrank und ließ sie allein.

Im Duschraum hingen die Sachen einer Frau und eines Mannes an den Haken. Sie rochen nach Zigarettenrauch. Die Lalumière zog sich aus und stellte sich unter die Brause. Bruderer gab sich Mühe, sie nicht zu aufdringlich anzuschauen. Nackt war sie lang, aber weniger hager, als er sie sich vorgestellt hatte. Auch er hängte seine Sachen an einen Haken und stellte sich unter die zweite Dusche. Dann liefen sie zusammen zu der hölzernen Tür mit dem kleinen Fenster.
Auf den Holzrosten lagen, wie der heilige Leodegar und seine Braut, ein nackter junger Mann und eine nackte junge Frau. Sie setzten sich ohne Erstaunen auf. «Sauro», sagte der Mann. «Leena», sagte die Frau. «Géraldine», sagte die Lalumière. «Felix», sagte Bruderer. «Oh, nun weiß ich ja endlich, wie Sie mit Vornamen heißen», flüsterte die Lalumière französisch.
Sauro sagte etwas auf Finnisch zu ihnen. Bruderer verstand kein Wort, aber Géraldine sprach Finnisch. Trotzdem wechselte Sauro auf Englisch. «Sind Sie Französin?», fragte er Géraldine.
«Schweizerin.»
«Spricht man in der Schweiz französisch?»
«In einem Teil», antwortete Géraldine. «In einem kleineren Teil.»

Sie lagen auf den Rosten einander gegenüber, streng getrennt durch die glühenden Steine auf dem Ofen, Männer oben, Frauen unten, Leena und Sauro auf der einen, Géraldine und Bruderer auf der anderen Seite.

«Was tun Sie?», fragte Sauro.

«Ich bin Dozentin für Französisch an der Universität Helsinki», antwortete Géraldine. «Und Sie?»

«Ich bin Journalist. Sie ist Schriftstellerin und hat heute einen der wichtigsten finnischen Literaturpreise bekommen.»

«Gratulation!», rief Géraldine.

«Gratulation!», rief Bruderer ihr nach.

«Und was tun Sie?», fragte Leena zu Bruderer herüber.

«Ich bin Theologe.»

«Ein Pfarrer?»

«Nein.»

«Wozu sind Sie dann Theologe?»

Er versuchte nicht, ihnen zu erklären, wer Pier Paolo Vergerio war, aber er sagte, dass er unterwegs nach Tartu sei, um dort drei Wochen lang Vorlesungen über Schweizer Kirchen- und Theologiegeschichte zu halten.

«Gibt es eine Theologische Fakultät in Tartu?»

«1991 wieder eröffnet.»

«Und brauchen die in Estland Pfarrer? Ich dachte eher, sie brauchten Geld», sagte Sauro.

Nach dem ersten großen Schwitzen liefen sie Hände haltend wie die Kinder auf den gefrorenen See hinaus. Bruderer spürte Schnee zwischen den Zehen und die Hülle aus weißem Dampf um sich. Bevor sie in die Hitze zurückkehrten, wälzten sie sich wie fröhliche Robben auf dem Eis.

«Ich bin ganz ausgeschwitzt. Es war die zweite Sauna heute», sagte Bruderer später.

«Du wirst hier auch eine Vorlesung halten?», fragte die Lalumière am Morgen, als sie ging.
«Ja, heute. Und übermorgen nochmals in der Deutschen Bibliothek.»
«Wie heißt sie?»
«*Das ironische Bibelzitat bei Hebel und Gotthelf.*»
«Klingt spannend. Leider werde ich nicht dabei sein können. Ich habe selbst Vorlesung.»
«Sehen wir uns heute Abend?»
«Unmöglich. Ich fahre nach Lappenranta. Dort gibt es einen dreitägigen Kongress finnischer Kriminalschriftsteller. Ich halte einen Vortrag über Commissaire Maigret.»
«Dann treffen wir uns gar nicht mehr?»
«C'est la vie, mon cher.»

19

Erlangen, September 1856

«Ich werde nicht willkommen sein», denkt Professor Herzog. Dennoch stößt er das Gartentor auf und geht zur Haustür. Es ist ein kleines Haus. «Warum wohnen deutsche Professoren immer in so kleinen Häusern?», fragt sich Professor Herzog. Er denkt an Göttingen, wo er während seiner Berliner Semester einmal den Kirchenhistoriker Planck besuchte, der ihn die Philosophenallee hinaufführte. Links und rechts kleine Häuschen wie die Pförtnerhäuschen von Schlössern, und Planck neben ihm, der alle paar Schritte sagte: «Hier wohnt X und dort drüben wohnt Y.» Lauter berühmte Namen und Kapazitäten. Man stellt sie sich in großen Villen oder hohen Wohnungen vor und fürchtet, sie müssten sich alle Augenblicke die Stirn anstoßen in dem kleinbürgerlichen Logis.

Professor Herzog denkt daran, wie er das erste Mal in Weimar war – das war, als der Alte dort noch lebte –, und welche Enttäuschung ihn angesichts des Hauses am Frauenplan überkam. Es war nicht einmal großbürgerlich, es war bloß eine zum Großbürgerlichen aufgemotzte Kate. Armselig, wenn er sie mit dem *Blauen Haus* in Basel verglich, das einem Vetter von ihm gehört.

«Pförtnerhaus ist richtig», überlegt Professor Herzog. Pförtner sind Herrendiener, und alle sind sie Herrendiener, die vor jedem höheren Ministerialbeamten katzbuckeln, etwa, wenn es um Berufungen geht.

Professor Herzog denkt sich in einen kleinen Zorn. Aber der hier, in seinem kleinen Professorenhaus, vor dessen Tür Professor Herzog steht, verdient den Zorn nicht. Was der verdient, ist Mitleid. Denn dem wurde vor einer Woche die Frau begraben, die an der Geburt des jüngsten Kindes gestorben ist. Er ersticke fast daran, war in der Fakultät zu hören, und was man denn da tun könne. «Ich muss hin», hat Professor Herzog gedacht und zu seiner Frau gesagt. Ihn besuchen. Ihn zu trösten versuchen. Es wird schwer sein. Was sagt ein Theologieprofessor zum andern, wenn der andere um seine Frau weint? Wie soll ein Theologieprofessor den anderen trösten? Das ist, als müsste eine Primaballerina der andern den Fuß verbinden. Fuß verbinden ist fast wie Füße waschen. «Eine Fußwaschung wird es werden», denkt Professor Herzog. Exegetisch ist er sich im Klaren darüber, dass die Fußwaschung der Beginn der Passionsgeschichte im engern Sinn ist. Er weiß immer noch nicht, was er sagen wird. Zu Hause hat er sich einiges zurechtgelegt, eine schöne Komposition aus Lutherzitaten. Denn der Kollege Harnack ist Lutheraner, aus Dorpat, und deshalb sehr strikt, und er hat auch ein Lutherbuch geschrieben. Herzog ist reformiert und an dieser lutherischen Hochburg bloß mehr oder weniger geduldet. Harnack ist zwar immer freundlich zu ihm, aber er macht kein Hehl daraus, dass er ihn für einen Menschen anderer Konfession hält. Darum hat Professor Herzog sofort an die Lutherzitate gedacht. Aber sie sind ihm auf dem Weg hierher abhanden gekommen.
Er steht vor der Haustür und denkt: «Ich werde nicht willkommen sein.»

«Er denkt, er sei nicht willkommen. Darum zögert er», denkt Theodosius Harnack, der hinter dem Fenster des

Studierzimmers steht, von wo er die Straße, das Gartentor, den schmalen Vorgarten und die Haustür sieht. Er ist aufgestanden, weil es ihn vom Schreibtisch wegtrieb. Er hat wieder in den Kondolenzbriefen gelesen. Vor allem die aus Dorpat und Petersburg tun gut wie Balsam. Zugleich sind sie wie Feuerbrand.

Er überlegt seit dem Tag nach Maries Begräbnis, alles hier aufzugeben und zurückzugehen. Der Tod hat ihre Übereinstimmung im Glauben zerrissen und ihre baltische Kolonie, wie sie sich nannten. Vier Jahre ist er nun in Erlangen. Heimisch ist er nie geworden. Er ist ein Fremder geblieben, obwohl ihn die Fakultät mit offenen Armen empfangen hat und er mit den meisten Kollegen in gutem Einvernehmen steht. Am Anfang befürchtete er, sie würden ihn wegen seines Kirchenverständnisses ablehnen. Er ist überzeugt, dass Kirche und Staat getrennt sein müssen, ja, dass die Kirche nur in der Diaspora eine christliche ist. «Christentum und Kirche in Abhängigkeit setzen von Bildung und Kultur der Zeit heißt auf die Zerstörung beider hinarbeiten», hat er geschrieben; der Satz wird ihm oft vorgehalten, als gäbe es nur diesen einen von ihm. Doch sogar dafür hat er hier Zustimmung bekommen. Nicht von allen; das kann er nicht erwarten, aber von einem oder zweien, an denen ihm viel liegt. Zum Beispiel vom Kollegen Thomasius, der völlig mit ihm übereinstimmt.

Und trotzdem kommen sie einander kaum näher. Erlangen und Dorpat, Bayern und Baltikum bleiben zwei Welten. Hier in Bayern das Kirchenregiment in München, etabliert, berechenbar. Dort der ständige Schatten absolutistischer Willkür. Dem Zaren braucht nur ein Minister oder ein orthodoxer Metropolit im Ohr zu liegen, und er zieht die Schraube an. Hier hat man keine Ahnung, was Diaspora heißt. Als baltischer Lutheraner kennt man es, auch wenn man dort als lutherischer Deutscher zur Oberschicht gehört. Darum bleibt die freie Kirche des Kollegen Thomasius eine aus Papier und Tinte. Er aber, Harnack, weiß, wovon er schreibt.

Und nun steht der Reformierte vor der Tür und zögert. «Er denkt, er sei nicht willkommen», denkt Professor Harnack. Dann aber sieht er, dass Professor Herzog die Hand nach dem Klingelzug ausstreckt, und er hört im Korridor die kleine Glocke anschlagen.

Sie sitzen im Salon, der eigentlich nur ein bescheidenes Zimmer ist. Das Hausmädchen hat Tee gebracht und ist wieder hinausgegangen. «Jetzt muss ich», denkt Professor Herzog und sagt: «Ich wollte Ihnen sagen –.» Er kommt sich dabei vor wie Jesus, der sich das Tuch umbindet.

Professor Harnack lässt ihn den Satz nicht beenden, wahrscheinlich, weil er die Verlegenheit des Kollegen spürt. «Ich danke Ihnen», sagt er. Es gibt eine Pause. Professor Harnack zeigt auf die Zuckerdose, in der Brocken von dunkelbraunem Kandis liegen. «Mögen Sie Kandis zum Tee, Herr Collega?»

Professor Herzog klaubt mit der Zange einen Brocken Kandis aus der Dose und hält ihn gegen das Licht. «Das kennen wir in der Schweiz kaum. Sieht aus wie Bernstein.»

Professor Harnack schluckt und führt die Teetasse zum Mund. Professor Herzog merkt, dass er einen Fehler gemacht hat. Er hätte den Bernstein, diese Erinnerung an die Ostsee, nicht erwähnen sollen. Er lässt das Stück Kandis in die Tasse gleiten, legt die Zuckerzange zurück und trinkt einen Schluck. Der Tee ist immer noch sehr heiß, und Professor Herzog verbrennt sich den Gaumen.

Als er die Tasse abstellt, sieht er, dass Kollege Harnack mit den Tränen kämpft. «Ist es sehr schwer?», fragt er leise.

«Es ist die völlige Diaspora. Der Verlust der Heimat», antwortet Harnack.

Herzog wüsste, was darauf zu zitieren wäre. Paulus, Philipper drei, zwanzig: «Unser Wandel aber ist im Himmel.» Doch er wagt es nicht zu sagen aus Furcht, es wirke zu billig. Und etwas Eigenes steht ihm nicht zur Verfügung.

Harnack hilft ihm. «Sie sind ja auch in der Diaspora», sagt er.

Aber seine Frau lebe noch, will Herzog sagen, doch das wäre falsch.

Stattdessen sagt er: «Ich glaube, dass wir immer in der Diaspora sind. Ich glaube, dass dies das Schicksal der Kirche ist. Kirche heißt in der Diaspora sein.»

«Sind Sie darum in Neuenburg zurückgetreten?», fragt Harnack.

«Die radikalliberale Regierung wollte die Kirche unter ihren Schutz nehmen.»

«Wie Kaiser Konstantin», sagt Harnack.

«Wie Kaiser Konstantin», sagt Herzog. «Da traten wir zurück, mein Kollege Vinet und ich. Kirche darf sich hier unter keinen Schutz stellen.»

Sie trinken die Tassen aus.

«Noch ein wenig Tee?»

«Danke, ich muss gehen. Würden Sie meiner Frau und mir die Ehre geben, demnächst zu uns zum Abendessen zu kommen?», fragt Professor Herzog.

110

«Gerne», sagt Professor Harnack. Er begleitet den Kollegen hinaus.
Die Küchentür geht auf. In Höhe der Klinke erscheint das Gesicht eines Knaben. Der Knabe ist schwarz angezogen. Professor Herzog bleibt stehen. «Grüß dich. Wie heißt du denn?»
«Adolf», sagt der Knabe und stellt wie ein Soldat die Füße zusammen. Professor Herzog streicht ihm über den Kopf.
«Dann bis bald, Herr Collega», sagt er an der Haustür zu Professor Harnack.
«Verbindlichen Dank, Herr Collega», antwortet Professor Harnack.

Er schließt die Tür hinter dem Gast.
«Was redet er für eine Sprache?», fragt der Knabe.
«Das ist Baseldeutsch, aus Basel in der Schweiz», sagt Harnack zu seinem Sohn.
Professor Theodosius Harnack geht in sein Studierzimmer zurück. Am Schreibtisch sitzend, die Dorpater und Petersburger Kondolenzbriefe vor sich, sagt er sich, dass dies einer der tröstlichsten Beileidsbesuche war, die er bekommen hat, und dass er es vielleicht doch noch eine Weile in Erlangen aushalten wird.

20

Helsinki, April 1998

Wie er ihn vom Flughafen abgeholt hatte, brachte Svensson Bruderer auch wieder zum Flughafen. Er trug ihm die zwei schweren Koffer bis vor den Abfertigungsschalter und wollte um nichts in der Welt ein Trinkgeld annehmen.

Bruderer war zu früh, wie immer, wenn er reiste. Er trank einen Kaffee, dann setzte er sich in eine der Kunststoffschalen und schaute durch die große Glasscheibe auf das Flugfeld hinaus. Gleich vor ihm stand eine Maschine der Finnair. Der Lautsprecher teilte die Landung einer Maschine aus Tallinn mit. Bruderer betrachtete neugierig die Passagiere, die wie Slalomfahrer durch die Abschrankungen kamen.

Drei weitere Fluggäste gesellten sich allmählich zu ihm. Ein Mädchen mit ungeheuer langen Beinen und überhohen Kothurnen an den Füßen, das sofort einen Spiegel und eine Pinzette aus der Handtasche holte und sich die Brauen zupfte. Ein Mann um die vierzig, der eine graubraune Strickjacke unter dem Fischgrätmantel anhatte und sehr kurzsichtig war. Obwohl er eine Brille mit Gläsern wie Flaschenböden trug, hielt er die russische Zeitung auf Nasenlänge vors Gesicht. Der Dritte war sichtlich ein Geschäftsmann, dunkelblauer Nadelstreifenanzug, Kaschmirmantel, weinroter Aktenkoffer, den er öffnete, um ihm die elektronische Agenda zu entnehmen.

«Sie verdient ihr Geld in einem Nightclub in Helsinki und unterhält damit die ganze Familie in Tallinn», dachte Bruderer. «Er hat bei der sowjetischen Armee gearbeitet. Nun ist er arbeitslos und trauert der Vergangenheit nach. Und der andere macht drüben Geschäfte.»

Sie wurden aufgerufen. Sie marschierten in Einerkolonne an der Hostess vorbei, die ihnen Platzkarten in die Hand drückte. Sie wurden einen Korridor entlanggeleitet, aber nicht in den Schlauch des Fingerdocks zu der glänzenden Finnair-Maschine, sondern die Treppe hinunter, durch leichten Schneefall zu einem wartenden, vor sich hin brummenden, nach Diesel stinkenden Bus.
Der fuhr sie auf die Piste hinaus. Hier standen wie angebunden die Luftrosse, selbstgefällig und jede Gefahr leugnend. Sie kamen aus Kanada und Italien, den Arabischen Emiraten und aus Singapur. Bruderer dachte, dass sie vor dem nächsten Finnairzeichen halten würden, aber sie taten es nicht. Der Bus fuhr und fuhr, bis die Reihe der Flugzeuge aufhörte. Links im Hintergrund wartete eine alte Maschine auf den Abdecker. Als Bruderer meinte, jetzt komme nichts mehr, stand da noch eine kleine Kiste mit nie gesehenem Namen. Davor hielt der Bus. Es schneite stärker. Aus dem Fenster des Cockpits lehnte sich der Flugkapitän. Er trug einen Dreitagebart und, hols der Kuckuck, einen goldenen Ring im Ohr. Sie kletterten im Gänsemarsch das lächerliche Treppchen hinauf. Oben stand eine üppige, nicht mehr so junge Frau, dickes, langes blondes Haar, blaue Uniform, und sagte: «Willkommen an Bord!»

Keiner schaute auf die Platznummern, auch die Hostess nicht. Jeder setzte sich so weit wie möglich von den andern weg. Bruderer dachte an die Streusiedlungen im Appenzellerland.

Die Hostess zog die Tür zu. Sie klappte vorn einen Sitz herunter und setzte sich, Rücken zur Fahrtrichtung, darauf. Sie kreuzte Sicherheitsgurten über dem Busen. Sie sahen aus wie Maschinengewehrgurten.

Ein Zittern ging durch den Rumpf. Der Pilot gab die Sporen; das störrische Ding zierte sich erst, dann ließ es sich auf die Bahn bringen und schnellte in die Luft.

Bruderer hatte Angst. Er liebte das Fliegen nicht, aber in einer so kleinen Maschine hasste er es. Er weigerte sich, hinauszuschauen. Nachdem die Hostess die Munitionsgurten abgelegt und Schokoladetäfelchen verteilt hatte, legte Bruderer den Kopf auf das weiße Kissen und hieß die Träume Kulissen schieben.

Er sah flaches Land, darin einen See. Hinter alten Bäumen und vermoosten Feldsteinmauern lag ein Herrenhaus. Achtzehntes Jahrhundert, mit Säulenvorbau. Weit hinten stand der Wald.

Ein Mann kam und nannte den Preis des Herrenhauses. Bruderer war im Halbtraum erstaunt, wie niedrig er war, geradezu lächerlich. Er würde es kaufen und renovieren, und jedes Jahr, wenn er aus der Schweiz kam, um seine Vorlesungen zu halten, drei oder vier Monate hier wohnen.

Denn sie hatten ihm eine Gastprofessur angetragen. Sie nahmen ihn in einer feierlichen Zeremonie in ihr Kollegium auf, hängten ihm einen vielfarbigen Talar um und setzten ihm ein Barett auf den Kopf. Und die Studenten strömten herbei und klatschten Beifall, und die Professoren klatschten ebenso. Er wurde vom Erzbischof empfangen, der ihn bat, im Dom eine Predigt zu halten, und auch der Staatspräsident war anwesend, und am Ende klatschten auch hier alle. Der Staatspräsident legte ihm ein Ordensband um den Hals, und zur Musik von Mozart betraten der Staatspräsident und Bruderer die große Aula der Universität, wo Bruderer den Festvortrag hielt. Er wusste nicht, zu welchem Anlass. Wie viel Mühe er sich auch gab, er konnte es nicht herausfinden. Deshalb stieg seine Angst, je weiter er im Vortrag fortschritt. Er würde das Ende nicht finden. Er würde dastehen und nicht weiterwissen, und alle würden raunen und kichern und aufstehen und kopfschüttelnd davongehen.

Die kleine Flugmaschine sackte ab. Bruderer erwachte. Die Wagnersängerin hatte sich wieder auf dem Klappsitz festgeschnallt. Draußen war es grau. Es regnete in schmutzigen Schnee. Am Pistenrand stand eine Zeile graugrüner Lastwagen mit vorgeschnallten Schneepflügen.
Die Maschine setzte auf und rollte aus.

21

Riga, November 1419

Der Unterzolleinnehmer im Hafen von Riga, Telonius Hartknoch, steht am Fenster des Zollhauses. Er friert, denn das Fenster ist nicht verglast, damit freie Sicht herrscht. Telonius Hartknoch schaut auf die graue Ostsee hinaus, in den grauen Himmel und auf die weißen Möwen mit den grauen Köpfen, die zwischen Meer und Himmel schweben.

«Noch immer nichts?», fragt der Schreiber am Stehpult hinter ihm.

«Noch immer nichts.»

«Vielleicht ist das Schiff gesunken, und er ist ersoffen», sagt der Schreiber halblaut.

«Was nicht das Dümmste wäre. Wahrscheinlich sogar das Beste, für die Stadt, für das Domkapitel, für den Ritterorden und vielleicht auch für ihn selbst.»

«Er soll gewaltig Haare auf den Zähnen haben.»

«Kein Mensch in dieser Stadt hat ihn jemals gesehen», sagt Telonius Hartknoch.

«Aber wir sind eines Bischofs gänzlich entwöhnt», sagt der Schreiber. «Jedenfalls wird es Streit geben. Der Erzbischof fordert seine Rechte, und der Ordensmeister will sie ihm nicht geben.»

Der Pier ist voll Volk. Das schwatzt und lacht und streitet durcheinander. Plötzlich ist Ruhe. Man hört Pfeifen und Trommeln. Vom Rathaus kommt der Rat gezogen.

Vornweg die Stadtpfeifer und Stadttrommler; dahinter geht der Büttel und streckt das Richtschwert senkrecht vor sich in die Luft. Hinter dem Büttel der Bürgermeister mit der goldenen Kette. Dann die Räte, immer zwei und zwei, in Radmantel und Barett. Das Volk teilt sich und öffnet ihnen eine Gasse. Feierlich, als schritten sie schon unter den Augen des Erzbischofs, bewegen sie sich bis an den Rand des Piers. Pfeifen- und Trommellärm bricht ab. Für die Dauer eines Augenblicks ist es ganz still. Dann fängt das Geschwätz wieder an.

«Sie wollen die Ersten sein», sagt der Schreiber.
«Sie wollen zeigen, wer hier das Sagen hat», sagt der Unterzolleinnehmer Hartknoch. «Der Erz», gewöhnlich redet man in Riga vom Erzbischof als vom Erz, «soll gleich erkennen, dass er in der Stadt nicht viel zu melden hat.»

Diesmal ist es Gesang, was die zwei den Kopf nach dem Pier drehen lässt. Das Domkapitel. Voraus der Kruzifixus, gewaltig von Weihrauch umwölkt, dann der Dompropst und dann, wieder je zu zweit, die Kapitularen. Unförmige alte Männer auf gichtigen Füßen, junge Karrieristen, die erwartungsvoll in die Welt gucken. Alle in schweren Gewändern von Gold und Silber. Im Unterschied zum Rat gehen die Domherren den Hauswänden entlang und lassen die Breite der Gasse zwischen sich offen.
«Platz für den Heiligen Geist», sagt lachend Telonius Hartknoch.
«Aber auch sie wollen keine Zweifel aufkommen lassen», bemerkt der Schreiber. «Sie haben an Glanz alles hervorgeholt, was sich auftreiben lässt.»

117

«So werden Positionen abgesteckt und Besitztümer verteidigt.»

«Es heißt, er sei stark im Befehlen und lasse nicht mit sich markten.»

«Das müssen die ehrwürdigen Herren auch gehört haben. Jetzt gehen sie in Stellung. Er wird es nicht leicht haben.»

«Gelehrt soll er sein, sehr gelehrt.»

«Abundi – abundo heißt ‹Überfluss haben›. Der Mann des Überflusses. Nicht schlecht für einen Kirchenfürsten.»

«Keine Bibliothek sei größer als die seine, sagen sie.»

«Und was er sonst noch besitzt, ist sicher auch nicht wenig. Wer so viele Bücher hat, kann kein armer Schlucker sein. Wo Bücher sind, ist alleweil noch mehr, und wo nichts ist, sind auch keine Bücher. Darum, merk es dir, Schreiber, wird in der Bibel das Büchermachen verflucht.»

«Werden wir Zoll von ihm verlangen?»

«Bist du bei Trost? Zoll vom Erzbischof?»

Das Volk teilt sich erneut. Reiter diesmal; man hört den Hufschlag im Zollhaus. Zuvorderst nun ihrer zwei, der eine trägt den Kruzifixus, der andere das Schwert. Und alle in Rüstung, auf Hochglanz poliert, den weißen Mantel mit dem Kreuz darüber, den Helm auf dem Kopf.

Auf dem Wasser kann man jetzt das Schiff sehen. Es ist ein Dreimaster und breit wie eine Pfanne, wie es Hansekoggen eben sind. Da, es schießt einen Kanonenschuss ab. Sogleich antworten die Geschütze der Hafenbatterie.

Der Schreiber deutet auf die Ritter. «Wenn er ihnen Eindruck machen will, wird er hoch zu Ross vom Schiff

kommen müssen. Steigt er zu Fuß an Land, bleibt er ihnen für immer unterlegen. Es sei denn, sie steigen ab.»
Die Ritter machen dazu keinerlei Anstalt. Sie sitzen wie festgeschmiedet in ihren Sätteln.
«Und wenn ihn die Langröcke dort respektieren sollen, muss er mit Mitra und Krummstab kommen», sagt Telonius Hartknoch mit Blick auf die Domherren. «Er wird sich Mühe geben müssen, wenn er sie überglänzen will. Aber wehe, er tut es nicht. Dann haben sie ihn in den Fingern.»
«Kreuz voran, Weihrauchfässer daneben, und er am besten mit Bischofsmütze und Stab auf dem Pferd. Meinst du, er führt eines mit an Bord?»
«Schon möglich. Vergiss nicht das Schwert! Er braucht auch ein Schwert, sonst ist er den Mäusen.»

Das Schiff hat sich dem Pier genähert. Jetzt beginnen die Glocken zu läuten. Zuerst die des Domes, dann fallen alle andern ein.
«Weißt du, was das Klügste wäre?», fragt der Schreiber.
«Ja», sagt der Unterzolleinnehmer Telonius Hartknoch. «Das Klügste wäre, er käme mit leeren Händen, ohne Pferd, ohne Tragkreuz und Schwert, ohne Bücher, ohne Prunkgewand, keine Mitra, kein Krummstab, nichts. In einem Hemd müsste er kommen, mit bloßen Füßen, eine Schnur um den Hals, daran ein hölzernes Kreuzlein.»
«Wie die dastünden!»
«Wie wir dastünden!»
«Und alles wäre anders als sonst.»
«Alles umgekehrt und unerhört neu.»
«Er wäre der Reiche, und wir wären die Armen.»
«Er der Starke und wir die Schwachen.»
«Eine verkehrte Welt.»

Das Schiff hat vorn am Pier angelegt. Vom Land werden hölzerne Stege hinübergeschoben. Immer noch die Glocken. Auf dem Schiff sieht man Mannschaft, jedoch keinen Erzbischof. Dann, als der Übergang festgezurrt ist, kommt einer vom Schiff an Land, unverkennbar ein Kleriker, jedoch sicher kein Erzbischof. Er geht zu den Rittern, von den Rittern zu den Domherren, von den Domherren zu den Bürgern. Überall Kopfschütteln. Der Abgesandte zuckt mit den Schultern, kehrt aufs Schiff zurück und verschwindet in seinem Bauch.

«Weißt du, was ich glaube?», fragt der Schreiber.

«Was?»

«Er hat doch kein Pferd an Bord.»

«So wird es sein», sagt der Unterzolleinnehmer Telonius Hartknoch.

«Da kommt er noch einmal. Die Sache kann sich hinziehen.»

Wieder der Abgesandte. Wieder über den hölzernen Steg, wieder der Reihe nach vor die Ritter, die Geistlichkeit und die Bürgerschaft. Er erntet nichts als Kopfschütteln und marschiert, mit geradem Rücken und vorgestrecktem Kinn, zurück. Dort muss er sich krümmen, um ins Schiff zu gelangen.

Nun gehen andere Gesandtschaften ab. Eine von den Bürgern zu den Domherren; eine von den Domherren zu den Rittern. Die Glocken läuten mit eherner Geduld.

Da kommt der Bote zum dritten Mal. Gleicher Parcours, gleiche Bewegungen, gleiches Resultat. Nur, dass der Bote diesmal mit dem Fuß aufstampft.

«Was habe ich gesagt?», sagt der Schreiber. «Ein Kopf, so hart wie Stein.»

Auf dem Schiff trifft man Vorbereitungen, abzulegen. Taue werden eingeholt, Stege zurückgeschoben. Darauf schnell neue Gesandtschaft, von den mittlerweile abgesessenen Rittern zu den Domherren, von den Domherren zu den Räten. Je einer aus jeder Gruppe tritt vor, der Bürgermeister, der Dompropst und der Ordensmeister. Und zu dritt gehen sie auf dem Pier nach vorn. Schon sind die Taue wieder stramm gezogen. Auf dem Schiff öffnet sich eine Falltür, und herauf steigt, wie ein Gott auf dem Theater, der neue Erzbischof.
Der Bürgermeister, der Dompropst und der Ordensmeister knien nieder. Hinter ihnen knien die Räte, die Domherren und die Ritter, und mit ihnen das ganze Volk. Noch immer die Glocken.

«Er hat sie kleingekriegt! Sieh an, der Kerl hat sie tatsächlich kleingekriegt! Was für ein Kraftprotz!», ruft der Schreiber.
«Mächtiger freilich wäre er barfuß und im Hemd», sagt Telonius Hartknoch im Zollhaus.

22

Tartu, April 1998

Das Studentenwohnheim lag jenseits des Flusses, hinter den sowjetischen Plattenbausiedlungen an der Ausfallstraße nach Nordosten. Später am Abend, als er wieder richtig sehen konnte, las Bruderer auf einem Schild am Straßenrand: Narva 180 km. Narva war die alte Grenzstadt zu Russland, mit den zwei Festungen, die einander an der Narva gegenüberstanden. Im Zweiten Weltkrieg war Narva stark zerstört worden. Heute waren mehr als neunzig Prozent der Einwohner Russen.

Auf einem gekiesten Platz vor einer Treppe hielt Kalle Kannute den Wagen an. Aus einem zweiten Wagen, der dort stand, sprang eine junge Frau und kam hergelaufen. «Sie Doktor aus Schweiz? Ich gerade wegfahren. Ich in Eile. Zu Arzt. Zeige Zimmer.»
«Ich habe Kopfschmerzen», sagte Bruderer, «fürchterliche Kopfschmerzen. Ich möchte mich hinlegen.»
«Kommen, ich zeige Zimmer.»
Er trug seinen hämmernden Kopf hinter ihr her die Treppe hinauf, durch eine Halle – «An Schalter dortigem bitte anmelden später» – und einen endlosen Korridor entlang – «Hier Zimmer von Studenten» –, in dem es nach Desinfektionsmitteln roch. Der Geruch wurde stärker im dunklen Vorraum mit den zwei Türen. Sie schloss die linke auf. «Hier Ihre Wohnung.» Sie zeigte im Vorraum nach rechts. «Hier eigene Dusche.» Sie zeigte nach links. «Hier eigenes Klosett.»

Bruderer deutete auf die Tür neben seiner Zimmertür. «Gehört das auch dazu?»

«Nein. Andere Student. Nur in Nacht hier.»

«Und es ist auch seine Dusche und sein WC?»

«Privat, für zwei», sagte sie. «Ich jetzt gehen. Ich zu Arzt. Bitte sofort Zimmer bezahlen, bei Frau hinter Glas.» Sie lief auf ihren Stöckelschuhen den Korridor hinunter, und jeder ihrer Schritte knallte in Bruderers Kopf, als würde neben seinem Ohr ein Gewehr abgefeuert.

Er wagte nicht, zum Eingang zurückzugehen, aus Angst, sich unterwegs übergeben zu müssen. Er zerrte das verklemmte Fenster auf. In einer unendlichen Ferne, als blicke er durch ein umgekehrtes Fernglas, stand auf wankendem Untergrund ein verzerrter Kalle Kannute. «Würden Sie so freundlich sein und mir die Koffer bringen?», rief Bruderer. Und als Kalle Kannute die beiden Ungetüme hereintrug, sagte Bruderer, auf dem Bett sitzend: «Verzeihung, aber mein Kopf.»
Kalle Kannute stellte die Koffer ab. «Die Hochzeit. Ich habe keine Zeit mehr. Gute Besserung! Ich werde in Ihre Vorlesungen kommen.»

Bruderer legte sich hin und hörte, wie der Wagen im Wegfahren Kies aufwirbelte. Er schloss die Augen und breitete sein Taschentuch übers Gesicht. Als er zu frieren begann, stand er auf und ging zu seinen Koffern. Im Bücken befürchtete er, der Kopf werde wie eine volle Schüssel zu Boden rollen und zerbersten. Er klaubte die Schlüssel aus dem Geldbeutel. Natürlich waren es zuerst die falschen. Der Kopfschmerz wurde rasend. Gleichzeitig ließ die Sehstörung nach.

Er musste hinauslaufen. Die Toilette stank erbärmlich nach Abflussrohr. Im Zimmer zog er einen Pullover an und seinen Mantel darüber und streckte sich wieder auf dem Bett aus. Nachdem er dreimal draußen gewesen war, verging der Kopfschmerz langsam.

Bruderer blieb noch eine Weile liegen, bis sich der Schmerz in einen dumpfen Druck verwandelt hatte. Dann erhob er sich und zog sich aus. Der Vorraum stank widerwärtig. Noch widerwärtiger stank die Dusche. Bruderer stand mit bloßen Füßen und einem Badetuch um den Hals auf den giftig grünen Mosaiksteinchen. Die scharfen Kanten ritzten seine Zehen. Er roch den ekligen Kanalgestank und glaubte, der Magen komme ihm noch einmal hoch. Die Kälte stieg die Beine empor. Ihn schauderte, und er bekam am ganzen Körper Gänsehaut. Er ging ins Zimmer zurück, schlug die Tür hinter sich zu und zog sich ungeduscht wieder an, wärmer als vorher.

Die Eingangshalle war ein Sechseck. Fünf Korridore gingen von ihr aus wie von den Zentralhallen der Zuchthäuser, die Bruderer aus Filmen kannte. Die alte Frau hinter dem Schalter aß zu Abend und bemerkte ihn erst, als er gegen die Scheibe klopfte. Sie schob ihm die vorbereitete Rechnung unter dem Glas durch. Er las sie und sagte: «Ich bezahle später.»

Sie verstand weder Deutsch noch Englisch noch sonst eine Sprache, die Bruderer konnte. Er schob das Papier zurück. Da öffnete sie das Fensterchen in der Scheibe und kreischte so laut, dass Bruderer erschrak.

Die Alte wiederholte den Schrei, und als Bruderer eben nach seinem Geldbeutel griff, um halt doch schon zu bezahlen, kam aus einem der Korridore eine andere Frau, etwas jünger als die hinter der Scheibe und wie diese in einer grauen Kittelschürze. Sie schob einen Besen vor sich her, um den sie einen grauen, nassen Putzlappen gewickelt hatte, der früher eine Kittelschürze gewesen war. Die Alte redete wie ein Sturzbach und zeigte auf Bruderer.

«Ich hatte nicht die Absicht, Sie um die Zeche zu prellen», wollte Bruderer sagen. Aber er glaubte nicht, dass sie das Wort Zeche verstehen würde, auch wenn sie Deutsch sprach. «Sprechen Sie Deutsch?», fragte er stattdessen.

«Wenig», antwortete sie.

«Gibt es einen Laden in der Nähe, wo ich etwas kaufen kann?»

Die Alte gab der Jüngeren die Rechnung.

«Hier zuerst bezahlen. Viertausendachthundert Kronen», sagte die Jüngere.

«Vorher muss ich Essen kaufen. Wo ist das Geschäft?»

Sie verstand nicht gleich. «Etwas zu essen», wiederholte er und fuhr sich mit den Fingern in den offenen Mund.

«Essen? Nicht essen hier. Nur Mittag. Jetzt Küche zu.»

«Aber einen Tee werde ich kochen können?»

«Küche zu.»

«Und essen kaufen, wo?»

Sie nahm ihn bei der Hand und zog ihn vors Haus. Dort zeigte sie gegen den Plattenbaugürtel zurück. «Da.»

Als er im Zimmer müde und mit hämmerndem Herzschlag seinen Mantel anzog, überkam ihn plötzlich eine Welle von Entschlusskraft. Er eilte zu der Alten im Glaskäfig zurück, die wieder aus ihren fettigen Papieren aß. «Das Telefon», rief er.

Er hoffte, dass eine Nummer auf dem Apparat klebte. Da er keine fand, fuhr er die Alte an: «Taxi!»

Sie holte einen Bleistiftstummel aus der Tasche der Kittelschürze und schrieb die Nummer auf einen Zettel.

Die Frau in der Taxizentrale verstand sein Englisch. Bruderer rannte in sein Zimmer, warf die wenigen Dinge, die er herausgezerrt hatte, in den Koffer zurück und verschloss ihn. Als das Taxi an der Treppe vorfuhr, stand Bruderer mit seinen zwei Ungetümen vor dem Haus.

«Ich brauche ein Hotel», sagte er zu dem Fahrer. «I need a hotel. Können Sie mich zu einem guten Hotel bringen?»

«A really good hotel?», fragte der Fahrer augenzwinkernd.

«A really good hotel», sagte Bruderer.

«I shall bring you to a very good hotel», sagte der junge Mann und fuhr los.

«But not too expensive», warnte Bruderer.

«You will be content.»

Was Bruderer auf der Herfahrt als verschobene Bruchstücke gesehen hatte, war wieder zusammengeleimt. Sie fuhren im grauer werdenden Licht durch Plattenbausiedlungen zurück. Dahinter kam Wald. In einer Lichtung gab es zuerst neue Häuser hinter hohen Zäunen, dann stand etwas abseits der Straße ein Haus, das wohl einmal ein Forsthaus gewesen war. Das Hotel.

Das Entree stand voll weinroten Plüschmöbeln, vor den Fenstern hingen weinrote Rüschen. Die Dame hinter der Theke trug eine Art Tracht, aber mit sehr kurzem Rock, und eine Blume im Haar. Als hätte man es für ihn freigehalten, bekam Bruderer das beste Zimmer des Hauses, mit eigener Sauna und Kamin. Zwar klebte im Kleiderschrank eine Schicht alten Staubs auf den Tablaren, im Teppich hatte einer Zigaretten ausgedrückt, und die Sauna roch ähnlich wie die Dusche im Studentenheim. Aber das Zimmer war groß, ruhig, mit schöner Sicht auf den Wald. Hier konnte man sein.

23

Tartu, April 1998

Das Bett war für ein nordisches Riesenpaar bemessen und sehr bequem, im und ums Haus herrschte wunderbare Ruhe. Hie und da hörte man einen Nachtvogel schreien, hinter dem Wald schlug ein Hund an, und auf einer fernen Straße fuhr ein Wagen vorbei, dessen Scheinwerfer Lichtkringel an die Zimmerwand warfen. Bruderer hatte eine Kleinigkeit gegessen; es hatte ihm geschmeckt. Er streckte sich auf seiner Liegewiese aus und las bis kurz nach Mitternacht, dann löschte er das Licht im wohligen Bewusstsein, vielleicht der einzige Gast im Haus zu sein.

Er wusste nicht, wie lange er geschlafen hatte, als er geweckt wurde. Der Lärm kam von überallher, von draußen als Autohupen und betrunkenes Singen, von drinnen als Schreien und Türenschlagen auf den Korridoren, als Wasserrauschen aus den Zimmern links und rechts und über ihm, und als dumpfes Donnergrollen aus dem Keller.
Eine Horde Halbwilder war angekarrt worden. Sie suchten ihre Zimmer, leerten ihre Blasen, hatten sich eine Menge zu erzählen, obwohl sie schon den ganzen Abend beieinander gewesen sein mussten, sie spielten im Keller unter Bruderers Zimmer Bowling, dass es ihn jedes Mal fast aus dem Bett warf, wenn die Kugel die Kegel traf.

Er versuchte es mit Watte in den Ohren, es nützte nichts. Die Watte dämpfte nicht die Vibration, die von der Kegelbahn im Keller durchs Haus lief. Er schlug sich die Daunendecke über den Kopf und drohte zu ersticken. Schließlich machte er das Licht wieder an, sagte sich, dass die Krawallbrüder auch einmal zu Bett gehen würden, und versuchte zu lesen. Aber die Bowlingkugeln rollten durch seinen Kopf und zerstörten den Sinn, und er fürchtete, sie zerschlügen ihm den Spiegel, hinter dem die Kopfschmerzen lauerten. Er legte sich ganz flach und befahl seinen Beinen und Armen, schwer und immer schwerer zu werden. Sie gehorchten nicht, vielmehr bekamen sie den Veitstanz. Er stand auf und hüpfte herum in der Hoffnung, die unten merkten etwas. Natürlich merkten sie nichts. Tapfer griff er wieder nach seinem Buch und quälte sich durch die Seiten, den Sinn des Gelesenen zusammenkleisternd wie der Archäologe eine zerschlagene Vase, bis jemand von außen gegen seine Zimmertür trat. Da hatte sich einer in den Kopf gesetzt, zu ihm hereinzukommen, koste es, was es wolle. Der Mann schrie, fluchte, stampfte, riss an der Klinke, polterte mit den Fäusten gegen die furnierte Spanplatte, und Bruderer musste befürchten, sie gäbe jeden Augenblick nach.

Mit einem Mal packte ihn Wut, er sprang auf, ergriff den Feuerhaken, der neben dem Kamin hing, und als der draußen eben wieder gegen die Tür polterte, riss Bruderer sie auf, den Feuerhaken hoch über den Kopf erhoben.
Der Mann war mindestens zwei Meter groß und von der Statur eines Baumfällers. Er starrte Bruderer von oben herab erschrocken an wie einen Zwerg und musste das Gleichgewicht suchen. Dann lief ein Leuchten über sein Teiggesicht, und da er in Bruderer einen Ausländer er-

kannte, fragte er englisch: «Where is the bride? I will go to the bride.»

Hinter ihm lief es wie Ameisen aus allen Zimmern zusammen, und alle schrien: «We want to go to the bride!» Bruderer, immer noch den Feuerhaken emporgestreckt, machte zwei Schritte auf den Riesen und sein Gefolge zu. Da kreischten sie wie die Ratten und rannten in die Zimmer und die Treppe hinab zum Bowling zurück.

Wann sie zu kegeln aufgehört hatten, konnte Bruderer am Morgen nicht sagen. Er musste trotz des Getöses schließlich eingeschlafen sein.

Bei Tageslicht sah das Badezimmer schmutziger aus als am Abend zuvor. Bruderer beschloss, nicht hinzuschauen, und stellte sich unter den tröpfelnden Wasserstrahl.

Im Frühstücksraum saßen sie schon und hatten gegessen. Sie redeten nicht viel und sangen nicht, aber sie prosteten einander verkatert mit Aquavit zu. Finnen, merkte Bruderer jetzt an der Sprache. Als er sich in ihre Nähe setzte, war es, als röche er schlecht. Einer nach dem andern erhob sich kleinlaut und ging hinaus. Nur der oben am Tisch, vor dem die Flasche stand, hatte Sitzleder, bis er von draußen gerufen wurde. Er stand auf und kam, ein Seemann bei schwerem Sturm, auf Bruderer zu, zeigte mit dem Finger auf Bruderers Schottenhose und begann ihm in böigem Englisch zu erklären, dass er, Bruderer, der schottische Nationalfußballer Mac Soundso sei und dass es keinen Sinn habe, zu leugnen, er, der Finne, kenne ihn genau. Bruderer stritt zuerst alles ab. Als es nichts nützte, traf er Vorbereitungen zur Flucht. Da kam ein Kollege des Seemanns und Fußballexperten, ebenfalls reichlich hart am Wind, und zog den andern im Schlepptau hinaus.

130

«Diese reizenden Herrschaften reisen heute schon wieder ab?», fragte er die dirndltragende Dame an der Rezeption.

«Die heutigen Herrschaften, ja. Sie machen den neuen Platz. Wir werden auch nächste Nacht voll belegt sein.»

«Wiederum Finnen?»

«Fast alle unsere Gäste sind Finnen. Finnische Gruppenreisen.»

«Ich brauche ein Taxi», sagte Bruderer.

Es war derselbe Fahrer. «Hotel not good?»

«No!»

«You need a really good hotel? The best hotel of Tartu?»

«The very best hotel of Tartu!»

«I'm sorry.»

Er hieß Alexander und studierte an der Landwirtschaftshochschule Viehzucht. Er fuhr Bruderer über den Emajögi zurück bis an den Rand der Altstadt. Da steckte unter hohen kahlen Bäumen ein schwarzer Bronzekopf auf einem roten Obelisk.

«Barclay de Tolly, the Russian general, who fought against Napoleon.»

«I know», wollte Bruderer sagen, aber er schwieg, um Alexander nicht zu enttäuschen.

Das Hotel stand hinter dem Obelisk und hieß *Barclay* wie der General. Und im Hotel *Barclay* war im obersten Stockwerk eine Juniorsuite frei, nach hinten hinaus, auf einen zwar verwahrlosten, aber ruhigen Park, und sie kostete genau einen Viertel von dem, was sie in Zürich gekostet hätte.

«Look here», sagte Alexander. Er zeigte auf die Bronze-
tafel neben dem Eingang des Hotels. Sie war estnisch beschrieben. Bruderer verstand nur den Namen Dudajew.
«He was here», sagte Alexander.
«The Chechen leader, who revolted against Russia?»
«Exactly. The Soviet Russian air force general. He was
commander of the air-base near Tartu.»

24

Tartu, April 1998

Die Universität lag fünf Minuten vom Hotel *Barclay* entfernt, und die Straße, die dahin führte, hieß Ülikooli. Draußen strahlte die Fassade des Hauptgebäudes wie eine Sonne in hellem Gelb und dem Weiß der sechs dicken Säulen des Portikus. Drinnen hingegen herrschte Finsternis in Grau und Dunkelgrün. Die Korridore waren schmal und lichtlos wie die Gänge einer Festung. Der Geruch weckte in Bruderer Erinnerungen an alte Kasernen. Gegen welchen Feind war die Gelehrsamkeit hier verschanzt?

Es war kurz vor Mittag. Bruderer musste sich gegen herabstürzende Studentenströme treppauf kämpfen. Wie war das in Borodino gewesen? Napoleons Soldaten hatten die russischen Stellungen hügelaufwärts angegriffen. Er erreichte einen Treppenabsatz, wo es ein wenig Tageslicht gab, und blieb stehen, um zu verschnaufen. Dann setzte er die Erstürmung fort.

Das Dekanat lag im zweiten Stock. Ein Pfeil wies in einen lichtlosen Schlauch. Bruderer fand keinen Schalter. Wie ein Blinder streckte er die Hände aus, um sich nicht den Kopf anzurennen. An der Tür tastete er hilflos nach einer Klinke. Da ging die Tür wie durch Zauber auf, Bruderer stand im Hellen, eine Frauenstimme rief: «Hier ist er!», und Frauenstimmen im Hintergrund gaben Echo.

Es waren drei Frauen. Zwei waren jünger, und eine war ganz jung. Sie umtanzten Bruderer wie die Indianer ein gefangenes Bleichgesicht. «Wir riefen gestern im Studentenheim an. Da waren Sie nicht zu finden. Sie waren überhaupt nirgends zu finden. Wir befürchteten schon, Sie seien entführt worden oder wieder abgereist. Ich heiße Viivi. Kommen Sie herein. Trinken Sie eine Tasse Kaffee? Wo haben Sie denn übernachtet? Auf einer Parkbank?» Sie lachten.

«Im Hotel *Barclay*.»

«Im *Barclay*?», riefen alle drei ungläubig, und die Jüngste pfiff vor Erstaunen.

«Im Ernst?», fragte die eine, die klein und ein wenig rundlich war und der ein blonder Zopf über den Rücken hing.

«Ja.»

«Das wird Schwierigkeiten geben!»

«Warum?»

«Wegen der Bezahlung. Im *Barclay* kostet ein Tag so viel –.»

«Wie eine ganze Woche im Studentenheim, ich weiß. Ich bezahle es selbst.»

«Sie sind so reich?»

«Ich bin nicht reich. Aber das kann ich mir leisten.»

Die zwei im Hintergrund hatten sich wieder an ihre Plätze gesetzt und starrten auf die Bildschirme. Bruderer sah, dass die Helligkeit nicht von draußen kam, sondern von den Sonnen der Computer.

Die langzöpfige Viivi stand immer noch vor ihm. Sie straffte sich wie ein Soldat und sagte, als lese sie es von einem Blatt Papier ab: «Willkommen an der Theologischen

Fakultät der Universität von Tartu. Wir hoffen, Sie werden eine gute Zeit haben. Wir bieten Ihnen gern einen Kaffee an.»

Auf einer Ecke ihres Schreibtisches standen schon zwei Tassen bereit. «Aber vielleicht möchten Sie ihn lieber in der Stadt trinken.»

Er trank den Kaffee im Dekanat, mit Viivi, der Zopfträgerin. Die andern zwei blieben an den Bildschirmen in Stellung. «Wenn Sie es wünschen, führe ich Sie ein wenig durch die Stadt», sagte Viivi. Bruderer sagte, dass es ihm sehr recht wäre.

Sie zeigte ihm die frühere Universitätskirche, die nun als Bibliothek diente. Sie führte ihn an den Gebäuden der Naturwissenschaften vorüber auf den Domberg mit der alten Backsteinruine und hinunter zur Ruine der Jaanikirche, die wieder aufgebaut wurde, und über den Rathausplatz an das Betonprovisorium der Kivisild, die einst die einzige steinerne Brücke in ganz Estland gewesen und im Zweiten Weltkrieg zerbombt worden war. Sie wusste und erzählte viel, bewegte sich in der Geschichte wie der Fisch im Wasser, und im Gehen baumelte der Zopf auf ihrem Rücken hin und her wie das Pendel einer großen Uhr. Sie führte Bruderer durch die Straßen mit den neu hergerichteten Gebäuden aus der Biedermeierzeit und durch die schmutzigen Gassen mit den zerfallenden Häusern.

Bruderer lud sie zu einem weitern Kaffee ein.

«Eigentlich hätte ich mich noch dem Dekan vorstellen sollen», sagte er und dachte, er hätte erwartet, dass der Dekan ihn begrüße.

«Der Dekan ist an einem Religionswissenschafterkongress in Oslo», sagte Viivi.

«Dann halt dem Vizedekan.»

«Der Vizedekan ist auf einer Hermeneutikertagung in Helsinki.»

«Der Dekan ist Religionswissenschafter?»

«Ein ausgezeichneter Kenner der präkolumbianischen Mythologie. Er war schon dreimal in Südamerika.»

«Und der Vizedekan?»

«Spezialist für Dekonstruktion.»

«Wann werde ich die Herren sehen?»

«Der Dekan ist erst in vierzehn Tagen zurück, der Vizedekan reist von Helsinki weiter nach Paris.»

Er fand sie nett. Er fragte sie, ob Viivi ihr Familienname sei.

«Nein, der Vorname. Ich heiße Viivi Leim.»

«Und Sie leben hier in Tartu?»

«Ich arbeite in Tartu.»

«Und wo wohnen Sie?»

«Außerhalb.»

Er merkte, wie sie auswich und ihn ins Leere laufen ließ. Sie merkte, dass er es merkte, sah ihn an und lächelte. «Verzeihen Sie. Unsere Geschichte hat uns zurückhaltend gemacht. Fünfzig Jahre Sowjetunion genügen, damit Sie keinem Menschen etwas von sich verraten. Es steckt in uns. Wir haben sie noch nicht lange, die äußere Redefreiheit. Und bis sie zur innern Redefreiheit geworden ist, braucht es Zeit.»

Er wollte sie ins *Barclay* zum Abendessen einladen, aber sie lehnte ab. Sie müsse nach Hause, sagte sie.

«Sie haben Familie? Verzeihung, jetzt frage ich schon wieder zudringlich.»

«Ich habe meine Mutter. Die zweite Mutter. Meine leibliche Mutter ist bei meiner Geburt gestorben.»
«Und Ihr Vater?»
«Sie wollen viel wissen, Herr Bruderer.»

Sie begleitete ihn bis vors Hotel. «Bis morgen. Morgen ist Ihre erste Vorlesung.»
Er fand sie reizend und hätte sie gern gefragt, ob sie einen Freund habe. Aber das wäre viel zu aufdringlich gewesen.

25

Borodino, August 1812

In seinem Hauptquartier erhält Fürst Bagration Nachricht aus Witebsk. Napoleon sitzt in Witebsk; Barclay hat sich daraus zurückgezogen und es dem Feind überlassen. Am Abend des 27. Juli hat Napoleon Barclays Lagerfeuer gesehen und befohlen, dass die Schlacht am nächsten Morgen um fünf beginne. Um fünf am nächsten Morgen wird ihm gemeldet, dass die Russen nicht mehr da sind. Wie ein Hasenfuß hat sich Barclay im Dunkeln davongemacht.

Das Wort Hasenfuß fährt Bagration wie ein Messer durch Kopf und Herz. Was wird in den Geschichtsbüchern über diesen Feldzug stehen? Die Familie Bagration ist berühmt wegen ihres tapferen Kampfs gegen die arabischen Eroberer. Das ist viele Jahrhunderte her, aber mit solchem Hintergrund denkt man immer an die Geschichtsbücher. Pjotr Iwanowitsch Fürst Bagration hat keine Lust, als Hasenfuß in die Geschichtsbücher einzugehen. Nichts Schimpflicheres als Feigheit vor dem Feind.

Bagration schüttelt sich. «Schändlich», meint er und will noch mehr sagen. Aber Graf Toll, der ihm die Nachricht überbringt, zieht ihn an den Kartentisch. «Jaja, ich begreife», sagt Bagration. «Er geht weiter zurück, damit wir uns vereinigen können. Napoleon soll uns nicht einzeln abschlachten. Es ist nötig, ich sehe es ein. Nötig und vernünftig. Trotzdem – glauben Sie mir, es wäre mir lieber gewesen, Barclay hätte dem Halunken endlich die Schlacht geliefert.»

«Die Schlacht, die der Halunke, wie Sie ihn zu nennen belieben, sich mehr wünscht als irgendetwas anderes? Soll man die Wünsche des Feindes erfüllen, Exzellenz?»

«Ein Soldat muss jederzeit wünschen, zu kämpfen», grollt Bagration.

«Im Prinzip haben Sie Recht. Trotzdem fürchte ich, er wird lange auf die Erfüllung seines Wunsches warten müssen, der Halunke, wie Sie ihn zu nennen belieben.»

«Nicht mehr lange, wenn Barclay und ich erst vereinigt sind, nicht mehr lange, das schwöre ich Ihnen», ruft Bagration. Am nächsten Morgen reitet Toll zu Barclay zurück.

Genau siebzehn Tage später ist Toll wieder bei Bagration und meldet, dass Smolensk gefallen und zerstört ist. Einen Tag lang hat Barclay die Stadt verteidigt. Dann hat er sich zurückgezogen, nicht ohne die Munitionsdepots sprengen zu lassen. Die Brücke über den Dnjepr hat er hinter sich und den ihm folgenden Smolenskern verbrannt. Marschall Ney wollte die Russen nicht entwischen lassen; er hat sich an der russischen Artillerie einen blutigen Kopf geholt.

«Es wird Zeit, dass wir unsere Kräfte vereinigen», sagt zähneknirschend Bagration.

«Ganz Ihrer Meinung, Exzellenz», antwortet Graf Toll. Aber er weiß, dass er und sein Chef im entscheidenden Punkt nicht Bagrations Meinung sind.

«Wir beginnen ohne Bagration», sagt Barclay zu seinem Stab.

«Toll ist auch nicht hier», wendet ein Adjutant vorsichtig ein.

«Wir beginnen trotzdem», befiehlt Barclay. «Neutralisieren Sie mir diesen Bagration», hat er am Morgen zu Toll gesagt. «Besonders heute kann ich ihn nicht in meiner Nähe gebrauchen.»

Und Toll hat Bagration aufgesucht, etwas von Erkundung des Geländes im Hinblick auf die Schlacht geschwafelt, worauf Bagration angebissen hat wie ein hungriger Hecht. Toll reitet mit ihm und kleinem Gefolge schon eine Stunde lang in der Gegend herum, als Barclay seinen Stab zusammentrommelt.

Als Bagration in Tolls Begleitung zurückkommt, ist es beschlossene Sache: Die Russen ziehen sich noch weiter zurück. Bereits wird aufgebrochen.

Bagration schäumt. Er beschimpft Graf Toll wie ein Stallknecht und spricht aus, was viele schweigend argwöhnen: Barclay, dieser Livländer, dieser Deutsche, wolle den russischen Sieg verhindern.

Das Echo kommt von allen Seiten, aus der Armee, vom Hof, aus Moskau. «Setzt diesen hinterlistigen Deutschen endlich ab. Stellen wir uns der Schlacht! Verteidigen wir das heilige Mütterchen Russland.» Barclay tut, als sei er taub. Aber der Zar ist nicht taub. Er ist viel zu unsicher, als dass er sich erlaubte, taub zu sein. Der Zar hat überall Ohren; die hören, wie man über Barclay redet.

Er war sich bisher sicher, zu wissen, was er an Barclay habe. Auch, wenn er ihn weniger gut mag als früher. Die leise Abneigung datiert seit Tilsit, dem Frieden mit Napoleon. Barclay war dagegen. Aber Alexander wollte keine verbrannte Erde. Seit die Kämpfe mit Napoleon wieder begonnen haben, glaubt Alexander, in Barclays Augen einen triumphierenden Glanz zu erkennen. Der ärgert ihn.

Deshalb hat der Zar jetzt ein Ohr für das Gerede. Er weiß, wen die Leute verlangen. Keinen andern als den alten Kutusow, den er auf einem langweiligen Posten in Petersburg versauern lassen wollte. Er wird die Kröte schlucken und ihn kommen lassen.

Darin ist Barclay ein Deutscher, dass er sich nichts anmerken lässt, als ihm die Ablösung eröffnet wird. Er scheint sogar erleichtert zu sein.

Barclay ist erleichtert. Er hat Ohren, auch wenn er sich taub stellt. Er weiß schon lange, dass er seinen Plan nicht durchziehen kann. Ein anderer muss es tun. Und es gibt keinen, der mehr Sinn für Barclays Plan hätte als Kutusow.

Im Triumph kommt der alte dicke, nachlässig gekleidete Michail Ilarionowitsch Kutusow bei der Truppe an. Die Soldaten brüllen vor Begeisterung. Jetzt wird es die Schlacht endlich geben. Jetzt zeigen wir es dem französischen Halunken!

Kutusow sitzt in der offenen Kutsche und lächelt in sich hinein. Als Erstes befiehlt er, den Rückzug fortzusetzen. Er schaut dabei Barclay an, und in seinem kaputten rechten Auge bricht sich der Sonnenstrahl.

Acht Tage später, bei dem Dorf Borodino, im Morgengrauen, nachdem er die letzten Befehle erteilt hat, sagt der Alte zu Barclay, als er an ihm vorbei das Zelt verlässt: «Sie wissen, Michail Bogdanowitsch, dass ich es tun muss. Es wird nichts nützen, aber ich muss es tun.» Barclay geht zu seiner Truppe.

Die Schlacht dauert den ganzen Tag. Gegen Abend fällt Bagration, der den linken Flügel der Russen kommandiert. Die Franzosen haben gesiegt, aber sie sind sehr geschwächt. Die Russen haben verloren, aber sie sind nicht verloren. Sie wissen, wie es weitergeht. Kutusow befiehlt Rückzug gegen Moskau.

Wieder acht Tage später ist Kriegsrat in einem Dorf namens Fili, nicht weit von Moskau. Kutusow sagt, er werde sich hinter die Hauptstadt zurückziehen. Seine Kommandanten sind entsetzt und widersprechen. Nur Barclay und Toll stimmen zu. «Natürlich die Deutschen!», zischt jemand. «Ich befehle es. Moskau wird der Schwamm sein, der die Kräfte – des Feindes aufsaugt», sagt der Alte. Mitten im Satz bricht ihm die Stimme, und Tränen rollen über die dicken, von Bartstoppeln überwucherten Wangen. Niemand wagt mehr, ein Wort zu sagen. Kutusow schaut mit seinem linken, gesunden Auge zu Barclay hinüber und blinzelt kaum sichtbar.

26

Riga, Dezember 1743

Wo Christian David hinkam, predigte und baute er, in Herrnhut, in Grönland, in der Wetterau, in Livland, in Estland. Er war Zimmermann und Prediger. Im Bauen predigte er, und im Predigen baute er. In Herrnhut baute er Herrnhut, in Grönland baute er Neuherrnhut, in der Wetterau baute er Herrnhaag, in Livland baute er Lammsberg, in Wolmarshof baute er das Schullehrerseminar, in Estland baute er in Brinkenhof bei Dorpat den Seitenschrein.

Christian David baute großzügig und herrschaftlich. Lammsberg war trotz des Namens kein Schafstall, sondern ein Haus mit fünfzig Zimmern und hundertvier Fenstern. Den Grund für den Seitenschrein hatte Herr von Gavel, Besitzer von Brinkenhof, zur Verfügung gestellt. Das Seminar in Wolmarshof stand unter dem Schutz der Frau von Hallart und des Generalmajors von Campenhausen.
Es brauchte die großen Häuser, denn die *Nationalen* wurden von den *Nationalgehilfen* in großer Zahl erweckt. Die *Nationalgehilfen* predigten lettisch und estnisch, anders als die von den Baronen berufenen deutschen Pastoren. Im Gouvernement Estland kamen 1742 neuntausend *Nationale* dazu.
Den Pastoren gefiel die Erweckungsbewegung zuerst. Doch plötzlich schlug die Stimmung um. Die Pastoren

wurden neidisch, die Barone misstrauisch, in St. Petersburg war man beunruhigt. Die Regierung setzte eine Untersuchungskommission ein, und auch Christian David, der gerade wieder bauend und predigend im Land war, musste vor ihr erscheinen. Immerhin bot man ihm für die Dauer des Verhörs einen Stuhl an, eine ungewohnte Freundlichkeit.

Graf Zinzendorf war in Amerika und predigte den Indianern. Die Gräfin in der Wetterau war besorgt über die baltischen Nachrichten und reiste nach Livland und Estland. Dort missfiel ihr der fröhliche Erfolg der Herrnhuterei. Die Brüder sahen ihr zu gesund und zu satt aus. Sie schimpfte, bestieg ihre Kutsche und fuhr davon Richtung Petersburg, wo sie die Dinge bei der Zarin Elisabeth Petrowna ins richtige Licht rücken wollte. In St. Petersburg angekommen, lehnte sie eine Audienz bei Hofe ab. Das Los, das sie darüber geworfen hatte, sprach dagegen. Und auch eine persönliche Einladung der Zarin, die sie, auf der Rückfahrt schon an der Grenze angekommen, erreichte, nahm sie nicht an. Worauf ein Ukas Ihrer Majestät sie eine Sektenstifterin schimpfte und die Herrnhuterei verbot. Das war am 16. April 1743. Aus war es mit dem fröhlichen Erfolg.

Graf Zinzendorf war am 9. Januar in New York abgereist, am 17. Februar in Dover gelandet und am 27. April in Herrnhaag angekommen, ungefähr zur selben Zeit wie seine Frau aus Livland. Sie sparte nicht mit kräftigen Farben, als sie ihm von den satt glänzenden Gesichtern der triumphierenden Brüder erzählte. Rühmen sich ihres Erfolgs, lassen es sich wohl sein in der Saftlebe, haben es reichlich wie die Maus im Haferstroh. Und dazu die Wolken, die sich von Russland her zusammenballen. Das Gewitter wird die Erntearbeiter bei der Jause überraschen.

Der Graf musste sich selbst ein Bild machen. Einerseits verstand er die Sorge der Gräfin, andererseits sorgte er sich, sie sei ein wenig zu unfroh und halte ein bleiches Gesicht für einen Ausweis der Frömmigkeit.
Im Juni fährt der Graf nach Halle und Berlin. Im August weiter nach Schlesien und von dort nach Livland. Am 23. Dezember trifft er in Riga ein.
Er reist nicht unter eigenem Namen. Er hat sich einen Decknamen ausgedacht, weil er befürchtet, man werde ihn in Russland nicht einreisen lassen. Er kennt die russische Bürokratie und ihr hysterisches Misstrauen, sonderlich an der Grenze. Doch seine Namensmaskerade taugt nichts. Sie nützt ihm weniger als der Bauernkittel beim letzten Mal. Sein Ruf ist ihm unter dem richtigen Namen vorausgeeilt, und obwohl der Graf unterwegs kaum Station macht und den Kopf nicht aus dem Kutschenfenster streckt, wenn Leute am Straßenrand stehen, bedauert Exzellenz Lascy, Gouverneur von Livland, residierend in Riga, den Grafen nicht weiterreisen lassen zu können, auch wenn er selbst durchaus Sympathien für Graf Zinzendorfs religiöse und ethische Unternehmungen hat. Warum nur musste er sich eines falschen Namens bedienen? Das macht ihn, aufgedeckt, erst recht verdächtig, und ist unsagbar peinlich. Exzellenz Lascy sieht sich gezwungen, den Grafen samt Begleitung in Arrest zu setzen und vorläufig, bis Order aus St. Petersburg kommt, in der Zitadelle von Riga festzuhalten. Keine Angst, es gilt nicht gleich Wasser und Brot; man weiß schließlich, mit wem man es zu tun hat. Zwei beque-

me Zimmer für den Grafen; er kann auf der Zitadelle umhergehen, so viel er will. Nur das Verlassen der Zitadelle ist bei Androhung strengster Konsequenzen verboten.

«Sie wagen es, einen Reichsgrafen zu verhaften, Exzellenz?», ruft der Graf höflich und empört. Die Exzellenz windet sich und kann nicht anders. Denn immerhin ist da der Ukas der Zarin vom letzten Jahr. Was darin gegen die Gräfin ausgesprochen ist, wird, Irrtum vorbehalten, für ihren Herrn Gemahl auch Geltung haben.

«Und morgen ist Weihnachten», sagt der Graf, als wäre das ein politisches Argument.

«Nicht bei uns», widerspricht der Gouverneur. «Wir sind, wie Erlaucht ja wissen, der westlichen Zeitrechnung um rund vierzehn Tage hinterher.»

«Verflixte Heiden!», brummt der Graf in sein Jabot, das diesmal zwar auch verrutscht, aber reinlicher ist als auf der vorigen Reise.

«Was geruhen Euer Erlaucht zu bemerken?»

«Nichts. Gar nichts. Handeln Sie, Herr Gouverneur, wie es Ihres Amtes ist.»

«Im Namen Ihrer Majestät, der Kaiserin, Sie sind verhaftet, Graf Zinzendorf.»

Es sind zwei recht angenehme Räume. Man lässt ihn in Ruhe. Müde von der Kutschfahrt, schläft er lang und tief. Dann ergeht er sich auf der Zitadelle, schaut auf die Stadt und den Hafen und auf den Meerbusen von Riga hinaus. Zwei Meilen nördlich liegt die Insel Ösel wie ein Riegel davor. Sie ist dem Grafen ein Trost. Denn in Arensburg, Ösels Hauptort, und auf der Insel blüht die Herrnhuterei wie kaum irgendwo sonst.

146

Am Heiligen Abend besucht Exzellenz Lascy den Häftling. «Ich wünsche Ihnen ein gesegnetes Weihnachtsfest», sagt er.

«Heute ist nicht der Heilige Abend, das haben Sie selbst gesagt. Sie hatten Recht.»

«Bei Ihnen zu Hause ist aber Heiliger Abend.»

Doch der Häftling ist schlechter Laune. «Was für ein Fest, wenn man ein Gefangener ist!» Er sitzt am Tisch und schreibt Briefe.

«Möchten Sie morgen einen Gottesdienst feiern? Vielleicht das Abendmahl empfangen? Soll ich Ihnen einen Pastor schicken?»

«Ich bin selbst im geistlichen Amt. Im Übrigen ist mir nicht ums Feiern. Zum Feiern braucht es freie Menschen.»

«Es wäre meiner Frau und mir eine Ehre, wenn der Graf heute Abend –», sagt der Gouverneur.

«Hören Sie, Lascy», antwortet der Graf, «sagen Sie der Frau Gouverneurin meinen ergebensten Gruß, ich sei heute Abend leider verhindert. Durch die Ketten, die mir die russische Majestät an Füße und Hände gelegt hat.»

Später tritt der Graf noch einmal auf die Zinne hinaus. Vor seiner Zimmertür steht frierend ein junger Grenadier und präsentiert das Gewehr. Der Graf zieht die kalte Luft ein und sieht die Leuchtfeuer, die die Hafeneinfahrt markieren. Als ihm kalt wird, geht er zurück. Der Grenadier präsentiert erneut das Gewehr.

«Bist du ein Christ?», fragt der Graf.

«Ein Christ, jawohl, Exzellenz.»

«Ein lutherischer Christ?»

Der Grenadier zögert.

«Ein katholischer Christ?», fragt der Graf.

«Nein», antwortet der Grenadier, «ein Herrnhuter.»

«Aber die Herrnhuterei ist in Russland verboten.»

«Den Glauben kann man nicht verbieten», sagt der Grenadier.

«Wenn du ein Herrnhuter bist, dann kennst du sicher den Namen des Grafen Zinzendorf.»

«Wie heißt der?»

«Zinzendorf.»

«Nie gehört, Exzellenz. Unser Herr ist kein Graf. Unser Herr ist der Herr Jesus Christus.»

Der Graf wird nicht nach Russland hineingelassen. Am 12. Januar fährt er über Königsberg, Danzig und Berlin zurück. Kaum ist er daheim, machen seine Leute sich über seine seltsame Unbesorgtheit Sorgen.

27

Tartu, April 1998

Der Nachmittag der ersten Vorlesung kam. Bruderer betrat die Universität voll Tatendurst und gutem Willen. Wieder musste er sich durch Studentenwogen die Treppe hocharbeiten. Im Dekanatsbüro herrschte der gleiche künstliche Sonnenschein wie am Tag zuvor. Diesmal saßen nur zwei Frauen vor den Bildschirmen.

Beim Eintreten sagte Bruderer: «Guten Tag.» Er stellte sich hin und wartete. Die eine Frau kannte er von gestern, die andere nicht. Viivi war nicht hier. Die, welche er nicht kannte, schaute als Erste zu ihm hin. «Can I help you?»

«Es ist der Schweizer», rief die Frau, die er kannte, ohne vom Bildschirm aufzublicken. «Sie haben jetzt eine Vorlesung?»

«Ich glaube, ja», sagte Bruderer. «Und ich wüsste gern, wo.»

«Gleich da drüben, auf der andern Seite der Treppe. Der Hörsaal wird noch verschlossen sein. An dem Haken hinter Ihnen hängt der Schlüssel. Bitte nehmen Sie ihn mit und schließen Sie schon auf. Sonst glauben die Studenten, die Vorlesung finde nicht statt, und laufen weg.»

«Braucht es keine Übersetzung?», fragte Bruderer schüchtern. «In den Briefen des Dekans stand, jemand werde übersetzen.»

«Ich werde herüberkommen und abklären, ob es nötig ist», sagte die Frau.

Bruderer nahm den Schlüssel vom Haken. Auf der gegenüberliegenden Seite des Treppenhauses schloss er den Hörsaal auf. Zwei Studentinnen warteten schon davor. Es war ein altmodischer Hörsaal mit durchlaufenden Pulten und ächzenden Klappsitzen. Bruderer freute sich. Hier gab es Platz für fünfzig Studenten oder mehr.
Er hatte sich vorgenommen, den Hörsaal aus dramaturgischen Gründen erst nach dem Klingelzeichen zu betreten. Aber da er ihn aufschließen musste und die zwei Studentinnen ihn bereits gesehen hatten, war die Überraschung dahin. Er hätte sich vor den Studentinnen und der Dekanatssekretärin lächerlich gemacht, wenn er sich noch einmal zurückgezogen hätte – wie der Kasper im Kindertheater. Also blieb er, lehnte sich am Fenster gegen einen kalten Heizkörper und setzte ein ermutigendes Lächeln auf. Die beiden Studentinnen achteten nicht auf ihn. Sie schienen nicht neugierig zu sein. Sie schwatzten miteinander und taten, als wäre Bruderer nicht da.

Eine Viertelstunde nach vier saßen fünf Studentinnen und zwei Studenten in dem Hörsaal. Alle außer den beiden ersten waren einzeln und wortlos hereingekommen und hatten sich in Mänteln und Windjacken in die hinteren Reihen gesetzt. Sie sahen aus wie Heuschochen auf einem Winterfeld oder wie die verstreuten kleinen Häuser, die Bruderer auf der Herfahrt von Tallinn gesehen hatte.

Es klingelte nicht. Er schaute auf die Uhr und wartete, bis die junge Frau aus dem Dekanat herüberkam. «Braucht jemand von euch eine Übersetzung?» Ohne zu warten, sagte sie zu Bruderer: «Es braucht keine Übersetzung. Alle können genügend Deutsch.» Sie verlangte noch den Schlüssel zurück und ging wieder vor ihre elektronische Sonnenscheibe.

Bruderer hatte seine Blätter schon säuberlich auf dem Katheder zurechtgelegt. Nun betrat er das Podium. Hier hatten die Matadore des Wortes gestanden wie er jetzt und ihre Vorlesungen gehalten, diese strengen Lutheraner der Dorpater Fakultät, verantwortlich für die Ausbildung der Pastoren des Baltikums und aller evangelischen Gemeinden Russlands von Petersburg bis an die Beringstraße gegenüber dem Kotzebue-Sund und dem Kap Krusenstern. Philippi, Dogmatik; Harnack, Praktische Theologie; von Oettingen, aus baltischem Adel und verwandt mit allen, die im Land Einfluss hatten, Ethik; Henzi, der 1820 aus Bern nach Dorpat kam und 1829 hier starb, Orientalistik. Um ein Haar hätte sogar der gute Johann Heinrich Pestalozzi hier gelesen, wenn es nach dem Plan des Rektors Parrot, Physik, gegangen wäre. Und auch Eschscholtz musste hier gestanden haben, der Geograph und Reisegefährte Chamissos.

Bruderer stützte die Hände auf das historische Holz, streckte die Ellbogen durch und begann. Er sagte einleitend, dass er sich freue und sich geehrt fühle, an dem Ort zu lesen, wo schon der alte Harnack und so weiter. Er sagte etwas über seinen Studiengang und wie der Auftrag zustande gekommen war, und dann ermunterte er die Studentinnen und Studenten, ihn ohne Hemmungen zu unterbrechen, wenn sie ihn nicht verstanden oder Fragen hatten, und versprach, auch nach der Vorlesung zur Verfügung zu stehen.

Er kam zur Sache. Thema der ersten zwei Stunden: Die Anfänge des Christentums in der Schweiz.

«Die Schweiz, meine Damen und Herren, oder besser das Gebiet, das heute die Schweiz heißt, ist von zwei Seiten christianisiert worden, zuerst von Süden, dann von Norden. Dafür stehen drei Sagenkreise. Wir bewegen uns hier also mehr auf dem Boden der Sage als der historisch gesicherten Fakten. Der erste Sagenkreis handelt von der Thebäischen Legion oder der Christianisierung aus dem Süden. Der zweite Sagenkreis handelt von Columban und seinem Gefährten Gallus oder der Christianisierung aus dem Norden. Und der dritte Sagenkreis, derjenige vom heiligen Beatus, fasst die Christianisierung aus dem Süden und dem Norden zusammen und gibt ihr den kirchenamtlichen Stempel.»

Bruderer erzählte von den christlichen Soldaten aus Theben in Oberägypten und ihrem Kommandanten Mauritius, die sich weigerten, gegen die Christen in Helvetien zu kämpfen, wie es Kaiser Diokletian befohlen hatte, und die daraufhin selbst zu Glaubensmärtyrern wurden. «Den beiden Ortsnamen St. Moritz und Saint-Maurice nach zu schließen, war es die erfolgreichste Mission in der Schweiz.»
Er erzählte von den irischen Mönchen Columban und Gallus, die die alemannischen Götter mit Axt und Feuer bekämpften.
Und schließlich erzählte er von Beatus, dem Abgesandten des Petrus, der dem helvetischen Christentum apostolische Legitimität verlieh, ehe er sich, alt geworden, in die Höhlen am Thunersee zurückzog, wo er schließlich noch

einen Drachen besiegte und um das Jahr 100 mit neunzig starb.

Unterbrochen wurde er kein einziges Mal. Am Schluss kam eine Studentin zu ihm, und er machte sich auf Fragen gefasst. «Kalle Kannute konnte heute nicht hier sein», sagte sie, «er musste eine Hochzeit halten.»

28

Tartu, April 1998

Auch am Mittwoch und am Donnerstag war Kalle Kannute nicht in der Vorlesung. Dafür saß Viivi Leim in der hintersten Bank. Diesmal baumelte ihr der Zopf nicht den Rücken herab, sie hatte ihn am Hinterkopf zu einem Kranz aufgesteckt.

Am Donnerstag redete Bruderer vor fünf Studentinnen und drei Studenten plus Viivi Leim von der Rolle der Benediktiner, die nicht nur Christentum, sondern auch Schrift und Kultur und nicht zuletzt Agrikultur, in die Schweiz gebracht hatten. «Die Verbindung von religiöser und kultureller Mission – ein durchgehendes, wenn auch nicht unproblematisches Paradigma der Kirchengeschichte.»

«Haben Sie Fragen?», fragte Bruderer am Schluss. Niemand meldete sich.

«Warum stellen sie keine Fragen?», wollte er von Viivi Leim wissen, als alle andern gegangen waren.

«Ich sagte Ihnen schon, dass es mit unserer Geschichte zusammenhängt. Die fünfzig Jahre Sowjetunion sind aber vielleicht nur die halbe Wahrheit. Es könnte sein, dass es auch an euch liegt. Ihr kommt und stellt uns Fragen. Immer seid ihr gekommen und habt uns Fragen gestellt, und sei es die Frage, ob wir Fragen haben. Aber ihr habt nie gewartet, bis wir die Fragen von uns aus stellten. Dazu bräuchte es Geduld, viel Geduld, wohl zu viel.»

Er lud sie auch diesmal zu einem Kaffee ein. Er hatte das Café am Tag vorher in einem renovierten Haus entdeckt, das am Rand der Altstadt, nicht weit vom Hotel *Barclay* entfernt, lag, und er hatte dort den besten Kaffee bekommen, den er in Tartu bisher getrunken hatte, echten italienischen Espresso. Es war eine ehemalige Druckerei. In der Mitte standen Tische und Stühle und den Wänden entlang die alten Druckmaschinen, gepflegte Museumsstücke aus Gusseisen und glänzendem Messing. «Hier wurde früher die *Dörpt'sche Zeitung* gedruckt. Ich traf gestern den heutigen Besitzer. Er ist ein Werbefachmann aus Irland, dessen Großvater mit einer Deutschbaltin verheiratet war und in Estland ein Hotel besaß, das von den Sowjets enteignet worden ist. Als Estland frei wurde, kam der Enkel sofort herüber. ‹Wie traumwandlerisch; ich musste›, sagte er. Er kaufte das Hotel zurück, und dann dieses Haus hier dazu. Und er träumt davon, die *Dörpt'sche* Zeitung wieder aufleben zu lassen, von der seine Großmutter ihm in Dublin erzählte, wo sie nicht glücklich war.»

«Sollte ich das auch mit den Studenten tun?», fragte er nach einer Weile. «Sie zu einem Bier oder einem Glas Wein einladen?»

«Wollen Sie sie aus ihrer Welt in die der Gäste entführen? Das versuchten alle Gäste mit uns. Um nicht in unsere Welt kommen und darin bleiben zu müssen.»

«Sollte ich vielleicht einen Tanzschuppen mit ihnen aufsuchen?»

«So meine ich es nicht», sagte sie. Dann schwieg sie lange. Und erst, als Bruderer bezahlte, weil er dachte, sie wolle gehen, sagte sie: «Ich habe am Dienstag Ihre Frage nach meinem Vater nicht beantwortet. Es könnte so aussehen, als schämte ich mich meines Vaters – als müsste ich mich seiner schämen. Genug junge Leute hätten Grund, sich ihrer Eltern zu schämen. Auch wir sind kein Volk von lauter Helden. Es gab Kollaboration und Gleichgültigkeit. Schließlich haben wir große Erfahrung mit Fremdherrschaft. Vor viertausendfünfhundert Jahren sind wir aus Gebieten hinter dem Ural hierher gewandert. Rechnen Sie nach, wie lange wir in diesen viereinhalb Jahrtausenden frei waren. Von 1918 bis 1940 und wieder seit 1991. Da mag man nicht aufrechnen, wer sich heldenhaft benommen hat und wer nicht. Es würde zu keinem Ende führen, es ist eine zu lange Zeit.»

«Weichen Sie schon wieder aus? Sie wollten etwas über Ihren Vater sagen.»

Sie lachte.

«Wir ziehen uns auch dort zurück, wo wir keinen Grund dazu haben. Wohl, weil wir die Relativität allen Heldentums kennen.»

«Was war mit Ihrem Vater? Sie sagten, er lebe nicht mehr.»

«Er ist umgekommen. Man könnte auch sagen, die Russen hätten ihn ermordet.»

«Deportiert?»

«Nein, er nicht. Er wäre deportiert worden, da bin ich sicher. Aber er ließ es nicht dazu kommen. Er tauchte vorher unter und ging in den Widerstand. Er wurde ein Waldbruder. Haben Sie schon von den Waldbrüdern gehört?»

«Ja, in Helsinki, vorige Woche. Der Botschaftsrat erzählte eine Geschichte von einem Schweizer Ehepaar, das nach dem Ersten Weltkrieg hierher auswanderte. Es hatte zwei Söhne. Als man nach dem Hitler-Stalin-Pakt befürchten musste, dass die Russen kommen würden, floh der eine nach Amerika. Und als die Russen am Ende des Zweiten Weltkrieges wiederkamen, ging der andere in

156

die Wälder und wurde ein Waldbruder. Er ist umgekommen. Wie Ihr Vater.»

Sie schaute in die leere Kaffeetasse. «Sie waren ihm auf der Spur. Als sie ihn ergreifen wollten, stürzte er sich in den Peipus-See. Dabei ist er ertrunken. Kurz vorher bin ich geboren, meine Mutter starb an der Geburt.»

Er lud sie wieder ins *Barclay* zum Essen ein, und auch diesmal lehnte sie ab. «Es ist zu teuer. Ein Essen dort kostet so viel, wie ich in einer Woche verdiene, und ich verdiene nicht schlecht. Ich kann nicht an einem Abend einen ganzen Wochenlohn veressen – selbst wenn ich es nicht bezahlen muss.»

Sie aßen dann doch miteinander, eine Pizza in einer rauchigen Kneipe.

«War Leim der Name Ihrer Eltern?», fragte Bruderer.

«Nein. Ich hatte einen sehr unestnisch klingenden Namen. Ich bin aber Estin. Ich tat das Umgekehrte von dem, was früher die Pastoren oft getan haben. Sie gaben ihren estnischen Schülern deutsche Namen. Ich gab mir einen estnischen Namen.»

«Und wie hieß Ihr deutscher Name?»

«Leimgruber.»

«Das ist kein deutscher, sondern ein schweizerischer Name.»

«Den Unterschied merken Esten nicht.»

«Dann sind Sie es, deren Familiengeschichte der Botschaftsrat erzählt hat?»

«Schon möglich.»

«Und wir sind Landsleute.»

«Ich bin Estin.»

Er wollte seine Hand auf ihre legen, aber sie zog sie zurück.

157

29

Tartu, April 1998

Die Freitagnachmittagsvorlesung behandelte Alexandre Vinets Absetzung als Professor an der Lausanner Akademie durch die liberalradikale Regierung des Kantons Waadt im Jahr 1846. Drei Studentinnen, zwei Studenten, alle schweigsam, alle in sich gekehrt, in dicken Mänteln und gesteppten Daunenjacken. Der Vortrag war schon über das erste Drittel hinaus, da kam noch Kalle Kannute herein. Seine Augen waren entzündet wie an dem Tag, als er Bruderer von Tallinn nach Tartu gefahren hatte.

Bruderer erzählte, dass nicht bloß Vinet aus dem Amt gejagt wurde, weil er die Freiheit von Kirche und Theologie gegenüber der staatlichen Macht behauptete, sondern aus dem gleichen Grund auch sein Kollege Johann Jakob Herzog, geboren in Basel, Professor in Lausanne seit 1835. Herzog wurde 1847 Professor der Kirchengeschichte in Halle, von 1854 an lehrte er dreiundzwanzig Jahre lang reformierte Theologie an der Universität Erlangen, deren Theologische Fakultät ansonsten streng lutherisch war.

«In Erlangen war er der Vertreter einer Minderheit, es scheint, dass Diaspora konstitutiv zu seinem Kirchenverständnis gehörte», dozierte Bruderer. «Und das, obwohl er noch in Halle mit der Herausgabe der einundzwanzigbändigen Real-Enzyklopädie für protestantische Theologie und Kirche begann, deren Verfasserkreis alles vereinigte, was in der protestantischen Theologie damals Rang

158

und Namen hatte, so auch Professor Kurtz aus Dorpat. Darin ist», fuhr Bruderer weiter, «möglicherweise eine gewisse Inkonsequenz erkennbar, die uns auch bei andern Vertretern der kirchlichen Freiheit vom Staat begegnet. Nicht so bei Vinet. Er gründete in Lausanne eine freie Fakultät, deren Blüte er freilich nicht mehr erlebte, da er 1847 starb. Doch ist es wahrscheinlich, dass Vinets Gedanken durch Herzog auf einen Mann wirkten, der in Erlangen Herzogs Kollege war und sie später hier in Dorpat entfaltete: Theodosius Harnack.»

Kein Zeichen des Wiedererkennens auf den Gesichtern seiner sechs Hörer, Kalle Kannute inklusive. Der Name Theodosius Harnack sagte ihnen nichts. Die Beleseneren kannten den Namen seines Sohnes Adolf, des Berliner Hoftheologen unter Wilhelm II.
Bruderer konnte sich einen improvisierten Exkurs darüber, was der Basler Franz Overbeck von diesem Berliner Kollegen gehalten habe, nicht verkneifen. «Derselbe Overbeck, der den verrückt gewordenen Friedrich Nietzsche im Januar 1889 aus Turin nach Basel geholt hat. Er postulierte die notwendige, nämlich methodische Unchristlichkeit der zeitgenössischen Theologie und warf Adolf von Harnack vor, eben diese zu verschleiern. Ich kann nur betonen: Der Vater, Theodosius Harnack, Lutheraner, Sohn eines deutschen Schneidermeisters aus St. Petersburg, durch Mutter und Vater mit der Herrnhuter Brüdergemeine verbunden, Student in Dorpat, dann ebenfalls in Dorpat Professor der Praktischen Theologie, dasselbe in Erlangen, wo ihm seine baltendeutsche Frau starb, seit 1866 wieder in Dorpat, war der ungleich bedeutendere theologische Denker als sein berühmter Sohn.»

Eine Studentin und Kalle Kannute schrieben mit. Die andern vier schauten Bruderer mit freundlichen Gesichtern an. Es waren die Germanistinnen und Germanisten, die nur hergekommen waren, um Deutsch reden zu hören.

In der Pause kam Kalle Kannute und entschuldigte sich. Er hatte schon wieder eine Trauung und musste vor der zweiten Stunde weggehen.
«Wann ist am Sonntag der Gottesdienst im Dom?»
«Im Chor des Doms! Um zehn Uhr.»

Es wurde ein düsterer, langweiliger Samstag. Bruderer hatte geplant, einen Wagen zu mieten und in die Umgebung zu fahren. Doch am Morgen lockte es ihn nicht mehr. Er fuhr mit dem Lift zum Frühstück hinunter, beeilte sich nicht, damit oben das Zimmer in Ordnung gebracht werden konnte, dann schloss er die Tür hinter sich ab und legte sich zum Lesen ins Bett. Erst als es schon dunkel wurde, stand er wieder auf, zog sich an und lief ohne Ziel und Lust an General Barclays Denkmal vorbei in die Stadt, auf der einen Seite des Rathausplatzes bis zum Fluss hinab, über die Kivisild. Er schaute in das träg fließende Wasser, in dem sich die Stadtlichter spiegelten. Im Tourist-Office hatte Bruderer eine Broschüre über den geplanten Wiederaufbau der historischen Steinbrücke gesehen. Sie sollte ein Symbol des Brückenschlags zwischen den baltischen und den westeuropäischen Völkern werden. Dazu aufgerufen hatte ein baltendeutscher Adliger aus der Bundesrepublik, der jedoch, kaum war ein Komitee unter seinem Vorsitz gegründet, verstorben war. Auch sein Nachfolger starb, kurz nachdem er das Amt angetreten hatte.

160

Jenseits der Brücke war ein Park. Bruderer kam nicht weit. Die Wege waren aufgeweicht, und seine Schuhe drohten im Sumpf stecken zu bleiben. Mit Storchenschritten lief er zur Brücke zurück.

Er ging auf der andern Seite den Rathausplatz hinauf und dachte, wie es wäre, wenn ihm jetzt Viivi Leim entgegenkäme. Er würde sie zum Essen einladen und mit ihr den Abend genießen. Da er auch ohne sie essen musste, betrat er ein Kellerlokal, wo er der einzige Gast war. Kaum war der Teller aufgetragen, hatte er ihn leer gegessen. Er starrte gegen die graue Wand, während er auf den Kaffee wartete. Dann zahlte er und ging. Im Restaurant des *Barclay* kaufte er sich eine Flasche französischen Wein und nahm sie aufs Zimmer. Es war die ewig gleiche saure Brühe, die die Schlitzohren von Franzosen den Esten unter den verschiedensten hochgestochenen Namen lieferten. Trotzdem trank er, auf dem Bett liegend, die Flasche leer, während er in Günter de Bruyns Jean-Paul-Biographie las, einer DDR-Ausgabe, die vergessen im Treppenhaus der Universität gelegen hatte und die er am Montag wieder dorthin zurückbringen würde. Als er das Licht löschte, merkte er, dass er betrunken war. Er schlief sofort ein.

Am Sonntagmorgen brannte es wie Feuer im Magen von dem sauren Wein. Bruderer wäre nicht aufgestanden, hätte er Kalle Kannute nicht nach der Gottesdienstzeit gefragt. Er ging unter die Dusche, zog sein bestes Hemd und die Vergissmeinnicht-Krawatte an und hoffte, dass sie ihm bessere Laune machten.

Das Kopfsteinpflaster zum Domberg war voll Löcher, ein Geh-Abenteuer in Bruderers dünnen Sonntagsschuhen.

Es war eine Viertelstunde vor zehn Uhr, und es lag tiefes Schweigen über der Stadt. Keine einzige Kirchenglocke war zu hören. Außer einer Reparaturkolonne, die auf der Straße zum Rathausplatz einen Rohrbruch flickte, gab es niemanden, auch keine Autos. Erst vor der Ruine des Doms sah Bruderer drei, vier Leute stehen.

Der Dom war ein riesiger roter Ziegelbau, von den hellen Zementfugen wie von einem feinen Vogelstellernetz überzogen, kaputtgeschlagen im Livländischen Krieg, als Deutsche, Russen und Schweden um das Land der Esten stritten. Der Chor war im 19. Jahrhundert wieder aufgebaut worden und nun das Museum Universitatis Tartuensis.

Hinter dem Eingang fasste man von einem alten Herrn blaue Kunststoffüberzüge, damit die Schuhe auf dem Museumsparkett keine Kratzer hinterließen. Mit ungelenken Schritten wie in Taucherflossen stieg man die Treppe hoch. Auf dem ersten Absatz stand eine Tür offen, und Bruderer sah in einem dunklen Zimmer Kalle Kannute, der sich einen weißen Talar über den Kopf zog. Er ging hinter anderen Tauchern weiter nach oben. Dort betrat man einen hohen hellen Raum. An den Wänden zwischen den Chorfenstern Bücher bis obenhin. Inmitten der versammelten Weltweisheit etwa dreißig weiße Stühle, vorne, vor dem Stirnfenster, der weiße Altar mit dem goldenen Kruzifixus darauf.

Ein Dutzend Stühle war schon besetzt. Bruderer nahm in der zweithintersten Reihe Platz, um anzuzeigen, dass er nur am Rand dazu gehöre. Eine junge Frau hatte ihm beim Eintreten ein Gesangbuch in die Hand gedrückt. Bis es begann, kam ein zweites Dutzend Leute dazu. Alle trugen die blauen Flossen. Alle kannten alle. Nur Bruderer kannte niemanden, und niemand blickte zu ihm hin. Er kam sich vor wie ein Stück Luft.

Kalle Kannute war der Einzige, der keine blauen Schuhüberzüge trug. Er trug überhaupt keine Schuhe. Er kam in weißen Socken herein, im weißen Talar. An einem Kettchen um den Hals trug er ein Kreuz. Bruderer dachte, er gleiche noch mehr dem Heiland im Ährenfeld über dem Bett seiner Großeltern, mit den weinenden Augen und dem blonden Haar, das ihm auf die Schultern fiel. Er müsste mit nackten Füßen kommen, unbedingt mit nackten Füßen, sagte sich Bruderer.

Er verstand kein Wort, weder von der Liturgie noch von der Predigt. Er war nicht einmal sicher, ob es das Vaterunser war, was sie laut miteinander beteten. Und weil er nicht wusste, wie er sich am Altar verhalten musste und die kritischen Blicke der alten Leute fürchtete, ging er nicht zum Abendmahl. Nur die Alten nahmen die Kommunion, die Jungen blieben sitzen mit der Ausnahme eines Mädchens, das Bruderer an der Fakultät gesehen hatte. Die Gemeinde bestand aus Alten und Jungen; die Generation dazwischen fehlte. Eine ältere Dame spielte zwischen zwei Bücherwänden rechts vom Altar Klavier zum Gesang. Sie fuhr bei jedem Akkord in die Höhe, als ob sie ein kleines Mädchen wäre und seilhüpfte. Bruderer glaubte, eine Melodie zu erkennen, und versuchte, die estnischen Worte zu singen. Dabei übersah er, dass die Melodie nach kurzer Gemeinsamkeit fremde Wege ging, und störte den Gesang so empfindlich, dass die Klavierspielerin tadelnd über die Schulter nach hinten blickte. Bruderer fragte sich, welches Kalle Kannutes Frau war. Er erriet es nicht. Vielleicht war sie gar nicht hier.

Am Ende des Gottesdienstes stand alles auf. Kalle Kannute lief lautlos in den weißen Socken hinaus, ohne nach links und nach rechts zu schauen. Die Leute blieben redend in Gruppen stehen. Bruderer legte das Gesangbuch auf den kleinen Tisch am Ausgang und ging die Treppe hinunter. Die Tür des Sakristeizimmers auf dem Zwischenabsatz war geschlossen. Im Erdgeschoss wartete der alte Herr und nahm wortlos die blauen Schuhüberzüge entgegen. Draußen hatte es inzwischen zu nieseln begonnen.

Er hätte den Rest dieses Sonntags wieder lesend im Bett verbracht, wenn gegen zwölf nicht Winterschild angerufen hätte.
Bruderer kannte Winterschild nicht. «Ich heiße Winterschild. Sie kennen mich nicht», sagte Winterschild als Erstes in einem Deutsch, das nur das eines Deutschen und nicht das eines Esten sein konnte. «Ich kenne Sie auch nicht, aber ich habe von Ihnen gehört. Letzten Monat, an einer Sitzung über ein geplantes Edzard-Schaper-Symposion. Doch das ist eine Geschichte für sich. Der Botschaftsrat aus Helsinki war auch dabei. Und nach der Sitzung erzählte er, dass Sie kommen würden. Wie gehts?»
Bruderer wusste nicht, was er sagen sollte.
«Haben Sie heute etwas vor?», fragte Winterschild. Und als Bruderer sagte, er habe nichts vor, lud ihn Winterschild zum Mittagessen ein. «Ich habe gekocht und denke, nach einer Woche sollten Sie wieder einmal etwas Or-

dentliches in den Magen bekommen. Viivo Seela kommt auch. Haben Sie schon von ihm gehört? Er wird Sie interessieren. Ebenfalls Theologe. Also, wenn es genehm ist, hole ich Sie in einer halben Stunde ab.»

Winterschild wohnte etwas außerhalb der Stadt. Er war zweiundneunzig als Gastdozent aus Deutschland West gekommen und hatte drei Semester bleiben wollen. Im zweiten hatte er sich in Varje verliebt, Tochter von Kolchosebauern, Medizinstudentin, die inzwischen Ärztin war. Er hatte einem ehemaligen Busfahrer, der Gurken züchtete und damit auf dem Markt in St. Petersburg viel Geld machte, das Haus abgekauft, weil der Gurkenzüchter ein größeres weiter draußen gebaut hatte. Er hatte das Haus erneuert, mit Varje einen Sohn gezeugt und sie geheiratet und war nun schon das sechste Jahr in Tartu, inzwischen als Ordentlicher Professor angestellt, wenn auch noch mit einem gehörigen Zustupf aus Deutschland, und dachte nicht daran, wieder wegzugehen. Er war Spezialist für Heine und Lichtenberg, Altachtundsechziger, kannte viel von Marx auswendig, den er ähnlich ironisch zitierte wie die Pfarrerliteraten des 19. Jahrhunderts die Bibel. Er ging grundsätzlich ohne Krawatte und in Jeans. Er rauchte vier Päckchen Zigaretten pro Tag. Er war ein hervorragender Koch. Der Braten, den er zum Mittagessen auftischte, zerging auf der Zunge. Und das erste Mal seit einer Woche bekam Bruderer einen anständigen Wein zu trinken.

Viivo Seela, der zweite Gast, war fast achtzig Jahre alt und arbeitete immer noch als Priester für die Hand voll Katholiken von Tartu.

«Ich liebe die Esten und hasse die Russen», sagte er zur Vorstellung. Und als Bruderer ihn kollegial tadelnd auf seine Christenpflicht aufmerksam machte, antwortete er: «Gott verzeihe mir.»

«Ich bin ein alter Mann», sagte er im Verlauf des Essens, «und glaubte schon, alle meine Kameraden aus der Schulzeit seien gestorben. Da treffe ich aber vor kurzem in Tartu einen, mit dem ich in unserem Dorf in derselben Klasse gesessen habe. Er floh wie ich vor den Russen. Jetzt ist er aus Hawaii zurückgekommen.»

«Wissen Sie eigentlich», wandte sich Winterschild an Bruderer, «dass Ihr Landsmann Pestalozzi beinahe in Dorpat gelandet wäre? Er bekam einen Ruf, doch er nahm ihn nicht an. Schade, es hätte für beide Seiten wichtig werden können.»

«Dafür importiert man jetzt Theologen», sagte Bruderer gespielt besorgt.

«Was nichts nützen wird. Die Esten sind ein unreligiöses Volk. Das Christentum wurde ihnen aufgezwungen, die Reformation wurde ihnen aufgezwungen, es blieb ihnen beides fremd. Aber sie hatten ihm auch nichts Eigenes entgegenzusetzen. Nicht einmal eine anständige Mythologie, keine Weltentstehungslehre, keine zusammenhängenden Göttergeschichten. Wo das Feld aufhört, beginnt der Wald. Dort wohnen ein paar Geister. Was hinter dem Wald ist, interessiert die Esten nicht. Das kommt davon, dass sie nie aufrecht gehen durften. Immer ein Joch im Nacken, immer Peitschenhiebe, immer den Hunger im Haus. Wo es nicht genug zu essen gibt, entsteht auch keine Religion.»

«Das stimmt nicht, du Lügenmaul», rief Varje lachend. «Er macht uns Esten andauernd herunter, dieser Kolonialist aus dem Land der Ordensritter. Und was ist mit Vanemuine, der auf dem Domberg von Tartu sitzt und singt und die Zither dazu spielt und Tiere und Bäume sprechen lehrt? Ist das nichts? Habt ihr in eurem Deutschland so einen, sag!»

«Trotzdem hat er Recht, Ihr Professor», sagte Viivo Seela. «Ein System, himmlisch oder irdisch, haben wir Esten nie geschaffen. Und das wird schon mit unserer Armut zusammenhängen. Solange ich nicht genug zu essen habe, kümmert mich der Sinn der Welt nicht besonders. Seltsam ist nur, dass der Begriff, die Abstraktion, das System Inbegriffe des menschlichen Schaffens sind. Inbegriff des göttlichen Schaffens jedoch ist das Einzelne, die unüberschaubare Vielfalt, die Individualität. Und so gesehen wäre denn der begriffslose Arme eben dem Schöpfer doch näher als der abstrahierende Reiche.»

«Ohne Begriffe aber keine Aufklärung!», sagte Winterschild.

«Sind Sie der Aufklärung wegen zu uns gekommen, mein Freund?», fragte Seela.

«An meinen bescheidenen Platz schon», antwortete Winterschild. «Es gab hier keinerlei kritische Literaturwissenschaft. Wenn ich sie herbringe, hoffe ich doch, damit einen Beitrag zum aufrechten Gang zu leisten.»

«Sie sind eben doch ein Deutschritter, mein Freund. Würde uns nicht Edzard Schaper verbinden, ich wüsste nicht –.»

«Verbindet uns Schaper denn?», fragte Winterschild. «Ich halte ihn nicht für einen großen Schriftsteller.»

«Ich auch nicht, obwohl er mein Freund war. Aber ich halte ihn für einen Zeugen der Wahrheit, und vielleicht konnte er als solcher kein großer Schriftsteller sein.»

30

Tartu, April 1998

Sie wohnten zu dritt oder viert in der Dudajew-Suite.
Bruderer konnte sie nicht voneinander unterscheiden.
Sie trugen alle diese hohen Mützen aus grau meliertem
Persianerpelz, und alle hatten schwarze Schnurrbärte wie
Stalin. Zum Frühstück kamen sie nicht herunter, das
Abendessen ließen sie sich auch auf dem Zimmer servie-
ren. Bruderer traf hie und da einen Kellner im Lift, der
ein Tablett voll Schüsseln und Flaschen nach oben trug.
Er hatte keine Veranlassung, sich um die Tschetschenen
zu kümmern. Außer, dass er es bemerkenswert fand, dass
sie in der Suite wohnten, in der ihr Freiheitsheld als sowjetischer Luftwaffengeneral gearbeitet hatte.

Bruderer marschierte jeden Tag pünktlich wie ein Wach-
soldat zu seinen Vorlesungen und verfolgte, wenn er
zurückkam, die politischen Meldungen im Fernsehen. Er
besuchte zweimal abends Winterschild, aß einmal mit
Viivi in einem Restaurant und spazierte mit ihr anschließend durch den Park zwischen dem Hotel und dem
Barclay-Denkmal bis zu der Haltestelle, von wo ihr letzter Bus abfuhr.
Er war nicht eigentlich verliebt. Er fragte sich nicht einmal, ob er erotisch von ihr angezogen war. Eine Portion
Erotik war ja wohl immer dabei, wenn ein Mann und eine Frau miteinander am Tisch saßen und nebeneinander
durch die Straße gingen.

Bei Winterschild traf er beide Male Seela, dessen Prophezeiungen immer düsterer wurden. Bruderer, durch Viivi in einer frühlingshaften Welt, merkte, in was für einem finstern Loch Seela hauste.

An einem Abend, als sie trotz der Kühle vor dem Haus saßen und Seela seine Litanei auf das Aussterben des estnischen Volkes gesungen hatte, fragte Bruderer: «Warum diese tragische Sicht des Lebens?»

Seela sah gereizt auf. «Daran sind Sie schuld! Der Westen! Wissen Sie, wann und wo mir das zum ersten Mal klar wurde? In Rom! 1940. Ich war vor den Russen geflohen. Wo die Deutschen herrschten, konnte ich nicht bleiben. Ich hatte immer gewusst, dass die Deutschen ebenso schlimm waren wie die Russen. Überall war ich ein unwillkommener Ausländer. ‹Estland? Wo ist das? Mann, wir brauchen deine Sorgen nicht, wir haben unsre eigenen!› Ich war illegal durch das faschistische Italien gereist, ohne dass man mich aufgegriffen hatte. Auf dem Boden des Vatikanstaates fühlte ich mich beinah sicher. Ich fand einen Fürsprecher. Und schließlich fand ein geschliffen freundlicher Monsignore Zeit, mich zu empfangen.

‹Sie sind Este?›, rief er entzückt, um sofort eine ernste Miene zu machen und zu sagen: ‹Das ist ein schweres Schicksal!› Ich hatte gewonnen. Er war bereit, meine Geschichte anzuhören. Ich sagte ihm, dass ich Lutheraner sei, aber erwäge, katholisch und Priester zu werden. Ich wollte den Schutz des Vatikans nicht mehr verlieren. Ich wurde eine Informationsquelle der päpstlichen Diplomatie für das Baltikum, genoss die Bequemlichkeit des Konvikts und die Bücher, die mir unbegrenzt zur Verfügung standen. Ich war ein eifriger Student, ein Musterschüler, und man reichte mich herum wie das einzige bekannte Exemplar einer vom Aussterben bedrohten Spezies.

Und dann stand ich eines Tages auf dem Petersplatz. Es war ein regnerischer Tag im Dezember. Ich stellte mich mit dem Rücken zum Obelisk und hatte die Fassade des Doms vor mir. Ich spürte die kalte Tragik dieses Baus. Ich fühlte, dass nicht der Auferstandene, sondern der Tote sein Mittelpunkt war. Der Dom war ein riesiges Mausoleum für den Menschen, der geliebt hatte und wegen seiner Liebe getötet worden war. Ein Grab für die Liebe war der Dom, die niemals siegen, nur untergehen kann. Das war die antike Überzeugung, und die Kirche war die Trägerin der Antike in die nachfolgende Zeit. Nun wusste ich, warum ich hier ein Star war. Weil ich eine tragische Gestalt war und aus einem Volk mit tragischem Schicksal kam. Ich war ihnen wertvoll, so weit ich tragisch war, und wir Esten hatten bei ihnen nur eine Chance, wenn wir tragisch waren. Sie hielten die Tragödie für das wahre Verständnis des Lebens. Deshalb waren sie begierig nach Tragik. Alles, was in ihren Augen, in den Augen derer, die bequem im Zentrum saßen, klein, randständig, ohne Kultur war, ließen sie gelten, sobald es tragisch war.»

«Sie sagen selbst, dass das nicht wirklich christlich ist.»

«Es hat eine lange theologische Tradition, aber christlich ist es nicht. Die tragische Interpretation des Kreuzes ist die Verbindung zwischen der Kirche und der antiken Kultur. Sie hat es der Kirche erlaubt, den folgenden Zeiten die antike Kultur zu überliefern. Statt des Evangeliums hat sie den Menschen die Kultur gebracht.»

«Und? Was für Konsequenzen haben Sie aus Ihrer Erleuchtung auf dem Petersplatz gezogen?»

170

«Sie dürfen nicht vergessen, Bruderer, dass die Tragik eine Droge ist. Ich habe Ihnen von Edzard Schaper erzählt. Schaper war von dieser Droge süchtig. Reinhold Schneider war davon süchtig, Georges Bernanos und Hans Urs von Balthasar, den ich in Basel kennen lernte. Auch ich bin ein Süchtiger. Und ich habe Angst, wenn ich damit aufhöre, kostet es mich das Leben, mich und mein Volk. Denn wenn wir nicht mehr tragisch sind, werden wir vergessen. So will es eure Kultur. Sie will nicht das Glück. Denn nur das Unglück ist Kultur.»

«Daran ist etwas, wenn es mir auch gegen den philosophischen Strich geht», sagte Winterschild.

«Sie elender Altachtundsechziger», sagte Seela müde, «soll ich Ihren Adorno zitieren?»

Sie hatten schon die zweite Flasche ungarischen Sauvignon leer getrunken.

«Ich muss heimgehen, bevor ich unter den Tisch falle», sagte Seela lachend. «Vergessen Sie bitte meinen weinseligen Unsinn.»

Winterschild, der selbst nicht mehr zu fahren wagte, bestellte ein Taxi für sie.

Als Bruderer an diesem Abend in sein Hotelzimmer zurückkam, saßen drei Tschetschenen darin. Sie trugen ihre Persianermützen und standen auf, als Bruderer eintrat.

«Erschrecken Sie nicht», sagte einer in zerhacktem Englisch. «Bitte schreien Sie nicht, wir fügen Ihnen nichts Böses zu. Setzen Sie sich und hören Sie uns an. Sie kommen von Seela?»

«Was geht Sie das an?»

«Wir möchten Sie bitten, Seela Papiere zu überbringen.»

«Papiere? Warum tun Sie es nicht selbst – oder schicken

171

ihm die Papiere per Post? Die estnische Post funktioniert ganz gut, meine Herren.»

«Es sind geheime politische Papiere.»

«Seela ist katholischer Priester. Was soll er mit geheimen Papieren?»

«Seela ist auch ein Führer der Widerstandskräfte.»

«Welcher Widerstandskräfte?»

«Sind Sie naiv, Mister Bruderer? Haben Sie noch nie eine Karte von Nordosteuropa gesehen? Dem russischen Bären geht es schlecht. Er hat Hunger. Was macht der Bär, wenn er Hunger hat? Legt er sich hin und schläft? Steht er nicht auf und sucht sich eine Beute? Seela kennt den russischen Bären. Und er weiß, dass Jelzin ein kranker, schwacher Mann ist. Wenn der Bär merkt, wie schwach sein Wärter ist, wird er sich aufrappeln und auf die Jagd gehen. Muss ich Ihnen erklären, dass die Balten zu den ersten Beutestücken gehören werden? Noch vor uns.»

«Tschetschenen und Esten arbeiten zusammen?»

«Wir sind eine tschetschenische Handelsdelegation. Wir verhandelten in Tallinn mit der estnischen Regierung und hier in Tartu mit Vertretern estnischer Industrieunternehmen. Und wir haben Kontakte zu den vorsichtigen Leuten geknüpft, die vor dem Bären auf der Hut sind. Das sieht hier niemand gern. Nicht die Regierung und noch weniger die russische Mafia, die in diesem Land immer größeren Einfluss gewinnt. Sie will natürlich kein starkes Estland; am liebsten hätte sie, der Bär würde es verschlingen. Manchmal denke ich, die Russenmafia ist der Bär, der das Baltikum verschlingt. Deshalb müssen wir vorsichtig sein. Wir können nicht offen mit Seela und seinen Leuten zusammentreffen. Also suchen wir in-

172

direkte Wege, und da Sie im selben Hotel wohnen wie wir –.»

«Was soll ich tun?», fragte Bruderer.

«Nichts weiter als diesen Umschlag an Seela weitergeben. Warten Sie, bis Sie ihn ohnehin sehen. Gehen Sie nicht zu ihm; das könnte auffallen.»

«Sind die Papiere nicht sicherer bei Ihnen?»

«Nein.»

«Es kann aber einige Tage dauern, bis Seela und ich – und da ist noch Winterschild.»

«Winterschild ist kein Problem. Nur soll er nichts von den Papieren erfahren. Im Übrigen eilt es nicht so. Aber lassen Sie den Umschlag nicht aus den Augen. Und noch etwas. Wir kennen uns nicht. Wir haben nie miteinander geredet. Wir sind einander vielleicht zufällig im Hotel begegnet, aber es gab keinerlei Kontakte zwischen uns.»

«Ich habe verstanden», sagte Bruderer.

31

Massalaca, Juli 1962

Seit die Landwirtschaft kollektiviert ist, entsteht jeden
Sommer der gleiche Engpass. Dass immer mehr Russen
in Lettland angesiedelt werden, ändert nichts daran. Es
sind zwar schon fast so viele im Land wie Letten, aber
während der Ernte herrscht trotzdem Mangel an Ernte-
helfern. Die Russen kommen ja nicht als Landarbeiter,
sondern als Arbeitskräfte für die Schwerindustrie. Deshalb werden die Jungen Pioniere und die Komsomolzen
für die Erntearbeiten aufgeboten. Eine Erziehungsmaß-
nahme, heißt es; die städtische Jugend soll das Landleben
kennen lernen.

Boris Pugo ist stellvertretender Sekretär der Komsomol in
Riga. Er ist 1937 geboren, also gerade fünfundzwanzig
Jahre alt. Er hat am Polytechnischen Institut von Riga
Elektroingenieur studiert und 1960 das Examen gemacht. Dann hat er einige Monate in der Industrie gearbeitet. Seit 1961 ist er hauptberuflich für die Komsomol
tätig. Er ist Kandidat für die Aufnahme in die KPdSU.
Boris Pugos Vater, Karlis Pugo, war Lette und Bolsche-
wist. Im Ersten Weltkrieg gehörte er zu den legendären
lettischen Schützen, die während der Revolution für Lenin kämpften. Deshalb kehrte er nicht nach Lettland
zurück, als Lettland von Russland unabhängig wurde.
Karlis Pugo ließ sich in Kalinin an der Wolga nieder, das
früher Twer geheißen hatte.

Dort kam Boris Pugo zur Welt. Ende 1939, als die Sowjetunion das geheime Zusatzprotokoll zum Hitler-Stalin-Pakt
in die Tat umzusetzen begann, zog Karlis Pugo mit seiner
Familie nach Riga. Er war nicht unmaßgeblich an den De-
portationen von Zehntausenden von Letten beteiligt.
1941, bevor die Deutschen die Russen aus dem Baltikum
vertrieben, musste Karlis Pugo mit seiner Familie wieder
aus Lettland fliehen. 1944 kehrte er zum zweiten Mal
nach Riga zurück. Da war Boris sieben Jahre alt.

Boris Pugo ist verantwortlich für den Ernteeinsatz der
Komsomolzen aus Riga. Es sind zweihundert junge Leute,
die die Arbeiter einer Kolchose in der Nähe der kleinen
Stadt Massalaca, unweit der lettisch-estnischen Grenze,
unterstützen. Die Komsomolzen sind, strikt nach Ge-
schlechtern getrennt, in zwei Lagerhäusern untergebracht.
Es herrscht militärische Ordnung. Disziplinlosigkeiten
werden nicht geduldet.
In dieser Gegend gibt es viele kleine Seen. Nach Feierabend
marschieren die Mädchen an einen, die Burschen an einen
anderen der kleinen Seen zum Baden. Das Wasser ist nicht
tief und wunderbar warm. Es ist strengstens verboten, dass
ein Bursche sich an den See der Mädchen oder ein Mädchen
sich an den See der Burschen verirrt. Im Gebüsch ziehen
die Komsomolzen ihre Sachen aus und den Badeanzug an.
Dann stürzen sie sich mit viel Lärm ins Wasser. Wenn sie
sich genügend abgekühlt haben, werden sie zurückgepfif-
fen. Sie ziehen sich hinter den Büschen wieder an und marschieren, unter der Führung der Gruppenleiterinnen und
Gruppenleiter, im Abendrot zur Kolchose zurück.
Junger Pionier wird man mit neun, Komsomolze mit
vierzehn und bleibt es, bis man sechsundzwanzig ist. Die

Leiter sind wenig unter bis wenig über sechsundzwanzig. Wenn sie ihre Kolonnen zu den Schlafsälen zurückgebracht haben, sitzen sie oft noch am Lagerfeuer. Und später, bevor sie selbst schlafen gehen, sagt eine oder einer: «Ich brauche ein zweites Bad. Kommt noch jemand mit?» Auch jetzt gehen die Frauen an einen und die Männer an einen anderen der vielen kleinen Seen.

Boris Pugo ist bei dem Ernteeinsatz dabei. Er ist scharf auf Mara, die Ingenieurstudentin aus Riga. Aber Boris Pugo hat in Riga eine Braut. Ihr Vater sitzt im Obersten Sowjet der lettischen Sowjetrepublik, ist also ein hohes Tier. Es kann der Karriere eines jungen Parteifunktionärs nur förderlich sein, wenn er sich mit der Tochter eines solchen Mannes verheiratet. Boris Pugo will Karriere machen. Das sei er, findet er, schon seinem Vater schuldig. Aber jetzt ist er so scharf auf Mara, dass es ihm schwer fällt, es zu verbergen.

Als Mara am späten Abend fragt: «Kommt noch jemand zu einem zweiten Bad?», schließen sich ihr ein paar Mädchen an. Auch einer der Burschen fragt, und die meisten zieht es noch einmal an den See. Boris Pugo sagt, er habe noch zu arbeiten.

Sie treten das Feuer aus. Boris Pugo geht auf sein Zimmer. Als Leiter hat er ein eigenes Zimmer. Dort wartet er, bis draußen alle weg sind. Dann verlässt er das Haus durch die Hintertür und läuft über die Wiese zum Wald.

Seit es die Waldbrüder gibt, haben sie ein gutes Verhältnis zu den Bauern. Vor allem zu denen, die noch selbständig sind. Viele der Waldbrüder waren selbst Bauern. Im Sommer kommen sie aus den Wäldern und helfen den Bauern bei der Ernte. Der KGB weiß schon, weshalb er in dieser Zeit keine zu genauen Kontrollen durchführt. Er fürchtet Unruhen unter den Bauern.

Christian Leimgruber hilft mal da, mal dort, kaum länger als zwei Tage an einem Ort. Das eine Jahr mehr im Osten, gegen den Peipus-See hin, das andere Jahr mehr im Westen, südlich von Pärnu. Diesmal ist er im Westen, nahe der estnisch-lettischen Grenze. Da ist es sumpfig und das Unterholz manchmal fast undurchdringlich, eine gute Gegend für einen Waldbruder.

Wenn er den ganzen Tag gearbeitet hat, nimmt Christian Leimgruber nach dem Abendessen sein Säcklein und verschwindet im Wald. Er schläft nie auf einem Hof. Er ist nicht mehr daran gewöhnt. Er kann in Häusern nicht einschlafen. Deshalb und um den Bauern und sich selbst nicht zu gefährden, geht er in den Wald und sucht sich dort einen Lagerplatz.

Er weiß, dass in der Nähe die Grenze zwischen Estland und Lettland verläuft. Es ist keine richtige Grenze mehr, beides sind ja Sowjetrepubliken. Die Grenze steht eigentlich nur noch auf dem Papier. Sie gibt vor, in Riga und Tallinn habe jemand etwas zu sagen. In Riga und Tallinn hat niemand etwas zu sagen. In Moskau wird alles gesagt.

Christian Leimgruber ist es recht, dass die Grenze nur auf dem Papier steht. So braucht er, wenn er sich in der Gegend aufhält, nicht auch noch auf die Grenze Rücksicht zu nehmen und kann sich im Wald ziemlich frei bewegen.

Er ist müde und macht sich aus Laub und Ästen ein Lager. In der Ferne hört er Gekreisch. Das kommt von den Seen. Christian Leimgruber nimmt an, dass dort die

Komsomolzen baden, die einer Kolchose in der Nähe bei der Ernte helfen. Er hat sie schon gestern und vorgestern Abend gehört.

Auch Christian Leimgruber will noch ein Bad nehmen. Er hat schwer gearbeitet und ist verschwitzt. Er wartet, bis von den Seen her kein Lärm mehr zu hören ist. Jetzt wird er seinen kleinen See hoffentlich für sich haben.

Er ist dabei, sich am Rand der Lichtung auszuziehen, als jemand in der Nähe auf Lettisch um Hilfe ruft. So viel Lettisch kann er, dass er den Hilferuf versteht. Statt sich zu ducken und in den Wald zurückzugehen, reißt Christian Leimgruber die Pistole aus der Hosentasche und tritt vor. Da kommt aus dem Gebüsch ein nacktes Mädchen gerannt, und hinter dem Mädchen her ein nackter Mann.

«Hilfe», ruft das Mädchen. Es läuft auf Christian Leimgruber zu, der plötzlich ein nacktes Mädchen in den Armen hält. Seine Pistole ist auf den nackten Mann gerichtet.

«Was geht hier vor?», fragt Christian Leimgruber auf Russisch.

«Er hat mir aufgelauert, als wir badeten. Er wollte – mir Gewalt antun», keucht das Mädchen.

«Du bist ein Schweinehund», sagt Christian Leimgruber zu dem nackten Mann. «Ein Voyeur und ein Schweinehund.»

«Bitte nicht!», flennt der junge Mann mit Blick auf Christian Leimgrubers Pistole. Er müsste sich fragen, woher dieser Waldgänger kommt und weshalb er eine Pistole bei sich trägt. Vielleicht fragt er es sich und weiß schon die Antwort, denkt Christian Leimgruber.

«Wo ist eure Kleidung?»

Sie gehen zu dritt, der Mann vor dem Pistolenlauf, das Mädchen neben Christian Leimgruber.

178

«Ziehen Sie sich an», sagt Christian Leimgruber zu dem Mädchen. «Du nicht!», ruft er, als der Mann sich auch anziehen will. «Du nimmst deine Sachen in die Hand.» Er führt das angezogene Mädchen und den nackten Mann bis an den Waldrand, von wo die Kolchose zu sehen ist.

«Laufen Sie», sagt er zu dem Mädchen. Und es läuft.

«Und du», sagt er zu dem Mann, «gibst mir deinen Ausweis.»

«Das geht nicht», sagt der junge Mann weinerlich.

«Wirst du mir deinen Ausweis geben?»

Der junge Mann nestelt den Ausweis aus der Tasche der Hose, die er in der Hand trägt.

«Du heißt Pugo? Ich heiße Christian Leimgruber. Ich bin ein Waldbruder. Du kannst in Riga erzählen, du habest einen Waldbruder gesehen und laufen lassen, und habest ihm überdies noch deinen Ausweis ausgehändigt. Nun lauf! Auf halbem Weg kannst du meinetwegen deine Sachen anziehen. Aber vergiss nicht, dass ich deinen Ausweis habe. Und eine Pistole, Pugo.»

32

Harjumaa, August 1962

Seit Stalins Tod wird nicht mehr so schnell deportiert. Sie kommen wie seit je im Morgengrauen – Polizei lernt schwer –, aber öfter als früher kehren die Abgeholten bald wieder zurück. Man sagt immer noch abholen, als warte jedermann jederzeit darauf und es wäre keine Überraschung.

Wenn Stalin noch lebte, wäre Laine längst nach Sibirien verschickt oder umgebracht. Jetzt wird sie nur observiert, und auch das nicht zu streng. Man verdächtigt sie, ihren Mann zu verstecken.

Das tut sie auch, allerdings nicht die ganze Zeit, sondern bloß hie und da. Plötzlich und in unregelmäßigen Abständen taucht er auf. Immer ist das Versteck in der Scheune bereit. Bisher haben sie es nicht gefunden. Ist er da, kommt er nachts und legt sich zu ihr, und es ist für ein paar Stunden so, als wäre nichts. Im Haus brauchen sie sich nicht besonders in Acht zu nehmen; sie haben ja keine Kinder. Vielleicht macht sie das leichtsinnig. Es ist im Frühling 1962, als Laine merkt, dass sie ein Kind bekommen wird. Christian ist wieder weg. Sie hat keine Möglichkeit, es ihn wissen zu lassen, und es dauert dieses Mal beinahe zwei Monate, bis sie ihn wieder sieht.

«Was sollen wir tun?», fragen sie sich.

«Es wird dich verraten», sagt Laine.

«Sollen wir es deswegen töten?» Es ist keine richtige Frage. «Wenn wir es töten, verraten wir es und alles, wofür wir kämpfen. Aber für dich wird es schwer werden. Entweder gibst du zu, dass es von mir ist, oder du stehst wie ein Flittchen da. Ist es Zeit, dass ich aufgebe?»

«Das darfst du nicht», sagt Laine. «Sie würden dich nicht am Leben lassen. Wenn sie fragen, sage ich, dass es von dir ist.»

«Sie werden fragen. Und sie werden dich dafür bestrafen, dass du mich versteckt hast. Ich werde dir nicht helfen können, nicht einmal dadurch, dass ich mich stelle.»

Sie beschließen, dass das Kind leben soll, was immer mit ihnen geschieht. Darauf geht Christian in den Wald zurück. Laine versteckt die Schwangerschaft, so gut sie kann. Erst kurz bevor es Zeit ist, merken ihre Kolleginnen in der Kolchose etwas davon. Aber sie halten zu ihr. Sie nicken nur und sagen kein Wort. Und wenn keiner von den Aufsehern und Spitzeln zuhört, fragen sie, wann es kommen werde, und versprechen, dass Laine sich auf sie verlassen könne. Eine der Frauen kennt eine zuverlässige Hebamme, eine andere sagt, dem neuen Kolchosearzt sei zu trauen.

Der Arzt ist freundlich und schreibt Laine wegen Rückenbeschwerden einen Monat krank. Aber was soll mit dem Kind geschehen, wenn es auf der Welt ist?

«Man könnte es vor die Tür des Verwaltungsgebäudes legen – ein Findelkind», sagt eine von Laines Kolleginnen. Das geht nicht. Sie würden es in ein Waisenhaus bringen. Laine war noch nie in einem Waisenhaus, aber sie macht sich Vorstellungen, wie es dort aussieht. Sie will nicht, dass ihr Kind in einem Waisenhaus aufwächst. Wenn es im Hort der Kolchose sein könnte. Aber dazu müsste es zumindest eine Mutter haben.

«Ich werde sagen, dass es von einem andern ist», beschließt Laine. Sie geht zum Doktor zurück und bittet, er solle sie wegen der bevorstehenden Geburt krankschreiben. Er tut es, worauf Laine vor den Kolchoseverwalter zitiert wird.

«Was ist das für eine Geschichte, die ich da höre?», fragt der Kolchoseverwalter.

«Können Sie sich nicht vorstellen, dass es einmal passieren kann – wenn der Mann schon so lange weg ist?», sagt Laine forsch.

«Ich muss es melden.»

«Dann melden Sie es eben.»

Der KGB kommt. Laine wird befragt. Sie staunt über die Oberflächlichkeit des Verhörs. Natürlich wollen sie wissen, ob das Kind nicht von ihrem Mann sei. Aber als sie ihnen dasselbe sagt wie dem Verwalter, fragen sie nicht weiter. Man zwingt sie nicht einmal, den Namen des Vaters zu nennen. Sie sagt, sie wolle ihn nicht nennen, weil er verheiratet sei. Man lässt es auf sich beruhen.

Als sie zu Hause ist, bekommt Laine plötzlich Angst. Warum sind sie und das Kind für den KGB so wenig wichtig? Haben sie Christian gefasst? Vielleicht ist er schon tot.

Aber kurz bevor es so weit ist, gibt er ihr ein Zeichen, er sei in der Nähe. Das Birkenzweiglein zwischen den Fenstern ist das Zeichen. Laine freut sich, und das Kind in ihrem Bauch hüpft.

Da es nun alle wissen, braucht Laine nicht heimlich zu gebären. Als die Wehen einsetzen, wird sie in die Krankenabteilung der Kolchose gebracht. Dort gibt es eine schwere Geburt, der weder die Hebamme noch der Kolchosearzt gewachsen sind. Um einen Spezialisten aus Tartu zu rufen, ist es zu spät. Laine überlebt die Geburt ihrer kleinen Tochter nicht.

Christian ist die ganze Zeit in der Gegend. Er weiß, dass Laine im Krankenhaus ist, und will wissen, wie es ihr und dem Kind geht. Nachts klopft er an das Schlafzimmerfenster eines Nachbarn, dessen Frau eine Kollegin von Laine ist. Der Nachbar und seine Frau erschrecken. Sie wissen von Christian, aber sie haben ihn schon lang nicht mehr gesehen.
«Was soll ich dir sagen», jammert die Frau des Nachbarn, und Christian weiß, was los ist, bevor sie weiterredet.
«Tot ist sie!»
«Und das Kind?»
«Das Kind lebt.»
«Junge oder Mädchen?»
«Ein Mädchen.»
«Und wo ist es?»
«Im Krankenhaus, wo sonst?»
«Dann gehe ich wieder. Hab Dank», sagt Christian und ist in der Dunkelheit verschwunden.

In dieser Nacht erhalten noch andere Leute Besuch. Der Kolchosearzt und die Hebamme und der Pfarrer des Dorfes, das zur Kolchose gehört.
Am folgenden Morgen hört man aus dem Krankenhaus, nun sei auch Laines Kind gestorben.
Nach drei Tagen ist das Begräbnis. Der offene Sarg steht in der Kirche vor dem Altar. Laine liegt im Sarg und hat das Kind im Arm, als wolle sie es stillen. Der Pfarrer ist

der alte, der Laine in der Zeit der Freiheit getauft und konfirmiert hat. Mitten in der Predigt sieht er auf der Empore neben der Orgel im Halbdunkel einen Mann sitzen. Zuerst erschrickt der Pfarrer, denn vor dem Portal stehen welche vom KGB; er hat sie erkannt. Doch dann beruhigt er sich, weil Christian ja die kleine Tür auf der Chorseite der Kirche kennt. Von der wissen die Überwacher nichts.

Nach der Predigt gehen alle auf den Friedhof. Vier Männer tragen den Sarg. Sie stellen ihn neben das offene Grab. Der Pfarrer segnet Laine und das Kind, dann wird der Sargdeckel aufgesetzt und vernagelt. An Seilen lassen die vier Männer den Sarg hinab, während die Gemeinde im Kreis darumsteht und singt. Als der Sarg unten ist und der Gesang verstummt, hört der Pfarrer, dass die mittlere Glocke im Turm, die die Frauenglocke heißt, leise, kaum hörbar, anschlägt. Er lächelt, und zugleich kommen ihm Tränen. Der Waldbruder, ortskundig, ist in den Turm gestiegen und grüßt zum letzten Mal seine Frau.

Christian hat einen guten Überblick vom Turm aus und sieht zu, wie die Beobachter abziehen. Er wartet, bis die Dämmerung kommt, dann steigt er hinunter und lässt den Friedhof und das Dorf hinter sich. Im Wald bricht er grüne Zweige und flicht daraus einen großen Kranz. Damit kehrt er zum Friedhof zurück und legt ihn auf das Grab.

Am nächsten Morgen ist der Kranz Gesprächsthema in der Kolchoseverwaltung.
«Er kann nur von ihrem Mann sein, von wem denn sonst?», ruft der Verwalter.

«Also war das Kind doch von ihm, und ihr Fehltritt war eine Lüge», sagt sein Stellvertreter.

«Wir müssen es melden», sagen sie.

Gleichentags noch werden Laines Haus und die Scheune von den Leuten des KGB auseinander genommen. Dabei finden sie auch das Versteck. Christian finden sie nicht, denn er ist, nachdem er auf dem Friedhof gewesen ist, die ganze Nacht durch den Wald marschiert.

Zuvor hat er das Kind bei der alten Hebamme geholt, der er es für drei Tage in Obhut gegeben hat.

«Und keiner hat etwas gemerkt?», fragt sie.

«Jedenfalls hat sich keiner etwas anmerken lassen.»

Sie gibt ihm das Nötigste mit, was das Kind in den kommenden Tagen braucht. Er trägt es durch die Wälder nach Westen. Manchmal schreit es, dann muss er vorsichtig sein, damit es niemand hört. In der Gegend des Vörts-Sees kennt er einen Pfarrer und seine Frau. Sie sind bereit, das Mädchen zu sich zu nehmen, wenn er Papiere für es beschafft. Das ist nicht so schwer. Und so wächst Viivi am Vörts-See auf und glaubt lange, sie sei das Kind des Pfarrers und seiner Frau.

Christian möchte, es wäre sechsundfünfzig. Da waren sie viele. Sie konnten miteinander über ihre Niedergeschlagenheit reden und beraten, was zu tun sei. Aber er ist als Einziger übrig geblieben. So, wie die Dinge jetzt liegen, ist die Sache verloren. Zwar lebt seine Tochter, aber seine Frau ist tot.

33

Peipus-See, Oktober 1962

Er hat sich an den Unterlauf des Emajögi zwischen Tartu und dem Peipus-See zurückgezogen. Hier hat er seit langem sein Basislager. Er müsse sich Zeit lassen, sagt er sich. So schnell nach dem Verlust seiner Frau ist er unfähig, große Entscheidungen zu treffen. Und einfach aufgeben kann er nicht. Denn da ist seine Tochter. Er muss dafür sorgen, dass eine Hoffnung für sie bleibt.

Seine Trauer und seine Ratlosigkeit machen ihn unvorsichtig. Manchmal hat er in letzter Zeit das Schicksal herausgefordert. Er hat sich in eine Gaststätte gesetzt, was er früher nie gewagt hätte. Und er hat sich so lange in der Gegend der Militärflugbasis südwestlich von Tartu herumgetrieben, bis die Wachen auf ihn aufmerksam wurden und er sich eilig aus dem Staub machen musste.
Er weiß nicht, wie es weitergehen soll. Wie Robin Hood in den Wäldern zu leben, hat keinen Sinn. Er droht, zu einem Original zu werden, zu einer Sage, einem Gerücht. Das könnte ja seine Rolle sein, denkt er. Doch dann fragt er sich, ob er damit nicht das Volk betrüge. Er macht ihm durch sein bloßes Dasein Hoffnungen – aber er bewirkt nichts mehr.

Er merkt, dass er Hunger hat. Mit seinen Vorräten ist es nicht mehr weit her. Er wird sich ein paar Fische fangen. Der Emajögi ist verschmutzt, seine Fische stinken. Wenn man sie essen will, muss man sie vorher tagelang in frischem Wasser schwimmen lassen. Darum holt sich Christian Leimgruber seine Fische aus dem Peipus-See. In seinem Basislager gibt es eine Sportfischerverkleidung. Die zieht er an, packt Rute und Fänger und was er sonst noch braucht, in den Rucksack und steigt auf sein Fahrrad. Niemand würde einen Waldbruder in ihm vermuten; jedermann hält ihn für einen Kolchosearbeiter, der in seiner Freizeit zum Angeln fährt.

Am selben Tag liegt der Bericht über das Begräbnis von Laine Leimgruber auf dem Schreibtisch von Jaan Knoll in Tallinn. Jaan Knoll ist ein strebsamer Beamter im Innenministerium der Sowjetrepublik Estland beim Amt für Fragen der Sicherheit. Ihm sind die *Istrebiteli* unterstellt. Die *Vernichter* sind besonders ausgebildet zur Bekämpfung der Partisanen.
Jaan Knoll stammt aus Trääde in Harjumaa, wo auch Laine und Christian Leimgruber aufgewachsen sind. Er nimmt es deshalb auf seine persönliche Ehre, den letzten Waldbruder zu fassen. Dieser ist ein Schandfleck auf seinem Herkommen. Jedes Mal, wenn jemand ihn fragt, woher er komme, und er «Trääde» antwortet, muss er hören: Ist das nicht der Ort, wo dieser Waldbruder her sein soll, wenn er noch am Leben ist und es ihn überhaupt jemals gegeben hat? Trääde hat eine traurige Berühmtheit erhalten. Jaan Knoll will den guten Ruf von Trääde wieder herstellen.

Jaan Knoll liest, was sich am Begräbnis von Laine Leimgruber zugetragen hat, und er liest auch von dem großen Kranz aus grünen Zweigen, der am Tag danach auf dem

Grab lag. «Wer von der Sicherheit war dort?», fragt sich Jaan Knoll und blättert, bis er die zwei Namen findet. «Was für Dummköpfe!», schimpft er. Er lässt sie unverzüglich kommen.

Es sind zwei ältere Beamte, denen man ansieht, dass sie keine Stricke mehr zerreißen.

«Die Genossen glauben sich schon im wohlverdienten Ruhestand», höhnt Jaan Knoll, worauf die zwei den Kopf einziehen.

«Ihr lasst einen der meistgesuchten Verbrecher der ganzen Republik laufen. Man könnte auf den Verdacht kommen, ihr hättet ihn laufen lassen wollen. Ihr fahrt nach Trääde, und es fällt euch nicht ein, auch nach der Zeremonie noch ein wenig die Augen offen zu halten. Der Gedanke hätte euch doch kommen müssen, Leimgruber besuche das Grab seiner Frau. Ihr aber lasst ihn auf dem Friedhof herumspazieren, und zum Zeichen, für wie dumm er uns hält, legt er auch noch einen Kranz nieder.»

Die beiden können von Glück reden, dass Jaan Knoll und auch sie selbst nichts davon wissen, dass eine der Toten eine Puppe war. Sonst wäre es wohl um sie und ihren Ruhestand geschehen gewesen. Aber sie wollen auch den anderen Vorwurf nicht auf sich sitzen lassen.

«Wir glauben, das Basislager des Waldbruders entdeckt zu haben, Genosse», sagen sie.

«Habt ihr es entdeckt oder glaubt ihr es nur?», schnauzt Jaan Knoll.

«Wir haben es entdeckt – mit an Sicherheit grenzender Wahrscheinlichkeit.»

«Dann macht endlich Sicherheit aus der Wahrscheinlichkeit – es wird Zeit, meine Herren», sagt Jaan Knoll.

Die zwei wollen den Triumph für sich. Deswegen rufen sie nicht in Tartu an, sondern fahren selbst an den Unterlauf des Emajögi, was fast zweihundert Kilometer Distanz sind. Als sie beim Basislager von Christian Leimgruber ankommen, bemerken sie sogleich, dass das Fahrrad weg ist. «Und war da nicht eine Anglerausrüstung?», fragt der eine den andern.

Also wissen sie, wo sie suchen müssen. Dass die Fische aus dem Emajögi nicht genießbar sind, ist ihnen bekannt. Der Gestank aus dem Fluss sticht jedem in die Nase. Und es ist auch daran zu merken, dass kein einziger Angler am Fluss steht. Die Angler gehen zum Peipus-See.

Dahin fahren auch die zwei Männer aus Tallinn, nachdem sie sich in Angler verwandelt haben. Sie stellen ihren Wagen ab und machen sich auf den Weg. Sie brauchen nicht lange zu suchen. Einer, auf den die Beschreibung passt, steht auf einem Schiffssteg und angelt. Die beiden trennen sich und nähern sich dem Mann von verschiedenen Seiten. Der Erste kommt von rechts, stellt sich neben den angelnden Waldbruder auf den Steg und wirft schweigend seine Angel aus.

Nach einer Weile kommt der Zweite von links und bleibt unterhalb des Uferwegs stehen. Wenn er «Gibts etwas zu fangen?» herüberruft, soll der Erste seine Rute wegwerfen und die Pistole ziehen. Der andere kommt gelaufen, und sie nehmen den Mann fest. So ist es abgemacht.

Aber so zuverlässig ist der Plan nicht. Sie haben nicht damit gerechnet, dass der Waldbruder ein erfahrener Angler ist. Er merkt sofort, dass die zwei, die sich an ihn heranmachen, vom Angeln keine Ahnung haben.

«Nun ist es so weit. Sie haben mich», denkt Christian Leimgruber mit einer Ruhe, die ihn selbst überrascht. Mit derselben Ruhe schätzt er seine Chancen ab. Es ist keine Frage, dass er sich nicht fangen lassen will. Darum wirft er seine Rute weg, zückt mit der linken Hand sein Messer, tritt hinter den Mann auf dem Steg und hält ihm das Messer an den Hals. Den lebenden Schutzschild vor sich, die Pistole in der rechten Hand auf den zweiten Mann gerichtet, befiehlt er diesem, seine Waffe ins Wasser zu werfen und näher zu kommen. Dann müssen beide die Arme heben und, Blick auf den See, ans Ende des Stegs treten. Christian Leimgruber geht ans Ufer und ruft: «Vorwärts!» Er verschafft dem Befehl Nachachtung, indem er zweimal hinter ihnen her schießt, ohne dass er sie treffen will. Sie springen. Bis zum Bauch stehen sie im Wasser und müssen zusehen, wie Christian Leimgruber auf dem Trockenen zu seinem Fahrrad rennt. Sie brauchen lange, bis sie sich aus dem Schlick und Schilf befreit haben.

«Und jetzt?», fragen sie einander.

«Willst du nach Sibirien versetzt werden?», fragt der eine.

«Also müssen wir den Waldbruder geschnappt haben», sagt der andere.

Sie ziehen trockene Sachen an, dann fahren sie nach Tallinn zurück und erstatten Jaan Knoll Bericht.

«Der letzte Waldbruder ist tot», sagen sie mit Siegermiene. «Wir haben ihn zur Strecke gebracht. Wir spürten ihn auf, er lief vor uns weg, aber da wir ihm keinen andern Weg ließen, sprang er ins Wasser. Wir schossen. Plötzlich ist er, schon weit draußen, versunken und nicht wieder aufgetaucht.»

Jaan Knoll traut der Geschichte nicht. Er setzt Froschmänner ein; sie finden keine Leiche im See. Und er lässt

Christian Leimgrubers Basislager überwachen. Das erfüllt seine zwei Mitarbeiter mit Furcht. Doch zu ihrem Erstaunen taucht der Waldbruder dort nicht auf. Schließlich glauben sie selbst, dass er tot ist. Und Jaan Knoll scheint es auch zu glauben.

Jaan Knoll macht eine große Geschichte aus dem Tod des letzten Waldbruders. Er sorgt dafür, dass sie unter die Leute kommt. Er hat ein Interesse daran, dass sie wahr ist.

Als er von seinem Tod in der Zeitung liest, ist Christian Leimgruber zufrieden. Das ist seine Chance. Er will nicht länger im Wald bleiben.

34

Honolulu, Oktober 1962

Weg wollte er von der Landwirtschaft, und jetzt hat er es doch mit landwirtschaftlichen Produkten zu tun. Eine Rückkehr zu den Wurzeln? Und gehört es auch dazu, dass er bei den Antipoden gelandet ist? Er fragt es sich manchmal, und je länger er hier ist, desto häufiger. Er ist zwar noch nicht alt, aber immerhin inzwischen dreiundvierzig.

Seit elf Jahren lebt Alfred Leimgruber in Honolulu. Wie er hierher gekommen ist, wäre eine lange Geschichte, die mit der Landung in New York im Dezember neununddreißig beginnt und dann die übliche Ochsentour zum Thema hat, wenn sie auch nicht mit Tellerwaschen beginnt, sondern mit einem anderen schlecht bezahlten Job im Hotelfach. Fred, wie er sich nennt, da die andere Möglichkeit, Al, für seinen Geschmack zu stark an Al Capone erinnert, landet binnen kurzem in der Verwaltung des Hotels und über die Kette, zu der das Haus gehört, bereits 1950 auf der Insel Oahu, in Honolulu, der Hauptstadt von Hawaii. Der Tourismus ist schon eine der Haupteinnahmequellen Hawaiis; in Honolulu wird ein Hotel neben dem andern gebaut. Fred Leimgruber ist Mitte der fünfziger Jahre Direktor in einem davon.

1956 macht er sich selbständig. Er hat es satt, Direktiven aus der Zentrale in New York entgegenzunehmen, wo sie von den lokalen Gegebenheiten keine Ahnung haben. Er sieht, dass im Export von Zuckerrohr, Bananen und

Ananas Geld zu verdienen wäre, er gründet eine Agentur und verkauft seither vorwiegend Ananas und – in etwas geringerem Umfang – Bananen in alle Welt. In den sechs Jahren hat er sich ein dichtes Beziehungsnetz geknüpft. Er hat vor acht Jahren geheiratet. Seine Frau Heather ist die Tochter eines Italoamerikaners und einer Japanerin, deren Großeltern in Hawaii eingewandert sind. Heather und Fred haben zwei Kinder, wie es sich gehört, eine Tochter und einen Sohn.

Am 29. Oktober 1962, einem Montag, liest Fred beim Frühstück, dass Chruschtschow am Tag zuvor erklärt hat, die sowjetischen Raketen würden aus Kuba abtransportiert, die Raketenbasen abgebaut. Kennedy hat sich durchgesetzt. Kuba liegt sechstausend Kilometer Luftlinie von Hawaii entfernt, aber Fred wurde es auf seiner Insel seit dem Beginn der Kuba-Krise doch etwas bang. Wäre man nicht besser auf einem großen Kontinent, wenn ein Konflikt zwischen den USA und der UdSSR ausbrechen sollte? Heather lachte ihn deswegen aus und nannte ihn eine Festlandratte. Sie war Insulanerin und fühlte sich nirgends so sicher wie hier mitten im Pazifik.

Fred liest Heather die Meldung vor. Sie bewohnen mit den Kindern ein großzügiges Haus im Nordwesten der Stadt. Pearl Harbor ist nicht weit entfernt.

Nach dem Frühstück fährt Fred ins Büro. Er nimmt das Paket mit, das Heather zusammengestellt hat. Jeden Monat schickt er Konserven, warme Wintersachen, Nylonstrümpfe und anderes an die Familie seines Bruders in Trääde. Christian ist seit dem Ende des Krieges verschollen. Das hat ihm seine Schwägerin Laine in einem kurzen Brief 1948 mitgeteilt, aber zwischen den Zeilen durchblicken lassen, dass es nicht ihre Version der Geschichte ist. Ein Jahr später hat sich in New York ein Este mit ihm in Verbindung gesetzt und von den Waldbrüdern, den estnischen Partisanen, erzählt, die sich bei Kriegsende in die Wälder abgesetzt haben. Und im Frühling 1951 hat Fred für einmal nicht die üblichen Dankesfloskeln auf seine Pakete erhalten. Der Brief war außerhalb Estlands aufgegeben, in Westberlin. Der Himmel weiß, wie er dorthin gelangt ist. «Ich lebe im Untergrund», hieß es darin. «Wir sind Tausende. Aber wir brauchen dringend Unterstützung aus dem Westen. Manchmal bedaure ich, dass Laine und ich nicht mit dir gegangen sind.» Fred hat sich damals sofort mit der Schweizer Botschaft in Washington in Verbindung gesetzt. Keiner ist bereit gewesen, etwas zu unternehmen. Aber Fred nimmt an, dass sein Bruder noch lebt.

Zwei Häuser von seinem Büro entfernt gibt es ein Postamt. Fred stellt den Wagen in die Tiefgarage und bringt das Paket zur Post. Um neun ist er im Büro. Meg, seine Sekretärin, berichtet ihm, ein Mister Smith habe angerufen.
«Was will er?»
«Er meldet sich noch einmal.»
Smith ruft zehn Minuten später an.
«Ich bin aus New York hier, nur heute. Und ich würde gerne eine geschäftliche Angelegenheit mit Ihnen besprechen. Es geht um einen ziemlich bedeutenden Export nach Europa.»

Fred sieht sofort, dass der Mann nicht Amerikaner ist, und weiß, es geht nicht um Ananas. Er hat eine Witte-

194

rung für Russen. ‹Smith› hätte ihn misstrauisch machen müssen. Man heißt nicht einfach Smith.

Als sie beide sitzen, fragt Fred: «Ja?»

Smith scheint nicht gleich zur Sache kommen zu wollen. «Wissen Sie, wer die erste Grammatik der hawaiischen Sprache verfasst hat, Mister Leimgruber? Chamisso; Adelbert von Chamisso, der Dichter. Sie haben die Geschichte von Peter Schlemihl, der dem Teufel seinen Schatten verkauft, zweifellos in der Schule gelesen.»

«Nein.»

«Ach ja, ich vergaß, dass Sie in Estland zur Schule gingen, nicht in der Schweiz. Und Sie haben ja noch eine Verwandte in Estland, nicht wahr? Die Sie regelmäßig mit Paketen beliefern. Das ist sehr freundlich von Ihnen, Mister Leimgruber. Doch kommen wir zur Sache, ich will Ihre Zeit nicht allzu lange in Anspruch nehmen: Meine Organisation hat einen Wunsch an Sie. Sie sind hier in Honolulu bestens eingeführt, wie ich höre. Wir möchten, dass Sie mit uns zusammenarbeiten. Sie verstehen: Informationen, auch eine Art von Export.»

«Wer ist wir?»

«Das wissen Sie doch, Mister Leimgruber.»

«Der KGB?»

«Wenn Sie wollen, ja.»

«Das werde ich niemals tun, Mister Smith. Unsere Unterredung ist beendet.»

«Sie vergessen Ihre Verwandte in Trääde, Mister Leimgruber. Sie haben ihr einmal recht nahe gestanden. Es geht ihr ganz gut, und sie wäre sicher nicht glücklich, wenn sie, sagen wir, in nordöstlichere Gegenden umsiedeln müsste.»

«Sie drohen meiner Schwägerin mit Deportation, um mich zu erpressen.»

195

«Sie weiß natürlich nichts von unserer Unterredung. Ich will Ihnen nur zeigen, wie wertvoll uns Ihre Mitarbeit ist.» Er soll sich in seinen Kreisen umhören und berichten. Zum Beispiel im Rotary Club, dem Fred seit ein paar Monaten angehört. Man wird ihm Hinweise geben, wo etwas zu holen ist.

«Wer wird mir die Hinweise geben?»

«Unser Verbindungsmann. Er wird sich zu gegebener Zeit bei Ihnen melden. Ich danke Ihnen für Ihr Einverständnis, Mister Leimgruber, und darf mich verabschieden.»

An der Tür sagt er: «Übrigens, Chamisso nahm 1815 bis 1818 an einer russischen Weltumsegelung teil. Damals war er auch hier auf den Hawaii-Inseln. Hat einen interessanten Bericht darüber geschrieben, den sollten Sie einmal lesen. Kommandant der Expedition war Otto von Kotzebue, der Sohn des reaktionären Theaterautors und Zarenprotegés. Sie kennen ja gewiss sein Gut Triigi bei Ardu an der Straße von Tallinn nach Tartu, nicht weit von Träääde.»

Und ob Fred Leimgruber Triigi kennt! Der Name erschreckt ihn so, dass er nachher nicht mehr weiß, was er Mister Smith zum Abschied gesagt hat. Ihm ist, als habe Smith ihm ins Herz gesehen. Er kommt sich ausgeliefert vor.

Am Mittwoch ist Fred Leimgruber wie jede Woche im Rotary Club. Mitglieder sind auch einige hohe Beamte der amerikanischen Verwaltung. Und Offiziere des Flottenstützpunktes Pearl Harbor. Fred Leimgruber merkt, dass er sie mit andern Augen anschaut als noch vor einer Woche. Er darf keine Befangenheit aufkommen lassen. Er muss sich geben wie immer. Zehn Tage später trifft er zum ersten Mal seinen Verbindungsmann, seinen Führungsoffizier, wie es in der Fachsprache heißt.

35

Tallinn, April 1998

«Es muss nicht heute oder morgen sein», hatten die
Tschetschenen gesagt, «aber in den nächsten vierzehn Tagen. Vor allem dürfen die Papiere nicht in falsche Hände
kommen.»
Nun trug Bruderer den Umschlag schon ein halbe Woche mit sich herum und hatte immer noch keine Gelegenheit gefunden, ihn Seela zu übergeben. Und jetzt
würde er ihn auch noch nach Tallinn und wieder zurück-
schleppen müssen.
Denn Schwabenland hatte ihn angerufen. Bruderer hatte
noch in Zürich von Schwabenland gehört, der die
Schweizer Industrie im Baltikum vertrat. «Ein hart um-
kämpfter Markt», hatte ihm in Zürich jemand erklärt.
Schwabenland war nebenbei Honorarkonsul der Schweiz
in Tallinn. Er hatte vom Botschaftsrat erfahren, dass Bruderer nach Estland komme, und er wollte ihn unbedingt
in der Hauptstadt auftreten lassen. «Public Relations für
die Schweiz. Man muss jede Gelegenheit nutzen. Selbstverständlich bezahle ich Ihnen Hin- und Rückfahrt. Wir
stellen ein Programm für Sie zusammen.»

Das Programm kam per Fax über die Hotelrezeption.
Morgens von zehn bis zwölf Vortrag über Johann Heinrich Pestalozzi an der Pädagogischen Universität. Mittagessen. Besichtigung des Schweizer Lesesaals in der Nationalbibliothek in Tallinn. Stadtrundgang. Um fünf Uhr

im Hotel *Viru*. Referat auf Einladung der Schweizerisch-baltischen Handelskammer über kulturelle Beziehungen der Schweiz zu Estland. Abendessen in kleinem Kreis. Um zwanzig Uhr im Schweizer Lesesaal Vortrag über die Bedeutung des Deutschen Ritterordens in der Schweiz.

Bruderer rief zurück. «Sind Sie wahnsinnig geworden, mir so viel aufzuhalsen? Woher soll ich die Zeit nehmen, das alles vorzubereiten?»

«Moment, Professor», sagte Schwabenland, «ich muss schnell einen anderen Anruf beantworten. Ja, Schwabenland hier. Wer spricht dort? Ach ja, jaja, den habe ich so-eben am Draht. Also bis später. War der Botschaftsrat aus Helsinki. Nun zu Ihnen, Professor.»

«Doktor. Ich habe keine Professur.»

«Ist doch egal. Für mich sind Sie der Professor. Also hören Sie, Professor, Sie wären mir ein schöner Professor, noch dazu Historiker –.»

«Kirchenhistoriker.»

«Kommt das nicht auf dasselbe hinaus? Ein schöner Kirchenhistoriker wären Sie mir, wenn Sie das nicht aus dem Ärmel schütteln könnten. Sie haben sich doch für die Vorlesungen vorbereitet.»

«Schon.»

«Dann regen Sie sich nicht auf! Wird schon gehen. Die Leute hier verstehen nicht viel von diesen Dingen; Sie wissen allemal mehr darüber. Das breiten Sie aus, und die Sache ist perfekt. Wie kommen Sie her?»

«Ich dachte, mit dem Zug. Er fährt –.»

«Sie müssen lebensmüde sein, Professor. Mit dem Zug! Wir sind nicht in der Schweiz, wir sind in Estland. Und in Estland sind die Züge eine Katastrophe. Wenn sie überhaupt abfahren, entgleisen sie unterwegs, weil die Schienen auseinander fallen. Und wenn sie nicht entgleisen, haben sie einen halben Tag Verspätung. Und teuer sind sie auch.»

«Dann halt mit dem Bus. Ich habe die Überlandbusse gesehen; ich weiß, wo der nach Tallinn abfährt.»

«Bus ist schon besser. Nur, Professor, Bus heißt Sardinenbüchse. Wird bis auf den letzten Platz besetzt sein. Luft zum Abschneiden. Nehmen Sie ein Taxi.»

«Für hundertachtzig Kilometer?»

«Hundertneunzig. Wir sind, ich wiederhole es, nicht in der Schweiz, Professor. Die Taxis sind hier spottbillig. Lassen Sie sich durch Ihr Hotel einen Taxifahrer vermitteln. Und bezahlen Sie ihm um Himmels willen nicht mehr als achthundert Kronen, sonst verderben Sie die Preise. Ich erwarte Sie um halb zehn vor der Nationalbibliothek.»

«Könnten Sie auch ein Treffen mit einem Repräsentanten der Kirche organisieren? Ich wäre dafür dankbar.»

«Wir wollen sehen, was sich machen lässt. Bis dann, Professor.»

Der Taxifahrer hatte versprochen, Bruderer für achthundert Kronen um sieben Uhr vor dem Hotel *Barclay* abzuholen, ihn nach Tallinn vor die Nationalbibliothek zu fahren, abends um zehn wieder dort zu warten und Bruderer zurück nach Tartu zu bringen.

Er hieß Roman und wollte noch so lange Taxi fahren, bis er genug Geld beisammen hatte, um mit seiner Frau und dem Kind nach Kanada auszuwandern, wo sie Verwandte hatten, die eine Farm besaßen und bei denen er arbeiten konnte.

Sie trafen pünktlich um halb zehn vor der Nationalbibliothek ein, die aussah wie eine aus dem Fels gehauene
Gotthardfestung.

«Sowjetische Faschistenarchitektur», sagte Bruderer zu
Schwabenland, der telefonierend auf ihn wartete.

«Sagen Sie das nicht laut», sagte Schwabenland und
steckte das Handy in die Brusttasche seiner Jacke. «Die
Esten sind darauf sehr stolz. Das dort, mit den paar Blumen davor, ist übrigens das Denkmal der sowjetischen
Armee. Kommen Sie. Da drüben steht mein Wagen.»

«Wir hätten mein Taxi nehmen können. Der Fahrer hat
ja nichts zu tun», sagte Bruderer in Schwabenlands altem
Volvo, auf dessen Hintersitzen rutschende Aktenberge
ein Laptop verschütteten.

«Das denken Sie! Wenn der nicht auf den Kopf gefallen
ist, fährt er den ganzen Tag Leute in der Stadt herum und
verdient sich einen Zustupf, sofern er nicht erwischt
wird.»

«Ist es verboten?»

«Das vielleicht auch. Aber die Fahrer von Tallinn sehen
Konkurrenz aus Tartu sicher nicht gern, und wenn sie die
nicht gern sehen, ist es gefährlich. Das Taxigewerbe hier
ist fest in den Händen der Russenmafia.»

«Was Sie nicht sagen!»

«Wir sind hier in einem Entwicklungsland, Professor, mit
allen Begleiterscheinungen. Die Pädagogische Universität, zu der wir jetzt fahren, ist eine sowjetische Gründung. War gegen Tartu gerichtet. Das Gerüchlein haftet
ihr immer noch an. Manche sagen, sie werde geschlossen,
andere, sie werde ausgebaut. Wahrscheinlicher ist, dass sie
geschlossen wird; dem Staat fehlt das Geld.»

Die Notizen über Pestalozzi erwiesen sich als dehnbar. Bruderer hatte für zwei Dreiviertelstunden genug zu reden, von Zar Alexanders Begeisterung für Pestalozzi bis zu Pestalozzis erfolgloser Berufung nach Dorpat. Und dann erzählte er noch eine Weile von Pestalozzi und Jeremias Gotthelf und stellte von Gotthelfs Novelle *Die schwarze Spinne* die Beziehung zum Baltikum wieder her, nicht ausschließend, dass mit der Pest, die der Deutschritterkomtur Hans von Stoffeln aus dem Baltikum importierte, der Radikalismus gemeint sei, den Gotthelfs Lieblingsfeind Wilhelm Snell aus Dorpat via Basel und Zürich nach Bern brachte.

Das Auditorium bestand aus fünfzig jungen Mädchen, die ihn aus schwarz geschminkten Augen anschauten. Einige ältere Leute, wahrscheinlich Professoren, schrieben in Hefte. Der Beifall war höflich, als wenn sie nicht alles verstanden hätten. Die Leiterin der Abteilung für deutsche Sprache dankte Bruderer und überreichte ihm eine Broschüre über die Pädagogische Universität.

Schwabenland war in der Pause zwischen den Vorlesungen weggegangen und erst gegen Ende der zweiten Stunde wieder hereingekommen. Jetzt wartete er ungeduldig an der Tür.

«Wir haben keine Zeit, Professor. Wir müssen in die Nationalbibliothek zurück. Dort gibts zu essen.»

Er fragte die Professorin, ob sie mitkommen wolle. Bruderer überließ ihr den Platz neben Schwabenland und klemmte sich auf den Rücksitz zwischen Akten und Computer.

Im Fahren wandte Schwabenland den Kopf halb zu Bruderer zurück und redete ununterbrochen. «Nach dem Es-

sen Stadtrundgang. Wir sind im Rathaus für eine Privat-
führung angemeldet. Und dann steigen wir noch auf den
Domberg zum – wie heißt es schon wieder? Nicht Kantorei. Zum Bischof.»

«Konsistorium.»

«Richtig. Sagen Sie, Professor, sind das hier richtige Protestanten? Ich bin ja auch Protestant. Aber wir haben keinen Bischof. In der Schweiz haben nur die Katholiken
Bischöfe.»

«Hier haben die Lutheraner Bischöfe, und die meisten
Esten sind Lutheraner. Sie haben sogar einen Erzbischof.
Und dazu einen Bischof als zweiten Mann.»

«Also, zu denen gehen wir auf den Domberg nach dem
Essen», sagte Schwabenland.

Sie aßen gut und tranken fein in einem Nebenraum des
Höhlensystems der Nationalbibliothek. Der Kellner trug
ein Gilet und weiße Handschuhe, und Bruderer fühlte
sich fast wie ein baltischer Baron. Schwabenland telefonierte ein halbes Dutzend Mal. Es ging um Industrieaus-
stellungen, Zollerklärungen und Speditionstermine. «Die
estnische Bürokratie, sage ich Ihnen!», seufzte er. «Die
estnische Bürokratie ist vielleicht das schlimmste Erbe
der Sowjetzeit. Steht sich selbst auf den Füßen herum
und macht jede Initiative kaputt.»

«Vielleicht handelt es sich um eine List der Geschichte.
Die Bürokratie hindert die westlichen Geschäftemacher
daran, abzusahnen. Ist es nicht besser, die Menschen bleiben arm, und dafür wird weniger zerstört? Als ich letztes
Jahr in Leipzig war, sah ich dort ganze Jugendstil- und
Gründerzeitquartiere. Wunderbar. Bei uns wären sie in
den sechziger Jahren abgerissen worden. In der DDR

nicht, weil das Geld fehlte oder der Ideologie zuliebe in Plattenbauten investiert wurde. Oder nehmen Sie die Kirchen im Elsass. In den wirtschaftlich interessanten Gegenden haben die Deutschen nach dem Krieg von 1871 umgebaut und Mosaiken hineingeklebt, dass einem übel wird. In den wirtschaftlich schwachen Gegenden sind die Kirchen unverdorben erhalten. Möglich, dass die Sowjetunion einmal noch gelobt wird, weil wegen ihrem Mangel an Devisen viel erhalten blieb, was der Reichtum bei uns platt gewalzt hat.»

«Und nun sollen die Menschen hier auf Wunsch kulturhistorischer Nostalgiker arm bleiben?», rief Schwabenland. «Wissen Sie, wie viel Bausubstanz während der Sowjetzeit unwiderruflich verwahrlost und zerfallen ist? Oder haben Sie schon einmal Bilder aus einem russischen Jugendgefängnis gesehen, Professor? Zehn Leute in einer Zweierzelle. Fleckfieber taucht wieder auf, Seuchen, die man längst ausgerottet glaubte. Oder die Straßenkinder. Ich könnte Ihnen Fotos zeigen.»

«Nun übertreiben Sie nicht gleich», sagte Bruderer und bekam Unterstützung von der Leiterin des Schweizer Lesesaals. «Darf ich Ihnen jetzt unseren Lesesaal zeigen?»

Schwabenland übernahm die Führung. «Es ist wichtig, dass wir hier gut repräsentiert sind, auch im kulturellen Bereich. Solange es den Esten wirtschaftlich nicht besser geht, ist der kulturelle Bereich sogar besonders wichtig. Sehen Sie hier. Schweizerfahne. Sämtliche großen Schweizer Zeitungen.»

Die Leiterin versuchte, zu Wort zu kommen. «Erst vor kurzem hat Präsident Lennart Meri unsern Lesesaal besucht.»

«Meri ist ein hervorragender Mann. Ein Kulturschaffender, aber sehr offen für wirtschaftliche Belange», sagte Schwabenland. «Wir werden ihn nächste Woche zur Eröffnung einer Ausstellung schweizerischer Textilmaschinenunternehmen begrüßen.»

«Er hat die Theorie aufgestellt, dass die Insel Saaremaa das Ultima Thule sei, das der griechische Geograph und Seefahrer Pytheas im vierten Jahrhundert vor Christus beschrieben hat», sagte die Leiterin des Lesesaals. «Sehen Sie, hier stehen die Werke zeitgenössischer Schweizer Autoren.»

Schwabenland schaute auf die Uhr. «Wir sollten unbedingt aufbrechen, wenn Sie noch in die Kantorei gehen wollen.»

«Konsistorium.»

«Zum Teufel! Ich weiß gar nicht, warum ich das immer verwechsle.»

Als sie zwischen Alexander-Newski-Kathedrale und Parlamentsgebäude hindurch zum Domberg kamen, begannen im gedrungenen weißen Turm des Doms die Glocken zu läuten. Das Portal sprang auf, und heraus schritten mit ernsten Gesichtern zwei Reihen älterer Männer in weißen, roten, goldenen, mit Tauben und Kreuzen verzierten Gewändern.

«Ein schönes Bild! Schade, dass ich keinen Fotoapparat dabei habe», sagte Schwabenland.

«Der an der Spitze ist unser Erzbischof», sagte die Leiterin der Lesesaals. «Sehen Sie, sie gehen ins Konsistorium hinüber. Das dort ist das Konsistorium.»

«Da müssen wir auch hin», sagte Schwabenland.

«Meinen Sie, wir können? Es scheint ein wichtiges Treffen zu sein. Wenn ich mich nicht täusche, geht dort sogar der Erzbischof von Canterbury», sagte Bruderer.

«Dann erst recht! Wir sind angemeldet», sagte Schwabenland.

Der Erzbischof war unabkömmlich. Der Bischof war unabkömmlich. Der Verantwortliche für die Außenbeziehungen war ebenso unabkömmlich. Sie wurden in einem Stübchen von der Gattin des Erzbischofs empfangen, einer freundlichen und bescheidenen älteren Frau. Sie bat um Verzeihung, dass ihr Mann verhindert sei, den Besucher aus der Schweiz zu begrüßen, und nahm mit gerührtem Dank von Bruderer den Umschlag mit dem in der Schweiz gesammelten Geld und seine Erklärung dazu entgegen. Dann lief sie in die Küche und brachte Tee und Kuchen.
«Was wird gefeiert?», fragte Bruderer.
«Die Unterzeichnung der Deklaration von Porvoo. Vor anderthalb Jahren hat die estnische evangelisch-lutherische Kirche drüben im Dom die Deklaration von Porvoo unterschrieben.»
«Porvoo in Südfinnland», sagte Schwabenland. «Es gibt dort ein hervorragendes Hotel.»
«Was ist die Deklaration von Porvoo?», fragte Bruderer.
Die Erzbischofsfrau antwortete: «Eine Vereinbarung zwischen der anglikanischen Kirche und den skandinavischen lutherischen Kirchen. Sie schreibt fest, dass die Bischöfe dieser Kirchen in apostolischer Sukzession stehen.»
«Was heißt das?», fragte die Leiterin des Lesesaals.
«Sie stammen in direkter Linie von den Aposteln ab.»
«Das gibts doch nicht!», rief Schwabenland.
«Durch Handauflegung», sagte die Erzbischofsfrau.
Schwabenland kicherte. «Vermehrung durch Handauflegung. Das würde den Theologen so passen.»

Bruderer stieß ihn von der Seite an, und Schwabenland zog das Taschentuch hervor und wischte sich die Lachtränen aus den Augen.

Als sie sich unter der Tür des Konsistoriums dankend für die Bewirtung und mit Grüßen an den Herrn Gemahl von der Frau des Erzbischofs verabschiedeten, kam einer der in viele Schichten von Gold und Rot und Weiß gehüllten Herren die Treppe herunter und fragte auf Englisch nach der Toilette.

«Mich nimmt wunder, wie der das erledigen will», sagte Schwabenland lachend, als sie wieder auf dem Domplatz standen.

36

Dorpat, Dezember 1873

Adolf Harnack ist aus Leipzig gekommen, frisch promoviert. Das alte estnische Dienstmädchen, das bei ihnen arbeitet, seit seine Eltern von Dorpat nach Erlangen gegangen sind, öffnet ihm die Tür. Adolf war beim Umzug zwei: Die Estin hat ihn gehen gelehrt, ihn am Morgen angezogen und am Abend zu Bett gebracht, ihm die Windeln gewechselt, ihm die Nase geputzt, ihm estnische Wörter beigebracht, ihm vorgesungen, ihm die Schuhnesteln gebunden und gezeigt, wie man sie selbst bindet. Das Mädchen öffnet und knickst und sagt «Herr Doktor» zu ihm. Adolf lässt es sich, verlegen lachend, aber mit deutlichem Stolz, gefallen. Der Vater, der aus dem Studierzimmer kommt, sieht es.

In Deutschland wäre heute Heiliger Abend, und Adolfs Stiefmutter hat die Stube geschmückt, als wenn auch hier schon Heiliger Abend wäre. In vierzehn Tagen, wenn es in Russland so weit sein wird, werden sie um elf zusammen zur Christmette in die Johanniskirche gehen, der Vater, die Stiefmutter, Adolf und das Mädchen. In dicke Mäntel gehüllt werden sie in den Bänken sitzen und *Vom Himmel hoch, da komm ich her* singen. Adolf wird bemerken, dass der Gesang des Vaters schwächer ist als früher und dass er Pausen einlegen muss.
«Das Herz, weißt du», wird der Vater auf dem Heimweg durch den Schnee erklären.

«Bist du auch in guten ärztlichen Händen?», wird der Sohn fragen.

Der Vater wird lachend zur Antwort geben: «Die gesamte Medizinische Fakultät laboriert an mir herum. Ziemlich erfolglos, soweit ich es beurteilen kann, auch wenn sie ständig von bevorstehenden Erfolgen reden. Unser Mädchen jedoch lag mir in den Ohren, ich solle nach Võru fahren, zum dortigen Stadtarzt.»

«Nach Võru? Ich bin versucht zu zitieren: Was kann aus Võru schon Gutes kommen!», wird Adolf sagen.

«Pass auf», wird der Vater antworten, «das Zitat ist zweischneidig.»

«Ich weiß, ich weiß», wird Adolf lachen. «Und?»

«Ich war bei ihm. Der Mann heißt Kreutzwald. Ich glaube, er hat mir jedenfalls nicht geschadet.»

«Kreutzwald?»

«Reinhold Friedrich Kreutzwald.»

«Das klingt so übermäßig deutsch, dass ich fast vermuten möchte –.»

«Sohn eines estnischen Leibeigenen. Name eingedeutscht. Du vermutest schon richtig.»

«Vater», wird Adolf einwenden, «dir steht die Medizinische Fakultät von Dorpat zur Verfügung –, und du gehst nach Võru zu einem estnischen Arzt!»

Am fünfundzwanzigsten wird es die erste Kantate des Weihnachtsoratoriums im Morgengottesdienst geben. Der Professor und der Doktor werden wieder nebeneinander sitzen. Die Frau des Professors wird zu Hause bleiben. Für den frisch promovierten Stiefsohn soll ein Festessen auf den Tisch kommen.

Beim Abendmahl werden Vater und Sohn auf den Stufen

des Altars knien. Der Pastor wird zuerst das Brot austeilen. Vor jedem Knienden wird er die Oblate ein wenig in die Höhe halten und sagen: «Christi Leib, für dich gebrochen.» Theodosius Harnack fürchtet, dass er spüren wird, wie eine kleine Bewegung durch den Körper seines Sohnes gehen wird, ein minimer Widerstand. Vielleicht wird Adolf selbst ihn nicht spüren. Die Bewegung wird sich wiederholen, wenn der Pastor den Kelch reichen und dazu sagen wird: «Christi Blut, für dich vergossen.»

Der Vater redet nicht von dem, was er kommen sieht. Noch ist Adolf eben erst eingetroffen.
Nach dem Mittagessen und einer Stunde Schlaf sitzen Vater und Sohn im Studierzimmer des Vaters und rauchen Zigarren.
«Ich habe dir von dem Angebot aus Breslau geschrieben», sagt der Sohn. «Leiter des Kandidatenstifts. Eine ehrenvolle, zukunftsreiche Sache.»
«Breslau. Preußische Union. Du solltest die Berufung nicht annehmen. Ich habe mit dem Kollegen Engelhardt darüber gesprochen, damit ich dir nicht nur meine eigene Meinung dazu sagen kann. Er rät ebenfalls dringend ab.»
«Lieber Vater, dein Kollege Engelhardt ist nichts anderes als dein theologischer Zwilling. Er kennt doch auch nur dieses altbackene dörptsche Luthertum!»
«Wenn du Engelhardts Luthertum altbacken nennst, wie musst du dann erst meines nennen? Ich bin Engelhardt je länger, desto mehr gram, weil er dir mit seinen Vorlesungen diese Flöhe als Erster ins Ohr gesetzt hat, kritisch zwar, aber dennoch.»
«Du nennst die neue Theologie Flöhe?»

«Es gibt keine neue Theologie. Es gibt nur die gute, bewährte alte. Je älter und bewährter, desto besser. Und ganz gewiss ist das Kunterbunt der Preußischen Union – man nehme eine Prise Luther, dazu rühre man eine Prise Calvin – nicht besser als unser altbackenes dörptsches Luthertum.»

«Du weißt nicht, was in Deutschland vorgeht. Vergiss nicht, wir sind wieder ein Reich! Ein großes Reich, wirtschaftlich stark, mit riesigen Industrien. Dieses Reich gilt es kulturell zu gestalten. Kulturell heißt auch und in erster Linie religiös. Du wirst dir doch kein unreligiöses deutsches Reich wünschen?»

«Und dazu hältst du diese Suppe für geeignet? Ich auch. Die Preußische Union ist genau das religiöse Schmieröl, das Herr Bismarck für seine Reichsmaschine braucht.»

«Du redest –.»

«Wie einer, dem Herrn Bismarcks Kaiserreich herzlich zuwider ist.»

«Und das sagt jemand, in dessen Rücken das russische Reich lauert!»

«Ich liebe auch das russische Reich nicht besonders. Wir müssen fortwährend auf der Hut sein vor seinen Übergriffen.»

«Da kann es dir nur recht sein, wenn in Deutschland ein starkes Gegengewicht entsteht. Dir als Deutschem.»

«Ich weiß nicht, ob ich ein Deutscher bin. Als ich in Deutschland war, hatte ich immer Heimweh nach diesem Land hier. Und auch nach den Menschen. Ich bin Deutschbalte. Ich glaube, ich bin kein Deutscher.»

«Trotzdem. Ihr hier könnt das neue deutsche Reich nur begrüßen.»

«Ihr hier, sagst du, mein Sohn. Gut, sag ‹ihr hier›. Dann sage ich dir, dass ich als einer von denen hier dieses neue deutsche Reich einen abscheulichen Popanz und seinen Kanzler, nun ja, einen schrecklichen Menschen finde.»

«Er ist ein tief gläubiger Christ.»

«Meinetwegen!»

«Vater, du redest wie die Skeptiker und Atheisten. In Basel sitzt sogar ein Theologieprofessor, der kein Christ mehr sein will und der heutigen Theologie die Christlichkeit abspricht. Soeben ist ein Büchlein von ihm herausgekommen. Neben ihm gibt es einen blutjungen Professor der Philologie, der Gott am liebsten ermordete. Und über beide hält, wie ein baslerisch dialektischer, ungläubiger lieber Gott, der alte Jacob Burckhardt seine segnende Hand. Weißt du, was sie am meisten verbindet? Die Abneigung gegen den Kanzler Bismarck und das Deutsche Reich. Möchtest du zu diesen Leuten gezählt werden?»

«Wie heißt das Büchlein?»

«*Über die Christlichkeit unserer heutigen Theologie.*»

«Und der Verfasser?»

«Franz Overbeck.»

«Muss ich mir kommen lassen. Übrigens fahre ich morgen früh nach Võru, zu meinem Doktor Kreutzfeld. Er wird siebzig. Hast du Lust auf eine lange Schlittenpartie?»

«Ich glaube, ich sollte arbeiten.»

37

Werro, Dezember 1873

Es liegt Schnee, aber es wird sonnig. Der Hochnebel weicht schon früh.

Die Fahrt im Schlitten ist kalt und schön. Und Frau Harnack hat eine ganze Batterie Wärmeflaschen gefüllt, damit ihr Mann nicht friert. Er ist wie ein Eskimo in Decken gehüllt und trägt eine riesige russische Pelzmütze.

«Kommt jemand mit?», hat er an der letzten Fakultätssitzung gefragt.

«Nach Võru, zu dem Doktor? Nein, danke, ich nicht.» – «Ich auch nicht.» – «Leider verhindert.»

«Schade. Wir hätten gemeinsam einen Schlitten nehmen können.» So hat er für sich allein einen Schlitten gemietet.

Es erstaunt ihn nicht. Die Philosophen haben sich geweigert, Kreutzwald einen Ehrendoktor zu geben. «Sollen es doch die Theologen tun!», sagte einer von ihnen. «Er hat mit dem *Kalevipoeg* das Nationalgefühl der Esten begründet. Und Nationen sind ja etwas von Gott Gegebenes.»

Von Oettingen hat daraufhin in der Fakultät tatsächlich den Vorschlag gemacht, Kreutzwald zum Doktor der Theologie ehrenhalber zu promovieren. Ausgerechnet Oettingen, der aus einem der ersten Geschlechter kommt. Der deutschen Geschlechter natürlich. Es muss ihn gewaltige Überwindung gekostet haben. Aber Oettingen ist auch Ethiker. «Er tut es sich als Ethiker an», hat Harnack in der Sitzung gedacht. «Er will an sich selbst ein Exempel statuieren.»

Oettingen war erschrocken und unangenehm berührt über Harnacks vehemente Opposition.

«Sie?», fragte er. «Sie, der Sie sich sonst immer für die Esten einsetzen?»

«Es geht nicht um die Esten, sondern um die Theologie. *Kalevipoeg* ist kein christliches Epos.»

«Sollen nur Bücher christlich sein, die ein Kreuz auf der ersten Seite tragen?», rief ein vorwitziger junger Privatdozent und wurde vom Dekan zur Ordnung gerufen.

«Ihr Einwand ist bedenkenswert, Herr Kollege», sagte Theodosius Harnack. «So meine ich es selbstverständlich nicht. Ich bin kein Schleiermacher-Schüler. Wir sollen auch theologisch interpretieren, was nicht mit theologischem Anspruch daherkommt – also kein Kreuz auf der ersten Seite trägt, um mich Ihrer Worte zu bedienen. Aber es ist ein Unterschied zwischen der christlichen Interpretation und der christlichen Deklaration. Herrn Kreutzwalds Epos sollen wir christlich interpretieren. Aber wir sollen es bitte nicht als christlich deklarieren. Davor kann ich nur warnen. Deshalb bin ich dagegen, dass wir Herrn Kreutzwald zum Doktor der Theologie ehrenhalber promovieren. Obwohl ich, wie Sie richtig sagen, mein Freund, große Sympathien für ihn hege und mir nichts lieber wäre, als ihm zum Geburtstag die Ehrenrolle überbringen zu können.»

Oettingens Vorschlag wurde mit allen gegen seine eigene Stimme abgelehnt.

«Das war eine sehr unheilige Allianz», sagte Oettingen beim Hinausgehen zu Harnack.

«Es tut mir Leid.» Er weiß es. Wahrscheinlich ist er der Einzige, der aus theologischer Überzeugung gegen Kreutzwald als Dr. theol. h. c. gestimmt hat.

Die meisten andern wollen keinen Esten in den Ehrenlisten. Und schon gar keinen, der, wie Kreutzwald, die unteren Schichten aufwiegelt. Der Doktor in Võru redet ständig von der unwürdigen Behandlung der Bauern und hat, so meinen sie, als unpolitischer Kopf keine Ahnung, was er damit anrichtet. Nicht nur die staatlichen, auch die kirchlichen Verhältnisse würden labil, wenn sich Kreutzwalds Vorstellungen durchsetzten. Eine estnische Nation. Und was wäre dann wohl die estnische Nationalkirche? Etwa die Herrnhuter Brüdergemeine? Dann gute Nacht kirchliche Ordnung und seriöse theologische Wissenschaft!

So denken die meisten, die mit ihm gegen Kreutzwalds theologische Ehrenpromotion gestimmt haben. Deshalb stehen sie einander am nächsten, Oettingen, der sie vorgeschlagen, und Harnack, der dagegen geredet hat.
Gemeinsam verließen sie das Sitzungszimmer.
«Sie kommen auch nicht mit?», fragte Harnack.
«Nein. Ich will mich nicht lächerlich machen. Ich wäre gekommen, wenn wir die Urkunde hätten überreichen können.»
«Ich gehe hin. Weil wir keine Urkunde zu überreichen haben. Gerade deshalb», sagte Harnack.

Und nun liegt Schnee, und es verspricht, sonnig zu werden. Von Dorpat nach Võru, oder Werro auf Deutsch, sind es an die siebzig Kilometer. Man muss in aller Herrgottsfrühe wegfahren. Herr Harnack ist der einzige Passagier. Sein frisch promovierter Sohn schläft noch.

Nach einer Stunde Fahrt lässt Professor Harnack bei einer Wirtschaft anhalten. Der Kutscher führt die Pferde in den Stall. Vor dem Haus steht noch ein Schlitten. Professor Harnack und sein Kutscher sind nicht die einzigen Gäste in der Schankstube. Da sitzen drei Herren, sind lustig und trinken schon am Morgen Aquavit. Sie sprechen finnisch miteinander, hört Harnack. Einer steht auf und kommt an Harnacks Tisch. «Sind Sie nicht Professor Harnack aus Dorpat?», fragt er. Er heißt Laatimaa und ist Vorstandsmitglied der Gesellschaft der Freunde der finnischen Volksmärchen. Er will mit seinen zwei Kollegen dem Stadtarzt von Võru die Aufwartung zum siebzigsten Geburtstag machen und ihm eine Ehrenmedaille seiner Gesellschaft überbringen.
«Und was bringen Sie ihm?», fragen die drei.
«Meine Glückwünsche», antwortet Harnack.
«Keine Medaille, keinen akademischen Titel? Nur Ihre Glückwünsche?»
«Nichts anderes.»
Eben deshalb will Harnack nicht in ihrem Schlitten mitfahren, obwohl sie ihn beinahe nötigen. Es hat keinen Sinn, sich etwas vorzumachen. Er ist in einer ganz andern Lage als sie. Auch sie vertreten, wie Kreutzwald, eine lange geächtete Sprache eines lange geächteten Volkes. Er nicht. Er will sich nicht unter ihre Fittiche begeben. Es wäre eine Fälschung. Fälschungen hasst er.

Doktor Kreutzwald wohnt, praktiziert und schreibt in einem niedrigen, zweistöckigen, dunkelgrün gestrichenen Holzhaus, vor dem an diesem Tag zahlreiche Wagen und Schlitten stehen. Im obern Stock ist sein Schreibzimmer, hinter dem Haus ein Hof, der vom Wagenschuppen und dem Stall eingegrenzt wird. Dort stehen viele Leute und warten, bis sie an die Reihe kommen. Der Doktor empfängt die Gratulanten in seinem Ordinationszimmer.

Als Professor Harnack den Hof betritt, entsteht in einer Ecke erregtes Gerede. Er weiß schon, warum. Es hat sich herumgesprochen, dass keine Fakultät der Universität in Dorpat sich bereit gefunden hat, den Doktor ehrenhalber zu promovieren. Und aus der Fakultätssitzung der Theologen ist hinausgedrungen, dass Harnack in ihrem Schoß der Hauptsprecher dagegen gewesen sei. Es gibt Leute in der Fakultät, die ein Interesse daran haben, sich hinter Harnacks Rücken zu verstecken.

«Ich kann Ihnen keine Ehrenrolle bringen», sagt Harnack, als er an der Reihe ist.

Kreutzwald ist klein und sehr schmal mit einer langen, geraden, etwas griesgrämigen Nase.

«Ich danke Ihnen, dass Sie es verhindert haben», sagt er bescheiden. «Es wäre mir nicht recht gewesen. Ich bin kein besonders aufrechter Christ, wie Sie wahrscheinlich wissen.»

«Es war kein Urteil meinerseits, nur ein Beitrag zur Klarheit», sagt Harnack.

Sie treten auf den Hof hinaus, wo jetzt noch mehr Leute versammelt sind. Professor Harnack hat nicht vorgesehen, eine Rede zu halten, aber plötzlich fühlt er sich dazu gedrängt. Er stellt sich in die Mitte des Hofes, streckt sich, ergreift das Wort und beginnt aus dem Stegreif eine Laudatio auf Doktor Kreutzwald – estnisch. Er spricht es nicht besonders fließend und mit dem deutlichen Akzent der Deutschen; er muss nach Wörtern suchen, aber er spricht estnisch. Alle hören zu schwatzen auf und drehen sich zu ihm um. Als er nach wenigen Sätzen fertig ist, wird von allen Seiten geklatscht und «Hoch!» gerufen. Professor Harnack weiß nicht, gilt es dem Jubilar oder dem Redner.

«Danke, herzlichen Dank», sagt Kreutzwald mit Tränen in den Augen auf Deutsch. «Das war mehr als ein Ehrendoktor.»

Leute drängen herzu, um Professor Harnack zu gratulieren.

«Wissen Sie eigentlich, wie viel Sie gemeinsam haben, meine Herren?», fragt der Journalist der *Dörpt'schen Zeitung*, der seine Nase in alle Dinge steckt.

«War Ihr Vater nicht Schuster?», fragt er Kreutzwald rhetorisch. «Und Ihrer», sagt er zu Harnack, «war Schneider, wenn ich richtig informiert bin.»

«Sie sind richtig informiert», antwortet Professor Harnack.

«Trotzdem stimmt Ihre Schlussfolgerung nicht», sagt Kreutzwald.

«Warum nicht?»

«Sein Vater war ein deutscher Schneider in Petersburg. Meiner war ein estnischer Leibeigener. Das ist ein Unterschied.»

«Ja, das ist ein Unterschied», sagt Harnack.

Der Journalist sagt nichts mehr und trollt sich.

«Ich freue mich, ich freue mich sehr, dass Sie estnisch gesprochen haben, Herr Professor», sagt Doktor Kreutzwald.

«Etwas hat er vergessen, was wir auch noch gemeinsam haben», sagt Harnack. «Ihre Eltern waren Herrnhuter und meine auch. Womit ich den von Ihnen namhaft gemachten Unterschied keineswegs verwischen will.»

Kurz nach Mittag bricht Professor Harnack wieder auf. Auf der Heimfahrt denkt er daran, wie seine unvorhergesehene estnische Rede gewirkt hat. Er denkt auch daran, dass in zehn Tagen Weihnachten ist, und dass das Kind, das in Nazareth aufwuchs, aramäisch sprach, und dass es einen wesentlichen Unterschied ausmacht, ob einer, der kommt und die Sprache des Volkes spricht, am Ende wieder den Schlitten besteigt und wegfährt, oder ob er bleibt und gekreuzigt wird.

Bis er zu Hause ist, ist ihm bitterkalt. Er muss sich an den Ofen setzen und heißen Tee trinken.

«Wie wars?», fragt sein Sohn, der erzählt, er habe den ganzen Tag gearbeitet.

«Ich habe eine Lektion in Herablassung bekommen. Eine durchaus theologische Lektion. Sag, mein Sohn, was weißt du über Kondeszendenz?»

«Soll ich dir darüber ein Referat halten oder gleich sagen, dass ich mich damit nicht eingehender beschäftigt habe? Du bist von uns zweien der Luther-Spezialist, nicht ich. Ich habe mich auf Gnosis spezialisiert, und die handelt nicht vom Herab-, sondern vom Hinaufsteigen.»

«Ich sehe schon, ich werde wieder Hamann lesen müssen.»

«Diesen verschrobenen Königsberger Brockendenker! Wie kannst du nur!»

«Und woran hast du heute gearbeitet?»

«Gleich noch einmal an den Gnostikern. Ich werde meine Habilitation vorantreiben. Übrigens, ich habe mich in der letzten Nacht entschieden, nicht nach Breslau zu gehen.»

«Das ist ein guter Entscheid.»

«Ich lasse es nicht deiner Bedenken wegen. Aber es wäre ein Umweg. Warum einen Umweg machen, wenn sich mir die Möglichkeit bietet, gleich Professor zu werden?»

218

38

Tartu, April 1998

Kalle Kannutes Frau war klein und zierlich und hatte eine so dünne Nase, dass man beinahe hindurchsah. Sie war Ärztin, Spezialärztin für Psychiatrie. Sie arbeitete in einer staatlichen Beratungsstelle.

Bruderer hatte sie mit ihrem Mann und mit Viivi Leim zum Essen eingeladen. Sie scheuten sich erst, etwas Rechtes zu bestellen, und schielten auf die Preise. Bruderer wusste, dass sie zu viert hier für so viel essen würden, wie Kalle Kannute in einem Monat verdiente.

Von sich aus redeten sie nicht. Kalle Kannute schaute Bruderer aus seinen hellen Tränenaugen an, und Kalle Kannutes Frau blickte unter dunklen Haarfransen hervor.
«Gestern war ich in Tallinn», sagte Bruderer. «Dort traf ich den Vertreter der schweizerischen Industrie. Er erzählte von den Straßenkindern. Kindern, die mit oder ohne Mutter von den Russen zurückgelassen worden sind. Wissen Sie etwas davon?»
«Es gibt sie», sagte Kalle Kannute.
«Ich habe hier in Tartu keine gesehen.»
«Man sieht sie nicht. Trotzdem gibt es sie.»
Kalle Kannutes Frau hängte sich bei ihrem Mann ein und sagte: «Er ist selbst ein Straßenkind, beinahe.»
«Sie?», fragte Bruderer.

«Nur beinahe», sagte Kalle Kannute.

«Er redet nicht gern darüber», sagte Kalle Kannutes Frau. «Würden Sie mir nicht doch davon erzählen? Sind Ihre Eltern Russen?»

«Nein.»

Kalle Kannutes Frau sagte: «Sein Vater ist Este, und seine Mutter war Estin. Aber sein Vater war beim KGB.»

«Mein Vater war ein Este, der für den KGB arbeitete.»

«Was ist aus ihm geworden? Lebt er noch?»

«Ich weiß es nicht. Er setzte sich nach Russland ab. Seither habe ich nichts von ihm gehört. Darum nennt sie mich ein Straßenkind», sagte Kalle Kannute und schaute seine Frau von der Seite an.

«Dann sind Sie in privilegierten Verhältnissen aufgewachsen», sagte Bruderer. Er blickte zu Viivi: «Anders als Sie.»

«Mein Vater war ein Waldbruder», sagte Viivi.

«Ein Waldbruder?», fragten Kalle Kannute und seine Frau voll Erstaunen.

«Ja. Einer der Letzten. Erst in den sechziger Jahren hat er aufgegeben. Sie waren ihm auf die Spur gekommen, und als sie ihn schnappen wollten, sprang er in den Peipus-See und ertrank.»

«Bist du sicher?», fragte Kalle Kannutes Frau.

«Sie sagten es.»

«Auf das, was sie sagten, konnte man sich nicht verlassen. Vielleicht lebt er noch.»

«Er hat sich niemals gemeldet. Wenn er lebte, hätte er sich gemeldet.»

«Es muss schön sein, einen Waldbruder zum Vater zu haben», sagte Kalle Kannutes Frau.

«Früher war es nicht schön. Jetzt ist es schön. Aber es wäre schöner, wenn er noch da wäre», sagte Viivi Leim.

«Bei ihm ist es genau umgekehrt», sagte Kalle Kannutes Frau. «Er hatte es schön, solange wir eine Sowjetrepublik waren.»

«Was heißt schön!», rief Kalle Kannute. «Es war nicht schön, einen Verräter zum Vater zu haben. Alle, außer den Russen, ließen es dich spüren. Wenn einer fragte: Was arbeitet dein Vater?, wagtest du nicht zu antworten. Es war nicht schön.»

«Doch du warst privilegiert», sagte Viivi Leim.

«Ich wäre es lieber nicht gewesen. Es ist unangenehm, immer anders als die andern zu sein. Ich war Este und kein Russe. Ich hatte fast nur russische Freunde. Wie mein Vater, der auch fast nur russische Freunde hatte.»

«Aber er hatte Macht.»

«Bis er sie verlor.»

«Einundneunzig?»

«Es begann früher. Als auf dem Sängerfest in Tallinn die alte blau-schwarz-weiße Fahne auftauchte. Die Menschenkette von Tallinn nach Vilnius über Riga. Das war 1989. Dann kamen die Wahlen in den Obersten Estnischen Sowjet. Sie waren für die Kommunisten eine Katastrophe. Und nach dem Putschversuch in Moskau im August einundneunzig war es ganz vorbei. Verbot der Kommunistischen Partei, Auflösung des KGB.»

«Was tat Ihr Vater?»

«Was sollte er tun? Er war arbeitslos. Er musste mit Racheakten rechnen. Er verschwand.»

«Und ließ Sie und Ihre Mutter zurück?»

«Ich wollte nicht mitgehen, und weil ich nicht mitging, wollte es auch meine Mutter nicht. Ich kam nach Tartu, um Theologie zu studieren. Meine Mutter hielt es allein nicht aus. Ein halbes Jahr später hat sie sich umgebracht.»

«Das tut mir Leid. Ja, ich erinnere mich an die Bilder jener Tage im Jahr einundneunzig», sagte Bruderer. «Riesige Steinblöcke versperrten die Zugänge zum Parlament auf dem Domberg in Tallinn.»

«Die Panzer sollten nicht hinauffahren können. Nicht wie in Litauen, wo die sowjetischen Truppen alle Radio- und Fernsehstationen besetzt hatten. Auch in Estland gab es ein Notstandskomitee der konservativen kommunistischen Kräfte. Es machte Anstalten, die Macht an sich zu reißen.»

«Aber es kam nicht dazu.»

«Es scheint, dass der entscheidende Befehl aus Moskau nicht eintraf», sagte Kalle Kannute.

«Zu unserem Glück», sagte Viivi.

«Das Militär blieb in den Kasernen. Stellen Sie sich vor, die Luftwaffe, die hier nahe bei Tartu stationiert war, hätte eingegriffen.»

«Und Sie sind Psychiaterin», sagte Bruderer zu Kalle Kannutes Frau. «Kommen Sie aus einer Familie von Medizinern?»

«Mein Vater war auch Psychiater. Er war Professor hier in Tartu.»

«In der sowjetischen Zeit?»

«Ja. Ich weiß, was Sie denken, und es stimmt: Mein Vater war – ein ähnlicher Fall wie Kalles Vater.»

«Die sowjetische Psychiatrie hatte einen schlechten Ruf.»

«Zu Recht. Sie arbeitete fast nur mit Medikamenten, und sie war sehr politisch.»

«Und trotzdem sind Sie Psychiaterin geworden?»

«Deswegen. Man darf die Psychiatrie nicht so belassen, wie sie gewesen ist. Ich studiere viel analytische Psychologie.»

«Sie war gerade ein Semester lang in Helsinki», sagte Kalle Kannute.

«Was macht Ihr Vater?»

«Ist immer noch Professor.»

«Was sagt er zu Ihren Studien?»

«Er hält nichts davon. Er will reiner Naturwissenschafter sein. Alles andere ist in seinen Augen Schwärmerei. Es war nicht die Sowjetunion, die ihn zu dem gemacht hat, was er geworden ist. Es war seine Entschlossenheit, nichts anderes als Naturforscher zu sein. Im Grund ist er ein Mann des 19. Jahrhunderts. Und als solcher konnte er in der Sowjetunion überleben.»

Sie hatten gut gegessen und zwei Flaschen Wein getrunken.

Um sie nicht zu beschämen, ging Bruderer an die Bar und bezahlte dort. Vor dem Restaurant sagten Kalle Kannute und seine Frau Dankeschön und liefen Hände haltend zu ihrem zerbeulten Wagen.

Bruderer sah Viivi an: «Trinken wir noch einen Kaffee?»

Viivi nickte.

39

Riga, November 1962

Alle Radiostationen und alle Zeitungen in Estland haben die Meldung gebracht, dass der letzte Waldbruder am Peipus-See zur Strecke gebracht worden ist. Christian Leimgruber hat drei Wochen gebraucht, um vom Peipus-See ins Gebiet südlich von Pärnu zu gelangen. Nun ist es Zeit für den Grenzübertritt.

Bei der Anmeldung im Gebäude des Komsomol in Riga nennt sich der Mann Kuno Bogdanowitsch Solbe. Er trägt einen zerknitterten Anzug und ein nicht mehr neues Hemd. Aber fast alle Hemden im Land sehen nicht mehr neu aus, und alle Anzüge sind zerknittert. Solbe behauptet, er werde von Boris Pugo erwartet. «Bitte überreichen Sie ihm das hier», sagt er zu dem Funktionär hinter dem Schalter und schiebt einen Briefumschlag durch den Schlitz im Glas.

Boris Pugo erkennt sofort die abgerissene Ecke des Ausweises, den er dem seltsamen Menschen im Wald übergeben hat. Boris Pugo hat selbstverständlich auch davon gehört, dass der letzte estnische Waldbruder erledigt worden sei. Er hält es nicht für einen Zufall, dass jetzt der Mann aus dem Wald bei ihm auftaucht. «Ich komme gleich nach unten», lässt er ihm ausrichten.

Boris Pugo weiß so gut wie Kuno Solbe, dass auch die Büros der staatlichen Jugendorganisation verwanzt sind.

Deshalb zieht er es vor, mit Kuno Solbe in einem Café zu sprechen. In Riga gibt es viele Cafés, was westlichen Besuchern, vor allem, wenn sie gerade aus Russland kommen, angenehm auffällt. Cafés seien das Zeichen, dass eine Stadt zur europäischen Kultur gehöre, zitieren die Letten in Riga gern mit Blick nach Osten.

Es war dunkel an dem kleinen See. Deshalb könnte Boris Pugo nicht beschwören, dass es der Mann ist, der ihn am See mit der Pistole bedroht hat. Aber der andere macht es ihm leicht.

«Wie geht es Ihrer kleinen Freundin?», fragt er höhnisch. «So viel ich weiß, gut», antwortet Boris Pugo, als sie einander im Café gegenübersitzen. Er sagt nicht, dass er dafür gesorgt hat, dass Mara als Assistentin nach Nowosibirsk versetzt worden ist. Das kann man verstehen, wie man will, als Beförderung oder als Verbannung.

«Sie ist nicht meine Freundin. Es war nichts weiter als – ein bedauerlicher Zwischenfall. Ich habe seither geheiratet.»

«Aber nicht dieses Mädchen?»

«Nein. Ich wäre Ihnen dankbar, wenn Sie mir den Ausweis zurückgäben.»

«Das werde ich nicht tun. Er ist an einem sicheren Ort und wird, falls mir etwas geschieht, an interessierte Stellen weitergeleitet.»

«Das ist Erpressung», sagt Boris Pugo.

«Sie dürfen es so nennen», sagt Kuno Solbe.

«Was wollen Sie?»

«Meinen Frieden und eine neue Existenz. Dabei müssen Sie mir helfen. Sorgen Sie dafür, dass ich in Ihrer Organisation angestellt werde.»

«Sind Sie verrückt?»

«Ein kleiner Posten, zum Beispiel als Fahrer oder Mitarbeiter des Hausdienstes, genügt.»

Boris Pugo windet sich, doch es nützt ihm nichts. Erst gibt er Kuno Solbe Geld, dann Papiere, dann eine Stelle. Der ehemalige Waldbruder wird Boris Pugos Fahrer und folgt ihm während zwanzig Jahren seiner Karriere wie sein Schatten. Sie werden beinahe Freunde.

Als Breschnew stirbt, 1982, ist Boris Pugo Generalmajor und Chef des KGB in Lettland. Jaan Knoll ist inzwischen dasselbe in Estland geworden. Es fällt Boris Pugo nicht schwer, dem Kollegen Knoll in Tallinn seinen ausgezeichneten Mitarbeiter Kuno Solbe zu empfehlen, umso mehr, als Kuno Solbe ja geborener Este ist. Jaan Knoll hat keine Ahnung, wen er da beschäftigt. Der lettische KGB hat Kuno Solbe einen ebenso lücken- wie tadellosen Lebenslauf verschafft.

40

Tartu, April 1998

Sie saßen in dem kalten Hörsaal wie vereist. Wenn Bruderer sprach, kam weißer Rauch aus seinem Mund. Er erinnerte sich selbst an einen Feuerspeier. Er machte Faxen und Kunststücke, aber es gelang ihm nicht, sie aufzutauen. Sie saßen in ihre Windjacken versunken wie die vergessenen Soldaten eines Winterkriegs, obwohl er ihnen in Aussicht stellte, sie heute in warme Gegenden zu führen. Sich selbst musste er nicht mehr warm reden; er hatte lange Unterhosen gekauft.

«Wir sind im 15. Jahrhundert, und ich stelle Ihnen heute eine typische Gestalt des 15. Jahrhunderts vor. Wer ist eine typische Gestalt des 15. Jahrhunderts? Wer ist überhaupt eine typische Gestalt irgendeines Jahrhunderts? Meine typische Gestalt des 15. Jahrhunderts ist eine, die nicht recht in das fünfzehnte Jahrhundert passt. Die typischen Gestalten eines Jahrhunderts passen nie ganz in ihre Zeit –.»

Kalle Kannute fehlte heute wieder, und auch Viivi war nicht gekommen.

«Mit dem Rittertum war es vorbei, seit jeder Ritter werden konnte; andererseits konnte man nichts werden, ohne Ritter zu sein. Alle wollten sie Ritter werden, Goldschmiede, Spekulanten, Geldverleiher, Händler und Halunken. Sobald sie zu Geld gekommen waren, kauften sie sich den Ritterschlag. Könige und Herzöge boten ihn feil, denn sie brauchten das Geld, damit sie Ritter bleiben konnten. Ländereien und Schlösser brachten wenig ein. Nur wer im Überfluss flüssig war, konnte sie sich noch leisten.

Bubenberg besaß mehr als genug Ländereien und Schlösser. Aber er war nicht flüssig. Und das hieß, dass er seine Karriere an die Hand nehmen musste. Landvogt in Lenzburg zu sein, war zu wenig für seinesgleichen. Sein Vater war Schultheiß von Bern gewesen, der Großvater Schultheiß von Bern, der Urgroßvater Schultheiß von Bern, der Ururgroßvater ebenso – das verpflichtete. Und der erste Schritt zur Einlösung war, dass aus Junker Adrian Ritter Adrian wurde. Denn Vater, Großvater, Urgroßvater, Ururgroßvater waren selbstverständlich Ritter gewesen. Zum Ritter geschlagen nicht etwa vom Herzog von Burgund, vom Herzog von Lothringen, vom französischen oder von einem anderen König, nicht einmal vom Kaiser. Sie waren Ritter vom Heiligen Grab von Jerusalem gewesen. Darunter machte es ein Bubenberg nicht. Aber eben: Das war im Gegensatz zu den näher gelegenen Ritterschlägen nicht billig.

Die Reise ins Heilige Land kostete viel Geld, verlangte Ausrüstung und Unterhalt, auch wenn man nur einen einzigen Knecht als Begleitung mitnahm und sich unterwegs aus Gründen der Knappheit nicht wie ein Herr, sondern eher wie ein Bettler versorgte.

Die Schulden los- und Ritter werden. Unter den gegebenen Verhältnissen gab es dafür nur eine Lösung: Junker Bubenberg musste eines seiner überzähligen Schlösser veräußern. Alt Bubenberg, das Stammschloss, kam um des Namens willen nicht in Frage. Spiez, den bevorzugten Wohnsitz am Thunersee, zu verkaufen, hätte er nicht übers Herz gebracht; er hing daran. Auch lag das zu nah unter den Augen von tout Berne, und man musste ja seine Verlegenheit nicht gleich an die größte Glocke hängen.

Geld hatten die Städte. Während die Herren auf den Burgen den Gürtel enger schnallten, scheffelten die feisten Bürger Gold und Silber und gierten nach Ländereien und Schlössern. Sie gönnten sie zwar einander nicht, aber als Besitz ihrer Stadt ließen sie sie sich gern gefallen. Dann setzten sie sich als Landvögte hinein und mimten Adel, indem sie sich von oben herab über die Bauerntölpel lustig machten. Es war schon erstaunlich, wie jeder Herr und Ritter werden wollte, obwohl alle sagten, mit dem Rittertum sei es vorbei. Je mehr sie es alle werden wollten, desto mehr war es vorbei damit.

Da war Schloss Wartenfels oberhalb von Lostorf zwischen den Brücken von Olten und Aarau. Das lag außerhalb des Horizonts der Räte von Bern. Bubenbergs Mutter hatte es in die Ehe gebracht. Roseneck hieß seine Mutter. Sie stammte aus dem Hegau nördlich des Bodensees und muss ihrer Verwandten ähnlich gewesen sein, die die Schweizer im Schwabenkrieg kennen lernen sollten. Als sie und ihr Mann nämlich 1499 – Ritter Adrian von Bubenberg war da schon zwanzig Jahre tot – in Tengen oder Blumenfeld, das gleich daneben liegt, von den Schweizern belagert worden seien, habe sie für sich um freien Abzug gebeten, der ihr gewährt worden sei mit dem großzügigen Zugeständnis, sie dürfe das Kostbarste mitnehmen, was sie besitze. Worauf die schlaue Frau ihren Mann aus der Stadt getragen habe.

Bubenbergs Mutter jedenfalls scheint nichts dagegen gehabt zu haben, dass der Sohn Schloss und Herrschaft

Wartenfels verkaufte, um mit dem Erlös die Wallfahrt zum Heiligen Grab zu finanzieren. Die Solothurner Geldsäcke, gierig auf adligen Besitz, griffen eilig zu.

Junker von Bubenberg aber zog mit einem einzigen Knecht im folgenden Jahr über die Alpen nach Venedig, von dort zu Schiff nach Akka und zu Ross weiter nach Jerusalem. Die Route eines Kreuzzuges, der inzwischen zur Karikatur geworden war. Denn zu erobern gab es ja nichts mehr; zu fest saß der Sultan im Sattel. Und wie hätte ein einzelner Ritter mit einem einzigen Knecht auf Eroberung ausgehen sollen? Also eine lächerliche Gestalt, dieser Adrian von Bubenberg, unterwegs zum Ritterschlag in Jerusalem, ein Don Quijote aus Bern, Vorläufer des berühmten Ritters aus der Mancha», lehrte Bruderer. «Darf ich fragen, ob Sie Fragen haben?»

Er schaute auf die krummen Scheitel der Schreibenden und in die verschlossenen Gesichter der Nichtschreibenden. Nichts. Die Heuschöchlein rührten sich nicht. Sie duckten sich in den eisigen Schnee. Bruderer spürte, wie ihm trotz der langen Unterhosen die Kälte langsam die Beine hochstieg.

41

Neapel, Januar 1836

Fürst Giulio hasst diese Besuche in Neapel. Aber sie sind ein Gebot der Klugheit. Denn man käme in den Verdacht des Insurgententums, zeigte man sich nicht bei Hofe.

Fürst Giulio ist jung, erst einundzwanzig. Einem Einundzwanzigjährigen wird am Hof von Neapel alles zugetraut, nicht ganz zu Unrecht. Giulio aber will nur seine Ruhe haben. Deshalb hat er sich überreden lassen. Es ist erst sein zweiter Besuch. Beim ersten, kurz nach dem Tod des Vaters, war er noch fast ein Kind, fünfzehn, eben erst verwaist. Der König strich ihm übers Haar, sagte freundliche Worte, wusste nicht, was er mit ihm anfangen sollte und schickte ihn dann nach nebenan zu den Damen, die ihn wegen seiner Schweigsamkeit hänselten. Er machte sich, so schnell es der Anstand erlaubte, davon und fuhr zurück. Und nannte fortan den König einen dummen Kerl und seine Damen Hühner.

Er hält sich natürlich einen Jesuiten, obwohl er von der Religion keine hohe Meinung hat. Seine Vorliebe gilt den Sternen. In Palma di Montechiaro hat er sich ein Observatorium bauen lassen, und er steht mit den ersten astronomischen Gesellschaften der Welt in Korrespondenz, obwohl er selbst bisher nie über Neapel hinausgekommen ist und auch nicht die Absicht hat, je darüber hinauszugelangen. Seine Reisen durch das Teleskop genügen ihm.

Es ist der Jesuit gewesen, der ihn auf die Notwendigkeit eines Besuches am Hof aufmerksam machte. Wer anders als der Jesuit hätte es gewagt. Jedermann wusste, dass man ihm nicht damit kommen durfte. «Sie geraten sonst in Verdacht, Exzellenz», hatte der Jesuit gesagt. «So lange nicht bei Hofe vorgesprochen, das kann in den Augen des Hofes nur Sympathien für die demokratische Opposition bedeuten.»

«Und wenn es so wäre, Pater?»

«Sie wollen doch nicht sagen –! Ich kenne Sie gut genug, Exzellenz, um zu wissen, dass es nur Gedankenspiele sind. Ähnlich Ihren Exkursionen in die Welt der Gestirne.»

«Die Gestirne sind realer als unsere diplomatischen Gedanken auf Erden, Pater.»

«Exzellenz wissen, wie ich es meine. Sie sollten sich wirklich wieder einmal in Neapel zeigen. Es ist höchste Zeit, wenn Sie keine Unannehmlichkeiten bekommen wollen.»

Der Jesuit weiß, womit er den Fürsten fängt. Unannehmlichkeiten sind das Letzte, was der Fürst sich wünscht. Wenn ein Besuch in Neapel bewirkt, dass man in Ruhe gelassen wird, nimmt man sogar die Unbill einer Reise in Kauf.

«Also», sagt er, «fahren wir in Teufels Namen nächste Woche.»

«In Gottes Namen, Exzellenz!», korrigiert der Jesuit, sehr verwundert über seinen Erfolg.

Man besitzt selbstverständlich einen Palazzo in Neapel. Keinen sehr großen, aber auch nicht den kleinsten. Man weiß, was man dem Namen schuldig ist. Und der lächerliche König, der ja im Grund ein Parvenu ist, soll wenigstens durch Mauerwerk daran erinnert werden, dass man auch noch da ist und wer die alten Machthaber im Land und auf der Insel sind.

Der Verwalter ist ein Schlitzohr. Es heißt, er mache unredliche Geschäfte. Schon möglich, dass er Untermieter vorübergehend ausquartieren musste, als er kurzfristig die Meldung erhielt, der Fürst komme in wenigen Tagen nach Neapel. Dem Fürsten ist es gleichgültig. Er kommt sich in dem alten Kasten selbst wie ein Untermieter vor, obwohl es angeblich seine Vorfahren sind, die ihn von den Wänden herunter begutachten.

Am Morgen nach der Ankunft zieht er die seidene Kniehose an und die weißen Seidenstrümpfe, die schwarzen Schuhe mit den Schnallen, das Wams und den Rock aus Samt. Mimì, sein Kammerdiener, den er aus Palermo mitgebracht hat, weil er ohne ihn nicht sicher wäre, ob er nicht halb nackt zur Audienz führe, reicht ihm den Degen. «Muss das sein? Ich werde darüber stolpern.» «Es muss sein, Exzellenz. Es ist völlig unerlässlich.» Dann der Dreispitz mit den Straußenfedern. Es ist, als ginge er zu einem Kostümball seiner Tante Lucia. Sie gibt die aufregendsten Kostümbälle von Palermo, sagen alle, Fürst Giulio kann es nicht beurteilen, ihn langweilen Kostümbälle.

Die Kutsche wartet. Der Fürst steigt die Treppe hinunter und muss aufpassen, dass ihm der Degen nicht zwischen die Beine gerät. Der Pater wieselt wie sein Schatten hinterher.

Die Audienz ist nichts sagend und langweilig und bestätigt Fürst Giulios Eindruck, sein König sei ein dummer Kerl, der von den Dingen keine Ahnung hat. Er schimpft über die Demokraten und klagt über die Kosten der Bekämpfung der Insurgenten. Der Pater, der schräg hinter Fürst Giulio steht, nickt eifrig und antwortet, als wäre es im Namen des Fürsten. Nach einer Viertelstunde weiß der König nicht mehr, was er mit diesem Stockfisch von Fürsten noch reden soll; die Audienz ist zu Ende. Später, im Salon, bei seinen Damen, sagt er, er halte den Fürsten von Lampedusa für den dümmsten seiner Untertanen. Jeder sizilianische Schafhirt habe mehr Grütze im Kopf als dieser Tomasi.

Tomasi selbst hat während der kurzen Audienz heiß bekommen wie ein Türke im Schwitzbad. Auf die stumme Anweisung des Jesuiten hin erhebt er sich, wobei er auf den Degen Acht haben muss, verbeugt sich und verlässt, rückwärts gehend, den Saal. Draußen zieht er als Erstes das Taschentuch aus dem Rock und wischt sich die Stirn.

Der Adjutant des Haushofmeisters schreitet ihnen affektiert voran. Er führt sie über die große Treppe in den Hof. Giulio hat seinem Kutscher befohlen, im Schatten zu warten; er will sich nicht auf dem heißen Lederpolster den Hintern verbrennen.
Der Höfling verabschiedet sich mit einer hochnäsigen Verbeugung.
«Hier entlang, Exzellenz», sagt der Jesuit. Er führt den Fürsten in einen schattigen Hinterhof. Man ist an der Rückseite des Palastes, und es stinkt gewaltig nach Verfaultem. Soldaten lungern herum, und als der Fürst in den Hof kommt und zu seiner Kutsche geht, bringen sie auf einem Karren im verschlossenen Sarg einen Toten. Voran geht ein schmutziger Chorknabe mit dem Tragkreuz, hinter dem Karren ein alter Priester.

234

Man hält nicht viel von der Religion, aber man beachtet ihre Formen. Darum nimmt der Fürst den Dreispitz vom Kopf und bleibt stehen. Zu knien braucht er nicht; man kniet nur, wenn das Allerheiligste vorübergetragen wird. Es hätte ihn auch geekelt, hier zu knien. Der Jesuit jedoch kniet; wer weiß, vielleicht zur Selbsterniedrigung. Der alte Priester bleibt plötzlich stehen, schaut auf den Jesuiten und auf den jungen Fürsten. Dann kommt er gelaufen, als vergäße er seinen Leichenzug, ruft den Jesuiten beim Namen und verbeugt sich ehrfurchtsvoll vor dem Fürsten. Nun erkennt ihn auch Giulio. Pater Ferrante hat einmal bei ihnen ausgeholfen, als der Jesuit krank war. Das war noch zur Zeit seines Vaters.

«Wie geht es Ihnen, Fürst? Was macht die Familie?»

«Wen haben Sie denn da?», fragt der Fürst.

«Ach, schon wieder einen Soldaten. Genau gesagt einen Unteroffizier, Exzellenz. Gefallen in einem Gefecht gegen Revoluzzer. Ein Schweizer. Wahrscheinlich ein Ketzer, aber tot ist tot, sage ich immer. Nicht wahr, mein Bruder?»

Der Jesuit des Fürsten weiß nicht, was er darauf antworten soll.

Aber der Fürst sagt in einer plötzlichen Laune: «Kann ich ihn sehen?»

«Der Sarg ist bereits zugenagelt, Exzellenz. Und ich würde nicht raten, bei dieser Hitze. Sie haben ihm in den Bauch geschossen, und Exzellenz wissen ja –.»

«Ich weiß, ich weiß», sagt der Fürst. Er schaut auf das schwarz gebeizte Holz. Daran klebt ein Zettel. Auf dem Zettel steht: «Friedrich Bitzius, Fourier, geboren 1799, gefallen 1836.»

«Armer Teufel», sagt der Fürst und wendet sich zur Kutsche.

42

Sumiswald, Februar 1836

Von Lützelflüh nach Burgdorf geht man nicht über Sumiswald, wenn man ortskundig ist. Und umgekehrt geht auch keiner von Burgdorf über Sumiswald nach Lützelflüh. Schon eher von Burgdorf nach Sumiswald über Lützelflüh.

Ihn hat die Geschichte von Lützelflüh über Burgdorf nach Sumiswald geführt. Nur äußerlich ein absurder Weg.

Er ist Pfarrer von Lützelflüh. Noch nicht lange, erst seit vier Jahren. Und erteilt auf Ersuchen der Regierung im Burgdorfer Schloss Schulmeistern Kurse in Schweizer Geschichte.

Die Lehrer sind miserabel ausgebildet. Manche können selbst kaum lesen und schreiben. Man erzählt von einem alten Söldner, der sich für eine Lehrerstelle beworben hat. Als die Schulkommission ihn fragt, wie es mit seinen Kenntnissen im Lesen und Schreiben stehe, sagt er, schreiben könne er nicht, lesen ein wenig, aber er denke, er werde beides gleichzeitig mit den Schülern lernen.

Er merkt sich die Anekdote; er wird sie verwenden. Als er sie hört, denkt er an seinen Bruder Friedrich. Wenn der aus fremden Kriegsdiensten zurückkommt, wird er gute Chancen haben, eine Lehrerstelle zu finden. Immerhin hat Friedrich eine Lehre auf dem Notariat gemacht und kann lesen und schreiben. Ob er es in einer Schulstube aushalten wird, ist eine andere Frage. Bisher hat er es nirgends als beim Militär länger ausgehalten.

Sie können kaum lesen, manche können nicht schreiben, und sie sind so schlecht bezahlt, dass sie keine Familie durchbringen können. Diesen unausgebildeten, überforderten, unterbezahlten armen Teufeln muss geholfen werden, findet sogar die Regierung. Und veranstaltet Kurse im Burgdorfer Schloss.

Albert Bitzius, Pfarrer in Lützelflüh, ist angefragt worden, ob er die Religionslehre übernehme. Aber er hat zweimal abgelehnt. Beim zweiten Mal hat er sich bereit erklärt, Unterricht in Schweizer Geschichte zu erteilen.

Er ist jetzt mit seinen Kursen im Mittelalter. Er hat von den Rittern erzählt, von Junker Adrian von Bubenberg, der nach Jerusalem zum Heiligen Grab wallfahrte, um sich den Ritterschlag zu holen, von den Ordensrittern, die im Osten mit dem Schwert missionierten und, wenn sie verletzt und müde waren, hierher kamen, um sich auszuruhen. Natürlich hat er Schloss Sumiswald erwähnt, das jetzt ein Armenspittel ist, aber einst den Deutschrittern gehörte. Man erzählt sich noch die Geschichte von Hans von Stoffeln, der die Bauern drückte, bis sie sich mit dem Teufel verbanden, worauf die Seuche ausbrach und alles niedermachte, Vieh und Mensch, bis nur noch so viel Männer übrig waren, als um den Scheibentisch Platz hatten, der im *Bären* von Sumiswald steht.

Heute Morgen ist Post aus Neapel gekommen. Adressiert an ihn, was außergewöhnlich ist, denn Fritz schreibt seine seltenen Briefe an die Mutter, und zwar nur winters, wenn er sicher ist, dass sie nicht beim Bruder in Lützelflüh wohnt, sondern in ihrer winzigen Witwenwohnung in Bern. Seit ihrer Schulzeit kommen sie nicht mehr gut miteinander aus, die doch vorher wie

Pech und Schwefel zusammenhielten, durchs Dorf lungerten und Jagd auf Krähen machten. Wenn der Ältere aus der Grünen Schule in Bern nach Utzenstorf heimkam, wollte er den Jüngern immer examinieren. Und in seinen Briefen während der zwei Semester in Göttingen schrieb er über den Bruder wie ein Vormund. Das mochte Fritz nicht, weshalb er Albert aus dem Weg geht, wo er kann.

Nein, der Brief aus Neapel ist ausnahmsweise an ihn gerichtet. Und die Schrift ist nicht Fritzens Schrift, und das Siegel ist schwarz, was nichts Gutes bedeutet. Es trägt das Wappen des Regiments Sonnenberg; das Papier ist unterschrieben von einem Offizier im Namen des Kommandanten, des Brigadiers von Sonnenberg. Es teilt dem wohlgeborenen Herrn Albert Bitzius, Pfarrer in Lützelflüh, in vorgeprägten Wendungen mit, dass sein Bruder, der Fourier Friedrich Bitzius, geboren 1799, am 5. Februar 1836 in einem Gefecht gegen Insurgenten bei Engino in Rumilien nach ehrenhaftem Kampf gefallen ist. Die Leiche wurde nach Neapel überführt und dort auf dem Friedhof der Garnison mit allen militärischen Ehren beigesetzt. Man wird dem Verewigten et cetera et cetera; die Heimat kann stolz auf ihn sein. Im Auftrag Seiner Majestät, des Königs Ferdinand II., wurde ihm nach seinem Tod die Ehrenmedaille vierter Klasse für militärische Verdienste um das Königreich beider Sizilien verliehen. Gemäß letztwilliger Verfügung des Verstorbenen soll sein Bruder von seinem Tod benachrichtigt werden, was hiermit geschieht. Neapel, den soundsovielten Februar 1836. Namens des Regimentskommandanten, der und so weiter und so fort.

Er hat den Brief gelesen, dann hat er ihn seiner Frau zum Lesen gegeben. Er wird es seiner Mutter mitteilen müssen; morgen wird er nach Bern gehen, zu Fuß. Seit er Pfarrer ist, reitet er nicht mehr. Die Mutter wird weinen, und Marie, seine und Fritzens Stiefschwester, die bei der Mutter lebt und eine alte Jungfer ist, wird wie eine wütende Hornisse in der Wohnung umhersausen.

Heute muss er nach Burgdorf marschieren, um seine Stunden abzuhalten. Gegen Mittag ist er damit fertig. Er kommt dabei, unplanmäßig, noch einmal auf die Deutschritter zu sprechen, diese adligen Missionare, die die Esten, Letten und Litauer zu Christen und zugleich zu Untertanen machten. Christsein hieß dort zu Lande, einen weltlichen Herrn bekommen und Steuern bezahlen müssen, wo man vorher frei und ohne Abgaben gelebt hatte. Die Schulmeister fragen sich, warum er noch einmal davon redet. Er hat es ihnen schon erzählt; sie wissen, dass seine Sympathien nicht bei den Adligen sind.

Er isst diesmal nicht in einem der städtischen Wirtshäuser. Er macht sich sogleich auf den Weg. Auf einen langen Umweg über Sumiswald. Dort läuft er zuerst um das Spittel herum, das auch nicht an seinem Weg liegt. Die Bauern haben einst die Steine dazu in Fronarbeit aufgeschichtet, bis ihnen das Wasser aus der Nase und das Blut aus den Augen lief, während einer der Ordensritter, auf dem hohen Ross sitzend, die zugegebenermaßen beeindruckende Form befahl. War es das Wasser und das Blut wert?, fragt er sich. Er verweigert sich Weichlichkeit und beißt auf die Zähne. Es nützt nichts. Er sieht die krumm

gearbeiteten alten Knechte und Mägde, die jetzt hier ausgehalten werden. Ist es das wert?

Er läuft durch das Dorf, am Gasthaus *Zum Kreuz* vorbei,
das wie eine gefräßige Königin an der Straße hockt, und
am *Bären*, wo der Scheibentisch steht. In die Kirche flieht
er. Er setzt sich in eine Bank im Chor. Zum Gegenüber
hat er das Wappen des Hans von Stoffeln in der farbigen
Scheibe.
«Ich will mit dir spielen», sagt er.
«Was ist dein Einsatz?», fragt Hans von Stoffeln.
«Der Tod meines Bruders», antwortet Bitzius.
«Ich bin hier der Herr», sagt Stoffeln.
«Und ich setze den Tod meines Bruders dagegen.»

43

Tartu, April 1998

Es war Samstagmorgen. «Ich bin am Samstag in Tallinn», hatte Viivi gesagt. Sie hatte nicht gefragt, ob Bruderer sie begleiten wolle. Stattdessen rief Winterschild an. «Die Sonne scheint! Haben Sie Lust auf ein Picknick? Wir holen Sie in einer Stunde ab; ich muss nur noch die Brote streichen.»
«Kommt Seela mit?»
«Selbstverständlich kommt Seela mit.»
Das war die Gelegenheit, die tschetschenischen Papiere loszuwerden. Bruderer steckte sie in eine Plastiktüte und klemmte sie unter den Arm.

«Die Esten lieben Picknicks über alles», sagte Winterschild, als sie in der alten Rumpelkiste über das Kopfsteinpflaster der Altstadt zur Ausfallstraße bollerten. «Vielleicht ist das Picknick die einzige Kulturform, die die Esten ausgebildet haben und die alle Schichten zusammenhält. Jedermann machte früher Picknick, vom Baron bis zum Landarbeiter. Die einen üppiger, die anderen bescheidener, versteht sich.»
«Picknick bereits im April?», fragte Bruderer skeptisch.
«Vom ersten Sonnenstrahl an.»

Neben Winterschild saß Varje in einem Sommerkleid; Bruderer saß hinten neben Seela. Aus dem Kofferraum drang der Geruch nach Wurst und gebratenem Huhn. «Wir fahren nach Võru und essen am Taluma-See. Der Dichter und Arzt Kreutzwald hat in Võru gelebt.»

Varje sagte: «Kreutzwald, unser Lauluisa. Er sammelte estnische Volkslieder und schrieb unser Nationalepos *Kalevipoeg*. *Kalevipoeg* heißt Sohn des Kalev. Für uns war Kreutzwald unser erster bedeutender Dichter. In jeder estnischen Stadt gibt es heute eine Kreutzwald-Straße.»

Die Straße lief geradeaus, kleine Hügel hinauf und wieder hinunter. Winterschild fuhr sehr schnell, und Varje zeigte auf Bauernhäuser und Kirchtürme und Windmühlen in der Ferne des immer flacher werdenden Landes.

«Was für ein Name – Kreutzwald, dazu noch mit tz! Das klingt gar nicht estnisch», sagte Bruderer.
«Ist natürlich deutsch», erklärte Varje über die Schulter nach hinten. «Kreutzwald war der Sohn eines estnischen Leibeigenen. Den Namen hat er von seinem Pastor erhalten.»
«So war das damals», knurrte Seela. «War ein estnisches Kind überdurchschnittlich begabt, wurde ihm entweder bei der Konfirmation ein deutscher Name gegeben, um ihm den Zugang zu den Schulen zu erleichtern, oder es wurde sozusagen adoptiert. Natürlich nicht mit allen Rechten eines leiblichen Kindes, aber doch so, dass jemand für seine Ausbildung aufkam.»
«Nicht einmal so schlecht», sagte Bruderer.
«Auch unter dem Aspekt der Kontrolle. Man zog begabte Esten in den Bann der Oberschicht. Dann fiel es ihnen nicht ein, sich gegen diese zu wenden», sagte Seela.

Sie kamen nach Võru.
«Erst zum Picknick am See, dann zum Dichter!», rief Varje.

242

Sie stellten den Wagen unter grün ausschlagenden Bäumen ab und rutschten über das Grasbord zum sandigen Ufer hinunter. Winterschild trug einen großen Deckelkorb in der einen und eine Kühltasche in der andern Hand. Varje brachte schottengemusterte Decken.

Der Sand war warm, aber unter der obersten Schicht noch dunkel vor Feuchtigkeit. Sie setzten sich auf die Decken. Winterschild zog eine Flasche Weißwein und vier Gläser aus der Kühltasche. «Trinken wir zuerst etwas! Zum Wohl allerseits.»
Sie leerten auch noch eine zweite Flasche. Darauf folgte das *Sesam öffne dich*. In der Innenseite des Korbdeckels steckten Teller und Geschirr. Winterschild holte nacheinander verschiedene Käse und zwei Sorten Brot, Streichwurst und Gänseleber, Kaviar mit Zitrone, Töpfchen voll angemachtem Quark und Oliven, Behälter mit Hühnerschenkeln in Gelee, mit dünn geschnittenem Roastbeef und kaltem Schweinebraten hervor, dazu drei Flaschen spanischen Rioja. Zuletzt, wieder aus der Kühltasche, eine Eistorte, selbst gemacht, und aus dem Deckelkorb einen Wärmekrug voll heißem Kaffee.

Sie aßen und tranken, sie ließen sich die Sonne auf die Stirn brennen und die Feuchtigkeit den Rücken hochklettern. Sie wehrten die Ameisen ab, die das Schlaraffenland entdeckten, und sie schauten auf das gekräuselte Wasser und in die grünenden Baumwipfel. Seela erzählte von Kanada, wo er viele Jahre im Exil gelebt hatte. Winterschild berichtete von seiner Zeit als Journalist im Ruhrpott, ehe er, Sohn eines Bergmanns, auf den Geschmack an der Literaturwissenschaft gekommen war. Varje sprach von ihrer Großmutter, die mit den Geistern reden konnte, und jauchzte plötzlich und sang: «Wir fahren nachher zur Pfarrerin Leena. Sie muss euch aufgeklärten Menschen aus dem Westen von unsern Geistern erzählen. Aber zuerst ins Kreutzwald-Museum. Los, Leute, macht euch auf die Socken!»

Es war ein lang gestrecktes Holzhaus an der Straße, in dem Kreutzwald unten als Arzt praktiziert und oben unter dem Dach als Schriftsteller gearbeitet hatte. Im Haus nebenan war sein Leben auf Tafeln beschrieben. Das dritte Haus war die Remise, wo noch Kreutzwalds Kutsche und sein Schlitten standen, und das vierte, das das Häuserrechteck abschloss, der ehemalige Stall.

An der Kasse saß eine alte Frau in Filzpantoffeln und verkaufte Eintrittskarten, auf denen der Preis in Rubel gedruckt war. Die Kassierin und ihre Tochter, die die Tafeln erklärte, sahen in ihren grauen Kittelschürzen aus, als hätte noch der alte Breschnew ihnen diese Stellen verschafft. Sie bewunderten, vermutete Bruderer, in Kreutzwald den Vorläufer der proletarischen Revolution, und sie misstrauten der Gegenwart, in der die proletarische Revolution ausgedient hatte. «Er setzte sich für die unterdrückten Bauern ein, worauf die Gutsherren seine Arztpraxis boykottierten», verkündete die jüngere der beiden Frauen.

«Es stimmt beinah», sagte Seela, als sie zum Wagen zurückgingen. «Es gefiel ihm nicht in dieser kleinen, muffigen Stadt. Die Barone machten ihm Schwierigkeiten. Dennoch blieb er vierzig Jahre lang. Gestorben ist er in Tartu, wo es kaum besser war.»

244

«Und jetzt zur Pfarrerin», befahl Varje.

«Verzeihung. Haben Sie nicht etwas viel getrunken für eine so lange Autofahrt?», fragte Bruderer.

«Ach was», sagte Winterschild.

Beim Einsteigen legte Bruderer die Tschetschenen-Akten zwischen sich und Seela. Wenn er sich nicht täuschte, zog sich Seela darauf noch mehr in seine Ecke zurück, als läge ein bissiger Hund zwischen ihnen. Im Übrigen tat er, als sähe er das Paket nicht. Bruderer würde es ihm in die Hand drücken, sobald sie in Tartu ausstiegen. Vorher wären Winterschild und Varje Zeugen gewesen, und Zeugen, da war er sich sicher, ertrug diese Sache nicht.

44

Vörumaa, April 1998

Das Haus der alten Pfarrerin stand neben der Kirche. Es war ein einstöckiges Holzhaus, dunkelgrün gestrichen. Neben der Tür wuchs ein Strauch, der fast so hoch war wie das Dach.

«Das ist ein Faulbaum», sagte Varje Winterschild. «Der Geruch des Faulbaumes vertreibt die Hundeschnäuzigen.»

«Wer sind die Hundeschnäuzigen?», fragte Bruderer.

«Sie wird es uns gleich erzählen.»

Die alte Pfarrerin machte Kaffee. Dann setzte sie sich oben an den Tisch und legte die abgearbeiteten Bauernhände mit den kurzen Nägeln übereinander.

«Er wollte wissen, wer die Hundeschnäuzigen sind», sagte Varje Winterschild.

Die alte Pfarrerin tat, als höre sie nicht. «Heute war ich drüben», sagte sie.

«Drüben heißt auf der andern Seite der Grenze», erklärte Winterschild. «Ihre Gemeinde umfasst auch zwei Dörfer auf der russischen Seite.»

«Es geht ihnen schlecht», sagte die Pfarrerin.

«Wem geht es nicht schlecht in diesem Winkel der Welt?», sagte Winterschild.

«Aber es geht ihnen viel schlechter als uns», sagte die Pfarrerin.

«Das war immer so. Schon in der Zarenzeit und auch während der Sowjetherrschaft. Estland, Lettland und Li-

tauen waren für die Russen immer das gelobte Land»,
sagte Winterschild.
«Was nicht heißt, dass die Esten deswegen freier gewesen
wären», sagte die alte Pfarrerin. Sie trank in kleinen
Schlucken Kaffee aus einer alten, braun verfärbten Tasse.
«Wenn dein Land das gelobte Land deines Nachbarn ist,
bedeutet das Knechtschaft für dich.»
«Erzähl uns jetzt von den Hundeschnäuzigen», bat Varje
wieder.
«Warum soll ich von den Hundeschnäuzigen erzählen?»
«Weil sie unseren Gast interessieren.»
«Es ist eine sehr estnische Geschichte. Und euer Gast ist
ein Mensch aus dem Westen.»
«Du schämst dich, von den Hundeschnäuzigen zu erzählen?»
«Was heißt schämen? Ich fürchte, dass euer Gast es nicht
richtig versteht.»
«Er wird es schon verstehen», sagte Winterschild.
«Also gut.» Die alte Pfarrerin schaute Bruderer an: «Ich
will nicht nur von den Hundeschnäuzigen erzählen, sondern auch von Metsavana und von Metsik.
Die Esten kannten keine himmlische Hierarchie. Wie sie
keine Dörfer in Ihrem Sinn kannten, so kannten sie auch
keine geordnete himmlische Hierarchie. Ich denke manchmal, das hing mit dem Wald zusammen. Der Wald war
überall, und er war so groß, dass die verschiedensten Wesen darin leben konnten und einander nie begegneten. Er
war das Andere, das Undurchdringliche und Bedrohliche.
Er war zugleich näher und unheimlicher als der Himmel,
der in Estland sehr hoch und sehr weit weg ist.
Metsavana heißt der Alte im Wald. Er trägt einen Mantel aus Moos und auf dem Kopf einen Hut aus Bir-

kenrinde. Er wohnt im Wald, wo, das weiß kein Mensch.
Doch wenn das Unglück es will, begegnet man dem Alten im Wald, oder man sieht seine Fußspur am Boden.
Wehe dem, der ihm folgt! Der Alte führt ihn tiefer und tiefer in den Wald. Und wenn sich der Mensch schließlich verirrt hat und nicht mehr weiß, wo er ein Dach für die Nacht finden soll, dann nimmt ihn der Alte mit zu sich nach Haus. Dort ist der Tisch gedeckt; der Mensch sitzt zwischen den Söhnen und Töchtern des Alten und isst und trinkt und lässt es sich gut gehen. Und am Ende der Mahlzeit steht der Alte auf und sagt: ‹Nun komm, ich zeige dir den Weg nach Hause.› Noch fürchtet sich der Mensch ein wenig. Doch der Waldrand ist plötzlich ganz nahe, nur ein paar Schritte noch über die Felder, und der Mensch ist zu Haus.

Aber als er dort ankommt, ist alles anders. Fremde wohnen in seinem Haus, Fremde leben in der Nachbarschaft, sie tragen andere Kleidung, sie haben andere Bräuche. Und als er nachfragt, merkt er, dass er hundert Jahre weg gewesen ist und dass keiner von denen, die er einst kannte, mehr lebt. Metsavana ist der böse Geist», sagte die alte Pfarrerin. «Der gute Geist ist Metsik. Der erscheint an Neujahr und zur Fastnacht und ist einmal ein Mann und einmal eine Frau. Metsik lässt das Korn reifen und die Speicher voll werden und das Vieh sich vermehren. Auch Metsik kommt aus dem Wald. ‹Mets› heißt Wald. Aber Metsik ist nicht im Wald geblieben. Sie ist vor den Wald hinausgetreten und segnet Acker und Vieh.»

«Und die Hundeschnäuzigen!», rief Varje.
«Der Strauch dort draußen hält sie ab. Denn der Geruch des Faulbaumes ist stärker als der Geruch der Menschen.

248

Die Hundeschnäuzigen riechen die Menschen und verfolgen sie. Sie wohnen, wo der Himmel die Erde berührt, und sie wollen nicht, dass die Menschen den Himmel betreten. Darum jagen sie sie, und wen sie ergriffen haben, den beißen sie in die Kehle.»

«Dracula auf Estnisch», sagte Bruderer.

«Vielleicht», sagte die Pfarrerin. «Aber hören Sie erst den Rest der Geschichte. Denn es gibt neben dem Faulbaum noch eine andere Rettung vor den Hundeschnäuzigen: das Schiff. Wenn ich ein Schiff besteige und hinausfahre auf die See, verlieren die Hundeschnäuzigen meine Spur und können mir nichts anhaben. Das Schiff jedoch, aber wem sage ich das, ist das Symbol der Kirche.»

«Wer nicht im Schiff der Kirche ist», exegesierte Bruderer, «und nicht auf die große Fahrt mitgenommen wird, fällt unter die Hundeschnäuzigen.»

«Kein Heil außerhalb der Kirche. Ein gefährlicher Satz, besonders in Estland. Darauf beriefen sich die Ordensritter auch», wandte Winterschild ein.

«Und missbrauchten das Christentum», sagte die alte Pfarrerin. «Ich denke, mit den Hundeschnäuzigen sind die verlorenen Seelen gemeint. Sie kommen nicht in den Himmel und wollen deshalb auch die anderen nicht hineinlassen. Verloren sind sie, weil sie nicht das Opfer der Liebe bekommen haben. Keiner hat sein Blut für sie vergossen. Und der, für den niemand das Leben hergab, der holt es sich selbst und beißt andern die Kehle durch. So habe ich es mir zurechtgelegt. Nehmen Sie noch eine Tasse Kaffee?»

Eine eigenwillige Auslegung, dachte Bruderer, während sie aus der alten Blechkanne einschenkte, aber er schwieg.

«Ich bin die Tochter eines Bauern», sagte die alte Pfarrerin. «Als ich ein Kind war, baute mein Vater ein neues Haus. Als das Haus fertig war, brachte er ein Opfer dar. Er legte Fleisch und Brot auf die Türschwelle und schloss so Frieden mit den Geistern, die sich gegen alles wehren, was neu gebaut wird. Tausend Meter von uns weg wohnte ein anderer Bauer. Der baute ebenfalls ein neues Haus und legte, als es fertig war, auch Fleisch und Brot auf die Türschwelle. Aber er hatte das Fleisch und das Brot vergiftet. Er wollte die bösen Geister damit umbringen. Am nächsten Morgen lag ein toter Fuchs vor seiner Tür. Da lachte die ganze Umgebung. Mein Vater auch. Aber manchmal denke ich, unser Nachbar war gar nicht so dumm, unser Nachbar war fast wie der liebe Gott. Er gibt dem Bösen ein Opfer. Und das Böse erstickt daran.»

«Für mich waren früher die Hundeschnäuzigen etwas ganz anderes», sagte Varje Winterschild, als sie schon fast wieder in Tartu waren. «Für mich waren es die Schnüffler vom KGB.»

45

Wien, Dezember 1893

Brahms ist sechzig, aber er sieht älter aus. Er ist schwer geworden, und sein Bart wird immer länger und ungepflegter. Wenn er durch die Straße geht, wirkt er wie ein alter, müder Bär. Seit Clara Schumann in Frankfurt kränkelt, hat er oft an den Tod gedacht. Jedoch nicht in der letzten Zeit. Alice Barbi hat ihn verändert.

Sie ist fünfunddreißig, die Tochter eines Geigenlehrers aus Modena. Vor elf Jahren hat sie in Mailand als Mezzosopran debütiert. Seither ist sie in St. Petersburg aufgetreten, in Edinburgh und London, in der Berliner Philharmonie und in Wien. Im Bösendorfersaal hat sie Lieder von Johannes Brahms gesungen. Er ist von ihr verzaubert. Sie hat ihn angeregt, wieder zu komponieren. Ein Trio für Klarinette, Violoncello und Klavier ist entstanden und ein Quintett für Klarinette und Streicher. Zweimal Klarinette. Klarinettengleich ist ihre Stimme. Er will nicht, dass eine andere die Dinge singt, die er für Alice Barbi schreibt. Darum nicht für Singstimme, sondern für Klarinette.

Ganz Wien spricht von der Barbi. Und davon, dass der alte Brahms bis über die Ohren in sie verliebt sei. Er würde selbst nie ein Wort davon sagen, und schon gar nicht würde er ihr Avancen machen, etwa mit der Absicht, sie zu heiraten. Dazu liebt er seine Freiheit zu sehr, fast schon krankhaft.

Und die Barbi ist auch gar nicht frei. Auf der letzten Tournee hat sie in St. Petersburg einen russischen Staatsrat aus dem Baltikum kennen gelernt. Boris Freiherr von Wolff-Stomersee ist seither ihr Begleiter. Dass Brahms sie anbetet, stört ihn nicht. Dieser alte, gedrungene Junggeselle, dessen dunkle Anzüge nach Zigarrenrauch riechen, ist kein ernsthafter Konkurrent.

Brahms hat der Werbung des Freiherrn von Wolff die ganze Zeit zugeschaut, mit einer Mischung aus Neid und Genugtuung. Es ist am erträglichsten, wenn er die Rolle des väterlichen Freundes einnimmt. Ein väterlicher Freund gibt Ratschläge. Um welche geben zu können, hat Johannes Brahms sich erkundigt. Man hat genug Freunde hier und dort.

Ja, die Freiherren von Wolff sind im Baltikum angesehen, und ihr Gut an dem kleinen Stomersee nahe der Eisenbahnlinie von Riga nach Marienburg kann sich sehen lassen, lauten die Auskünfte aus Riga. Alice Barbi ist Mitte dreißig. Wer weiß, wie lang die Pracht ihrer Stimme anhält? Sie muss sich beizeiten umsehen, um später versorgt zu sein. Und der Freiherr ist nicht nur ein vermöglicher, sondern auch ein ansehnlicher und intelligenter Mann. Als Staatsrat des Zaren einflussreich, kein Krautjunker, kein Hinterwäldler. «Ich kann Ihnen nichts Besseres wünschen», hat Brahms zu ihr gesagt, als sie vorsichtig den Namen und die Absicht erwähnte.

Auch, dass sie konsequent ist und mit den öffentlichen Auftritten aufhören möchte, billigt er. Es ist jammerschade, aber richtig. Eine Frau von Wolff-Stomersee singt nicht vor Publikum. Es gehört sich einfach nicht, da ist Brahms ganz ihrer Meinung. So viel er weiß, hat der Baron sie nicht gedrängt, obwohl er über vierzig ist. Er hätte auch noch ein paar Jahre gewartet. Aber sie will es. «Ich möchte Kinder haben», hat sie zu Brahms gesagt. Und sie ist, wie gesagt, fünfunddreißig.

Dennoch ist es ihm jetzt beinahe ums Heulen. Er sitzt, ungewohnt herausgeputzt, sogar den Bart in Form geschnitten, am Flügel, einem Bösendorfer selbstverständlich. Es ist im Bösendorfersaal, und die Barbi gibt ihr Abschiedskonzert. Nicht Abschied von Wien, sondern Abschied vom Konzertieren.

«Das können Sie nur in Wien, liebste Freundin», hat Brahms geraten und angefügt: «Ich werde Sie begleiten.»

«Sie?», hat sie gefragt und ist rot geworden. Er hat es gesehen wie ein Geschenk.

Der Applaus will nicht enden. Es regnet Blumen. Freiherr von Wolff steht am Rand. Er trägt eine russische Uniform und macht Brahms plötzlich einen ungeduldigen Eindruck. Einer, der seine Braut endlich für sich haben will. Doch fürs Erste hat Brahms noch die Freundin für sich. Er nimmt sie bei der Hand und zieht sie durch die Tür nach hinten. Im Solistenzimmer stellt er sich vor sie hin. Sie ist einen guten Kopf größer als er. «Sie werden gleich kommen», sagt er.

«Wer?»

«Ihr Verlobter und die andern. Darum sage ich hier: Leben Sie wohl. Und», fügt er leise an, «Gott segne Sie.» Er küsst dreimal ihre Hand. Sie will etwas sagen, aber er ist schon am Kleiderständer, nimmt seinen Umhang und den breitrandigen Hut und geht.

«Wo ist er?», fragt Wolff.

«Gegangen», sagt Alice.

«Wir wollten doch noch miteinander essen.»
«Er mag wohl nicht.»
Wolff umarmt sie und küsst sie. «Es schmerzt ihn», sagt er. «Kommt er morgen zum Bahnhof?»
«Ich glaube nicht.»

Brahms ist nicht am Bahnhof, als Alice und Freiherr von Wolff am Morgen den Erstklasswaggon nach Warschau via Krakau besteigen. Doch bevor der Zug anfährt, kommt ein Laufbursche gerannt mit einer Schirmmütze auf dem Kopf, auf der der Name eines Blumengeschäftes steht. Er klopft an die Scheibe. «Frau von Wolff?», fragt er. «Ich soll Ihnen das hier übergeben.»
Es sind Mimosen, als wäre es Frühling und man wäre in Nizza. Kein Brief dabei, keine Karte, nichts. Und der Laufbursche ist auch schon wieder weg. Weiß der Kuckuck, woher er die Mimosen hat. Man wird den Schaffner bitten müssen, eine Vase mit Wasser zu bringen.

Er schreibt über sie an Clara Schumann. Ihr selbst schreibt er nicht. Aber er lässt sich informieren. Riga ist eine Musik liebende Stadt, da hat er Bekannte genug. Die versorgen ihn mit dem, was er erfahren möchte. Er weiß, dass die Hochzeit ohne großen Pomp Anfang Januar auf Stomersee gefeiert wurde. Natürlich hat es einiges zu reden gegeben. Die Freiherren Wolff sind lutherisch, die Italienerin ist katholisch. Und dann ist sie bürgerlich. Es gibt ein paar Zugeknöpfte unter den Baronen, die das unstandesgemäß finden, auch wenn – nein, besonders da sie eine berühmte Sängerin gewesen ist. Wenigstens produziert sie sich nicht mehr. Hat man sie nicht seinerzeit auch in Petersburg gehört? Da muss es den armen Wolff erwischt haben.

Ende Februar ist Alice schwanger. Als sie im sechsten Monat ist, fährt man an die Côte d'Azur, um da den Winter zu verbringen. Alexandrine Alice Marie kommt am 27. November 1894 in Nizza zur Welt. Sie wird sogleich Licy genannt, und das bleibt ihr Leben lang so.

46

St. Petersburg, Oktober 1917

Licy kommt am Donnerstag viel zu früh und sehr aufgeregt zurück. «Die Universität ist geschlossen!», ruft sie. «Habt ihr gehört, dass der Zar abgesetzt ist?»
Die Mutter und der Vater sitzen noch beim Tee. Sie machen ernste Gesichter.
«Wir haben soeben darüber gesprochen, was es bedeutet, wenn der Zar auf den Thron verzichten würde», sagt endlich der Vater. Licy weiß, dass der Vater den Zaren für keine glückliche Gestalt hält, wie er im kleinen Kreis zu sagen pflegt. Wenn sie ganz unter sich sind, sagt er sogar, dem Zaren fehle es an Intelligenz, was in Zeiten wie den gegenwärtigen ein Unglück sei. Dennoch hat ihr Vater vom ersten Tag des Krieges an für Russland und gegen Deutschland Partei ergriffen. Obwohl er wie die ganze baltische Ritterschaft Deutscher ist und in der Familie deutsch gesprochen wird. In einem Krieg gegen Deutschland zu stehen, ist ihm sehr schwer gefallen, auch wenn er Wilhelm II. ebenfalls nicht für eine glückliche Gestalt hält.
«Wir hatten keine allzu schlechten Zeiten unter den Zaren. Wir sind ihnen Loyalität schuldig», hat ihr Vater oft gesagt.

Licy ist dreiundzwanzig und findet spannend, was geschieht. Sie hat die am weitesten gehenden demokratischen Vorstellungen der Familie. Der Vater könnte sich eine parlamentarische Monarchie nach britischem Muster vorstellen, glaubt aber nicht, dass sie sich in Russland halten würde. Die Mutter interessiert sich für nichts so wenig wie für Politik.

«Sie haben sich auf seine Absetzung geeinigt», sagt Licy.

«Wer?», fragt ihr Vater.

«Die vom Sowjet und die von der Duma. Heute Nacht.»

«Es war zu erwarten», sagt ihr Vater. «Uns bringt es in einen Zwiespalt.»

Licy begreift nicht, was daran zwiespältig sein soll.

«Wir sind Deutsche», beginnt in belehrendem Ton der Vater.

«Ich bin mehr Russin als Deutsche», sagt Licy. «Und am meisten bin ich Lettin.»

«Sprechen wir hier deutsch oder russisch oder lettisch?», ruft der Vater.

«Aber ich liebe Stomersee. Ich liebe Stomersee über alles. Darum will ich mehr Lettin und Russin als Deutsche sein!»

«In Stomersee sitzen die Deutschen», sagt der Vater nüchtern. Er liebt Stomersee auch; Licy weiß es. Als die Insurgenten es im Jahr 1905 niedergebrannt hatten, baute er es wieder auf, genau so, wie es vorher gewesen war.

«Ich will versuchen, ob wir gemeinsam nach Stomersee zurückgehen können», sagt er.

«Meinst du, sie lassen dich?», ruft Licy. «Du hast gegen sie gekämpft. In ihren Augen bist du ein Verräter. Du kannst nur, wenn es den Russen gelingt –.»

«Das wollen aber deine bolschewistischen Freunde nicht. Sie wollen den Krieg beenden.»

«Ich habe keine bolschewistischen Freunde.»

257

«Ich werde herausfinden, ob es möglich ist», sagt der Vater. «Ich gehe zum Ministerium.»
«Ist das nicht gefährlich?», ruft die Mutter.
«Ach was!»
Der Vater trägt Zivil. So hat ihn Licy vorher nur selten gesehen.

Als der Vater zurückkommt, sagt er: «Die gesamte Regierung ist verhaftet und in die Peter-Pauls-Festung überführt. Und das ist die neue Regierung.» Er zieht ein Flugblatt aus der Tasche. Licy schnappt es sich und liest.
«Wo ist denn da die Revolution?», fragt sie. «Außer Kerenskij kein einziger Linker.» Ein Fürst als Ministerpräsident, drei Professoren als Minister, dazu ein Zuckerfabrikant, ein Bankier, ein Gutsbesitzer. «Keine Revolution weit und breit.»
«Eben», sagt der Vater. «Wir können beruhigt sein. Es wird eine parlamentarische Monarchie werden. Der Zar hat zugunsten des Großfürsten Michail auf den Thron verzichtet.»

Am nächsten Tag, Freitag, verzichtet auch Großfürst Michail auf den Thron. Das missfällt Boris von Wolff. Englische Verhältnisse wären zu wünschen.
«Wir fahren», sagt er, als er vom Gang in die Stadt zurückkommt. «In Petersburg sind wir nicht mehr sicher.»
«Wohin?», fragt die Mutter.
«Nach Riga, und von Riga nach Stomersee. Lettland wird deutsch bleiben, so, wie die Dinge sich jetzt entwickeln.»

Was sollen sie mitnehmen? «Wenig. Am besten gar nichts», sagt der Vater. Mit viel Gepäck fallen sie nur auf.

Er geht, um die Fahrkarten zu besorgen. «Niemand verlässt das Haus», verfügt er unter der Tür. Licy lässt sich solche Befehle nicht gern gefallen.

Um zwei Uhr ist er gegangen. Um sieben ist er immer noch nicht zurück. Licy zündet im Salon die Lampen an. «Ich gehe ihn suchen! Man kann doch nicht hier herumsitzen und nichts tun!», sagt sie.

Um ein Viertel vor acht geht die Hausglocke. Das Mädchen kommt und meldet den Marchese della Torretta. Die Mutter ruft: «Pietro!», läuft ihm entgegen, fällt ihm um den Hals und beginnt zu weinen. Pietro Tomasi Marchese della Torretta ist der italienische Geschäftsträger in Russland und ein Freund des Hauses.

«Boris ist verschwunden!», sagt die Mutter.

«Ich weiß es.»

«Du weißt es? Weißt du noch mehr?»

Der Marchese führt die Mutter zu einem Sessel. «Leider ja.»

«Was ist geschehen?», schreit die Mutter. «Ist er tot?»

«Er wurde verhaftet», sagt der Marchese leise und ohne Betonung. Es ist fast englisches Understatement und passt zu seiner Erscheinung.

«Verhaftet? Wo?»

«Am Bahnhof. Einer unserer Beobachter brachte die Meldung. Boris wollte Fahrkarten kaufen; dabei ist er von einer Gruppe Soldaten nach einem Wortwechsel abgeführt worden.»

«Was wirft man ihm vor?», fragt Licy.

«Ich weiß es nicht», sagt der Marchese.

«Und wohin ist er gebracht worden?»

«Auch das weiß ich nicht. Aber ich hoffe, es herauszufinden.»

Eine Woche lang kommt der Marchese jeden Tag vorbei. Viel findet er nicht heraus. Am Freitag ist sein Gesicht grau. «Was hast du?», ruft Alice.

«Er ist tot», sagt der Marchese. «Sie haben ihn erschossen.»

Alice weint. Licy schließt sich in ihr Zimmer ein.

«Ich nehme euch mit in die Botschaft», sagt der Marchese. «Hier seid ihr nicht sicher.»

Von da an leben sie in der italienischen Botschaft. Alice spielt bald die Frau des Hauses, da der Marchese unverheiratet ist. Auf seinem Schreibtisch sieht Licy eines Tages eine Fotografie in silbernem Rahmen. Ein Kind in einem weißen Spitzenröcklein, das eine Bein im Knopfstiefel über das andere geschlagen. Unter dem Bild steht in der Schrift eines Erwachsenen: «Allo zio Pietro con affetto».

«Wer ist das?», fragt Licy den Marchese.

«Mein Neffe Giuseppe.»

«Auch ein Torretta?»

«Nein, auch ein Tomasi. Giuseppe Tomasi Duca di Palma, der Sohn meines Bruders Giulio Tomasi Principe di Lampedusa.»

«Was ihr in Sizilien für Titel habt!», sagt Licy.

Ende Februar rät der Marchese ihnen, nach Stomersee zu fahren. Er glaubt, dass sie dort sicherer sind. Er hat Lenin kennen gelernt und denkt, dass Grund besteht, ihn zu fürchten. «Die baltischen Staaten werden unabhängig sein», sagt er.

Sie fahren mit der Eisenbahn über Narva nach Riga und von dort nach Kalniena. In Kalniena holt der lettische Kutscher sie ab.

«Hier ist alles wie früher», sagt Licy.

Das Hausmädchen Alma erwartet sie unter der Tür. «Dass er hat sterben müssen!», sagt es weinend, als es Alice die Hand küsst.

1920 heiratet Alice Barbi, verwitwete Baronin Wolff, in London den italienischen Diplomaten Pietro Tomasi Marchese della Torretta. Sie ist froh, das finstere Baltikum zu verlassen. Licy bleibt in Stomersee. Sie hat die lettische Staatsbürgerschaft angenommen und Andreas Baron Pilar von Pilchau aus Pärnu, vor der russischen Revolution Offizier in der Garnison von Moskau, seither als Industriekaufmann tätig, geheiratet und interessiert sich für Psychoanalyse.

47

Tartu, April 1998

Bruderer hatte zwei Stunden in einem kalten Hörsaal vor sieben Hörern über Alexandre Vinet und die europäische Erweckungsbewegung gelesen. Trotz der langen wollenen Unterhose war ihm kalt geworden. Jetzt hatte er Durst und Hunger.

Viivi saß noch vor dem Bildschirm im Dekanat.

«Haben Sie heute Abend etwas vor?», fragte Bruderer.

«Fakultätssitzung. Ich schreibe die Protokolle. Die Sitzungen dauern immer sehr lang.»

«Ich hätte Sie gern zum Essen eingeladen», sagt Bruderer. «Geht leider nicht.»

«Wirklich nicht? Es wäre – es wäre sozusagen eine seelsorgerliche Handlung. An mir.»

Sie schaute ihn an.

«Sie haben keine Stellvertreterin?»

«Doch. Die zweite Dekanatssekretärin. Aber sie ist schon zu Hause.»

«Und hat sie zu Hause kein Telefon?»

«Das hat sie. Aber sie ist Stellvertreterin nur für Notfälle.»

«Dies ist ein Notfall! Ich gehe sonst auf die Kivisild und springe in den Emajögi.»

Sie hob den Telefonhörer ab und wählte.

«Sie brauchen ihr ja nicht zu sagen, dass es sich um mich handelt», sagte er. Aber sie sprach schon estnisch. Dann sagte sie: «Meine Kollegin tut es für mich. Nun aber schnell weg, bevor die Professoren kommen.»

Wie Einbrecher schlichen sie die Treppe hinunter und durch einen Seitenausgang auf die Straße hinaus. Es dunkelte schon.

Bruderer fragte: «Wohin gehen wir? Kennen Sie ein schönes Lokal?»

«Ich gehe fast nie aus», sagte Viivi.

«Ins Hotel?»

«Ins *Barclay*? Die Fenster dort sind sehr groß, und man sieht von der Straße hinein. Nicht gerade das Geeignete für eine Frau, die angeblich mit Kopfschmerzen im Bett liegt.»

Sie fanden ein Kellerlokal nahe der Universität, einen verwinkelten Bunker tief unter dem Boden, mit lauter Nischen für nur einen Tisch. Bruderer fragte sich, was dieser Keller wohl früher gewesen war. Ein Gefängnis des KGB? Keine fünfzig Schritt entfernt war das Hotel *Barclay*, das ehemalige Hauptquartier der Roten Armee in der geschlossenen Stadt Tartu.

Sie aßen gut und tranken eine Flasche Wein.

«Waren Ihre mütterlichen Vorfahren auch Schweizer?», fragte Bruderer.

«Nein. Sie waren Esten – seit tausend Generationen.»

«Und Ihr Vater, haben Sie ihn gekannt?»

«Nein, als der KGB ihn am Peipus-See aufspürte und er, beim Versuch zu entkommen, ertrank, war ich erst ein paar Wochen alt.»

«Haben Sie wenigstens ein Bild von ihm gesehen?»

«Alle Bilder hat der KGB bei Hausdurchsuchungen mitgenommen. Ich weiß nur aus den Erzählungen meiner Pflegemutter, wie mein Vater gewesen ist.»

«Aber da gab es doch noch den Onkel in Amerika.»

«In Hawaii. Meine Pflegemutter sagte, er habe meiner Mutter viele Jahre lang jeden Monat ein Paket geschickt. Nach ihrem Tod hörten die Sendungen plötzlich auf.»

«Er hat erfahren, dass sie gestorben ist?»

«Das glaube ich nicht. Ich nehme an, dass die Pakete nach ihrem Tod nicht weitergeleitet wurden. An wen auch? Von mir wussten sie ja nichts.»

«Sie haben nie mehr etwas von Ihrem Onkel gehört? Auch nicht, als Estland frei wurde?»

«Nein. Auch er wusste nicht, dass ich lebe.»

«Es heißt, er habe Estland wegen Ihrer Mutter verlassen», sagte Bruderer.

«Das hat Ihnen der Botschaftsrat erzählt, nicht wahr? Man behauptete so etwas in ihrem Dorf. Ich weiß nicht, was daran wahr ist; ich konnte niemanden fragen.»

«Und er soll mit dem Schriftsteller Edzard Schaper bekannt gewesen sein.»

«Der habe ihm zur Flucht geraten, noch bevor er selbst geflohen sei.»

«Haben Sie Schaper gelesen?»

«Niemand in Estland hat Schaper gelesen außer dem alten Seela und Ihrem Winterschild. Seela war mit ihm befreundet. Und Winterschild ist Schaper-Spezialist. Ich glaube wider Willen. Er mag ihn nicht; Schaper ist ihm zu fromm. Für einen Altachtundsechziger wie Winterschild ist Frömmigkeit eine rein soziologische Frage. Aber da er Deutscher und Literaturwissenschafter und als solcher in Estland ist, musste er wohl oder übel Schaper lesen. Und jetzt soll er zu seinem Verdruss überall Vorträge und Festansprachen über ihn halten. Viel lieber würde er über Lichtenberg sprechen.»

264

Abgesehen von einem Tisch lärmiger Finnen waren sie die einzigen Gäste. Nachdem die Finnen gegangen waren, machte ihnen der Kellner wortlos, aber deutlich klar, dass er froh wäre, wenn er Feierabend machen könnte. Es war mittlerweile schon elf Uhr.

«Jetzt wäre die Fakultätssitzung auch aus», sagte Bruderer auf der Straße.

«Da bin ich nicht sicher. Es dauert oft sehr lang.»

«Wollen wir nachsehen?»

Zu seiner Überraschung sagte sie «Ja» und nahm ihn bei der Hand. Sie zog ihn über den Rathausplatz und durch die kurze Gasse. An deren Ende stand grau und drohend in der Dunkelheit die Fassade der Universität. Nur die sechs weißen dicken Säulen leuchteten wie Birkenstämme.

«Es ist gleich um die Ecke», sagte Viivi. In einem Fenster über Kopfhöhe war noch Licht.

«Wir können nicht hinaufklettern. Sie würden es hören», sagte Bruderer.

«Warten Sie. Kommen Sie mit.»

Sie überquerten die Straße. Hier stand der grüne Klotz der Gerichtsmedizin, nicht viel jünger als die Universität. Ebenso große Fenster, mit hervorragenden Simsen. Sie stemmten sich hinauf und setzten sich. Der Sims war fast so breit wie eine Bank. Durch das Fenster jenseits der Straße überblickten sie das ganze Fakultätszimmer. An der Wand im Hintergrund drei Porträts, Professoren mit Talar, Beffchen und Barett. Darunter der Tisch, um den die Dozenten saßen.

Viivi zeigte hinüber. «Oben der Dekan.»

«Ich dachte, er wäre im Ausland?», sagte Bruderer.

«Er ist vor einer Woche zurückgekommen.»

«Und der Vizedekan?»

«Ist auch wieder zurück und sitzt neben ihm. Dann der Alttestamentler. Hat über Quellenscheidung im Buch Josua gearbeitet und eine eigene Hypothese entwickelt. Ein Sprachgenie. Beherrsche mindestens zwei Dutzend Sprachen, heißt es. Ihm gegenüber, Rücken zu uns, der Religionsphilosoph. Gegenüber der Systematiker. Schreibt noch an seiner Doktorarbeit über Heidegger. Neben ihm der Kirchenhistoriker und der Neutestamentler, und unten am Tisch der Praktische Theologe. Der Neutestamentler hat soeben ein Buch abgeschlossen, in dem er nachzuweisen sucht, dass die Gleichnistheorie der neueren deutschen hermeneutischen Schule von einer falschen Voraussetzung ausgeht.»

«Von welcher?», fragte Bruderer.

«Kann ich Ihnen nicht sagen.»

«Ich habe keinen der Herren kennen gelernt», sagte Bruderer.

«Das werden Sie schon noch.»

«Worüber reden sie so lange?»

«Ich weiß es nicht. Es war keine umfangreiche Traktandenliste. Aber oft geraten sie auf ein Nebengleis und finden nicht mehr zurück.»

«Reden sie über mich?»

«Glauben Sie?»

«Ich bin sicher, dass sie über mich reden», sagte Bruderer. «Sehen Sie nur. Jetzt ergreift der Systematiker das Wort. Wir sehen zwar nur seinen Rücken, aber wir erkennen seine abschätzigen Schulterbewegungen. Ich weiß, was er sagt. ‹Der Mann erzählt Geschichten›, sagt er. ‹Er erzählt hermeneutisch völlig unreflektiert irgendwelche Geschichten.› Und sehen Sie nur, der Praktische Theologe stimmt ihm zu. ‹Er verdirbt das Niveau unserer Fakultät. Wir haben uns unendliche Mühe gegeben, an den westlichen Standard heranzukommen. Und nun untergräbt der Mann mit seinen Geschichten das, was wir aufgebaut haben.› Er erntet Beifall vom Religionsphilosophen. ‹Ich bin froh, wenn wir ihn wieder los sind›, sagt er.»

«Sind Sie verrückt, Felix?», flüsterte Viivi.

«Nein! Die nächtliche Versammlung des Hohen Rates. Das Urteil lautet: Kreuzigt ihn!»

Viivi sprang vom Sims der Gerichtsmedizin auf die Straße hinunter. Bruderer sprang ihr nach.

«Jetzt sind Sie mir aber unheimlich geworden», sagte sie.

«Ich möchte noch etwas trinken», sagte er und nahm sie am Arm.

Eine Studentenkneipe war noch geöffnet.

48

Stomersee, Dezember 1939

«Es ist einer von der deutschen Landsmannschaft hier»,
sagt Linards, als Licy vom Morgenritt durch den De-
zemberschnee zurückkommt.

Der Mann stellt sich vor: Dr. Henkelpfennig. Lehrer am
Gymnasium von Marienburg. Deutsch und Geschichte.
Er trägt Knickerbocker mit grünen Strümpfen, einen
Tirolerkittel und eine randlose Brille. Er redet nicht lan-
ge um die Sache herum.

«Sie haben vom Angebot des Führers gehört, Baronin»,
sagt er. Fürstin wäre richtig, aber wenigstens sagt er nicht
Volksgenossin. «Alle Deutschen aus dem Baltikum sollen
ins Reich zurückkehren.»

«Mich betrifft es nicht», sagt Licy.

«Wie soll ich das verstehen?» Seine Stimme klingt entrüstet.

«Ich habe 1918 die lettische Staatsbürgerschaft angenommen. Und durch Heirat bin ich Italienerin.»

«Aber Sie sind vor allem andern Deutsche, Baronin! Sie
werden Ihre deutsche Abstammung doch nicht verleug-
nen wollen!»

«Nein. Trotzdem interessiert mich Ihr Angebot nicht.»
Licy hat inzwischen das Parteiabzeichen im Knopfloch
des Tirolerkittels gesehen.

Doktor Henkelpfennig macht schmale Augen.

«Glauben Sie, dass Ihre lettische Staatsbürgerschaft Sie
vor den Sowjets schützen wird, Baronin? Diese Staats-

bürgerschaft ist keinen Pfennig mehr wert.» Er sagt es, obwohl er Henkelpfennig heißt.

«Wenn ich weggehe, gehe ich nach Sizilien. Dort lebt mein Mann.»

Henkelpfennig hat genug. Er grüßt mit ausgestrecktem Arm. Neben der Tür lehnt sein Fahrrad an der Mauer.

«Was könnte ich mitnehmen, wenn ich mich anschlösse?», fragt Licy, als Henkelpfennig schon auf dem Sattel sitzt.

«Zwei Handkoffer pro erwachsene Person», antwortet er.

Noch am Vormittag beginnt Licy zu packen. Sie packt zuerst einen Handkoffer für sich. Dann ruft sie Alma und heißt sie Linards holen, der eine große Kiste bringen soll. Alma fängt sogleich an zu weinen. «Sei keine Heulsuse», fährt Licy sie an.

Zusammen legen sie das Silber in die Holzkiste. Dazwischen stopfen sie Stroh und Papier. Dann lässt Licy wieder Linards rufen, der die Kiste zunagelt. Womit kann sie angeschrieben werden? Tinte hält nicht. Licy fällt die Pechpfanne ein, die man im Sommer zwischen die Pferde hängt, damit das Ungeziefer sie in Ruhe lässt. Mit einem Span, den sie in das Pech tunkt, schreibt sie die Kiste an: *Principessa Tomasi di Lampedusa, Palermo, Sicilia, Italia.* Und auf der andern Seite: *Fürstin Tomasi di Lampedusa, Palermo, Sizilien, Italien.*

Alma heult wieder. «Sie werden uns verlassen», schluchzt sie. «Was wird aus uns, wenn die Russen kommen?»

«Die Russen werden euch nichts tun. Und ich gehe nicht für immer. Ich komme zurück», sagt Licy.

Dann hängen sie mit Linards' Hilfe die wertvolleren Bilder ab, wickeln sie in Leintücher und tragen sie in die Ställe, um sie im Heu zu verstecken.

«Ich werde zurückkommen», sagt Licy unter der Tür zu Alma, bevor sie in die Kutsche steigt. «Ich werde zurückkommen», sagt sie auf dem Bahnsteig von Kalniena zu Linards, als der Zug nach Riga einfährt.

49

Stomersee, Juli 1941

«Licy kommt zurück», schreit Alma durchs Küchenfenster auf den Hof hinaus, wo Linards missmutig herumhantiert. Soeben ist der Postbote von Kalniena gekommen und hat das Telegramm gebracht.
Linards lässt den Rechen fallen und kommt in die Küche. Alma und Linards schauen einander lachend an.
«Das feiern wir», sagt Alma. Sie holt eine Flasche Beerenlikör, die sie vor den Russen versteckt hat, und sie setzen sich an den großen Küchentisch und trinken.

Linards zerbricht sich den Kopf, wie er Licy abholen soll. Pferde sind keine mehr da, haben alle die Russen gestohlen. Die Kühe, bis auf zwei, haben die Deutschen requiriert. Die Deutschen sind seit einem Monat im Land. Alma und Linards fürchten Russen und Deutsche gleichermaßen.

«Seit die Deutschen hier sind, verkehren die Züge wieder pünktlich», hat eine Bekannte, eine Lettin, in Riga zu Licy gesagt, um ihr zu schmeicheln.
«Wenn das die Befreiung ist –», hat Licy geantwortet. Die Nazis sind ihr widerwärtig. Sie ahnt, was mit den Juden in Riga geschieht. Und sie hat den bösartigen Eifer der lettischen Helfershelfer gesehen.

Der Zug ist tatsächlich pünktlich in Riga abgefahren, und er trifft auf die Minute genau nach Fahrplan in Kalniena ein. Neben dem kleinen Bahnhofsgebäude wartet ein seltsames Gefährt. Die alte Kutsche der Freiherren Wolff. Vorgespannt sind zwei Kühe.

Licy ist die Einzige, die aussteigt. Früher kam jedes Mal der Bahnhofsvorsteher, um sie zu begrüßen. Der alte ist nicht mehr hier, den neuen kennt sie nicht, und er kennt sie nicht. Linards kommt ihr entgegen und zieht die Mütze.

«Willkommen zu Hause, Fürstin», sagt er. Er nimmt ihr das Gepäck ab. Sie hat nur einen einzigen schmalen Koffer bei sich.

Als sie vor der Kutsche mit den Kühen steht, muss sie lachen. Sie krümmt sich vor Lachen und kann fast nicht damit aufhören.

«Wir haben keine Pferde mehr», sagt Linards. Er öffnet den Schlag. Licy steigt ein. Linards setzt sich nicht auf den Kutschbock, das sind die Kühe nicht gewohnt. Er geht voraus und hält einen Strick in der Hand, als müsste er Kühe und Kutsche alleine ziehen. Die Kühe trotten langsam und lassen Fladen fallen. Zu Fuß wäre man schneller. So rollen sie in den Abend hinein. Licy sitzt zusammengekrümmt in den roten Polstern. Die Kutsche ist nicht mehr vollständig, das Faltdach fehlt. Licy schaut vor sich auf den Kutschenboden. Sie will nichts sehen von dem Dorf und der Landschaft. Sie fürchtet sich davor.

50

Stomersee, Dezember 1942

Sie ahnt, dass Stalingrad fallen wird. Hinter vorgehaltener Hand sagen es fast alle in Riga. Man kann nicht wissen, ob es bloß Wunschdenken ist. Aber die Aufgeregtheit der Deutschen zeigt, dass es nicht nur ein Gerücht ist.

Licy hat genug. Sie hat um das Schloss am Stomersee gekämpft. Sie hat es vor dem Zugriff der Besatzer geschützt. Manchmal hat sie sich über Giuseppe aufgeregt, der in seinen Briefen aus Sizilien vor Selbstmitleid stöhnt und auf derselben Seite erzählt, was er in Capo d'Orlando bei seinen Cousins Lucio und Casimiro Piccolo gegessen hat: Lasagne, Hummerpastetchen, Koteletts, in Brotteig gebacken, mit Erbsen und Speck und eine Escoffiertorte zum Dessert.

Licy ist erschöpft, sie kann nicht mehr. Wenn, wie erwartet, die Katastrophe in Stalingrad eintritt, werden die sowjetischen Truppen schnell wieder hier sein. Bei denen hat sie keine Chance.

Sie schreibt Giuseppe, dass sie aufgibt und nach Italien zurückkehrt. Aber sie will nicht nach Sizilien. Sie und ihre Schwiegermutter können einander nicht leiden, und die verrückten Piccolos, mit denen Giuseppe immer zusammensteckt, hält sie nicht aus. Darum schreibt sie mit gleicher Post an ihre Mutter und ihren Stiefvater, Giuseppes Onkel, den alten Diplomaten. Sie leben in Rom, Licy wird bei ihnen wohnen, und Giuseppe wird sie besuchen. Aber sie weiß, dass sie es nicht verschmerzen wird, wenn sie Stomersee ganz verliert. «Stomersee ist das Einzige, was ihr wirklich wichtig ist», hat schon im September ihr erster Mann aus Genf, wo er Funktionär des Internationalen Komitees vom Roten Kreuz ist, an ihren zweiten Mann in Palermo geschrieben, der bald darauf, er weiß kaum wie, zum Präsidenten des Komitees vom Roten Kreuz der Provinz Palermo ernannt wird.

51

Basel, März 1951

Im Frühling 1951 bekommt Fred Leimgruber in Honolulu einen Brief aus Westberlin. Ein Hilferuf seines Bruders Christian, der mit Tausenden im Untergrund lebt und dringend um Unterstützung aus dem Westen bittet. Fred ist nüchtern genug, um zu wissen, dass niemand den Waldbrüdern helfen wird. Aber ein Satz in dem Brief beschäftigt ihn lange: «Manchmal bedaure ich, dass Laine und ich nicht mit dir gegangen sind.»

Fred Leimgruber findet, er könne die Geschichte nicht auf sich beruhen lassen. Er will seinem Bruder und Laine eine Brücke in den Westen und in die Freiheit bauen. Er geht zum schweizerischen Konsulat in Honolulu. Der Konsul reibt sich vor Verlegenheit die Hände und rät ihm, sich mit der Gesandtschaft in Washington in Verbindung zu setzen, was Fred umgehend tut. Dort sagt man ihm, er komme am besten her. Fred nimmt Ferien und fliegt nach Washington. Der Gesandte weilt gerade in der Schweiz, sein Stellvertreter ist nicht auf dem Laufenden und bedauert. Er meint, es wäre am besten, wenn Fred in die Schweiz führe.

Zum ersten Mal seit er nach Amerika gekommen ist, kehrt Fred in die Schweiz zurück. Hinreise mit einem italienischen Schiff bis Genua, von dort mit der Eisenbahn, Rückreise mit dem Flugzeug.
Fred spricht in Bern vor. Eidgenössisches Politisches De-

partement. Noch aus Washington hat er einen Brief geschrieben. Er bezieht sich auf den Brief. Man schaut ihn mit einer Mischung aus Misstrauen und Mitleid an und findet endlich einen Beamten, der etwas von Freds Brief weiß. Fred wird in ein Büro gebeten, wo ihm der Beamte eröffnet, dass man leider nichts tun könne. Christian Leimgruber sei inzwischen wahrscheinlich sowjetischer Staatsbürger. Zudem verhalte er sich illegal, was die Sache erschwere. Damit ist die Audienz beendet.

Im Vorraum sitzt eine Sekretärin. Sie sieht Freds Niedergeschlagenheit. «Kann ich etwas für Sie tun?», fragt sie. Fred erzählt, warum er hier ist.
«Wollen Sie es nicht beim Internationalen Komitee vom Roten Kreuz versuchen?»
Sie sucht Fred Adresse und Telefonnummer in Genf heraus. Mit dem ersten Zug fährt Fred Leimgruber am nächsten Morgen nach Genf. Dort sagt man ihm, der zuständige Mann sei unterwegs.
«Wo ist er?»
«An einer Sitzung in Basel.»
«Und wie heißt er?»
«André Pilar.»
«Pilar von Pilchau?», fragt Fred.
«Ja.»
«Andreas Baron Pilar von Pilchau?»
«Bei uns heißt er Monsieur André Pilar.»
«Den kenne ich!», ruft Fred Leimgruber. «Dessen Gut lag neben dem der Kotzebues. Wo treffe ich ihn?»

André von Pilar sitzt in der Bar des Hotels *Euler* am Centralbahnplatz in Basel und trinkt einen Bourbon. Vor einem Monat hat er seine Bewerbung für Geigy geschrieben, gestern hat er sich bei der Geschäftsleitung von Geigy vorgestellt. Er ist einundsechzig, und es wird Zeit, dass er noch ein wenig Geld verdient.

Er hat heute zwei Anrufe bekommen, einen aus Basel, einen aus Genf. Beides Männer, beide mit dem Wunsch, ihn zu sehen. Den einen hat er auf vier Uhr bestellt, den andern auf fünf. Er weiß, dass die Chefetage bei Geigy um fünf zusammenkommt. Man hat ihm versprochen, ihn telefonisch über den Ausgang zu informieren, sobald die Sitzung zu Ende ist.

Es ist fünf nach vier, als sein erster Besucher die Bar betritt. André Pilar sieht sofort, mit wem er es zu tun hat. Zweifellos ein Kleriker. Kleriker und Polizisten sehen in Zivil immer wie verkleidet aus.

«Es handelt sich um eine humanitäre Angelegenheit», sagt der Besucher, der sich als Abgesandter des Erzbischofs von Paris ausweist. «Wir brauchen Reisedokumente für einen gefährdeten Mann.»

André Pilar kennt diese Sätze. Noch ein Nazi-Kollaborateur, der nach Argentinien geschleust werden soll. André Pilar ist sich bewusst, dass schwarz nie ganz schwarz und weiß nie ganz weiß ist. Als einer, der aus dem Baltikum stammt, hat er einen Sinn für Zwischentöne. Dennoch ist er die Geschichten leid. «Ich bin dabei, den Dienst beim Internationalen Komitee vom Roten Kreuz zu quittieren», sagt er, als der andere ausgeredet hat.

«Davon hat man mir in Genf nichts gesagt.»

«Das konnte man Ihnen in Genf auch noch nicht sagen.» Der Mann verabschiedet sich eilig, ohne zu fragen, wer das Glas Wein bezahlt, das er getrunken hat.

Eine halbe Stunde später kommt der Zweite, überpünktlich.

«Ich heiße Leimgruber», sagt er. «Mein Vater –.»

«Alfred Leimgruber?», fragt Pilar.

«Genau!»

Er muss erzählen, von sich, seinen Eltern, seinem Bruder Christian.

«Was sagen Sie? Er ist ein Waldbruder geworden?»

«Was immer das heißt.»

«Ich weiß genau, was das heißt», sagt Pilar. «Man müsste – aber leider kann ich nichts mehr tun. Ich verlasse das IKRK.»

In diesem Augenblick kommt der Concierge persönlich und bittet den Baron ans Telefon. Und als Pilar zurückkehrt, muss er zu seinem Bedauern sofort weggehen.

«Warum nicht?», fragt man rhetorisch in der Chefetage der J. R. Geigy AG in Basel.

«Einen Balten?», fragt unrhetorisch ein später Hinzugekommener.

«Er spricht perfekt Italienisch und hat gute Beziehungen in Italien.»

«Jaja. Seine geschiedene Frau ist die Tochter einer italienischen Opernsängerin, die in zweiter Ehe mit dem italienischen Botschafter in London verheiratet war. Die Tochter selbst ist jetzt die Frau eines sizilianischen Fürsten, der seinerseits der Neffe des Stiefvaters seiner Frau ist. Nennen Sie das gute Beziehungen zu Italien?»

«Die geschiedene Frau gehört durch ihre zweite Heirat zu den allerersten Kreisen Italiens. Und: Er ist mit seiner geschiedenen Frau und ihrem zweiten Mann befreundet. Sehr gut befreundet sogar.»

278

«Also bitte! Wenn Ihnen das reicht, meine Herren. Ich habe mich erkundigt. Herrn Pilars geschiedene Frau hat in zweiter Ehe einen Principe di Lampedusa aus Palermo geheiratet. Der Fürst besitzt zwar einen volltönenden Titel und einen respektablen Stammbaum, aber sonst so gut wie nichts mehr. Ein Sonderling, der tagaus, tagein im Kaffeehaus sitzt und Romane liest, während seine Frau, die frühere Baronin Pilar von Pilchau, psychoanalytische Séancen abhält.»

«Was tut sie?», fragt einer.

Der Opponent merkt, dass er Oberwasser bekommt und spielt seine stärksten Trümpfe aus.

«Sie ist Anhängerin von Sigmund Freud!»

«Das werden Sie doch nicht ihrem ersten Mann anlasten wollen.»

Worauf es aus dem Mund des Opponenten wie aus einem Kanonenrohr kommt: «Der im Übrigen katholisch und angeblich homosexuell ist.»

«Sollen wir etwa einen Protestanten nach Italien schicken? Und was dieses andere angeht, so nehmen es die Italiener damit nicht sehr genau. In Italien küssen sich die Männer wie bei uns die Frauen. Es fällt nicht weiter auf.»

«Also bitte, meine Herren!», ruft der Vorsitzende. «Ich wäre dankbar, wir bräuchten nicht – in diese unappetitlichen Regionen hinabzusteigen.»

Einer – es ist der Jurist, der den Vertrag wird aufsetzen müssen – kichert. Der Vorsitzende blitzt ihn so strafend an, dass der Jurist sich selbst die kichernde Kehle durchschneiden könnte aus Angst, die Stelle zu verlieren.

Der, welcher Pilar in Vorschlag gebracht hat, hat auch noch eine Karte im Ärmel. «Ich füge bei», sagt er so harmlos wie möglich, «dass Herr Pilar Mitarbeiter des

Internationalen Komitees vom Roten Kreuz ist. Vizedirektor der Sektion *Hilfe an okkupierte Länder.*»
«Was wollen Sie damit andeuten?», fragt der Opponent.
«Er stammt selbst aus einem okkupierten Land. Er hat
seine Güter verloren, und er beschäftigt sich mit okkupierten Ländern. Das heißt im Klartext, mit den Ländern
hinter dem Eisernen Vorhang. Meine Herren, es kann in
der gegenwärtigen Weltlage nichts schaden, wenn wir einen dezidierten Antikommunisten auf einem leitenden
Posten haben.»
Dagegen weiß auch der Opponent nichts mehr zu sagen.
«Ich kann also davon ausgehen, dass Sie einverstanden
sind?», fragt der Vorsitzende. Alle nicken.

52

Tartu, April 1998

Vom Montag auf den Dienstag war über Nacht der Frühling ausgebrochen. Die Sonne wärmte; jedes Wirtshaus hatte Tische und Stühle auf die Straße gestellt, die sofort besetzt waren. Auf dem Rand des Brunnens vor dem Rathaus saßen halb nackte Studenten.

Am Abend würde Bruderer seinen Vortrag im Deutschen Kulturinstitut halten. Nach dem Frühstück ging er in die Stadt, um sicher zu sein, dass er das Haus fand. Er war gleich am zweiten Tag nach seiner Ankunft in Tartu schon einmal dort gewesen und hatte sich im Büro vorgestellt. Er war von einer freundlichen Dame in perfektem Deutsch empfangen, mit Kaffee bewirtet und durch das Haus geführt worden. Er hatte eine Lehrerin kennen gelernt, die einer Erwachsenenklasse Deutschunterricht erteilte. In der Klasse hatte er Fragen über die Schweiz beantwortet und war mit Applaus verabschiedet worden. Er hatte auch die Bibliothek unter dem Dach besucht und die Bibliothekarin getroffen, die ihm sagte, wie gespannt sie auf seinen Vortrag sei. Weiter waren ihm zwei Sekretärinnen vorgestellt worden, und auch sie hatten sich als Liebhaberinnen der deutschsprachigen Literatur zu erkennen gegeben. Die freundliche Dame, Leiterin des Instituts, hatte ihm erklärt, die Vereinigung der Freunde der Schweiz in Estland sei an der Veranstaltung beteiligt, ebenso das Seminar für deutsche Literatur der Universität. Das Kulturinstitut selbst stelle seinen Adressenschatz zur Verfügung, der über dreihundert Anschriften umfasse. Die Dame hatte Bruderer auch den Vortragssaal gezeigt.

Bruderer kam verschwitzt und müde von seinem Ausgang zurück. Er war viel zu dick angezogen.
Er legte sich für eine Stunde hin. Dann aß er zwei von den Bananen, die er jeden dritten Tag im Supermarkt kaufte und etwas verlegen am Concierge vorbei ins Hotel trug. Er ging seine Vorlesungsnotizen für den Nachmittag durch. Der dicke Umschlag der Tschetschenen lag immer noch da. Bruderer steckte ihn zum Manuskript in die Tasche. Vielleicht war Seela heute in der Vorlesung.

Um Viertel nach zwei saßen zwei Studentinnen und ein Student im Hörsaal, bei dem warmen Wetter alle ohne Jacke. Als Bruderer beim Anblick des mageren Grüppchens erschrak, lächelten sie verlegen, und eine der Studentinnen sagte entschuldigend: «Der Frühling ist gekommen.» Seela war nicht da. Auch Kalle Kannute hatte etwas anderes zu tun.
Dafür kam Viivi nach der Pause. Sie setzte sich in die hinterste Reihe und nickte ihm kaum sichtbar zu. Nach der Stunde wartete sie, bis die andern drei gegangen waren.
«Schön, dass Sie hier sind», sagte Bruderer.
«Es war interessant.»
«Trinken wir einen Kaffee?»
«Gern. Aber – ich möchte Ihnen zuerst noch etwas sagen. Leider kann ich heute Abend nicht zu Ihrem Vortrag kommen. Um sechs ist Fakultätssitzung, sie wird auch heute sehr lange dauern, ich vermute bis gegen Mitternacht. Und diesmal kann ich ja nicht gut schon wieder Kopfschmerzen bekommen.»

«Schade, aber es macht nichts», sagte er und log. Es machte ihm etwas aus, es verstimmte ihn so stark, dass er selbst darüber staunte. Er gab sich Mühe, Viivi nichts merken zu lassen, doch jetzt wäre er lieber ins Hotel zurückgegangen. Er hörte nicht richtig zu, was sie von den Spannungen zwischen Fakultät und Kirche erzählte, die in der Sitzung zur Sprache kommen sollten. Und er war nicht einmal versöhnt, als sie ihm sagte, dass sie am Mittwoch frei habe und den Tag mit ihm verbringen könne.

Sein Vortrag im Deutschen Kulturinstitut war um sieben. Er nahm im Hotel das Vorlesungsmanuskript aus der Tasche und legte den Vortrag hinein. Die tschetschenischen Papiere für Seela blieben drin. War er nicht in der Vorlesung gewesen, kam er umso wahrscheinlicher zum Vortrag. Da würde sich die Möglichkeit bieten, ihm den Umschlag zuzustecken, ohne dass jemand etwas merkte.

Es war immer noch ungewöhnlich warm, und Bruderer lief auf dem Weg der Schweiß herunter. Auf seinem blauen Hemd gab es sicher schon dunkle Flecken.
Um halb sieben traf er vor dem Deutschen Kulturinstitut ein, einer kleinen Vorstadtvilla aus den Zwanzigerjahren. Die Haustür stand offen, aber die Tür des Sekretariats war verschlossen. Bruderer drückte auf den Anmeldeknopf. Es tat sich nichts. Also wartete er, bis die Dame kam. Sie erschien jedoch nicht und war auch eine Viertelstunde vor sieben noch nicht eingetroffen. Wer die Treppe herunterkam, war die Bibliothekarin aus dem Dachgeschoss. Sie sah ihn verlegen an und sagte: «Leider bin ich verhindert. Ist noch niemand hier?»

«Nein. Es ist zu.»

Sie holte den Schlüssel aus ihrer riesigen Tasche und öffnete für Bruderer das Sekretariat und den Vortragssaal. Dann hüpfte sie die fünf Stufen hinunter und durchs Gartentor hinaus.

Bruderer setzte sich zu den neu riechenden Computern ins Sekretariat. Es wurde fünf Minuten vor sieben, und die Institutsleiterin war immer noch nicht da. Um zwei Minuten nach sieben polterte eine Gruppe Deutschstudenten die Treppe herunter. Statt zur Tür des Vortragssaals wandten sie sich zur Haustür. Hinter ihnen kam die Lehrerin.

«Niemand hier?»

«Wie Sie sehen, nein.»

«Merkwürdig. Sie wird schon noch kommen. Leider kann ich nicht bleiben.» Und draußen war sie.

Eine zweite Lehrerin folgte zwei Minuten später mit zwei Schülern. Die Schüler verließen das Haus, die Lehrerin kam ins Sekretariat.

«Was tun Sie hier?»

«Ich sollte einen Vortrag halten.»

«Und Sie sind allein?»

«Ja. Ich weiß nicht, was los ist.»

«Ist der Vortrag nicht um ein Viertel nach sieben?»

«Auch wenn es so wäre, müsste doch –.»

«Ja, sie müsste hier sein. Seltsam. Ich rufe sie an.»

Sie redete lange. Als sie aufgelegt hatte, sagte sie: «Sie fährt jetzt gleich von zu Hause weg. Ihr Sohn hatte einen Unfall beim Fußballspiel. Sie musste mit ihm zum Arzt. Aber sie sagt, sie wird sehr schnell hier sein. Leider muss ich gehen. Auf Wiedersehen.»

«Auf Wiedersehen.»

Die Leiterin des Instituts kam um zwanzig nach sieben. «Mein Sohn ist beim Fußballspielen von einem Gegner angerempelt worden. Verdacht auf Nasenbeinbruch. Ich musste ihn zum Arzt begleiten. Wir werden sofort beginnen.»
Sie ging Bruderer voran in den Vortragssaal. Bruderer erwartete nicht, dass dort jemand war. Aber in der vordersten Reihe saß eine alte Frau und in der hintersten Reihe ein junger Mann.
«So ist das leider häufig», klagte die Leiterin. «Ich ließ Ihren Vortrag sogar den ganzen Tag über im Lokalradio ansagen. Und ich habe dreihundertfünfzig Einladungen verschickt. Aber heute ist der Frühling ausgebrochen. Die Leute sind müde und sitzen lieber im Garten. Ich schlage Ihnen vor, dass Sie eine verkürzte Fassung vortragen, sozusagen das Fazit Ihrer Ausführungen, nicht das Ganze, bei so wenig Leuten. Die Alte dort kommt zu allem, was wir anbieten. Den jungen Mann habe ich noch nie gesehen. Macht den Anschein, als sei er heute zum ersten Mal hier. Immerhin ein wirklicher Interessent. Meine Dame, mein Herr, ich begrüße Herrn Bruderer aus der Schweiz. Er wollte über die theologische Bedeutung der Trivialliteratur reden. Ich nehme an, es ist Ihnen recht, wenn er sich in Anbetracht der beinahe sommerlichen Wärme heute auf eine Zusammenfassung seiner Thesen beschränkt.»

Die gekürzte Version hinderte die alte Dame nicht daran, nach fünf Minuten einzuschlafen. Es war ein unruhiger Schlaf. Jedes Mal, wenn sie erwachte, schrieb sie wie wild nach, was Bruderer von sich gab. Nach einer halben Seite Notizen fielen ihr das Kinn auf die Brust und der Kugelschreiber aus der Hand.
Der junge Mann in der hintersten Reihe machte ein ver-

schlossenes Gesicht. Bruderer fragte sich, ob er überhaupt Deutsch verstand. Er schaute Bruderer nicht an. Seine Augen spazierten wie Fliegen über die schwarze Wandtafel hinter Bruderers Rücken.

Bruderer fasste so knapp zusammen, dass er seinem eigenen Gedankengang kaum noch folgen konnte. Er versuchte, Behauptung an Behauptung zu schrauben, aber die Gewinde klemmten. Die Leiterin des Kulturinstituts inspizierte ihre roten Fingernägel. Der Mann mit den Fliegenaugen bewegte nicht einmal die Lider, und die alte Frau im Vordergrund hatte im Schlaf den Mund geöffnet. Die obere Zahnprothese war heruntergerutscht, wodurch sie ein Pferdegesicht bekam.

Nach fünfunddreißig Minuten war Bruderer am Ende des Geistesparcours angekommen und fragte schnaufend wie ein gehetztes Pferd, ob es Fragen gebe. Die Leiterin des Kulturinstituts unterstrich seine Frage, indem sie sie wörtlich wiederholte. Vom jungen Mann im Hintergrund konnte man nichts erwarten. Die alte Dame in der ersten Reihe war aufgewacht und schrieb eifrig Nachträge in ihr Notizbuch. Zugleich hob sie die linke Hand und wartete, bis die Leiterin das zweite Mal «Bitte» sagte.
«Sie haben ausgeführt, dass Christen von Gott nur in irdischen, menschlichen Geschichten reden können.»
«Ihre Frage, bitte!», rief ungeduldig die Institutsleiterin.
«In diesem Zusammenhang haben Sie von der metaphorischen Kraft erzählender Sprache gesprochen», sagte die alte Dame.
«Das haben wir alle auch gehört, Frau Bergengrün. Würden Sie zu Ihrer Frage kommen!», sagte die Leiterin.

«Nun, meine Frage ist, was metaphorisch heißt», sagte die alte Dame, ohne dass sie zu schreiben aufhörte.
«Wie ich in meinem Vortrag ausgeführt habe, verstehe ich unter metaphorisch –», setzte Bruderer an, wurde jedoch von der Leiterin unterbrochen.
«Wie Sie sehen, Frau Bergengrün, hat der Vortrag selbst Ihre Frage erschöpfend beantwortet. Wenn es keine weiteren Fragen gibt, erkläre ich diesen Vortragsabend für beendet und danke Herrn Doktor Bruderer noch einmal, dass er nach Estland gekommen ist und es sich trotz des frühlingshaften Wetters nicht hat nehmen lassen, heute zu uns zu sprechen. Und Ihnen, meine Dame, mein Herr, danke ich für Ihr Interesse.»

«Ich verstehe, ehrlich gesagt, immer noch nicht, was metaphorisch heißt», sagte Frau Bergengrün vor dem Vortragssaal zu Bruderer.
«Leider muss ich sofort zu meinem kranken Sohn zurück», sagte die Institutsleiterin.
«Ist es sehr schlimm?», fragte Frau Bergengrün.
«Man kann es noch nicht sagen. Aber der Verdacht auf Nasenbeinbruch besteht.»
«Wie alt ist er?», fragte Bruderer.
«Sechzehn», sagte die Institutsleiterin. Und zu Frau Bergengrün sagte sie: «Kann ich Sie ein Stück weit im Wagen mitnehmen?»

Der junge Mann mit den unruhigen Augen trat auf Bruderer zu.
«Ich fahre Sie mit meinem Wagen nach Hause.»
«Dann ist ja bestens für Sie gesorgt», sagte die Institutsleiterin erleichtert. «Ich hoffe, Sie wieder einmal in unse-

rem Institut begrüßen zu dürfen. Vielleicht an einem Tag, an dem nicht gerade der Frühling ausbricht. Auf Wiedersehen.» Und sie lief schon durchs Gartentor und die Straße hinunter.

Die alte Dame lief ihr nach und rief, ihren Stock schwenkend: «Großartig, großartig! Kommen Sie bald wieder!»

«Mein Wagen steht gleich da drüben», sagte der junge Mann.

Auf der andern Straßenseite stand ein riesiges schwarzes Mercedesschiff.

«Ich glaube, ich möchte doch lieber zu Fuß gehen», sagte Bruderer.

«In Tartu ist es gefährlich, abends zu Fuß zu gehen», sagte der Mann. «Man kann ermordet werden.»

«Davon habe ich bisher nichts gemerkt. Ich brauche ein wenig frische Luft. Und es ist ja noch nicht dunkel.»

«Es ist trotzdem zu gefährlich. Sie werden mit mir fahren.»

«Ich möchte aber nicht.»

«Aber ich.» Er unterstrich die Ernsthaftigkeit seines Angebots mit der Pistole, die er aus der Tasche seiner Jacke zog.

«Wenn das so ist», sagte Bruderer.

«So ist es», sagte der Mann. «Und damit Sie es gleich wissen: Es hat keinen Sinn, um Hilfe zu schreien. Darauf achtet hier niemand!»

Der junge Mann hielt die Tür des Fonds auf, damit Bruderer einsteigen konnte. Dann ging er um den Wagen herum und stieg ebenfalls hinten ein. Am Steuer saß ein zweiter junger Mann, der die Scheinwerfer einschaltete und mit kreischenden Reifen losfuhr.

«Wohin bringen Sie mich?», fragte Bruderer.

«Das werden Sie gleich sehen.»

288

53

Tartu, April 1998

Sie fuhren selbstverständlich nicht zum Hotel. Sie ließen das *Barclay* und die Altstadt mit dem Rathaus und dem Rathausplatz links liegen und fuhren über den Emajögi und dann nach rechts. Dort lag zwischen Landstraße und Fluss der Russenmarkt, ein großes Geviert, von einem Palisadenzaun umgeben wie das Fort in einem Western und um diese Zeit geschlossen.

Vor dem Tor des Russenmarktes hielt der Mercedes an, dessen hintere Fenster sogar Vorhänge hatten, die aber nicht zugezogen waren. Hier brauchte es keine Vorsichtsmaßnahmen; hier waren diese Leute die Herren. Das Tor des Russenmarktes wurde von innen geöffnet, und der junge Mann aus dem Deutschen Kulturinstitut stieß Bruderer hinein. Bruderer hörte, wie draußen der Mercedes wegfuhr.

Der Mann, der sie empfing, trug ebenfalls einen Revolver. Sie gingen im Gänsemarsch, Bruderer in der Mitte, durch Gassen von Marktständen, und schon nach zwei Abbiegungen hätte Bruderer den Weg zum Ausgang nicht mehr gefunden. Hier roch es, als würde der ganze Orient verhökert.

Sie lotsten ihn in den Stand eines Teppichverkäufers. Der erste Mann schlug einen herabhängenden Teppich zurück. Im Raum dahinter war Licht. Er war ganz mit Teppichen ausgeschlagen. Auch auf dem Boden lag ein

Teppich. Darauf stand ein rundes Tischchen mit einem Samowar und Teetassen aus feinstem chinesischem Porzellan.

Den Teppichwänden entlang waren Teppiche aufgeschichtet. Auf einem dieser Stapel, dem Eingang gegenüber, saß ein Mann, der gar nicht wie ein orientalischer Teppichhändler aussah. Er war alt, sicher über siebzig, schlank, und wenn er aufstand, musste er groß sein. Seine weißen Haare waren dicht und wild. Er trug einen dunklen Zweireiher, helles Tabkragenhemd mit Krawatte. Wie ein Banker, dachte Bruderer. Der Mann sprach fließend Deutsch, mit baltischem Akzent.

«Doktor Bruderer, ich begrüße Sie. Nehmen Sie Platz. Wollen Sie nicht Ihre Tasche ablegen?»

Bruderer hielt immer noch seine Tasche mit dem Vortragsmanuskript und den Akten für Seela an sich gedrückt.

Die zwei Begleiter zogen sich zurück.

«Zuerst möchte ich wissen –», sagte Bruderer.

«Sie werden alles erfahren; ich werde es Ihnen genau erklären. Haben Sie keine Angst; wir krümmen Ihnen kein Haar.»

«Wer sind Sie?»

«Setzen Sie sich erst einmal. Möchten Sie Tee?» Er schenkte, ohne auf Bruderers Antwort zu warten, zwei Tassen ein. Es war wirklich bewundernswert schönes chinesisches Porzellan.

«Sie fragen sich, Herr Doktor Bruderer, Sie fragen sich durchaus zu Recht, was das soll. Welchen Zweck wir mit Ihrer – nennen wir es ruhig – Entführung verfolgen. Nicht wahr?»

«Ja.»

290

«Sehen Sie, wir haben bestimmte Interessen. Kommerzieller Art. Aber kommerzielle Interessen sind nicht völlig von politischen Interessen zu trennen. Das waren sie nie, heute weniger denn je. So sind wir gezwungen, uns auch in die Politik einzumischen, obwohl wir eigentlich eine unpolitische, nur am Geschäft interessierte Gruppe sind. Politik, das heißt in unserem Fall estnische Politik. Es geht leider nicht anders. Und nun ist uns zu Ohren gekommen, Doktor Bruderer, dass auch Sie sich in die estnische Politik einmischen. Für einen Ausländer etwas ungehörig. Und dann noch auf einer Seite, die wir als unsere Gegenseite ansehen müssen. Das missfällt uns. Übrigens heiße ich Solbe. Kuno Bogdanowitsch Solbe.»

Bruderer legte die Hand auf die Tasche neben sich. «Ich bin nicht auf dem Laufenden darüber, was sich in den Untergründen der estnischen Politik abspielt», sagte er.

«Aber Sie haben sich als Zwischenträger einspannen lassen.»

«Ich bin gebeten worden, jemandem einen Umschlag zu übergeben, weiter nichts.»

«Eine tschetschenische Delegation, die offiziell Wirtschaftsverhandlungen führt, hat Sie darum gebeten. Deren eigentliche Absicht ist es jedoch, Verbindung mit nationalistischen Kreisen Estlands aufzunehmen. Sie können sich selbst ausrechnen, weshalb, Doktor Bruderer.»

«Man ließ mir keine Wahl.»

«So wenig, wie wir sie Ihnen lassen. Geben Sie mir die Papiere.»

Er hatte ja wirklich keine andere Wahl, also zierte er sich nicht. Bruderer reichte dem Mann im dunklen Anzug den Umschlag der Tschetschenen über den Tisch, am heißen Samowar vorbei. Solbe nahm den Umschlag und erhob sich, wobei sich herausstellte, dass er noch größer war, als Bruderer vermutet hatte.

«Ich bringe das in Sicherheit. Ich komme gleich zurück.»

Er kam nicht zurück. Statt seiner standen dort, wo er gesessen hatte, durch eine Teppichwand gedrungen, plötzlich zwei Kerle, ebenso dunkel gekleidet, jedoch nicht in Nadelstreifen, sondern in spiegelndes Leder. Sie trugen schwarze Masken vor dem Gesicht und Maschinenpistolen im Arm und bedeuteten Bruderer, sich nicht zu bewegen. Ehe er es sich versah, waren ihm Handschellen angelegt, der Mund verklebt und die Augen verbunden. Dann wurde er auf die Beine gestellt und wie ein Blinder weggeführt, seine Füße verrieten ihm nicht, wohin. Er stolperte, wurde aufgefangen und schließlich fast getragen. Er roch wieder den Gewürzduft des Russenmarktes, dann Fauliges, das musste der Emajögi sein, der Schmutzfluss. Plötzlich wurde er wie ein Metermaß zusammengeklappt und in einen Wagen geschoben, der nach Zigarettenrauch und Männerschweiß stank.

«Was zum Teufel –», wollte er trotz der verklebten Lippen sagen.

«Maul halten!», sagte die Stimme neben ihm.

Sie fuhren lange, Bruderer wusste nicht, dauerte es eine oder zwei Stunden. Mit verbundenen Augen die Zeit zu schätzen, war schwierig. Dann riss ihm einer den Mundverband weg. Die Barthaare schmerzten stechend. Augenbinde und Handschellen blieben.

Wenig später wurde die Straße schlecht und kurvenreich. Sie waren von der Hauptstraße in eine Nebenstraße ein-

292

gebogen. Dann stand der Wagen still. «Wir sind da», sagte der Mann neben Bruderer.

Sie spielten wieder Blindekuh mit ihm, zogen ihn aus dem Wagen und führten ihn über einen Schotterweg und durch eine Halle mit Kopfsteinpflaster, in der die Schritte vielfaches Echo erzeugten. Eine enge Treppe hoch und über eine Schwelle, vor der sie ihn zweistimmig warnten. Dann hießen sie ihn stillstehen, nahmen ihm die Augenbinde ab, schlossen die Handschellen auf. Das Erste, was Bruderer sah, war ein tief in die Mauer eingelassenes Fenster; draußen war schwarze Nacht. Er stand in einem alten Gemäuer, wahrscheinlich einem Turm. Die Wände waren geweißelt; über seinem Kopf hing eine schwere Holzdecke. Im Kamin in der Ecke brannte Feuer, davor standen, Rücken zum Raum, zwei hochlehnige Sessel.

Die beiden Typen waren verschwunden. Aus dem einen der Sessel erhob sich ein Mann. Es war ein großer Mann in einem dunklen Anzug. Er drehte sich nach Bruderer um, und Kuno Bogdanowitsch Solbe sagte: «Ich wollte Ihre Papiere in Sicherheit bringen. Es hat etwas länger gedauert. Verzeihen Sie die unbequeme Fahrt. Es wird Ihnen hier an nichts fehlen.»

«Sie haben mich zum zweiten Mal entführt?»

«Ich habe Sie sozusagen mir selbst entführt. Möchten Sie sich die Hände waschen? Dort hinten links. Und dann setzen Sie sich zu mir ans Feuer, damit ich Ihnen einiges erklären kann.»

54

Tartu, April 1990

General Dudajew verlässt das *Barclay*, das früher ein Hotel gewesen ist. Seit September 1944 ist dort das Kommando der Roten Armee in Tartu einquartiert. Tartu ist eine geschlossene Stadt, weil in der Nähe eine strategische Bomberdivision mit Nuklearwaffen stationiert ist. Doch der wirkliche Grund ist nicht die Militärbasis, es ist die Universität von Tartu, die einzige alte Universität in Estland, im Dreißigjährigen Krieg von König Gustav Adolf gegründet. Zar Alexander ließ sie 1802 wieder eröffnen – und schuf damit ungewollt ein Zentrum des estnischen Nationalbewusstseins. Das wissen die Russen inzwischen, weshalb sie die Academia Gustaviana langsam austrocknen lassen wollen und Tartu zur geschlossenen Stadt erklärt haben. Ausländische Besucher brauchen eine Sonderbewilligung, wollen sie nach Tartu kommen.

Der Dienstwagen des Generals wartet auf der Straße. Schamil, der Fahrer, ist Tschetschene wie der General. Er ist dem General ergeben und absolut zuverlässig. Der KGB, der dem tschetschenischen General nicht recht traut, hat versucht, Schamil anzuwerben, als Dudajew 1987 das Kommando übernahm. Schamil verriet es dem General sofort, und sie beschlossen, mitzuspielen. Seither bekommt der KGB von Schamil sorgfältig abgewogene Informationen.

Schamil fährt mit dem General über die Brücke und dann dem Emajögi entlang aus der Stadt hinaus. Rechts ist der Fluss, links eine Plattenbausiedlung. Etwas weiter draußen liegt zwischen Straße und Fluss der Russenmarkt, ein Gewirr von Marktständen und kleinen Häuschen. Hier ist alles zu haben, was sonst nirgends zu haben ist. Die Regierung hat keine andere Wahl, als solche Märkte zu dulden, wenn sie nicht Unruhen riskieren will. Auf dem Russenmarkt fällt niemand auf, auch nicht in Offiziersuniform. Dudajew trägt einen Mantel ohne Rangabzeichen und eine Mütze, der man nicht ansieht, dass er General ist. So geht er oft in die Stadt. Dennoch hätte er einen anderen Treffpunkt vorgezogen. Aber sein Gesprächspartner bestand auf dem Russenmarkt. «Fragen Sie in der fünften Gasse nach Krasnow. Er handelt mit afghanischen Teppichen und wird Sie weiterleiten», hat Schamil dem General im Auftrag des KGB-Mannes ausgerichtet, als er vom letzten Rapport zurückkam.

Der KGB hat seine estnische Zentrale in Tallinn. Dorthin wird Schamil regelmäßig zitiert, um seine Berichte abzuliefern. Man gibt sich keine besondere Mühe, die Kontakte geheim zu halten. Wenn der General wisse, dass er beschattet werde, könne das nicht schaden, denkt man. Schamil und der General lachen darüber.

«Wie ich eintrete», erzählt Schamil, als er aus Tallinn zurückkehrt, «sitzt der Führungsoffizier wie immer hinter dem Schreibtisch. Aber in der Ecke steht einer, den ich noch nie gesehen habe. Ziemlich alt schon, an die siebzig. Wird ein Leitender sein, denke ich, und Iwan Nikolajewitsch, mein Führungsoffizier, benimmt sich auch so, wie wenn der andere ein Leitender wäre. Er ist viel förmlicher. Sonst trinken wir jedes Mal ein Gläschen miteinander; heute nicht. Und er bietet mir auch keine Zigarette an. Ich erzähle ihm, was er hören will, und dann sagt Iwan Nikolajewitsch: ‹Dieser Herr hier hat dir noch etwas zu sagen. Er ist eigens deinetwegen gekommen.› Ich weiß, was das bedeutet. Zentrale bedeutet es. Der Alte in der Ecke muss ein hohes Tier sein.

‹Sie sind der Fahrer von Dschochar Mussajewitsch?›, fragt er. Der Führungsoffizier duzt mich; der Alte duzt mich nicht. Auch das ist ein Zeichen, dass er von weit oben kommt. Die großen Chefs duzen dich nie.

‹Ja, bin ich›, sage ich.

‹Dann richten Sie ihm einen Gruß von Kuno Bogdanowitsch aus, er kennt mich, und sagen Sie ihm, dass ich ihn übermorgen um fünfzehn Uhr im Russenmarkt erwarte. Er soll alleine kommen und in der fünften Gasse nach Krasnow fragen, der mit afghanischen Teppichen handelt. Der wird ihn weiterleiten.›»

«Krasnow!», hat der General gerufen, als Schamil es ihm sagte.

Sie kennen ihn beide, weil sie an Krasnows Teppichhandel beteiligt sind. Nicht an dem, den Krasnow im Russenmarkt betreibt. Das ist nur die Spitze des Eisbergs. Krasnow exportiert afghanische Teppiche im großen Stil in den Westen, vor allem über den Hafen von Tallinn. Schamil ist ein nicht unwesentlicher Teil der militärischen Transportorganisation Krasnows, und Dschochar Mussajewitsch hält seine Hand schützend darüber.

«Kuno Bogdanowitsch bietet mich zu Krasnow in den Russenmarkt auf! Du hattest übrigens Recht, er kommt aus der Zentrale. Aber was kann er von mir wollen?»

«Meinst du, sie haben Lunte gerochen?»

«Wovon?»

«Von der Teppichgeschichte.»

«Das ist für die eine viel zu kleine Sache. Nein, wenn Kuno Bogdanowitsch selbst kommt, muss es etwas Wichtiges sein. Wir werden sehen!»

Im Russenmarkt dreht sich niemand nach dem Offizier um. «Dschochar Mussajewitsch», ruft Krasnow, «es freut mich, Sie zu sehen! Kommen Sie.»

Er führt Dudajew in einen Verschlag, der sein Warenlager ist. Dort sitzt Kuno Bogdanowitsch Solbe auf einem Stapel zusammengefalteter Teppiche und trinkt Tee.

«Was für ein Vergnügen, Sie zu sehen, General. Setzen Sie sich», sagt er.

«Ganz meinerseits», sagt Dudajew und setzt sich Kuno Bogdanowitsch gegenüber. Krasnow reicht ihm eine Tasse Tee, dann zieht er sich zurück.

«Sie wissen, wie die Lage ist», beginnt Kuno Bogdanowitsch.

«Wie denn?»

«Instabil. So instabil, dass es jeden Augenblick zu einem Eklat kommen kann.»

«Sie denken an Moskau?»

«In Moskau oder hier oder anderswo. Beispielsweise in Ihrer Heimat Tschetschenien.»

«Ihr habt nie aufgehört, uns zu misstrauen. Ihr betont bei jeder Gelegenheit, wir seien Russen, aber ihr glaubt euren eigenen Worten nicht und lasst uns überwachen.»

«Hören Sie, Dudajew, spielen wir nicht Verstecken. Sie treffen Vorbereitungen, sich abzusetzen. Ich bin der Einzige, der es weiß, aber ich weiß es, und ich werde Sie nicht verraten. Unter der einen Bedingung, dass Sie Ihre Bomber mit den Nuklearraketen hier lassen.»

«Sind Sie verrückt geworden?»

«Wollen Sie bestreiten, dass Sie daran denken, in Ihre Heimat zurückzukehren? Soll ich aufzählen, was Sie dazu schon alles in die Wege geleitet haben? Sie sind ein tschetschenischer Nationalist und wollen die Unabhängigkeit Tschetscheniens von der Sowjetunion, was sonst? Da könnte doch der Gedanke nahe liegen, die Bombergeschwader, die Sie kommandieren, gleich mitzunehmen. Sie wären ein ziemlich gewichtiges Pfand. Sehr wirksam, falls die Führung in Moskau Schwierigkeiten machen sollte. Und das wird sie, darauf können Sie Gift nehmen.»

«Was verlangen Sie von mir?»

«Nichts weiter als die Zusicherung, dass Sie die Bomber mit den Raketen hier lassen.»

«Und wenn ich es nicht tue?»

«Weiß morgen in Moskau die Zentrale, was Sie vorhaben. Dann kommen Sie nicht einmal mehr zu Fuß nach Grosnyj, General.»

«Ich begreife. Auf Tschetschenien könnt ihr wohl verzichten. Trotz der Öl-Pipeline. Aber im Baltikum gibt es Industrie, das Baltikum ist ein Stück von Europa, strategisch wichtig. Das wollt ihr behalten. Und damit die Balten nicht übermütig werden, braucht ihr die Bomber hier.»

«So könnte es aussehen, aber so ist es nicht, Dschochar Mussajewitsch. Wenigstens nicht in meinen Augen. In meinen Augen ist es genau umgekehrt. Gestatten Sie mir, ein wenig auszuholen. Ich war immer sehr beruhigt, zu wissen, dass Sie hier der Kommandant sind. Um offen zu reden: Ich und meine Freunde, wir haben ein wenig nachgeholfen, siebenundachtzig, als es darum ging, Ihnen dieses Kommando zu geben. Ein heimlicher tschetschenischer Nationalist als Kommandant in Tartu, das war eine verheißungsvolle Aussicht. Sie werden nicht bestreiten, dass Sie im Grund Ihres Herzens ein tschetschenischer Nationalist sind. Im Gegensatz zu Leuten wie Ihrem Landsmann Chasbulatow verfolgten Sie die ganze Zeit Ihres langen Marsches ins Zentrum der Macht kein anderes Ziel, als dort die Sache Ihres Volkes zu vertreten und für seine Unabhängigkeit zu arbeiten. Soll ich Ihnen anvertrauen, dass der, der Ihnen hier gegenübersitzt, genau die gleichen Motive hat? Nur bin ich nicht Tschetschene, sondern Este. Ihre Bomber, General, sollen ein Schutzschild für die baltische Unabhängigkeit sein. Das sind sie, solange Sie hier das Kommando führen. Sie werden die Bomber niemals als Drohung gegen die Balten einsetzen, das weiß ich. Doch wenn Sie weggehen und die Bomber mitnehmen, ist unser Schutzschild weg. Dann kann man uns aus Russland jederzeit angreifen. Das wird man schön bleiben lassen, wenn man weiß, dass hier nukleare Sprengköpfe lagern, die gegen Moskau verwendet werden könnten. Ihnen habe ich so was sogar zugetraut. Wir werden dafür sorgen müssen, dass Sie einen Nachfolger bekommen, dem es auch zuzutrauen ist. Sie begreifen, weshalb die Bomber unbedingt hier bleiben müssen.»

Plötzlich lacht General Dudajew. «Ein Divisionsgeneral und ein führendes Mitglied des KGB – und beides Verräter!», sagt er.

«Das hängt von der Perspektive ab», antwortet Kuno Bogdanowitsch.

299

55

Moskau, August 1991

Seit dem 2. Dezember 1990 ist Boris Pugo Innenminister. Pugo weiß, dass Michail Gorbatschow nicht sein Freund ist, und Michail Gorbatschow weiß, dass Boris Pugo nicht sein Freund ist. Der KGB und die Sojus-Fraktion der Altkommunisten haben Gorbatschow den neuen Innenminister aufgedrängt. Boris Pugo hält Gorbatschows Innenpolitik, Gorbatschows Außenpolitik, kurz, Gorbatschows gesamte Politik für eine Katastrophe. Er denkt in letzter Zeit oft an seinen Vater Karlis, den alten Lenin-Verehrer. Der hätte Gorbatschow niemals zugestimmt. Insbesondere nicht in der Frage des Baltikums. Wenn daraus wieder selbständige Staaten werden, hat der Kommunismus dort ausregiert. Boris Pugo weiß es und sieht es als historisches Unglück an. 1918 bis 1940 ist in seinem Geschichtslehrbuch keine positive Epoche. Am Ende der Ständestaat, das Vorspiel zum Faschismus, weiter nichts.

Boris Pugo verfolgt mit Bedenken und Scham, was in den baltischen Teilrepubliken vor sich geht. Die Gründung der Volksfronten in Estland, Lettland und Litauen hat ihm nicht gefallen. Wäre es nach ihm gegangen, wären die Versammlungen von den Truppen des Innenministeriums aufgelöst worden. Aber da hatte er im Innenministerium noch nichts zu sagen. Auch im August neunundachtzig nicht, als die Menschenschlange von

Tallinn über Riga nach Vilnius gebildet wurde. Man hätte diesen *Baltischen Weg* niemals tolerieren dürfen.

Kaum ist Boris Pugo Innenminister, gibt er den Tarif bekannt. Er will gegen zentrifugale Kräfte, wie er es nennt, vorgehen. Man weiß, was das heißt: Einsatz der Schwarzen Barette des OMON, der Elitetruppe des Innenministeriums. In Litauen gibt es Unruhen und Tote. In Riga wird das Innenministerium gestürmt. Beide Male werden die Drahtzieher im OMON vermutet. Die Vermutung ist nicht falsch.

Boris Pugo hat nicht viel freie Zeit. In der wenigen freien Zeit schaut er gern Fernsehen, westliches natürlich. Am liebsten mag er Tierfilme aus Afrika. Wenn eine gut koordinierte Gruppe von Löwen ein Gnu zur Strecke bringt, sieht er fasziniert zu. Er flöge gern einmal nach Afrika zur Jagd. Aber die Zeiten haben sich geändert; es gibt in Afrika kaum noch sozialistische Staaten, die der Rede wert wären. Und in Kuba, das nicht in Afrika liegt, gibt es nichts Anständiges zu jagen.

In letzter Zeit freilich denkt Boris Pugo sozusagen umgekehrt an die Jagd. Er hat ein Buch mit Karikaturen eines Zeichners aus dem 19. Jahrhundert geschenkt bekommen. Da geht der Hase zur Jagd und schießt auf den Jäger. So kommt Boris Pugo sich in letzter Zeit vor. Wie ein gejagter Jäger. Oder wie einer, der mit seinen zwei Händen versucht, in einem Kübel zwanzig Korken aufs Mal unter Wasser zu halten. So ähnlich muss es dem Kapitän eines leckgeschlagenen Schiffes zu Mute sein. Boris Pugo erinnert sich an die Geschichte der Entdeckungsreise der Brigg *Rurik* unter dem Kommando von Otto von Kotzebue, die in seinem Lesebuch stand.

Boris Pugo bespricht seine Sorgen seit Monaten mit seinem Stellvertreter Boris Gronow. Gronow hat Erfahrung als Oberbefehlshaber der Truppen in Afghanistan. Auch er hält Gorbatschows Politik für grundfalsch. Der Dritte in der Runde ist Krutschkow, der neue Chef des KGB. Sie sind sich einig, dass es so nicht weitergehen kann. Michail Sergejewitsch Gorbatschow muss abgesetzt werden. Das ist die einhellige Überzeugung des Notstandskomitees, das am 19. August 1991 vor die Öffentlichkeit tritt und die Macht übernimmt. Oder ankündigt, sie übernehmen zu wollen.

Etwas vom Ersten, was Boris Pugo tut, ist in Riga, Vilnius und vor allem in Tallinn anzurufen. Boris Pugo weiß, was sich im Baltikum vorbereitet. Wenn jetzt nicht mit Macht zum Rechten gesehen wird, ist die Sache schon Tage später verloren. In der KGB-Zentrale von Tallinn ist der Chef nicht zu erreichen, auch der zweite Mann nicht, glücklicherweise nicht. Denn der Stellvertreter ist kein anderer als Kuno Bogdanowitsch Solbe, der verwandelte Waldbruder Christian Leimgruber. Ihm hätte Boris Pugo das Passwort nicht gern übermittelt. Dem Mann ist keineswegs zu trauen. Also nennt er das Passwort dem Funktionär, den er am Draht hat, verbunden mit dem Befehl, es unverzüglich dem Chef der Zentrale weiterzuleiten. Boris Pugo ist in Eile, denn in Moskau laufen die Dinge nicht wie gewünscht. Unter Boris Jelzins Führung organisiert sich der Widerstand; die Moskauer stehen hinter ihm, und das Land schaut kaum auf.

Das Passwort heißt *Mir*. Es besagt, das estnische Parlament in Tallinn sei zu stürmen und aufzulösen. Der

302

Funktionär wiederholt das Passwort und auch seinen Auftrag, das Passwort sofort weiterzuleiten.

Was Boris Pugo nicht weiß, ist, dass inzwischen neben dem Beamten, der seinen Befehl entgegennimmt, Kuno Bogdanowitsch steht. Kuno Bogdanowitsch, soeben aus Tartu zurückgekehrt, hört sich den Auftrag an, sagt «Ich melde es weiter», geht in sein Büro und beschließt, einstweilen nichts zu unternehmen. Und bereits am Abend dieses 19. August 1991 zeichnet sich ab, dass die Putschisten von Moskau keinen Erfolg haben. Unterdessen tagt das estnische Parlament auf dem Tallinner Domberg. Die Zufahrten zum Domberg sind mit Panzersperren aus riesigen Steinblöcken verstellt. In den Kasernen der Panzertruppen und der Einheiten des Innenministeriums fragt man sich, wann wohl die Befehle aus Moskau kommen. Im Offizierskorps und in der Mannschaft wird darüber diskutiert, ob die Befehle zu befolgen seien oder nicht. Doch die Befehle bleiben aus.

Wie jeder Vorgesetzte beim KGB jeden Untergebenen, so hat auch Kuno Bogdanowitsch den Funktionär, der den Anruf aus Moskau entgegennahm, fest in der Hand. Der Mann wird sich hüten, ein Sterbenswörtchen zu verraten. Es wäre sonst tatsächlich sein Sterbenswörtchen. Der Chef des KGB in Tallinn und der dritte Mann, Kuno Bogdanowitschs Stellvertreter, sind nicht im Haus. Sie sind daheim und packen ihre Sachen zusammen. Denn sie sehen deutlicher als die in Moskau, dass das Unternehmen verloren ist, bevor es begonnen hat.

Nachdem sichergestellt ist, dass das Parlament auf dem Domberg in Ruhe tagen und die Unabhängigkeit Estlands vorbereiten kann, verlässt Kuno Bogdanowitsch die Zentrale. Es ist warm, und es nieselt. Er lässt sich nicht fahren; er fährt selbst. Zuerst fährt er zu seinem Stellvertreter im KGB. Der ist dabei, die elektrischen Leitungen seiner Wohnung in der Plattenbausiedlung auszubauen. Man kann nie wissen, wohin es einen in Russland verschlägt. Vielleicht kann man die Drähte brauchen.

Kuno Bogdanowitsch nimmt ihn mit, und sie fahren ein paar Straßen weiter zum Chef des KGB. Der hat soeben für den Fall des Umzugs die Fernsehschüssel von der Fassade abgeschraubt.

«Jetzt nicht die Nerven verlieren», sagt Kuno Bogdanowitsch. «Denkt daran, was wir besprochen haben. Wir haben unsere eigene Firma und partizipieren an der freien Marktwirtschaft.»

«Was heißt das nun?», fragt der Stellvertreter.

«Es heißt», antwortet Kuno Bogdanowitsch, «dass ihr wie abgemacht nach Leningrad fahrt und dort mit den Kollegen Kontakt aufnehmt. Das andere ergibt sich von selbst. Ich bereite in Tallinn alles vor. Wenn ihr bereit seid und hier alles bereit ist, stecken wir Stecker und Steckdose zusammen.»

«Ich nehme die elektrischen Leitungen trotzdem mit», sagt der Stellvertreter.

«Tu, was du willst», sagt Kuno Bogdanowitsch.

Am 21. August ist der Putsch in Moskau niedergeschlagen. Boris Pugo erschießt sich.

56

Honolulu, Januar 1990

Fred Leimgruber erschrickt, als er Mitte Januar 1990 am Fernsehen Bilder von geplünderten, durchwühlten Büros der Staatssicherheit in Ostberlin sieht. Akten liegen auf der Straße; die Leute gehen durch die Korridore der Stasi-Zentrale und schauen sich alles an. Es fröstelt ihn in dem groß geblümten Sessel vor dem Fernseher.

Fred ist vor wenigen Monaten siebzig geworden. Aus dem Geschäft hat er sich mit fünfundsechzig zurückgezogen; sein Sohn führt es jetzt. Die Tochter ist verheiratet und lebt in der Nähe von Boston. Vor zwei Jahren ist Heather an Brustkrebs gestorben.

Fred hat all die Jahre zuverlässig geliefert: Informationen, Beobachtungen, was er bekommen konnte. Nach seiner eigenen Einschätzung war nichts Sensationelles darunter; er war nicht mehr als ein kleiner Zuträger der riesigen Nachrichtenmühle. In Schwierigkeiten ist er wegen seiner außergesetzlichen Tätigkeit nie geraten. Einmal, achtundsechzig, befürchtete er, das FBI habe ihn in Verdacht. Plötzlich tauchten Leute auf, die ihm undurchsichtig vorkamen, im Geschäft, einer sogar im Rotary Club. Aber es stellte sich schnell alles als harmlos heraus. Niemand war ihm auf der Fährte.

Seine Führungsoffiziere wechselten ziemlich häufig. Er kam mit allen ganz gut zurecht. Keiner von ihnen setzte ihn übermäßig unter Druck; sie schienen mit ihm zufrieden zu sein und behandelten ihn anständig, eben wie einen Geschäftspartner. Fred lernte, damit zu leben, dass er sowjetischer Spitzel war. Er tat es, zumindest in den ersten Jahren, für seinen Bruder, später für Laine, und, das war ihm wichtig, er nahm kein Geld vom sowjetischen Geheimdienst.

Pakete schickte er schon lange nicht mehr nach Trääde. Gleich der erste Führungsoffizier hatte die Sendungen abgestellt. «Wir versorgen Ihre Leute, solange Sie mitmachen.» Fred konnte sich ausrechnen, dass nichts mehr angekommen wäre, wenn er trotzdem weitergemacht hätte. Also ließ er es bleiben.

Es war im Sommer 1965, als der Führungsoffizier kam und sagte: «Ich habe Nachricht von Ihrem Bruder.»
«Er lebt noch?»
«Leider nicht mehr. Er galt als verschollen, aber wir verfolgten seit langem seine Spur. Er war einer der letzten so genannten Waldbrüder, dieser Unbelehrbaren, die den alten Zeiten nachhingen. Unsere Leute haben ihn aufgespürt und am Peipus-See gestellt. Da ging er ins Wasser und ertrank.»
«Ihr habt ihn umgebracht – das ist ein Bruch unserer Abmachungen.»
«Wir haben nie versprochen, Verräter unbehelligt zu lassen.»
«Ich steige aus!»
«Das würde ich an Ihrer Stelle nicht tun! Oder wollen Sie, dass das FBI einen Hinweis von uns erhält?»
Seither ist man nicht mehr auf das Thema zurückgekommen.

306

Im März 1985 wird Michail Gorbatschow neuer General-sekretär des Zentralkomitees der KPdSU und verkündet Glasnost und Perestroika. Glasnost heißt Offenheit. Fred Leimgruber hofft, dass sie sich nicht auf die Archive der Spionage bezieht. Deshalb erschrickt er, als er im Januar 1990 die Fernsehbilder aus dem Berliner Stasi-Archiv sieht. Einen Monat später erklärt sein Führungsoffizier, ein Este, mit dem sich Fred besonders gut verstand, ihre Beziehung für beendet.

«Wo sind meine Akten?», fragt Fred Leimgruber. Er bekommt keine klare Antwort. Es versetzt ihm einen Stoß, als sich am 20. August 1991 Estland für unabhängig erklärt und Jelzin, der Präsident der Russischen Republik, den estnischen Staat ohne Zögern anerkennt. Unterlagen über Freds Tätigkeit müssen auch in Tallinn vorhanden sein. Wer weiß, was jetzt damit geschieht. Vielleicht werden Namen ehemaliger Spitzel und Zuträger veröffentlicht. In Ostdeutschland ist das geschehen. Dann müsste Fred in den Vereinigten Staaten mit Strafverfolgung rechnen.

Er kann nicht in Honolulu sitzen bleiben und abwarten. Er muss etwas unternehmen. Er macht sich nicht verdächtig, wenn er in seine alte Heimat reist, jetzt, wo es ohne große Schwierigkeiten möglich ist.

Fred redet mit seinem Sohn über Reisepläne nach Estland. Fred junior versteht ihn.

«Ich will in Estland nach der Frau meines Bruders suchen. Vielleicht kann ich etwas für sie tun, ihren Hof zurückkaufen oder so.» Fred junior ist gerührt über die Träume des Vaters.

Auch Freds Tochter hat nichts gegen die Reise.

«Wenn es mir gefällt, bleibe ich für eine Weile», sagt er.
«Aber bevor du fährst, machst du einen Abstecher zu uns», sagt sie. Er ist seit zwei Jahren nicht mehr in Boston gewesen.

Aus dem kurzen Abstecher werden Jahre. Im Haus seiner Tochter hat Fred Leimgruber einen Hirnschlag. Blut rinnt aus einem geplatzten Gefäß in sein Gehirn. Es lähmt ihn auf der rechten Seite und nimmt ihm die Fähigkeit zu sprechen. Er kommt in eine Spezialklinik und arbeitet dort mit zäher Ausdauer an seiner Wiederherstellung. Es braucht lange, bis er wieder richtig sprechen und gehen kann.

Endlich, im März 1998, fliegt Fred Leimgruber über New York nach Helsinki und von dort weiter nach Tallinn. Die junge, streng uniformierte Frau in dem Passkontrollhäuschen auf dem Flughafen von Tallinn staunt, als er sie auf Estnisch anredet. Er hat es sehr lange nicht mehr gebraucht und spricht sicher mit einem amerikanischen Akzent, aber sie versteht ihn, und das macht ihn glücklich.
Von nun an redet Fred Leimgruber estnisch, wann immer er dazu kommt, und ist selbst verblüfft, wie viel er davon behalten hat.

57

Tartu, April 1996

Grosnyj, September 1991
Lieber Kuno Bogdanowitsch
Ich schicke Schamil, in der Hoffnung, dass er Sie findet.
Ich habe erfahren, dass Sie nicht mehr beim KGB, aber
immer noch nicht untätig sind. Ich habe eine große Bitte
an Sie. Wie Sie wissen, sind wir im Begriff, uns von der
Russischen Föderation zu trennen. Auf Oktober ist die
Wahl des Präsidenten der Republik Tschetschenien ange-
setzt. Was wir dringend benötigen, ist militärische Aus-
rüstung. Schamil wird Ihnen erklären, was. Betrachten
Sie ihn bitte als meinen Sprecher.
Mit den besten Grüßen, Dschochar Mussajewitsch Dudajew

Tallinn, Oktober 1991
Lieber Dschochar Mussajewitsch
Ich lasse Ihnen diesen Brief durch Ihren Vertrauten Schamil zukommen, der mir Ihre Grüße überbrachte. Zwar
stehen Sie weltweit im Rampenlicht, aber für mich ist es
besser, wenn ich nicht darin erscheine. Im Gegensatz zu
Ihnen habe ich immer noch eine Aufgabe, die besser im
Dunkeln erfüllt wird.
Zuerst gratuliere ich Ihnen zu Ihrer Wahl zum Präsidenten von Tschetschenien. Ich kann mir sehr gut vorstellen,
wie Sie sich fühlen. So wie wir am 20. August dieses Jahres, als Estlands Unabhängigkeit erklärt wurde. Noch ste-

hen die russischen Truppen im Land, auch Ihre Division ist nach wie vor in Tartu stationiert, und es wird wohl eine Weile dauern, bis sie nach Russland zurückgekehrt ist. Russland scheint unsere Unabhängigkeit respektieren zu wollen – im Gegensatz zu Ihrer. Jedoch wären unsere Chancen klein, wenn sich der große Nachbar eines andern besänne. Mich erinnert Estland oft an unsere Lerchen, die ihr Nest im offenen Feld bauen, wo sie allen Gefahren ausgeliefert sind. Es wird kein Zufall sein, dass die Esten so gern und viel singen!

Was mich betrifft, so habe ich mich sozusagen selbständig gemacht und arbeite heute mit einigen früheren Kollegen vom KGB zusammen. Wir kontrollieren unter anderem auch den Russenmarkt von Tartu, den wir ja beide bestens kennen. Ich denke mir, dass Sie und ich miteinander ins Geschäft kommen können, und zwar nicht nur mit afghanischen Teppichen.

Ich bin auf Nachrichten von Ihnen gespannt und verbleibe mit freundlichen Grüßen,

Ihr Kuno Bogdanowitsch Solbe

Grosnyj, Dezember 1991

Lieber Kuno Bogdanowitsch

Schamil hat mir Ihren Brief überbracht; er hat mich gefreut und interessiert.

Ich beglückwünsche Sie und die estnische Nation zur Unabhängigkeit. Auch eine Lerche muss es wagen, ihr Nest zu bauen, und sei es auf offenem Feld.

Wir haben diesbezüglich weniger Glück, obwohl unser Land viel gebirgiger ist. Adlerhorste scheinen die Jäger besonders anzulocken. Jelzin erwägt, den Ausnahmezustand über ein Land zu verhängen, das sich von ihm losgesagt hat, und Truppen zu schicken. Wir werden uns wehren. Wissen Sie, was Lermontow über uns gesagt hat? ‹Der Gott des Tschetschenen ist die Freiheit und sein Gesetz der Krieg.› Der Mann kannte uns. Er wurde zweimal in den Kaukasus verbannt und ist in Pjatigorsk, nicht weit von Grosnyj, im Duell gestorben. Seine Feststellung ist richtig, und seine Landsleute werden es am eigenen Leib erfahren.

Sie erwähnen unsere Unterredung im Russenmarkt von Tartu, wo Sie jetzt König zu sein scheinen. Früher behauptete man, auf diesem Markt sei alles zu kaufen. Darum erlaube ich mir, Sie als meinen Agenten einzusetzen; Ihr finanzieller Schaden soll es nicht sein.

Wir brauchen dringend Verteidigungsmittel; alles, was Sie liefern können. Insbesondere Maschinengewehrmunition und Panzerabwehrraketen.

Und dann schwebt mir ein besonders interessantes Geschäft vor. Sie schrieben in Ihrem Brief, dass die Bomberdivision immer noch in Tartu steht. Erinnern Sie sich, wie Sie mir ausgeredet haben, sie mit nach Tschetschenien zu nehmen? Jetzt wäre sie ein wahrer Segen für uns – und die Lerche braucht doch nun die scharfen Eier nicht mehr in ihrem Nest. Könnten Sie, lieber Kuno Bogdanowitsch, nicht einmal bei meinem Herrn Nachfolger, dem jetzigen Divisionskommandanten, sondieren, unter welchen Bedingungen er bereit wäre, uns einige seiner Respekt einflößenden Apparate zu verkaufen? Geld braucht er sicher; ich nehme nicht an, dass ihm und seinen Soldaten regelmäßig der Sold ausbezahlt wird.

Es lebe die Freiheit in Estland und in Tschetschenien!

Ihr Dschochar Mussajewitsch Dudajew

Gewählter Präsident der Republik Tschetschenien

Tallinn, Februar 1992
Lieber Dschochar Mussajewitsch
Verzeihen Sie, dass ich Ihnen erst heute antworten kann.
Ihr Brief ist von Schamil gut überbracht worden; nun
macht er sich wieder auf den Weg, um meinen an Sie zu
befördern.
Die paar Mann, die Jelzin zu Ihnen entsandt hat, werden
Ihren Freiheitswillen nicht zu beugen vermögen. Ich
wünsche Ihnen Durchhaltekraft und Kriegsglück!
Es dauerte etwas, bis ich Ihre Frage weiterleiten konnte;
es war ja auch größte Vorsicht angebracht. Ihre Vermutung ist richtig: Wir Esten wären heute dankbar, wenn
die russischen Truppen samt dem atomaren Schutzschild
das Land so schnell wie möglich verließen. Darum sind
Ihre alten Bomber uns eigentlich feil. Nicht aber Ihrem
Nachfolger. Er ist ein höchst korrekter Mann, dem es
nicht im Traum einfiele, sich seinen und seiner Leute
Sold auf ungesetzliche Weise zu verschaffen. Ich musste
allerlei Umwege einschlagen und die Frage sehr indirekt
an ihn herantragen. Seine Reaktion zeigte mir, dass er
überhaupt nichts begriff. Wir werden also, zumindest so
lange dieser Mann das Kommando hat, das große Geschäft aufschieben müssen.
Dafür kann ich Ihnen andere Ware anbieten. Schamil wird
Ihnen meine Offerte unterbreiten. Er wird mit Ihnen auch
über Zahlungsmittel und Zahlungsmodus sprechen.
Lang lebe das freie Tschetschenien und sein Präsident!
Ihr Kuno Bogdanowitsch

Grosnyj, April 1992
Lieber Kuno Bogdanowitsch
Schade um die Bomber; sie würden uns gute Dienste leis-

312

ten, obwohl wir vorläufig mit den Moskowitern auch ohne sie zu Rande kommen.

Schamil bringt Ihnen meine Bestellung und die Vorschläge für die Bezahlung.

Die russischen Medien behaupten, ich sei der Pate einer tschetschenischen Mafia im Süden Russlands. Nun gut, sie sollen erleben, dass wir vom Geschäftemachen etwas verstehen.

Darf ich darauf hinweisen, dass ich die Lieferungen so schnell wie möglich erwarte.

Herzlich, Ihr Dschochar Mussajewitsch Dudajew
Präsident

Tartu, August 1993
Lieber Dschochar Mussajewitsch
Ich sitze in Tartu in einem Straßencafé – die jetzt bei uns sehr zahlreich sind – und schaue zu, wie Ihr ehemaliges Hauptquartier, das *Barclay*, geräumt wird. Ihre Division verlässt die Stadt. Es ist ein großartiges Gefühl, so was in meinem Alter zu erleben; es macht mich um Jahre jünger, so hoffe ich wenigstens. Die Lerche triumphiert über ihre Jäger.

Im Übrigen finde ich, dass unsere Geschäfte sich zur gegenseitigen Zufriedenheit gestalten und hoffentlich noch lange so weitergehen.

Der Russenmarkt von Tartu soll ein zuverlässiger Partner für Sie bleiben.

Beste Wünsche von Ihrem Kuno Bogdanowitsch

Vom 21. auf den 22. April 1996 übernachtet Kuno Bogdanowitsch Solbe in seiner Tartuer Wohnung im obersten Stock eines Plattenbaus. Er hat lange mit Freunden in

Petersburg und Moskau telefoniert; es ging unter anderem um Nachschub für Dudajews Truppen. Er muss jedes Mal wieder ihren großrussischen Chauvinismus überwinden, was am besten mit dem Hinweis auf die Mohnpflanzungen in der Osttürkei und im Iran geschieht. Nach den Anrufen hat er befriedigt eine Flasche französischen Wein geöffnet, guten, nicht das Gepansche, das einem in den Restaurants unter den besten Etiketten angeboten wird. Wenn er schon armselig wohnt in diesen zwei Zimmern, will er wenigstens anständig essen und trinken. Er leert das Glas. Es ist kurz nach Mitternacht; gleich wird er zu Bett gehen.

Als er aufstehen will, piepst das Handy.

«Hier ist Dschochar.»

Die Verbindung ist schlecht, und Kuno Bogdanowitschs Gehör ist nicht mehr das beste.

«Wer spricht dort?»

«Dschochar! Dschochar Dudajew!»

«Dschochar Mussajewitsch? Wo sind Sie?»

«Kuno Bogdanowitsch, hören Sie: Wir brauchen dringend die versprochene Lieferung. Sehr dringend! Verstehen Sie mich?»

«Ich verstehe Sie sehr gut. Die Lieferung ist unterwegs. Sie werden sie in ein paar Tagen erhalten. Aber ist es nicht gefährlich, anzurufen?»

«Ich bin auf freiem Feld. Und die Russen sind Dummköpfe! Danke für die Lieferung. Und wie geht es Ihnen, Kuno Bogdanowitsch?»

«Mir geht es gut.»

«Und der Lerche?»

«Wem?»

«Der Lerche!»

«Ach, der Lerche geht es auch ganz gut. Wir wachen darüber, dass ihr nichts Böses geschieht.»
Was ist das? Ein Schrei? Es rauscht im Hörer. Kuno Bogdanowitsch ruft einmal, zweimal in die Sprechmuschel. Die Verbindung ist unterbrochen. Er wartet eine Weile, dann klappt er das Handy zusammen.

Zwei Tage später liest er in der Zeitung, dass Dudajew umgekommen ist. Die Tschetschenen bestreiten es zuerst, dann geben sie es zu. Dudajew habe in der Nacht vom 21. auf den 22. April auf freiem Feld ein Telefongespräch geführt. Dabei sei er vom russischen Feind angepeilt und durch eine Rakete getötet worden. Mit wem er geredet habe, sei nicht mehr festzustellen gewesen.

58

Tartu, März 1998

Fred ist am Vortag in Tallinn angekommen, aber er hat noch kaum etwas von der Stadt gesehen. Er hat sogleich ein Zimmer im Hotel *Viru* bezogen und sich mit dem Telefonbuch eingeschlossen. Das Telefonbuch von ganz Estland ist dünner als das von Honolulu.

Seinem letzten Führungsoffizier gegenüber hat er einmal den Namen des Priesters Viivo Seela erwähnt. Ein Fehler vielleicht, aber der Zusammenhang war harmlos gewesen. Und der Führungsoffizier – Fred hat ihre richtigen Namen hinter den banalen Decknamen nie erfahren – hatte zu erkennen gegeben, dass er wusste, wer Viivo Seela war. Vielleicht weiß auch Viivo Seela, wer der Führungsoffizier gewesen und wo er nun zu finden ist. Fred sucht deshalb Viivo Seela in dem dünnen Telefonbuch von Estland, beginnend mit Tallinn, und findet ihn in Tartu.

Viivo Seela ist zurückhaltend.

«Wer sind Sie?»

«Alfred Leimgruber! Wir haben uns Ende 1939 in Tallinn kennen gelernt.»

«Der Schweizer?»

«Ja, Alfred. Erinnern Sie sich noch?»

«Natürlich erinnere ich mich. Bei Edzard Schaper haben wir uns getroffen, und dann bist du geflohen. Warum sagst du Sie zu mir. Wir haben uns damals geduzt. Wo bist du?»

«In Tallinn. Kann ich dich sehen?»

Am nächsten Tag reist Fred nach Tartu, ohne inzwischen mehr von Tallinn gesehen zu haben. Die junge Frau an der Hotelrezeption rät ihm davon ab, den Zug zu nehmen. Es gibt die Fernbusse, aber Fred mag Busse nicht. Also fährt er mit dem Taxi, und es ist billiger, als wenn er sich in Honolulu ausnahmsweise vom Büro nach Hause fahren ließ. Viivo Seela bewohnt zwei Zimmer in einem alten grauen Holzhaus, das aussieht, als stehe es in Sibirien. Er hat Tee zubereitet, und sie sitzen in seinem Studierzimmer vor den Bücherwänden und trinken. Auf Seelas Schreibtisch steht ein alter Kruzifix. «Den hat man mir in Rom zu meiner Priesterweihe geschenkt, und seither hat er mich überallhin begleitet. Er bewahrte mich vor vielem.» Fred fragt nicht, wovor.

Sie reden ein wenig von den vergangenen Zeiten und von dem, was mit ihnen geschehen ist, seit sie sich in Tallinn getrennt haben. Viivo Seela sollte nach Sibirien deportiert werden. Auf dem Bahnhof von Narva gelang ihm die Flucht.
Schließlich kam er nach Rom. Er wusste, dass er nicht mehr heimkehren konnte. Aber er wollte nicht, dass die geflohenen Esten in der Fremde versickerten wie das Wasser in der Wüste. Es gab eine weltweite Größe, die man sich zunutze machen musste, die Kirche. Nicht die evangelische, die provinziell war, sondern die katholische. So sagte sich Viivo Seela auf dem Petersplatz und lief stracks auf die Porta bronzata zu und erzählte dem Dienst habenden Schweizergardisten, er sei aus Estland vor den Russen geflohen und wolle Priester werden.
Der Schweizergardist war verlegen und salutierte vor einem vorbeigehenden Geistlichen.

Der blieb stehen, und Viivo Seela sagte auch ihm, dass er Priester werden wolle. Der Geistliche führte Viivo Seela durch das Tor und die Scala Regia hinauf in ein hohes Büro. Dort war schließlich ein freundlicher Monsignore bereit, ihm zuzuhören.

«Und du bist noch nicht einmal getauft, mein Sohn?»

«Nein.»

Einige Wochen später wurde Viivo Seela in der Kirche S. Eligio getauft, und sein Pate war der Priester, der ihn zu dem freundlichen Monsignore geführt hatte. Er hieß Angelo Roncalli und war Erzbischof, apostolischer Delegat in der Türkei, gegenwärtig zur Berichterstattung in Rom.

«Wenn du eines Tages zum Priester geweiht bist, kommst du zu mir nach Ankara, mein Sohn», sagte Roncalli beim Abschied zu Viivo Seela. Aber als Viivo Seela endlich Priester war, 1945, war Roncalli schon päpstlicher Nuntius in Paris, und Viivo Seela ging als Professor nach Kanada.

«1953 wurde Roncalli Patriarch von Venedig und Kardinal, 1958 Papst. Und ich war sein immer währender Plagegeist, damit er das Baltikum nicht vergesse. Und du?»

Statt zu erzählen, fragt Fred Leimgruber: «Kann ich bei dir beichten, obwohl ich nicht katholisch bin?»

«Natürlich kannst du beichten.»

«Und es bleibt auch wirklich unter uns?»

Viivo Seela schaut ihn an. «Warst du Spion?»

Fred nickt und redet.

«Ich muss unbedingt meinen letzten Führungsoffizier sehen», sagt er zuletzt.

«Wozu?»

«Wegen der Akten. Ich muss wissen, wo meine Akten sind.»

318

«Du bist also nicht aus Reue zu mir gekommen?»

«Aus Reue auch, aber nicht nur.»

«Dann gilt die Lossprechung nicht. So billig kann man Vergebung nicht haben, mein Freund.»

«Ich brauche den Namen des Führungsoffizier. Er nannte sich Brown, Jeremy Brown, und er wusste, wer du bist.»

«Aber ich weiß nicht, wer er ist. Ich kenne einige ehemalige Mitarbeiter des KGB. Geh zu Suur. Sag ihm, du kommst von mir. Er wird wissen, wo die Unterlagen sind.»

«Kannst du mich bei ihm anmelden?»

«Warum nicht?»

Fred ruft wieder ein Taxi und fährt über die Brücke und dem Emajögi entlang. Links sieht er den Russenmarkt, gegenüber die Plattenbauten aus der Sowjetzeit. Die meisten sind sehr heruntergekommen, einige wenige sind renoviert. In der Straße zwischen zwei Hochhäusern steht Wasser. Das Auto fährt hindurch, Fontänen spritzen auf. Es ist die oberste Wohnung, und sie ist so kleinbürgerlich, wie man es sich nur vorstellen kann. Häkeldecke auf dem Fernseher, Häkeldecke auf dem Rauchtisch, Schoner auf den Sesseln. Der Wohnungsinhaber in einer gemusterten Strickjacke; wenn er eine Frau hat, ist sie nicht zu Hause oder zeigt sich nicht.

Man sitzt am Tisch im Esszimmer.

«Ich kenne Sie, was wollen Sie?»

«Woher kennen Sie mich?»

«Aus den Akten.»

«Wo sind die Akten?»

«Warum?»

«Warum wohl? Ich will nicht, dass es an die Öffentlichkeit kommt. Wo sind sie?»

«Die Akten, Herr Leimgruber, sind bei Ihrem Bruder.»

«Mein Bruder war bei den Partisanen und ist seit Jahrzehnten tot. Ihre Leute haben ihn in den Peipus-See getrieben.»

«Meine Leute? Es waren auch Ihre Leute, Herr Leimgruber. Der erste Teil Ihrer Feststellung ist richtig. Ihr Bruder war bei den Partisanen. Der zweite Teil ist falsch. Ihr Bruder lebt. Und ist im Besitz Ihrer Akten. Als die Geschichte hier aufflog, hat er sie mitgenommen.»

«Er lebt und hatte Zugang zu Geheimdienstakten?»

«Auch er war einer von uns, Sie können mir ruhig glauben. Eines Tages wurde uns auf Befehl der Zentrale in Moskau ein Mitarbeiter aus Riga überstellt. Kuno Solbe, ein Este, der bis dahin für den lettischen KGB gearbeitet hatte.»

«Solbe, ist das nicht –?»

«Warten Sie es ab. Alles zu seiner Zeit. Solbe kam also aus Riga. Tadelloser Leumund, wasserdichter Lebenslauf. Ein sehr tüchtiger Mann. Dennoch traute ich der Sache nicht. Ich habe ein gutes Gedächtnis für Gesichter, Herr Leimgruber. Und ich war mir sicher, ein ähnliches Gesicht in den Akten gesehen zu haben. Also begann ich zu suchen und wurde in Ihrer Akte fündig. Wir hatten Sie einige Jahre vorher angeworben.»

«Erpresst!», sagt Fred.

«Nennen Sie es, wie Sie wollen. Ich besah mir die Bilder von Ihnen, ich las, was da über Sie und Ihre Familie stand, und war überzeugt, dass Solbe Ihr Bruder war. Also machte ich mir Beziehungen zu Riga zunutze, inoffiziell natürlich. Und siehe da, dieser Solbe war kurze Zeit nach dem angeblichen Tod des Waldbruders Christian Leimgruber zuerst beim Komsomol, später beim KGB in Riga aufgetaucht. Der Teufel sollte mich holen, wenn das Zufall war. Solbe war niemand anders als Christian Leimgruber, der übergelaufen war.»

«Dieses Schwein!»

«Genau das rief Ihr Bruder auch, als er Ihre Akte zu Gesicht bekam», sagt Suur. «Ich wartete und beobachtete und war mir immer sicherer. Und dann machte ich die Nagelprobe. Ich legte ihm eines Tages Ihre Akte vor. Da hatte Ihr Bruder bei uns schon Karriere gemacht. Er blätterte in der Akte, und beim Verlassen seines Büros hörte ich, wie er ‹Dieses Schwein!›, brummte. Er behielt die Unterlagen bei sich, und als wir den Laden zumachten, nahm er sie mit.»

«Sie haben ihn nicht verraten?», fragt Fred.

«Warum sollte ich? Ich glaubte zwar nicht an seinen Gesinnungswandel. Er war ein Maulwurf des Widerstands mitten in unserem Bau. Aber ich war ja auch nicht blind. Wer Augen im Kopf hatte, sah es schon in Breschnews späten Jahren kommen. Überall Niedergang, nirgends ein Aufschwung. Es war nur eine Frage der Zeit, bis das Ganze zusammenbrach. Wenn Ihr Bruder, der sich Solbe nannte, ein Maulwurf war, dann war er für mich eine Versicherung. Ich musste ihn nur wissen lassen, dass ich wusste, wer er war. Das tat ich, nachdem Gorbatschow Glasnost verkündet hatte.»

«Ist er in Estland?»

«Ja.»

«Und hat seinen falschen Namen behalten?»

«Kuno Bogdanowitsch Solbe, wie vorher.»

«Das ist doch –.»

«Sie haben aufmerksam die Zeitung gelesen, Herr Leimgruber. Solbe soll einer der einflussreichsten Geschäftsmänner in Estland sein.»

«Ich dachte, einer der mächtigsten Mafiabosse von Estland.»

«Behauptungen, nichts als Behauptungen.»

«Und Sie, wovon leben Sie?», fragt Fred.

«Ich? Ich bin, könnte man sagen, Vizedirektor des so genannten Russenmarktes von Tartu.»

59

Stomersee, April 1998

Es gab einen wunderbar schweren alten Bordeaux, dazu luftgetrocknetes Fleisch und Brot.

«Lassen Sie es sich schmecken; Sie brauchen heute nicht mehr zu fahren.»

«Man wird nach mir suchen», sagte Bruderer.

«Das wird man nicht. Wir haben vorgesorgt. Im Hotel sind Sie bis Donnerstagabend abgemeldet. In der Universität ist ein Zettel ausgehängt, dass Ihre Vorlesung leider heute, Mittwoch – es ist ja schon nach Mitternacht –, wegen einer auswärtigen Verpflichtung ausfallen muss. Am Donnerstag wird an der Universität zwar offiziell gearbeitet. Trotzdem hätten Sie am Nachmittag vor der Walpurgisnacht keinen einzigen Hörer. Wer sollte Sie also vermissen?»

«Zum Beispiel Winterschild. Er wird gegen Mittag anrufen und fragen, ob ich am Donnerstag zum Abendessen komme.»

«Winterschild erhält am Vormittag von Seela die Nachricht, Sie seien in einer kirchlichen Angelegenheit weggefahren und erst am Donnerstag spätabends zurück.»

«Warum Seela? Was hat Seela damit zu tun? Sie kennen ihn?»

«Wir sind Freunde, enge Freunde.»

«Sie und Seela? Der Russenfreund und der Russenhasser?»

«Warum nennen Sie mich nicht gleich einen Kollaborateur? Wer sagt, ich sei ein Russenfreund? Vielleicht trügt der Schein, Doktor Bruderer.»

«Und Viivi? Haben Sie auch an Viivi gedacht?»

«Sie sind mit Viivi Leim verabredet?»

«Sie hat sich den Mittwoch freigenommen. Wir wollten uns am Morgen treffen und – abgesehen von meiner Vorlesung – den Tag zusammen verbringen. Was, wenn sie mich sucht?»

«Das wäre nicht gut», sagte Solbe beunruhigt. «Wenn sie Sie fände, könnte es nicht nur Viivi Leim das Leben kosten.»

Bruderer überlegte, ob Solbe bluffte. «Sie wollen damit sagen, die Russenmafia lasse sich nicht in die Karten schauen. Und wer es doch tue, riskiere das Leben?»

«Für die russische wie für jede andere Mafia trifft das sicher zu.»

«Und Sie vertreten die Mafia», sagte Bruderer mit trockener Zunge.

«So scheint es. Wir müssen Viivi Leim finden, ehe man auf sie aufmerksam wird.» Er zog ein Handy aus der Tasche und telefonierte.

«Ich frage mich, wozu Sie mich entführt haben», sagte Bruderer, als Solbe das Handy in die Brusttasche steckte. «Das ist eine verwickelte Geschichte, Bruderer, eine typisch estnische Geschichte. Ich habe Sie gewissermaßen zweimal entführen lassen: Einmal in meiner Eigenschaft, sagen wir, als Chef des Russenmarktes, und das zweite Mal als – ja, als Freund von Viivo Seela. Meine russischen Geschäftspartner waren beunruhigt über die Delegation aus Tschetschenien. In Moskau und in Petersburg befürchtete man, sie könnte Verbindung zu Seela und seinen Leuten aufnehmen. Wir mussten meine Geschäftspartner ablenken. Dazu haben wir die Sache mit den Papieren erfunden, die Sie Seela übergeben sollten. Die

Russen waren so darauf fixiert, sie Ihnen wieder abzu-
nehmen, dass sie für kurze Zeit Seela und die Tschetschenen aus den Augen ließen – lange genug, dass Seela
sich mit Dudajews Nachfolgern treffen und besprechen
konnte. Und dann musste ich Sie zum zweiten Mal entführen, damit Sie nicht wirklich der Mafia in die Hände
fielen. Denn das hätte für Sie sehr unangenehm werden
können.»

«Ich hoffe nur, dass Ihre netten Geschäftspartner Ihr
Doppelspiel nicht durchschauen.»

«Das lassen Sie meine Sorge sein.»

«Aber ich bin Ausländer. Wenn ich auf einmal verschwunden bin, wird es diplomatische Verwicklungen geben.»

«Das glaube ich nicht. Sie sind für zwei Tage aus dem
Verkehr gezogen. Es wird Ihnen kein Haar gekrümmt.
Ehe die diplomatische Maschinerie anläuft, sind Sie wieder frei. Und Sie werden nicht reden. Keiner würde Ihnen diese Entführungsgeschichte glauben.»

«Wo sind wir hier?», fragte Bruderer.

«Nicht mehr in Estland», antwortete Solbe. «Wir sind im
Jagdrevier von Boris Pugo, dem letzten Innenminister
der Sowjetunion. Er war Lette und hat sich nach dem
misslungenen Putsch gegen Gorbatschow im August einundneunzig eine Kugel in den Kopf geschossen.»

«Dann sind wir also in Lettland. Und dieses Haus ist kein
Unterschlupf der russischen Mafia.»

«Nein. Es ist eine ehemalige landwirtschaftliche Schule.
Aber kaum mehr gebraucht. Die baltische Landwirtschaft muss sich gesundschrumpfen, wenn die baltischen
Staaten europatauglich werden wollen. Hier kommt nur
noch selten einer her.»

«Landwirtschaftliche Schule? Ich hatte den Eindruck, wir
wären in einem Turm.»

«Sind wir auch. Im Turm des Schlosses der Freiherren
von Wolff. 1905 haben es wütende Bauern angezündet.
Boris von Wolff ließ es wieder aufbauen. Wir sind hier im
ältesten Teil. Im Wehrturm, den die Deutschen Ordensritter gegen die Heiden errichtet haben. Er hat auch dem
Feuer standgehalten. Zuletzt wohnte die Tochter des
Freiherrrn von Wolff in dem Schloss, eine exzentrische
Frau, die mit einem sizilianischen Fürsten verheiratet
war. Der Name Lampedusa sagt Ihnen etwas?»

«Giuseppe Tomasi di Lampedusa? Der den Roman *Der
Leopard* geschrieben hat? Eines der schönsten Bücher, die
ich gelesen habe. Und dies ist das Schloss seiner Frau?»

«Ja. Sie sehen, wir kennen Ihre Vorlieben, Doktor Bruderer. Und wir wollten Ihnen eine Freude machen. In der
Zwischenkriegszeit war der Fürst mehrere Male hier. Obwohl er von einer Insel kam, soll er sehr wasserscheu gewesen sein und niemals im See gebadet haben, der gleich
vor dem Haus liegt.»

60

Stomersee, April 1998

Mit dem Frühling waren die Vögel zurückgekehrt. Sie machten so großen Lärm, dass Bruderer unter seinem Betthimmel zuoberst im Turm erwachte. Es war noch dämmerig, auch in seinem Kopf. Durch den Dämmer drang Gezwitscher, nicht von Vögeln. Da pfiff ein besonderer Vogel durch ein Megaphon – Bruderer fuhr hoch –, auf Schweizerdeutsch.

«Christian, ich weiß, dass du da bist. Komm heraus, du Verräter, oder ich zünde dir den Turm unter dem Hintern an!» Bruderer rannte ans Fenster, aber es war nichts zu sehen. Unten aus dem Erdgeschoss kam als Antwort die Salve einer Maschinenpistole. Und eine Stimme schrie: «Damit du weißt, dass wir bewaffnet sind.»

«Es nützt euch nichts», gab das Megaphon draußen zurück. «Der Turm ist umstellt.»

Bruderer lief geduckt der Wand entlang zur Tür und dann die Treppe hinunter. Dort lehnte Solbe neben dem einzigen Fenster an der Wand.

«Kopf runter!», rief er. «Da draußen ist einer verrückt geworden.»

«Wer ist es?», fragte Bruderer.

«Mein Bruder Fred aus Honolulu. Neununddreißig ist er vor dem Einmarsch der Russen emigriert. Seit kurzem ist er zurück. Er wird Angst bekommen haben.»

«Wovor Angst?»

«Davor, dass die Akten des KGB ans Licht kommen. In

denen ist er als Auslandsmitarbeiter geführt. Er hat jahrelang Informationen aus Hawaii geliefert.»

«Und warum?»

«Weil sie ihm einredeten, er könne damit meine Familie vor Unannehmlichkeiten bewahren.»

«Vor welchen Unannehmlichkeiten? Sie waren doch beim KGB.»

«Woher sollte er das wissen? Und ich war ja nicht immer beim KGB. Am Ende des Krieges, nachdem die Russen zurückgekehrt waren und uns kein Fetzchen Freiheit ließen, war ich in den Untergrund gegangen, zu den Leuten, die sich in den Wäldern versteckten.»

«Sie waren ein Waldbruder?»

«Ja. Und so viel ich weiß, der Letzte, der aufgab. Anfang der sechziger Jahre.»

«Das ist ja – und wechselten dann zum KGB? Wie brachten Sie das fertig?»

«Meinen Sie technisch oder – psychisch?»

«Beides.»

«Hören Sie, Doktor Bruderer. Ich weiß nicht, ob das jetzt der richtige Moment für Geschichten ist. Wenn mein Bruder verrückt genug ist, kann er uns tagelang belagern, ohne dass ein Mensch ihn in dieser menschenleeren Gegend daran hindert.»

«Im Erdgeschoss sind doch Ihre beiden Männer mit den Maschinenpistolen.»

«Schon. Aber wir sind für Belagerungen nicht eingerichtet. Es gibt kein Wasser im Turm, nur ein paar Flaschen Wein.»

Draußen schrie die Stimme des Bruders: «Christian, ergib dich. Wir haben Zeit, und du hast kein Wasser.»

Die Antwort aus den Maschinenpistolen kam prompt. Solbe seufzte.

«Sie wollten mir erklären, wie es Ihnen gelang –.»
«Psychisch war es nicht weiter schwierig. Ich hatte mich vorher verstellen und verstecken müssen, ich verstellte und versteckte mich wieder, nur anders und an einem andern Ort. Als ich als Partisan nichts mehr ausrichten konnte, nistete ich mich eben in der Kommandozentrale ein. Da gab es viel zu tun. Sie ahnen gar nicht, wie viel Leute da nebeneinander arbeiteten, ohne voneinander zu wissen. Die Schlange biss sich ständig selbst in den Schwanz, man musste sie nur daran hindern, zu merken, dass es ihr eigener Schwanz war.»
«Viivis Vater – Sie wissen, die Frau, mit der ich heute verabredet bin –.»
«Ja?»
«Viivis Vater war ein Waldbruder. Der Letzte, der noch durchhielt, sagt sie. Er wurde vom KGB erschossen. Anfang der sechziger Jahre. Am Peipus-See.»
«So stand es damals in den Zeitungen. Sie konnten keinen Misserfolg zugeben. Das heißt, die beiden, die ins Wasser fielen, sagten natürlich nicht, dass ich ihnen entwischt war. Sie hätten kein Lob dafür geerntet.»
«Dann sind Sie Viivis Vater?»
«Es wird so sein, Herr Bruderer.»
«Und heißen in Wahrheit Leimgruber.»
«Wie der liebenswürdige Herr dort draußen, mein Bruder Fred Leimgruber.»
«Weiß es Viivi?»
«Er wird es ihr inzwischen gesagt haben.»

Von draußen kam eine andere Stimme durch den Trichter. Viivis verstärkerentstellte Stimme. «Bitte nicht schießen. Er kann euch nichts tun.»

Sie wandten sich zum Fenster. Durch das fade Morgenlicht sahen sie zwei Gestalten hinter den Büschen hervorkommen, der Mann ging voran, die Hände über den Kopf erhoben, dahinter die Frau, eine Pistole in der Hand.

«Nicht schießen!», schrie der Mann, den Bruderer als Kuno Bogdanowitsch Solbe kennen gelernt hatte, so laut, dass es auch die zwei Kerle im untern Stockwerk hören mussten.

Solbe alias Leimgruber öffnete das Fenster und schrie hinaus: «Wir schießen nicht.» Dann wandte er sich zur Treppe, und rannte in einem Tempo hinunter, das Bruderer einem Dreiundsiebzigjährigen niemals zugetraut hätte. Bruderer lief ihm nach.

Auf dem gekiesten Platz vor dem Turm standen einander zwei alte Männer gegenüber. Schlank und im gestreiften dunklen Zweireiher der eine, der andere mit einem Bürolistenbauch, in Jeanshose und Jeansjacke und einem T-Shirt, auf dem *Hawaii* aufgedruckt war. Hinter dem Mann im Jeansanzug stand Viivi und hatte die Pistole auf ihn gerichtet. Hinter dem Mann im dunklen Anzug standen Bruderer und noch weiter hinten die beiden Schwarzledernen, die Maschinenpistolen gesenkt.

«Verräter», rief der eine der alten Männer.

«Verräter», rief der andere der alten Männer.

«Sie hat mich hereingelegt», schimpfte Fred Leimgruber.

«Sie stand von Anfang an auf deiner Seite.»

«Sie wusste gar nicht, wer ich bin», sagte Christian Leimgruber.

«Natürlich wusste sie es. Ich habe es ihr erzählt.»

«Wenn wir noch lange hier stehen, erkälten wir uns. Gehen wir hinein», sagte Viivi.

Im Gewölbe mit dem Kopfsteinpflaster wurde dann entschieden, dass Fred und Christian einander viel zu sagen hätten und dass es besser wäre, wenn sie dabei allein waren. Christian schickte seine zwei Leibwächter weg, und Viivi sagte zu Bruderer: «Wir gehen auch. Mein Wagen steht unten in der Allee.»

Kurz vor Alüksne, das früher Marienburg geheißen hatte, kam ihnen ein großer schwarzer Mercedes entgegen. «Hoffentlich hat die Mafia nicht gemerkt, dass mein Vater auch mit ihr ein falsches Spiel spielte», sagte Viivi. «Ach was!», sagte Bruderer.
Sie schaute auf die Uhr. «Neun Uhr. Wenn wir uns beeilen, sind wir am Mittag in Tartu, und es reicht noch für deine Vorlesung.»
«Wie hast du uns gefunden?», fragte Bruderer.
«Fred Leimgruber hat mich gefunden. Und er wusste, dass sein Bruder im Schloss der Freiherren von Wolff am Stomersee einen Unterschlupf hat.»
«Wer hat ihm denn davon erzählt?»
«Ich denke, dass es Seela war», sagte Viivi. In ihrem Schoß lag immer noch die Pistole. «Steck sie weg», sagte Bruderer.
Bevor Viivi sie in der Tasche ihres Mantels verschwinden ließ, wiegte sie sie liebevoll in der Hand. «Das Einzige, was ich bis heute von meinem Vater besaß. Als er mich bei meinen Pflegeeltern abgab, legte er die Pistole dazu. ‹Damit sie sich wehren kann›, soll er gesagt haben.»

61

Tartu, April/Mai 1998

Es war doch die Mafia gewesen. Viivi übersetzte Bruderer den Zeitungsartikel am Donnerstagmorgen. Nahe der
estnischen Grenze war in Lettland der alte Wehrturm eines Schlosses in die Luft geflogen. Zwei alte Männer waren dabei umgekommen. Was die beiden Esten in Lettland gewollt hatten, war nicht bekannt. Einer der beiden
schien Beziehungen zur Mafia gehabt zu haben. Auch
die Ursache der Explosion war noch nicht geklärt, ebenso wenig, ob es noch weitere Tote gegeben hatte und ob
Dritte in den Anschlag verwickelt waren.

«Warum haben sie das getan?», fragte Viivi.

«Sie werden gemerkt haben, dass dein Vater sie hinter-
ging.»

«Kaum habe ich meinen Vater gefunden, habe ich ihn
schon wieder verloren», sagte Viivi. «Zu kurz für Trauer.
Ein merkwürdiges Gefühl. Ich hätte ihn gerne so vieles
gefragt.»

Er war am Mittwoch doch nicht zur Vorlesung gegangen.

«Es ist besser so», hatte Viivi gesagt. «Du solltest vorsichtig sein und auch nicht im Hotel übernachten. Wer weiß,
wer dich sucht. Kommst du zu mir?»

Sie hatten den Wagen versteckt geparkt, im *Barclay* hastig
Bruderers Siebensachen in die zwei Kofferungetüme gepackt. Bruderer hatte die Rechnung bezahlt, dann waren
sie zu Viivi gefahren. Dort hatten sie einander hinter der

gut verriegelten Wohnungstür geküsst. Aufgestanden waren sie erst am Donnerstagmittag wieder.

«Morgen fliege ich zurück», sagte Bruderer.
«Kannst du nicht bleiben?»
«Und mich von der Mafia fangen lassen? Ich bin kein besonders mutiger Mensch.»
«Ich könnte auf dich aufpassen. Morgen bringe ich dich nach Tallinn. Aber heute ist Walpurgisnacht. Da findet dich niemand. In der Walpurgisnacht sind die Augen der Feinde blind.»
Gegen Abend zog Viivi ein weißes Kleid an, als wäre es schon Sommer.
«Lädst du mich ins *Barclay* zum Essen ein? Von dort sieht man den Zug der Verbindungen am besten.»
«Und unsere Verfolger?»
«Uns wird nichts geschehen. Nicht in der Walpurgisnacht. Da verschwören sich die Bäume und die Steine mit den Hexen. Ich bin eine Hexe.»

Sie saßen hinter den breiten Bogenfenstern und aßen im Rücken des bronzenen Feldmarschalls Michail Bogdanowitsch Barclay de Tolly zu Abend. Das Restaurant füllte sich mit mützentragenden ehemaligen Verbindungsstudenten und ihren Frauen. Sie hatten hier studiert, nun waren sie Ärzte in Võru, Tallinn oder einem Dorf zwischen Põltsamaa und Viljandi, Rechtsanwälte, Richter, Astronomen an der Universitätssternwarte von Tartu, Professoren an der Pädagogischen Universität von Tallinn und lutherische Pastoren in Valga oder Kaavere. Sie tranken Bier und lachten und hatten einander so viel zu erzählen, dass alle durcheinander redeten.

Draußen nahm das Licht ab.

«Schau, dort kommen sie!», rief Viivi.

Voran, von weißen Ehrendamen umgeben, trug ein Verbindungsstudent die übergroße Fahne in den estnischen Farben blau-schwarz-weiß.

«Weißt du, was die Farben darstellen? Weiß ist der Schnee, schwarz ist der Wald, blau der Himmel. Die Farben der alten Korporation *Estonia*. Kreutzwald war eines ihrer Mitglieder. Warst du in einer Verbindung?»

Bruderer schüttelte den Kopf. «Bei uns sind Verbindungen Sammelbecken rechts stehender Studenten.»

«Bei uns die Sammlung derer, die die Freiheit Estlands lieben.»

Hinter dem Fahnenträger marschierte in einem langen Zug eine Verbindung nach der andern, jede mit einer Fahne, die kleiner war als die blau-schwarz-weiße an der Spitze.

«Es sieht aus wie ein Drachen, findest du nicht?», sagte Viivi. «Der Drachen der Freiheit, der die Unterdrückung vertreibt.»

Hart an der Scheibe standen zwei Männer auf dem Gehsteig, dunkle Anzüge, dunkle Hüte, und schauten herein.

«Da sind sie! Sieh nicht hin», flüsterte Bruderer.

Sie schaute hin und blickte ihnen in die Augen. Sie lachte sie aus. Sie zeigte lachend mit dem Finger auf sie, und dann streckte sie ihnen, so lang sie konnte, die Zunge heraus. Die zwei Männer wandten den Blick ab und verschwanden im Gewühl.

«Siehst du, so muss man die Gespenster vertreiben!»

«Ich denke nur nicht, dass es auf Dauer nützt.»

Sie tranken noch ein Bier. Aber Viivi konnte nicht mehr still sitzen. Inzwischen war es dunkel geworden. Am Eingang des Hotels brannten zwei Fackeln.

«Komm jetzt.»

«Ist es nicht zu gefährlich?»

«Ach was. Es ist Walpurgisnacht!»

Sie zog ihn mit sich hinaus. Sie eilten der Menge nach, die zum Domberg strömte. Sie hörten die Lieder. Viivi ließ Bruderer stehen und lief hin, um mitzusingen. Dann kam sie wie ein Schmetterling zu ihm zurück. Sie tanzten. Wieder flog sie weg und tanzte mit andern. Er sah ihr weißes Kleid wie eine kleine Nebelwolke durch die Menge schweben. Er stand an einer Bar und trank ein Bier, und er konnte die zwei Männer in den dunklen Anzügen nicht vergessen.

«Du bist nicht glücklich», flüsterte sie ihm beim Tanzen ins Ohr und drückte sich an ihn.

Bruderer glaubte wieder, die Dunkelgekleideten zu sehen. Kaum erblickt, verschwanden sie im Gewühl.

Gegen Mitternacht hatte er ziemlich viel getrunken und war müde.

«Morgen Abend werden wir nicht mehr zusammen sein», sagte er, als sie zwischen zwei Tänzen zu ihm geflattert kam.

Es gab keine Kirchtürme mehr in der Stadt, von denen es hätte zwölf Uhr schlagen können. Aber einer in der Menge rief: «Mitternacht!»

«Mitternacht», rief Viivi im Herbeihüpfen und küsste Bruderer auf den Mund.

«Es lebe die Freiheit der Esten», sagte einer neben Bruderer. Er schaute sich um. Da stand Seela und hob sein Glas. Sie stießen an. Seela trug eine schwarze Krawatte.

Bruderer zeigte darauf. «Berufskleidung oder sind Sie in Trauer?»

«Die Trauer ist mein Beruf», antwortete Seela. «Ich habe einen meiner engsten Freunde verloren.» Er zeigte mit dem Kinn auf die ausgelassene Viivi. «Ihr Vater hat viel für unser Land getan.»

«Jetzt müssten Sie eine farbige Krawatte tragen, um den Leuten Mut zu machen. Eine in den Farben blau-schwarz-weiß», sagte Bruderer.

«Ja, müsste ich wohl», sagte Seela.

Sie fuhr wie eine Räuberin. In weniger als zwei Stunden waren sie am Flughafen. Es war morgens um fünf. Seine Maschine ging erst nach neun.

«Warum hältst du nicht an?»

«Es ist zu früh. Und zu gefährlich. Wenn sie dich suchen, sind sie schon hier. Wir fahren zu Menschen, wo du sicher bist.»

Sie fuhren um die Spitze des Ülemiste-Sees herum und hielten nach Westen. Die Altstadt mit dem Domberg und dem großen Turm, dem *Kiek in de Kök*, lag schattenhaft rechterhand. Vor der Kirche stellte Viivi den Wagen ab.

«Der Pfarrer und seine Frau haben mich aufgezogen. Heute kümmern sie sich um die Straßenkinder von Tallinn.»

Der Pfarrer und seine Frau hatten nichts dagegen, so früh herausgeklopft zu werden.

«Wir sind noch nicht lange im Bett», sagte der Pfarrer zu Bruderer. «Walpurgisnacht», sagte seine Frau lachend.

Viivi und Bruderer bekamen ein Bett und einen Wecker.

Zwei Stunden später rasselte er.

«Willst du nicht mit mir kommen?», fragte Bruderer, während sie sich anzogen.

«Das geht nicht wegen meiner Eltern.»

«Es sind deine Pflegeeltern.»

«Ich kann sie nicht allein lassen.»

«Dein richtiger Vater, hat er nie nach dir gefragt?»

«Nie.»

«Warum nicht?»

«Ich weiß es nicht. Es ist sein Geheimnis. Aber was ist mit dir, Felix, würdest du – hier bei mir bleiben?»

«Wovon sollten wir leben? Ich habe meine Arbeit in Zürich.»

«Ja.»

Sie brachte ihn zum Flughafen. Sie küssten sich und sagten einander auf Wiedersehen. Bruderer stieg in die kleine Holpermaschine, setzte sich ans Fenster, schnallte sich an und winkte Viivi zu, die hinter der großen Scheibe stand. Das Flugzeug war kaum halb besetzt. Als es anrollte, winkte Bruderer noch einmal zu ihr hinauf, und während die Maschine wegbog, glaubte er zu sehen, dass zwei Männer in dunklen Anzügen neben Viivi standen.

62

Berlin, November 1919

Es ist November, aber noch immer erstaunlich warm. Vor genau einem Jahr wurde in einem Eisenbahnwagen in Compiègne die deutsche Kapitulation unterschrieben. Kein Grund zum Feiern, aber Anlass zu einer trotzigen Gedenkfeier für die Gefallenen.

Die Professoren der Berliner Universität sind auf dem Weg zum Dom. Es ist ein langer Zug. Voran zwei Pedelle im Ornat und mit Zepter. Dahinter der Rector magnificus, Professor Reinhold Seeberg, Ordinarius der Theologie, Frack mit weißer Schleife, Talar darüber, am Kragen Pelzbesatz, Barett. Dann die Professoren der Theologischen Fakultät, ebenfalls in Talar und Barett. Man erkennt Professor Julius Kaftan, Systematische Theologie, Mitglied des Evangelischen Oberkirchenrates und seit neuestem dessen Vizepräsident; Professor Wolf Wilhelm Graf Baudissin, Altes Testament; Professor Friedrich Mahling, Praktische Theologie, früher Vorsteher der Hamburger Stadtmission, Mitglied des Central-Ausschusses der Inneren Mission; Professor Adolf Deißmann, Neues Testament; Professor Karl Holl, Theologiegeschichte, Lutherspezialist.

Harnack ist einer von ihnen. Unter der weißen Schleife trägt er ein dunkles Band um den Hals, daran hängt ein Orden. Auch zwei, drei seiner Kollegen tragen Ordensbänder. Es müssen Orden aus dem Kaiserreich sein; die Weimarer Republik kann ihnen noch keine verliehen haben.

Harnack sieht selbstverständlich keine Veranlassung, auf sein erbliches ‹von› zu verzichten. Er schwatzt im Gehen mit seinem Nachbarn, Professor Mahling. Er macht keinen niedergeschlagenen Eindruck, er sieht aus wie der Teilnehmer am Leichenzug eines ziemlich entfernten Verwandten. Da wechselt man schon mal mit dem Nebenmann ein paar Worte, die nicht aus den Bußpsalmen stammen. Und auch ein diskretes Lachen wird einem niemand verbieten können.

Professor Adolf von Harnack war gut mit Kaiser Wilhelm bekannt, dem er Eindruck machte. Im Jahr nach dem Tod seines Vaters Theodosius wurde er Mitglied der Preußischen Akademie der Wissenschaften, deren Geschichte er zum zweihundertjährigen Bestehen 1900 schrieb. Seit 1905 ist er im Nebenamt auch noch Generaldirektor der Preußischen Staatsbibliothek. Dazu publiziert Professor von Harnack unablässig. Eben ist er dabei, wieder ein großes Buch vorzubereiten. Es handelt von Marcion, dem frühchristlichen Ketzer.

Durch den Kaiser hat Professor von Harnack den Kulturphilosophen und Schriftsteller Houston Stewart Chamberlain kennen gelernt, mit dem er seither befreundet ist. Chamberlain ist Engländer, aber von allem Deutschen begeistert, insbesondere von Richard Wagner, mit dessen Tochter Eva er verheiratet ist. 1916 hat er die deutsche Staatsangehörigkeit erworben. In den *Grundlagen des 19. Jahrhunderts* betont Chamberlain die Wichtigkeit der Germanen für die europäische Kulturgeschichte. Im letzten Jahr hat er das Buch *Rasse und Nation* geschrieben, dem 1925 *Rasse und Persönlichkeit* folgen wird. Die Nazis werden sich bald auf ihn berufen.

Im Übrigen hat Professor von Harnack zunehmende Sympathien für Johannes Müller, einen evangelischen Theologen, der sich den *entkirchlichten Gebildeten* zuwenden will und, durch Freunde aus Adel, Großindustrie und Künsten angeregt, *Freistätten persönlichen Lebens* gründet, immer auf Schlössern, 1916 auf Schloss Elmau zwischen Garmisch und Mittenwald. Er gibt *Blätter zur Pflege persönlichen Lebens* heraus, die von 1914 bis 1941 *Grüne Blätter* heißen. Er kämpft gegen die, wie er es nennt, Bewusstseinskultur für ein dem *Wesen* entsprechendes Leben. Vom Wesen hat auch Professor von Harnack in seinen Vorlesungen über *Das Wesen des Christentums* gesprochen. Vor zwei Jahren ist Johannes Müller in Berlin ehrenhalber zum Doktor der Theologie promoviert worden. Dass Professor von Harnack dabei nicht die Hand im Spiel gehabt habe, kann niemand behaupten. 1933 wird Müller die *nationale Wiedergeburt* predigen und ein Lehrer der *Deutschen Christen* werden.

Schüler und Freunde Professor von Harnacks geben seit 1886 die Zeitschrift *Christliche Welt* heraus, die zuerst *Evangelisch-lutherisches Gemeindeblatt für die gebildeten Glieder der evangelischen Kirche* hieß. Es ist eines der wichtigsten Organe des so genannten Freien Christentums und erscheint bis 1941. Dann muss es, nicht wegen seiner oppositionellen Haltung, sondern wegen kriegsbedingter Sparmaßnahmen, eingestellt werden.

Kaiser Wilhelm II. ist seit einem Jahr außer Landes. Er wohnt in Amerongen in den Niederlanden und hat auf den Thron verzichtet. Für Professor von Harnack hat das Ende des Kaiserreichs einen tiefen Einschnitt bedeutet. Doch ist er Historiker genug, um zu wissen, dass die

Mächtigen kommen und gehen. Wichtig ist, dass die Kultur bleibt. Dabei hat das Christentum eine große Aufgabe, darin ist er mit seinem Kollegen Kaftan einig. Deshalb ist Professor von Harnack auch bereit, anders als manche Kollegen mit den Vertretern der Weimarer Republik zusammenzuarbeiten, wenn es in zumutbarem Rahmen geschieht.

Außer dass er mit Kaftan in puncto Kultur und Christentum einer Meinung ist, hält er nicht viel von dessen Fachgebiet, der Systematischen Theologie. Die Anekdote wird kolportiert, nach einem Umzug hätten Studenten, die ihm halfen, seine Bibliothek einzuräumen, gefragt, wo sie die Systematisch-theologische Literatur einreihen sollten. «Stellen Sie sie zur Belletristik», habe Professor von Harnack geantwortet.

Er selbst lässt es an Kulturpflege nicht fehlen. Er arbeitet jeden Abend bis achtzehn Uhr. Wer länger am Schreibtisch sitze, behauptet er, bringe sicher nichts Rechtes zustande. Dann geht er zum Abendessen, anschließend ins Theater, ins Konzert oder in die Oper.

Die Gedenkfeier im Dom ist vorüber. Professor von Harnack ist anschließend als Mitglied der Preußischen Akademie der Wissenschaften und Generaldirektor der Staatsbibliothek zu einem offiziellen Essen eingeladen. Er sitzt links vom Rektor. Der Rektor ist in Livland geboren und war zunächst Professor in Dorpat. «Wissen Sie, Herr Kollege», sagt Rektor Seeberg mit seinem baltendeutschen Akzent, «ich verstehe immer noch nicht, warum wir diesen Krieg nicht gewonnen haben. Und nun wollen sogar Esten, Letten und Litauer selbständige Staaten haben. Wo führt das hin, frage ich Sie, wo führt das hin? Unsereins jedenfalls hätte sich das damals überhaupt nicht vorstellen können. Was würde wohl Ihr Herr Vater dazu sagen, Herr Kollege?»

«Mein Vater?», sagt Professor von Harnack. «Mein Vater, glaube ich, hätte es sich vorstellen können, Magnifizenz.»

63

Zürich, Mai 1998

Je länger Bruderer darüber nachdachte, desto größer wurde sein Zorn. Es hatte schon auf dem Rückflug von Helsinki nach Zürich begonnen, und der Zorn ebbte nach der Ankunft nicht ab, im Gegenteil. Die Theologische Fakultät von Tartu suchte einen Gastdozenten. Bruderer erhielt von Gottvater den Auftrag, arbeitete wochenlang an den Vorbereitungen. Dann saßen sieben Studenten im Hörsaal, und die Fakultät ignorierte ihn.

Gottvater war an allem schuld. Er hätte dafür sorgen müssen, dass man Bruderer anständig empfing, dass er gut untergebracht war und dass sich jemand um ihn kümmerte. Aber Gottvater hatte ihn ins Leere laufen lassen. Bruderer haderte mit Gottvater.

Er meldete sich nicht an. Am Montag nach seiner Rückkehr fuhr er zu Gottvater hinaus. Die hohen Buchen hatten hier schon volles Laub.
Diesmal empfing ihn nicht der Kleine, sondern das blonde Gift. Es stand mit dem Gärtner auf der Treppe, einem Gärtner aus dem Hochglanzkatalog, Bodybuildingfigur, schwarzes Haar, gebräuntes Gesicht, starke Arme. Bruderer sah, wie das blonde Gift den Gärtner und wie der Gärtner das blonde Gift anschaute. Er verwettete seinen Kopf, dass sie den alten Mann im Rollstuhl mit dem Gärtner betrog. Und der Kleine ist auch von dem, dachte er.

Das blonde Gift drehte sich zu Bruderer um.

«Was wollen Sie?»

«Ich muss zu Ihrem Mann.»

«Sind Sie angemeldet?»

Bruderer war ein ehrlicher Esel und sagte: «Nein.»

«Dann können Sie auch nicht zu ihm. Mein Mann ist nicht gesund. Er erträgt keine unangemeldeten Besuche. Es regt ihn viel zu sehr auf.»

«Aber er kennt mich gut. Ich war sein Doktorand.»

«Wie war Ihr Name?»

«Felix Bruderer.»

«Ach ja, natürlich. Ich kann Sie nicht zu ihm lassen. Rufen Sie an, um einen Termin zu vereinbaren.» Sie wandte sich wieder dem Gärtner zu.

Unten an der Treppe schaute Bruderer noch einmal zurück, und er war sicher, dass sich hinter dem Fenster von Gottvaters Studierzimmer ein Kopf bewegte. Gottvaters Kopf, der schnell in Deckung ging.

Am nächsten Vormittag rief Bruderer an. Das blonde Gift war am Telefon. «Tut mir Leid, aber mein Mann kann Sie nicht empfangen. Es geht ihm gesundheitlich nicht gut. Vielleicht versuchen Sie es in einem Monat wieder.»

Sollte er ihm doch den Buckel herunterrutschen. Bruderer würde nicht mehr anrufen. Dafür traf er Murbach in der Stadt. Murbach hatte zur selben Zeit wie Bruderer bei Gottvater promoviert.

«Sei ja eine riesige Pleite gewesen, dein Aufenthalt in Dorpat», sagte Murbach.

«Woher hast du das?»

«Gottvater erzählte es, als ich letzte Woche bei ihm war. Und weißt du was? Ich glaube, er freut sich darüber.

Muss die Eifersucht sein. Er wäre fürs Leben gern selbst hingefahren.»

«*Seine* Eifersucht? Nicht eher die des blonden Gifts?»

«Seine oder ihre. Macht es einen Unterschied?»

«Wer ist übrigens der Gärtner, der dort arbeitet?»

«Du kennst Nikolaj nicht? Man nennt ihn den Kosaken.»

«Einer ihrer Liebhaber?»

«Frag mich das bitte nicht!», rief Murbach.

64

Berlin, November 1831

Es ist Mitte November, kalt und nass, und in Berlin geht
die Cholera um. Trotzdem, und obwohl er ihn zu seinen
Lebzeiten nicht geschätzt hat, ist Chamisso an der Totenfeier für Hegel in der Universität. Chamisso ist Kustos
der Königlichen Gärten und Vorsteher des Herbariums.
Er kann nicht gut wegbleiben, wenn um Preußens Staats-
philosophen getrauert wird.
Alles, was Rang und Namen hat, ist da. In der Reihe vor
sich sieht Chamisso den großen Kopf Schleiermachers
auf dem zierlichen Rumpf. Den muss es noch viel größere Überwindung gekostet haben, herzukommen, denkt
er. Man sitzt eng; Mäntel und Anzüge sind feucht vom
Bindfadenregen. Der Unbekannte neben Chamisso, der
ihn freundlich grüßt, versucht, seinen durchnässten
Zylinder mit dem Taschentuch zu trocknen, damit er
nicht aus der Form gerät.

Marheineke hält die Trauerrede. Den mag Chamisso
noch weniger als Hegel. Er hält den Theologen Professor
Philipp Konrad Marheineke für ein christliches Chamäle-
on, das seine Farbe jederzeit der Umgebung anpasst. Sowie Hegel als philosophische Sonne über Berlin aufging,
entdeckte Marheineke, dass Jesus Hegelianer gewesen
war. Darum nimmt er jetzt auch den Mund so voll und
schwadroniert von der Ähnlichkeit zwischen Hegel und
Jesus und davon, dass Hegel Jesu Namen stets verherr-

licht habe. Blödsinn, denkt Chamisso ärgerlich, Hegel hat nie einen andern Namen verherrlicht als den eigenen. Er glaubt zu sehen, dass ein Zucken durch Schleiermachers leicht gewölbten Rücken geht, und er sieht, wie Schleiermacher den Kopf zwischen die Schultern einzieht. Wie die Schildkröten in der Südsee, denkt Chamisso. Nur, dass bei denen Kopf und Körper in umgekehrtem Verhältnis zueinander stehen als bei Schleiermacher.

Auch Chamissos Mantel hat Wasser aufgesogen. Er spürt, wie die Feuchtigkeit durchdrückt. Und er hört, wie auf dem Katheder Marheineke voller Selbstgewissheit spekulative Türme aufbaut, die bis an die Wolken des Himmels zu reichen scheinen. Einem wie Marheineke ist nichts verborgen, er weiß alles und sieht alles voraus. So einer muss nicht auf Entdeckungsreisen gehen. Den überrascht nichts mehr.
Plötzlich hat Chamisso Heimweh nach dem Ächzen der *Rurik* unter dem Wind. Er fragt sich, wie es Otto von Kotzebue gehen mag. Obwohl sie einander auf der Reise nicht besonders gut verstanden haben, denkt Chamisso jetzt mit gerührter Freundlichkeit an ihn. Ist er wieder unterwegs, oder sitzt er auf seinem livländischen Gut und spielt den Bauern? Er hat ihm geschrieben, als sein Vater, der alte August von Kotzbue, ermordet wurde, später nicht mehr. Das ist ein Dutzend Jahre her.
Die Tat des verrückten Burschenschaftlers hat Chamisso alle Lust an seinen eigenen Aufzeichnungen über die Weltumsegelung genommen. Weil sie vom Namen Kotzebue nicht zu trennen sind, wären sie damals wie eine Parteinahme und Sympathiekundgebung erschienen. Cha-

misso hat zwar das Verbrechen verurteilt; als Parteigänger des alten Reaktionärs hat er aber entschieden nicht gelten mögen.

So wenig wie als Parteigänger Hegels, obwohl er bei dessen Totenfeier sitzt. Er, Chamisso, ist ein Entdeckungsreisender, dem die Hegel'sche Besserwisserei widersteht. Er ist stolz, dass ein Hafen auf den Karolineninseln seinen Namen trägt. So wird die Erkenntnis vorgetrieben ins Unbekannte.

Während Marheineke Begriffe auf Begriffe türmt, kreuzt die *Rurik* auf Chamissos Erinnerung. Er kann es bei dem, was in Kotzebues Reisebericht veröffentlicht worden ist, nicht bewenden lassen. Er muss seine Notizen noch einmal hervorholen. Genug Gras ist inzwischen über die Ermordung des Alten gewachsen.

Was dieser naive Student Sand alles bewirkt hat! Der verblendete Schwarmgeist ist schuld, dass die Revolution von 1830 keine positiven Folgen in Preußen hat. Wobei Chamisso sich fragt, ob sie in Frankreich positive Folgen hat. «Enrichissez-vous!», wie Louis Philippe gerufen hat, ist kein Freiheitsprogramm. Was wie ein Bruch mit jeglicher Aristokratie begann, hat sich nur als die Etablierung einer neuen herausgestellt. An die Stelle adliger Geburt ist das Geld getreten. Und die Geistesaristokratie, wie sie sich selbst nennt, trägt ihm die Schleppe.

Der dort vorn ist auch ein typischer Geistesaristokrat. Aus aufstrebend kleinbürgerlichen deutschen Verhältnissen, werden sie, wenn sie kein Talent zum Geldmachen haben, Professor, vorzugsweise in Berlin. Chamisso ist nicht Professor. Adelbert von Chamisso hat trotz des

Adelsprädikats vor seinem Namen die Aristokratie hinter sich gelassen. Sie ist 1789 umgebracht worden. Er findet, es sei ihr recht geschehen.

Marheineke ist endlich fertig. Man steht auf und geht hinaus. Chamisso hat beschlossen, doch noch einen zusammenhängenden Reisebericht zu schreiben. Es ist wichtig, dass in diesen statischen Zeiten, wo die Revolutionen misslingen und die Philosophen Begriffstürme errichten, von Entdeckungsreisen erzählt wird.

Zu Hause spürt er, dass er sich erkältet hat. Er bekommt eine böse Grippe, dann eine Lungenentzündung und muss lange im Bett bleiben. Seine Frau pflegt ihn. Er sieht in ihren Augen, dass sie Angst um ihn hat. Vielleicht ist es ja die Cholera. «Wie kann man so unvernünftig sein und während einer Seuche Menschen in einem Hörsaal zusammenpferchen!», schimpft seine Frau.

Kaum ist Chamisso aus dem Bett und halbwegs wieder auf den Beinen, erkrankt seine Frau. Nun hat er Angst, sie habe die Cholera. Was, wenn sie ihm stürbe? Er merkt, dass er das nicht buchstabieren könnte. Diese Sprache beherrscht er nicht.

Es ist nicht so einfach, wie er gedacht hat. Die *Rurik* ist ein Totenschiff.

Eschscholtz, der wissenschaftliche Begleiter, ist inzwischen gestorben. Er wurde nach der Rückkehr noch Professor in Dorpat und war auch auf Kotzebues zweiter Reise dabei. 1829 kam er nach Berlin und ließ ein wissenschaftliches Werk drucken. Wenige Monate später war er tot.

Den Maler Choris traf Chamisso 1825 in Paris wieder. Kurz darauf reiste Choris nach Mexiko; unweit von Santa Cruz wurde er von Räubern überfallen und ermordet. Und Leutnant Wormskjold, der schnell begeisterbare Däne, dem Chamisso im letzten Augenblick einen Platz auf der Brigg verschaffte, ist verrückt geworden und sitzt in einer Kopenhagener Irrenanstalt.

Eschscholtz-Atoll, Kotzebue-Sund, Kap Krusenstern, Port Chamisso; die Weltkarte wird eine neue Adelsliste. Chamisso fröstelt. Er denkt an Schloss Boncourt, aus dem er mit den Eltern vor den Revolutionären geflohen ist. Als er, erwachsen geworden, zurückkam, stand nichts mehr davon.

Es braucht Überwindung, wieder an Bord der *Rurik* zu gehen. Chamisso will es und sperrt sich doch dagegen. Im Winter 1834 auf 1835 endlich, als die Ärzte ihm strikte verbieten, bei dem nassen Wetter in den Botanischen Garten nach Schöneberg hinauszulaufen, schreibt er die *Reise um die Welt*. Er schreibt unter Druck, denn er spürt, dass er nicht mehr lang zu leben hat. Seit er sich an Hegels Totenfeier die Erkältung geholt hat, die vielleicht ein Anflug von Cholera war, ist er nie mehr richtig gesund geworden. Auch seine Frau nicht, die sich bei seiner Pflege angesteckt hat. Sie sind zwei Kranke, und Chamisso, obwohl er sich Selbstsucht vorwirft, hofft, dass er vor seiner Frau sterben kann.

Beim Sichten der Tagebücher ist er auf die Notizen über die Sprache der Bewohner von Hawaii gestoßen. Sie sind umfangreicher, als er es in Erinnerung hatte. Nachdem die *Rurik* wieder an der Reede von St. Petersburg vertäut ist, macht sich Chamisso daran, eine Grammatik und ein *Wörterbuch der Hawai'schen Sprache* zu schreiben. Grammatik und Wörterbuch, das erscheint ihm, der sich nun selbst einen Scheidenden nennt, jetzt als das Angemessene.

65

Zürich, Dezember 1998

Bruderer sah es am Fernsehen. Am Samstag, dem 26. Dezember, fliegt der weißrussische Präsident Lukaschenko von Minsk nach Moskau. Im Kreml wird er vom russischen Präsidenten Jelzin empfangen. Lukaschenko sieht aus wie der Direktor eines bankrotten Wanderzirkus. Die Haare kleben glänzend an seinem Kopf, als hätte er sie mit Butter eingestrichen.

Jelzins Gesicht ist weiß und starr wie eine Maske. Er kann kaum aufrecht stehen. Am Morgen ist er aus der Klinik in den Kreml gebracht worden. Er wird nach den Verhandlungen sogleich ins Krankenbett zurückkehren.

Hinter Jelzin steht Ministerpräsident Primakow und lächelt hoffnungslos in sein Doppelkinn.

Die beiden Präsidenten geben einander die Hand. Präsident Lukaschenko neigt sich vor, und Präsident Jelzin muss ihn auf beide Wangen küssen, ob er will oder nicht. Er blickt dabei über Lukaschenkos Schultern in eine unbestimmte Ferne. Dann setzen sie sich und beginnen unter Ausschluss der Öffentlichkeit zu verhandeln.

Den Weißrussen geht es schlecht. Es geht ihnen noch schlechter als den Russen. «Wenn Sie aus der Schweiz nach Estland kommen, ist es etwa so, wie wenn ich aus Estland nach Weißrussland gehe», hatte Seela in Tartu zu Bruderer gesagt. «Mit dem Unterschied jedoch, dass Sie in der Schweiz und wir in Estland frei reden können; in Weißrussland können sie nicht frei reden.»

Nachdem sie lange genug verhandelt haben, treten die beiden Präsidenten vor die Presse. Sie bekräftigen ihre Pläne einer Union zwischen Russland und Weißrussland und kündigen an, dass innerhalb eines halben Jahres Steuern und Zölle vereinheitlicht werden sollen und dass längerfristig eine Währungsunion ins Auge gefasst wird. Viele der Journalisten haben den Eindruck, Lukaschenko sei bei dieser geplanten Union die treibende Kraft, Jelzin dagegen bremse eher.

Es war an diesem Samstagabend: Bruderer hatte gerade noch einmal die vier Kerzen seines gefährlich dürren Adventskranzes angezündet. Darüber hinweg schaute er auf den Bildschirm in der Ecke. Die ARD berichtete aus Moskau. Gerd Ruge analysierte kompetent und Silben verschluckend im Studio. Da rief Viivo Seela aus Tartu an.
«Haben Sie es schon gehört, Felix?»
«Was soll ich gehört haben?»
«Läuft Ihr Fernsehapparat?»
«Ja.»
«Welcher Sender?»
«Erstes Deutsches Fernsehen.»
«Habe ich mir gedacht. Bei mir auch. Sehen Sie nur: Jelzin und Lukaschenko sind sich wieder einen Schritt näher gekommen.»
«Das werden Sie doch nicht ernst nehmen! Angeschossener Bär und Zirkusdirektor in Konkurs. Die reden viel und tun wenig. Wie oft haben sie schon ihre Union beschworen; und was ist bisher daraus geworden? Seit drei Jahren nichts Nennenswertes. Beide sind viel zu schwach.»
«Schwache sind gefährlich, besonders, wenn sie sich zusammentun.»

«Viivo, Sie sehen Gespenster», sagte Bruderer.

«Besitzen Sie einen Atlas, Felix?»

«Ja, natürlich.»

«Können Sie ihn holen?»

«Wenn Sie wollen. Augenblick, Herr Lehrer.»

Bruderer legte den Hörer auf den Tisch – er hatte immer noch kein Mobiltelefon – und holte den Atlas. Zu seinem Erstaunen fand er ihn dort, wo er suchte.

«Hier bin ich – mit Atlas.»

«Ist es ein neuer Atlas? Einer, in dem wir schon wieder als ein souveräner Staat vorkommen?»

«So up to date bin ich nicht. Ich kann mir nicht alle paar Jahre einen neuen teuren Atlas leisten.»

«Schande über Sie, mein Freund. Darf ich Sie dann also bitten, Felix, auch noch einen Farbstift zu holen? Einen Filzstift vorzugsweise.»

«Welche Farbe?»

«Spielt keine Rolle. Rot, wenn Sie haben.»

«Ein roter Filzstift ist zur Hand.»

«Nun schlagen Sie bitte in Ihrem überholten alten Atlas die Sowjetunion auf – den europäischen Teil der Sowjetunion.»

«Gemacht.»

«In Ihrem überholten alten Atlas finden Sie das Gebiet – was ist es für ein Atlas?»

«Ein deutscher. Herausgekommen zweiundsechzig.»

«Dann heißt es dort nicht Kaliningrad, sondern Königsberg. Das Gebiet um Königsberg finden Sie durch eine feine rote Linie abgegrenzt. Ziehen Sie diese feine rote Linie mit Ihrem roten Filzstift kräftig nach. Macht nichts, wenn die Farbe durchdrückt. Der Atlas ist ohnehin nicht mehr viel wert. Haben Sie das?»

«Wie Sie befohlen haben. So kräftig, dass es durchgedrückt hat.»

«Weiter finden Sie, von Norden nach Süden, die Estnische, die Lettische und die Litauische S.S.R., wie es in Ihrem alten Atlas stehen dürfte.»

«So steht es tatsächlich hier.»

«Diese drei Gebiete fassen Sie zusammen, indem Sie sie mit dem roten Filzstift gegen die Russische S.S.R. und gegen die Weißrussische S.S.R. abgrenzen. Haben Sie das?»

«Habe ich.»

«Und nun stehen Sie auf, nehmen den Atlas und stellen ihn etwa vier Meter von Ihrem Sitzplatz entfernt auf. Wenn Sie das getan haben, kommen Sie ans Telefon zurück.»

Bruderer spielte mit, stand auf, lehnte den offenen Atlas gegen ein Büchergestell und kehrte zum Telefon zurück. «Alles nach Vorschrift erledigt.»

«Schauen Sie jetzt auf die Karte. Was sehen Sie?»

«Ich sehe», sagte Bruderer, «ich sehe – verflucht und zugenäht: Ich sehe eine Zange mit zwei Backen.»

«Zugenäht ist das richtige Wort. Was ist in der Zange?»

«Die drei baltischen Staaten.»

«Und wer bildet die Zange?»

«Die Vereinigung von Russland und Weißrussland.»

«Da haben Sie es. Aber ich wollte Sie etwas ganz anderes fragen», sagte Seela. «Unsere tschetschenischen Freunde haben Ihnen doch Papiere für mich übergeben.»

«Ja.»

«Wissen Sie, wo die jetzt sind?»

«Sie wurden auf Solbes Befehl mit mir auf den Russenmarkt entführt.»

«Und dort?»

«Solbe hatte sie bei seinem Gespräch mit mir in der Hand. Und er nahm sie mit, als er mich allein ließ, damit mich seine Leibwächter ein zweites Mal entführen konnten.»

«Er hat sie also der Russenmafia übergeben?»

«Ich weiß es nicht. Es tut mir Leid, wenn sie in falsche Hände geraten sein sollten.»

«Das können sie nicht», sagte Seela.

«Die Hände der Russenmafia sind nicht die falschen?»

«Nein. Es wäre schön gewesen, wenn ich sicher sein könnte, dass die Mafiosi die Papiere auch wirklich erhalten haben.»

«Was soll das heißen, Viivo?»

«Es heißt, dass die Tschetschenen Sie als Lockvogel benutzten und Ihnen Falschinformationen untergeschoben haben.»

«Das ist –.»

«Notwendig, mein Freund. Es war einfach notwendig. Wir legten eine falsche Fährte und brauchten Sie dazu.»

«Dass Sie mich benutzt haben, erzählte mir schon Solbe. Ich komme mir vor wie ein Esel.»

«Kommen Sie sich vor wie ein Held!»

«Diese falsche Fährte, Freund, hat zwei alten Herren das Leben gekostet.»

«Einem, der jahrzehntelang für den KGB auf Hawaii spionierte, und einem zweiten, der sich einredete, er könne, wie einst den KGB, den Bären am Nasenring herumführen. Ich sagte doch, kranke Bären sind gefährlich. Glauben Sie mir, Felix, es war ein recht gnädiger Tod. Ich wünsche Ihnen einen guten Jahreswechsel.»

«Ich Ihnen auch, Viivo.»

66

Zürich, Januar 1999

Seit neun Monaten war Bruderer wieder zu Hause und bereitete mit gewohntem Fleiß in seinem stillen Kämmerlein in der Universität, den künstlichen Sonnenaufgang seines PCs vor Augen, die Briefe des Pier Paolo Vergerio, weiland Bischof von Modrus in Kroatien, dann von Capodistria, späterem reformierten Pfarrer des Dorfes Vicosoprano im Bergell, darauf folgend Rat des Herzogs Christoph von Württemberg in Tübingen, für die wissenschaftliche Publikation vor. Zwei Bände waren im Manuskript fertig, auf sechzehn war die Ausgabe veranschlagt; Bruderer würde bis zu seiner Pensionierung Arbeit in Überfülle haben.

«Wie war es?», fragten Bekannte und Kollegen.

«Was soll ich sagen?», sagte Bruderer. «Interessant.»

«Hätte es dort für dich keine akademischen Möglichkeiten gegeben? Die haben doch niemanden», fragte sein Freund Martin. Und eine seiner Freundinnen, mit der er vor zehn Jahren ein kurzes Verhältnis gehabt hatte, sagte: «Ich hätte gewettet, dass du dort hängen bleibst. Du bist doch der Typ für so was, du alter Romantiker.»

In gewissen Kreisen wurde er als Baltikumspezialist herumgereicht, zwei kirchliche Zeitschriften wollten Artikel von ihm, und er hielt da und dort einen Vortrag.

An einem Montag rief Schwabenland an. Schwabenland, Vertreter der Schweizer Industrie im Baltikum, war nicht

in Tallinn, sondern in Zürich. «Seit gestern. Ich käme gern auf einen Sprung mit einem Anliegen vorbei.»
Bruderer erinnerte sich an den dicken, geschäftigen, redseligen Schwabenland, dem die Bleistiftantenne des Handy aus der Brusttasche des Jacketts schaute und der sich mitten im Winter immerfort mit dem Taschentuch den Schweiß von der Stirn wischte. Schwabenland, der ihn in die Kantorei der lutherischen Kirche von Estland auf dem Tallinner Domberg führen wollte und das Konsistorium damit meinte. Schwabenland, dem sich alles, zwar nicht wie Midas in Gold, aber doch in ein Geschäft verwandelte und der deswegen so kurzatmig war.
Bruderer zierte sich. «Was für ein Anliegen?», fragte er.
«Die Straßenkinder», rief Schwabenland überlaut und vorwurfsvoll ins Telefon, als verstünde es sich von selbst.

Er war derselbe Schwabenland wie in Tallinn. Er hatte immer noch den Kragenknopf unter der Krawatte geöffnet, er schwitzte immer noch Bäche, und doch war er ein Anderer. Er holte eine dicke Brieftasche aus der Jacke. Dick war sie nicht von Banknoten, sondern von Fotos. Er breitete sie auf dem Teetischchen vor Bruderer aus wie ein Spieler die Karten. Und Bruderer merkte, dass Schwabenland ihn in diesem Spiel schlagen wollte.
Er war vorsichtig.
Erst kamen Bilder einer verlotterten Kirche und eines noch verlotterteren Hauses. «Peetelikirik, Peterskirche, Pelgulinn, Tallinn. Das Kirchgemeindehaus. Total heruntergekommen, aber immerhin ist das Dach noch dicht. Hier soll es Platz für fünfzig Kinder geben. Mädchen oben, Knaben unten. Dazwischen Speisesaal, Gemeinschaftsräume. Die Schweizer Armee hat uns fünf-

zig Zivilschutzbetten versprochen. Sind bereits unterwegs. Im letzten Monat war der Oberfeldarzt in Estland. Entführte ihn für zwei Stunden nach Kopli. Lauter Ruinen. Von den Russen verlassen, das meiste inzwischen eingestürzt. Keine Fenster, keine Türen, die Dächer kaputt.»

Es folgten dunkle Fotos, bei Nacht aufgenommen, mit Gruppen von Kindern.

«Tief beeindruckt, der Oberfeldarzt. Kann man doch nicht einfach zuschauen. Muss etwas geschehen. Zuerst einmal das Nötigste. Also Betten. Die Handelsdelegation der Basler Chemie verspricht mir Medikamente. Und ein Vertreter der Privatbankiervereinigung Geld, einen fünfstelligen Frankenbetrag. Sehen Sie das Mädchen hier. Raten Sie, wie alt es ist.»

«Sechs, schätze ich.»

«Nein, zwölf. Zurückgeblieben. Raucht, seit es drei ist, trinkt Alkohol, seit es drei ist. Kein Wunder. Hier noch einmal eine Gruppe. Sie hätten sehen sollen, wie die sich auf uns stürzten, als wir ganze Brote an sie verteilten. Von diesen Kindern gibt es in Tallinn allein ein paar tausend. In ganz Estland schätzungsweise zwischen zwölf- und fünfzehntausend. Schwer zu zählen, weil nirgends registriert. Die meisten Eltern Russen, die Väter nach Russland abgehauen, die Mütter mit den Kindern zurückgeblieben. Bekommen kein Geld, sind überfordert, oft Alkoholikerinnen. Die Kinder auf sich gestellt und praktisch obdachlos. Ideales Rekrutierungsfeld für die Mafia. Sagen Sie selbst, kann man daran vorübergehen? Hier noch eine Gruppe.»

«Was tut sie hier?» Bruderer zeigte auf die Frau, die hinter den Kindern stand.

«Eine unserer drei Sozialpädagoginnen. Neu angestellt. Wenn man die Kinder ins Haus nimmt, brauchen sie Betreuung. Die Löhne sind lächerlich tief. Deshalb konnten wir letzten Monat drei Sozialpädagoginnen anstellen. Wir brauchen aber mindestens sechs. Die hier ist besonders interessant. Heißt Leim, eigentlich Leimgruber. Typischer Berner Name. Großvater nach dem Ersten Weltkrieg aus der Schweiz eingewandert. Der Vater soll nach dem Zweiten Weltkrieg zu den Waldbrüdern gegangen sein. Es wird allerlei gemunkelt. Alte Geschichten. Dringend braucht es jetzt eine anständige Unterkunft für die Kinder. Meint sie auch. War früher Dekanatssekretärin der Theologischen Fakultät in Tartu. Da waren Sie ja! Sie müssten sie eigentlich erkennen.»

«Ich weiß nicht. Möglich», sagte Bruderer.

«Hat erst kürzlich nach Tallinn geheiratet, einen sehr erfolgreichen Unternehmer.»

«Mafia?»

«Wer will das bei solchen Verhältnissen entscheiden? Vielleicht, vielleicht auch nicht. Jedenfalls sehr erfolgreich.»

«Und sie setzt sich für diese Kinder ein.»

«Kennt den Pastor und alle möglichen Leute.»

«Auch beim früheren KGB?», wollte Bruderer fragen, aber er ließ es bleiben. Stattdessen sagte er: «Ich war drei Wochen in Estland, und ich habe nirgends Straßenkinder gesehen. Ich hatte keine Ahnung, dass es welche gibt.»

«Ja», sagte Schwabenland, «so blind fährt man durch ein fremdes Land. Wenn Sie das nächste Mal kommen, zeige ich sie Ihnen.»

Personenverzeichnis

Fiktive Personen

Bruderer, Felix
Protestant. Theologe, wiss. Herausgeber der Briefe von
Pier Paolo Vergerio, im April 1998 Gastdozent an der
Theologischen Fakultät der Universität von Tartu (dt. Dor-
pat) in Estland.

Kannute, Kalle
Im April 1998 Pfarrer der Universitätsgemeinde von
Tartu. Sohn eines hohen estnischen KGB-Funktionärs.

Leimgruber 1), Christian
Geb. 1893, ältester und damit nicht erbberechtigter
Bauernsohn aus dem Emmental, Oberleutnant im Stab
von Oberstdivisionär Sonderegger während des Landes-
streiks 1918, wandert mit seiner Frau Anna aus Seewen
im Kanton Schwyz 1919 nach Estland aus, wird Ober-
melker auf dem Gut Triigi der Grafen Kotzebue in der
Nähe von Reval (heute Tallinn), später selbständiger
Landwirt, bei der 2. Besetzung Estlands durch die
Sowjets (1944) deportiert, verschollen.

Leimgruber 2), Alfred, genannt Fred
Sohn von Leimgruber 1), geb. 1919 in Triigi bei Ardu, auf
dem Gut der Grafen Kotzebue, gelernter Landwirt, mit

Edzard Schaper befreundet, 1939 Flucht aus Estland, Rückkehr in die Schweiz, Dezember 1939 Emigration nach New York, seit 1952 in Honolulu auf Hawaii, Hoteldirektor, seit 1956 selbständig im Export von Südfrüchten, seit 1962 für den KGB tätig, im März 1998 Rückkehr nach Estland, im April 1998 in Lettland, auf Stomersee, dem ehemaligen Schloss der Freiherren von Wolff, ermordet.

Leimgruber 3), Christian, alias Kuno Bogdanowitsch Solbe Sohn von Leimgruber 1), geb. 1925 in Trääde, taucht nach der Deportation des Vaters unter, schließt sich als *Waldbruder* dem Widerstand gegen die Sowjets an, wird 1962 von KGB-Mitarbeitern aufgespürt und ertrinkt damals angeblich beim Fluchtversuch im Peipus-See. Als Kuno Bogdanowitsch Solbe macht er nach 1962 beim KGB in Lettland unter Boris Pugo, später in Estland, Karriere, ein *Maulwurf,* der nach der Wende mit der russischen und der tschetschenischen Mafia zusammenarbeitet, im April 1998 auf Stomersee, gleichzeitig mit Leimgruber 2), ermordet.

Leimgruber 4), Laine Frau von Leimgruber 3), geb. 1926, Estin, arbeitet nach dem Untertauchen ihres Mannes in einer Kolchose, stirbt 1962 in Harjumaa (dt. Harrien) bei der Geburt ihrer Tochter Viivi.

Leimgruber 5), Viivi, genannt Viivi Leim Tochter von Leimgruber 3) und 4), geb. 1962 in Harjumaa, wächst bei Pflegeeltern auf, Dekanatssekretärin an der Theologischen Fakultät der Universität Tartu, mit Felix Bruderer und Viivo Seela befreundet.

Seela, Viivo
Geb. 1919, Este, katholischer Priester in Tartu. Schul-
kamerad von Alfred Leimgruber 2), Vertrauter von Christian Leimgruber 3), Freund von Edzard Schaper, estnischer Nationalist, flieht 1940 aus Estland, sucht im
Vatikan Schutz, mit Angelo Roncalli, dem späteren Papst
Johannes XXIII, befreundet, berät während des Krieges
den Vatikan in Fragen des Baltikums, 1945 zum Priester
geweiht, übernimmt in Kanada Professur, kehrt nach
Estland zurück, mit Viivi Leim, Winterschild und Felix
Bruderer bekannt.

Winterschild
Deutscher, seit 1992 in Tartu, zuerst als Gastdozent, später als Ordentlicher Professor für Germanistik, Spezialist
für Heine und Lichtenberg. Altachtundsechziger, mit
einer Estin verheiratet, mit Viivo Seela, Viivi Leim und
Felix Bruderer befreundet.

Historische Persönlichkeiten

Bagration, Pjotr Iwanowitsch Fürst
Geb. 1765 in Kisljar, gest. 1812 in Simy an den in der
Schlacht von Borodino erlittenen Verwundungen, Nach-
fahr des armenisch-georg. Fürstenhauses der Bagratiden,
das 859 gegen die Araber siegte. Russischer General im
Türkenkrieg und im Krieg gegen Napoleon.

Barclay de Tolly, Michail Bogdanowitsch
Geb. 1761, gest. 1818. Deutschbalte aus Riga. Seit 1810
russischer Kriegsminister, seit 1812 General, später Feld-

marschall. Seine Politik der verbrannten Erde trug zu Napoleons Niederlage bei.

Bitzius 1), Albert
Geb. 1797 in Murten, gest. 1854 in Lützelflüh (Emmental). Pfarrer in Lützelflüh. Veröffentlichte unter dem Namen Jeremias Gotthelf bedeutende Romane und Erz., u.a. die genannte Novelle *Die schwarze Spinne.*

Bitzius 2), Friedrich
Bruder von Bitzius 1), geb. 1799, gest. 1836 als Söldner im Dienst Ferdinand II., König beider Sizilien.

Brahms, Johannes
Geb. 1833 in Hamburg, gest. 1897 in Wien. Hofmusikdirektor in Detmold. Seit 1862 in Wien. Dirigent, Komponist, Interpret eigener Werke. Komponierte Symphonien, Kammermusik, Klavierwerke, Lieder.

Chamisso, Adelbert von (eigentlich Louis Charles Adélaide de C.)
Geb. 1781 auf Schloss Boncourt, gest. 1838 in Berlin. Dichter und Naturforscher. C.s Familie floh in den Revolutionswirren nach Dtl., 1796 Page der Königin von Preußen, 1798–1807 preuß. Offizier. Stud. der Medizin und Botanik. 1815–18 Weltumseglung auf der *Rurik* unter Kapitän Otto von Kotzebue 2). Später Kustos der kgl. Gärten in Berlin und Vorsteher des Herbariums. Mithrsg. des *Dt. Musenalmanachs.* Schrieb Balladen, Lieder, Gedichte, Erz. (u.a. das Märchen *Peter Schlemihls wundersame Geschichte*), eine Grammatik und ein *Wörterbuch der Hawai'schen Sprache.*

Dudajew, Dschochar Mussajewitsch
Geb. 1944 als Sohn einer nach Sibirien deportierten tschetschenischen Familie. Generalmajor, 1987–1990 Kommandant einer bei Tartu, Estland, stationierten sowjetischen strategischen Bomberdivision. Im Oktober 1991 zum ersten Präsidenten der als von Moskau unabhängig erklärten Republik Tschetschenien gewählt. Führer im Widerstand gegen Moskau. Stirbt im April 1998 unweit Grosny durch einen sowjetischen Raketenangriff.

Harnack 1), Theodosius
Geb. 1817 in St. Petersburg, gest. 1889 in Dorpat (heute Tartu). Evang. Theologe. Prof. für Praktische Theologie in Dorpat, von weit reichendem Einfluss, Mitbegründer des lutherischen Konfessionalismus.

Harnack 2), Adolf von
Sohn von Harnack 1), geb. 1851 in Dorpat, gest. 1930 in Heidelberg. Bedeutender evang. Theologe.
Prof. der Kirchengeschichte in Leipzig, Gießen, Marburg, Berlin, Mitgl. der Akad. der Wiss., Präs. der Kaiser-Wilhelm-Ges., Generaldir. der Preuß. Staatsbibliothek. Schrieb u.a. 3 bd. *Lehrbuch der Dogmengeschichte.*

Kotzebue 1), August von
Geb. 1761 in Weimar, gest. 1819 in Mannheim (erdolcht durch den Burschenschaftler Sand). Sekretär des Generalgouverneurs von Petersburg, später Präs. des Gouvernementsmagistrats von Estland, ab 1816 Staatsrat in St. Petersburg. Theaterdichter in Wien, Weimar, St. Petersburg. Erfolgreicher Unterhaltungsdramatiker

(über 200 Dramen), Hrsg. antinapoleon. Zss., galt manchen Zeitgenossen als reaktionär.

Kotzebue 2), Otto von
Sohn von Kotzebue 1), geb. 1787 in Reval (estn. Tallinn), gest. 1846 in Reval. Weltumsegler (1803–06 mit A. J. von Krusenstern; 1815–18 mit A. von Chamisso; 1823–26), Entdecker des Bikiniatolls und des Kotzebue-Sunds an der Küste Alaskas.

Kreutzwald, Friedrich Reinhold
Geb. 1803 in Jömper (estn. Joepere), gest. 1882 in Dorpat (estn. Tartu). Arzt und Schriftsteller (Lyrik, Prosa, Dramen, Märchensammlungen, volkskundl. Abhandlungen), Autor des Nationalepos *Kalevipoeg.* In Estland als Dichter des nationalen Erwachens verehrt.

Kutusow, Michail Ilarionowitsch Fürst Smolenskij
Geb. 1745 in St. Petersburg, gest. 1813 in Bunzlau. Russischer Feldmarschall, befehligte in den Schlachten bei Austerlitz, bei Borodino und Smolensk das österr.-russische bzw. das russische Heer gegen Napoleon, nach 1812 Oberbefehlshaber der russisch-preuß. Armee in Schlesien.

Pilar, André (eigentlich Andreas Baron Pilar von Pilchau)
Geb. 1891 in Pärnu, gest. 1960 in Mailand, Deutschbalte, vor der Revolution russischer Offizier in der Garnison von Moskau, später Industriekaufmann und Mitarbeiter des IKRK, verheiratet mit Licy von Wolff 3).

Pugo, Boris
Geb. 1937 in Kalinin, Vater Lette, in Riga Ausbildung

zum Elektroingenieur, 1962 stellvertretender Sekretär des lettischen Komsomol, 1982 Generalmajor und Chef des KGB in Lettland, im August 1991 als sowjetischer Innenminister am Putsch gegen Michail Gorbatschow beteiligt, begeht nach dessen Scheitern Selbstmord.

Schaper, Edzard

Geb. 1908 in Ostrowo (Posen), gest. 1984 in Bern. Lebte 1930–40 in Estland, nach seiner Flucht in Finnland und Schweden, seit 1947 in der Schweiz. Schriftsteller.

Sonderegger, Emil

Geb. 1868, gest. 1934. Stickereifabrikant aus Heiden im Appenzellerland, Oberstdivisionär während des 1. Weltkrieges, Kommandant der Besatzungstruppen der Stadt Zürich vor und während des Landesstreiks vom November 1918.

Tomasi 1), Pietro Marchese della Torretta

Bei Ausbruch der russischen Revolution italienischer Geschäftsträger bei der zaristischen Regierung in St. Petersburg, später ital. Botschafter in Großbritannien, verheiratet mit der ital. Opernsängerin Alice Barbi, verwitwete Freiherrin Wolff 2).

Tomasi 2), Giuseppe, Duca di Palma, Principe di Lampedusa

Neffe von Tomasi 1). Geb. 1896 in Palermo, gest. 1957 in Rom. Autor des Romans *Il Gattopardo* (dt. *Der Leopard*). Verheiratet mit Licy von Wolff 3), geschiedene Baronin Pilar von Pilchau.

Vergerio, Pier Paolo
geb. 1497 oder 1498 in Koper (früher Capodistria), gest.
1565 in Tübingen. Studierte in Padua die Rechte, päpstl.
Nuntius bei König Ferdinand, 1535 Begegnung mit Luther in Wittenberg, Bischof von Modrus in Kroatien,
dann von Capodistria. Beschäftigung mit der Reformation,
denunziert, als Bischof abgesetzt und exkommuniziert,
flieht er 1549 nach Graubünden, wird reformierter Pfarrer
von Vicosoprano im Bergell, 1553, inzwischen Lthera-
ner, Rat des Herzogs von Württemberg in Tübingen.

Wolff 1), Boris Freiherr von
Deutschbalte. Geb. 1853 auf Schloss Stomersee, bei Kalniena, unweit Riga. Russischer Staatsrat. Verheiratet mit
der ital. Opernsängerin Alice Barbi *(Wolff 2))*. 1917 in
St. Petersburg ermordet.

Wolff 3), Alexandrine Alice Marie von, genannt Licy
Tochter von Wolff 1) und 2), geb. 1894 in Nizza. Psycho-
analytikerin. Verheiratet in 1. Ehe mit Andreas Baron
Pilar von Pilchau, in 2. Ehe mit Giuseppe Tomasi 2),
Principe di Lampedusa.

Zinzendorf, Nikolaus Ludwig Reichsgraf von
Geb. 1700 in Dresden, gest. 1760 in Herrnhut. Gründete
1722 auf seinem Gut Berthelsdorf in der Oberlausitz die
Kolonie Herrnhut (später: Herrnhuter Brüdergemeine),
ein eigenständiges politisch-kirchl. Gemeinwesen der *er-
neuerten Brüderunität*. Verbreitete seine Gedanken auf
zahlreichen Reisen und gab dem dt. Pietismus und dem
engl. Methodismus viele Impulse.

Für vielfältige Hilfe habe ich besonders zu danken:

Herrn Dr. Max Schweizer, Helsinki
Frau Dr. Barbara Schweizer-Meyer, Helsinki
Herrn Professor Dr. Claus Sommerhage, Tartu
Frau Dr. Varje Sommerhage, Tartu
Herrn Dr. Gerd Stricker, Küsnacht
Frau Tiina Laan, Tallinn
Herrn Jürg Würtenberg, Tallinn

Aktuelle Informationen, Dokumente über
Autorinnen und Autoren, Materialien zu Büchern:

Besuchen Sie uns auf Internet: www.naki.ch

© 1999 Verlag Nagel & Kimche AG, Zürich
Umschlag: Layout Liaison Iris Grivelli & Ronny Stocker
unter Verwendung des Gemäldes *Selbstbildnis im Hotel*, 1932,
von Max Beckmann, © ProLitteris, Zürich, 1999
Foto: Willy Spiller
ISBN 3-312-00256-7